LISA MARCKS

Das Geheimnis der Schneekirsche

GOLDMANN
Lesen erleben

Lisa Marcks

Das Geheimnis der Schneekirsche

Roman

GOLDMANN

Der Verlag weist ausdrücklich darauf hin, dass im Text enthaltene externe Links vom Verlag nur bis zum Zeitpunkt der Buchveröffentlichung eingesehen werden konnten. Auf spätere Veränderungen hat der Verlag keinerlei Einfluss. Eine Haftung des Verlags ist daher ausgeschlossen.

Dieses Buch ist auch als E-Book erhältlich.

MIX
Papier aus verantwortungsvollen Quellen
FSC® C014496
FSC www.fsc.org

Verlagsgruppe Random House FSC® N001967

1. Auflage
Originalausgabe Januar 2017

Neumarkter Str. 28, 81673 München
Umschlaggestaltung: UNO Werbeagentur München
Umschlagfoto: © Getty Images / Danise Tang
Redaktion: Karin Ballauff
BH · Herstellung: Str.
Satz: DTP Service Apel, Hannover
Druck und Bindung: GGP Media GmbH, Pößneck
Printed in Germany
ISBN: 978-3-442-48480-5
www.goldmann-verlag.de

Besuchen Sie den Goldmann Verlag im Netz

Für Gregor,
meinen kleinen Leoparden
& meine große Maus

Inspiriert von meinen Urgroßeltern
Lisbeth & Hermann,
Louise-Esthère & Paul,
die Anfang des 20. Jahrhunderts nach Tsingtau gingen,
und von meinen Großeltern Grete & Ernst,
die sich 1909 als Kinder dort
kennen- und später lieben lernten

Der Ruf der Lotosblume

Nelumbo nucifera

Sanfter, blumiger Duft
Bei Stimmungsumschwüngen,
überraschenden Nachrichten
Wirkung:
angstlösend, beruhigend, aufhellend

»Noch bevor das kommende Jahr rund ist, wird dein Herz brennen!«

Eine Flamme flackerte zwischen Fräulein Christines Fingern auf und verlieh ihrem Gesicht einen goldenen Schein. Irritiert starrte ich mit ihr in das Licht, das sich das Zündholz entlangfraß. Sie runzelte mit so düsterem Ausdruck die Stirn, als könnte sie tatsächlich in die Zukunft blicken, nun aber nichts Gutes mehr darin entdecken.

Mit ihren rostfarbenen Wangen, den Flecken auf dem Nasenrücken, die das Brillengestell hinterließ, und ihrem hervorquellenden Hals wirkte sie auf mich nicht wie eine echte Wahrsagerin. Doch was wusste ich schon darüber? Vergleichsmöglichkeiten hatte ich keine, Tante Mirelle war die Einzige in unserer Familie, die sich für Spiritismus interessierte.

Der Blick der Seherin jedoch war der einer Kennerin gewesen. Kaum hatte ich wenige Minuten zuvor ihre eisige Küche betreten, war er unauffällig an mir hoch- und wieder heruntergeklettert. Weiblich, schien sie zu denken, und recht jung, alt genug jedoch, um schon verzweifelt zu sein; dunkles, wild gelocktes Haar, das ich nur mit Mühe unter den Hut gestopft hatte, dazu ein schmaler grauer Rock und ein Wollmantel, der bessere Tage gesehen hatte. Auf Wohlstand ließ mein Äußeres nicht schließen, auf Armut aber auch nicht. Meine Finger, die in meinen besten und einzigen Handschuhen steckten, umklammerten zudem etwas, das mich eindeutig als berufstätig auswies: eine lederne Schultasche. Der Rest war einfach. Lehrerin, schien sie zu folgern. Ergo unverheiratet. Ergo auf der Suche nach einem Mann.

»Lichterloh wird dein Herz brennen, wie dieses Zündholz hier«, schloss sie.

»Tatsächlich?«, murmelte ich und gab mir nicht einmal Mühe, interessiert zu klingen.

Sie kniff die Augen zusammen, schüttelte den Kopf und schnippte das Zündholz ins Feuer. Das Huhn, das eine Weile leblos in ihrer linken Hand gehangen hatte, begann grell zu gackern. Ich zuckte zusammen. Ein Lächeln huschte über ihre Lippen. Ha, schien sie zu denken. Du willst mir weismachen, du brauchst keinen Mann? Du musst mir nichts vorgaukeln, Kind. Eine Frau bleibt eine Frau. Und jede will einen Mann!

Ich spürte ein wütendes Prickeln in mir aufsteigen. Doch bevor ich den Mund öffnen konnte, fiel mein Blick auf das Fenster, gegen das Schneeregen klatschte. Von den Scheiben rannen gräulich verfärbte Tropfen herab. Wenn es im Klassenzimmer behaglich warm sein sollte, bevor meine Schülerinnen eintrafen, musste ich los, und zwar rasch.

»Könnte weiße Weihnachten geben«, gab Fräulein Christine von sich. Ihre Stimme klang wie ein rostiges Knirschen. »Wenn das Wetter endlich macht, was es soll.«

»Ich würde dann gern …«

»Verrücktes Jahr, 1913, was? Neuschnee im Mai, Herbst im Sommer, Aprilwetter im November. Immerhin jetzt scheint's kalt zu werden, wie's kalt sein soll. Heiligabend mit Schnee, das wär doch was.«

»Gut, dann …«

Die Seherin hielt das Huhn in die Höhe, das eben noch neben seinen Kameradinnen im Hof gegackert hatte.

»Lebendig oder tot?«

Ein schlechtes Gewissen stieg in mir auf. Doch eine kräftige Suppe heute Abend war genau das Richtige bei diesem Wetter.

Sie schlenkerte das Tier. »Also was?«

»Tot«, murmelte ich und griff nach meiner Geldbörse.

Ein Knacken ertönte. Wieder zuckte ich zusammen und wandte den Kopf ab.

»Vier Uhr«, sagte sie. »Freitag. Dass deine Tante ja pünktlich ist. Ich hab nicht viel Zeit.«

Ich musste mich überwinden, den ruck, zuck in Papier eingeschlagenen und noch warmen Vogel entgegenzunehmen. Hergekommen war ich, um eine Verabredung für Tante Mirelle auszumachen. Verlassen würde ich die beengte, kalte Wohnung zu meiner Überraschung nun nicht nur mit einem Termin für Mirelle, sondern auch einem Huhn sowie der Aussicht, mit meinen fünfundzwanzig Jahren doch noch unter die Haube zu kommen. Mit Mühe unterdrückte ich den Impuls, in mich hineinzuschnauben, und zählte das Geld in Fräulein Christines ausgestreckte Hand.

Auf der Straße umfing mich kühle Morgenluft. Ich atmete tief ein, presste das Huhn und meine Tasche an mich und rutschte mehr, als dass ich lief, über die mit Laub bedeckten Gehsteige.

Zwei Wochen vor Heiligabend schien sich der Herbst tatsächlich zu verabschieden. Nebel verschluckte jeden Laut, Passanten tauchten so plötzlich auf, wie sie wieder in den Wolkenfetzen verschwanden. Die Automobile hatten ihr Tempo auf den mit Frost überzogenen Straßen gedrosselt, Omnibusse und Straßenbahnen ebenso. Eine ungewohnte Stille beherrschte Berlin. Die Stadt, die nie fertig wurde, wo ständig gebuddelt, gehämmert und gebrüllt wurde und über der sonst eine immerwährende Geräuschkulisse aus Motorenknattern, dem Rauschen der Hochbahn und Quietschen der Straßenbahnen lag, wagte eine Pause, und niemand protestierte.

Schon hatte ich die Untergrundstation erreicht und drängte mich in den Zug, der mich raus aus der Stadt nach Charlottenburg bringen sollte. Während ich meinen Blick über die Fahrgäste wandern ließ und mal an einer hervorstechenden Nase hängen blieb, dann an einem wagenradgroßen Hut, den seine Besitzerin so fest umklammert hielt, als wollte sie ihn sich bis zu ihren Schultern ziehen, fragte ich mich, ob Tante Mirelle und die Seherin unter einer Decke steckten. Immerhin wünschte sich Tante kaum etwas mehr, als dass meine drei Jahre ältere Schwester und ich endlich unter die Haube kämen. In allen erdenklichen Sprachen hatte sie schon gezetert, geschrien und um Gottes Beistand gefleht. Aber weder er noch wir ließen uns erweichen. Ich liebte meinen Beruf viel zu sehr, um ihn für einen Ehemann aufgeben zu wollen. Und Adele … Nun, Adele sammelte Verehrer zwar wie andere Leute Briefmarken, sich binden jedoch wollte sie nicht.

Genauer betrachtet machte der Gedanke natürlich nicht viel her. Fräulein Christine war eine Betrügerin, nichts weiter. Niemals hätte Tante es fertiggebracht, ohne meine Hilfe zu ihr zu gelangen. Was hätte es auch genutzt? Nur weil mir jemand etwas Dummes prophezeite, würde es noch lange nicht geschehen.

Zufrieden mit dieser Erkenntnis, schloss ich die Augen und genoss die einschläfernde Ruhe im Abteil. Der Tag würde anstrengend genug werden. Eine kleine Pause früh um halb sieben hatte ich mir verdient.

In der Zweizimmerwohnung im ersten Stock eines Charlottenburger Mietshauses, in der die Irmgard-Solf-Schule untergebracht war, empfing mich feuchte Kälte. Wie angenehm wäre es, jetzt wie an einer Knabenschule den Schuldiener zu begrüßen, der die Öfen schon geheizt und die Stühle auf den Boden gestellt hätte! Doch noch war in unserem Lyzeum einfach alles vorläufig, die Frage der Finanzierung ebenso wie der Lehrplan und die Zahl der im kommenden Schuljahr aufzunehmenden Schülerinnen. Sowie das Gebäude, in dem meine Kollegin Fräulein Feltner, die Mädchen und ich uns aber gut eingelebt hatten.

Hut und Mantel behielt ich an, während ich die Tür hinter mir schloss und den schmalen Gang zur Küche entlanglief. Es war stockdunkel, doch ich kannte jeden Riss im Holzboden und jedes Mäuseloch und lächelte nur still in mich hinein, als mich der gekrümmte Fingerknochen des menschlichen Skeletts streifte, das Fräulein Feltner und ich hinter dem schweren Samtvorhang verborgen hielten. Ich hatte es vor Kurzem in einem Kaufhaus entdeckt und für den Naturkundeunterricht mitgebracht, den ich im nächsten Schuljahr einführen wollte. Direktor Knollinger, der ausschließlich zu Festlichkeiten hier erschien, war am Nikolaustag fast ohnmächtig geworden. Es handle sich schließlich um einen unbekleideten Mann, hatte er gezischt und den sofortigen Abtransport angeordnet. Glücklicherweise würde er voraussichtlich erst Ostern wieder hier auftauchen. Bis es so weit war, hatte ich mir längst ein besseres Versteck für das Knochengerüst überlegt.

Ein paar Schritte noch und ich stand in der Küche, in der nicht nur der Herd, ein Tisch mit aufeinandergestapelten Stühlen und ein Schrank mit Geschirr Platz fanden, sondern auch sämtliches Zeichenmaterial sowie die Matten für den Turnunterricht. Ich drehte die Gaslampe auf und griff nach dem Kohleeimer. Meine Finger waren trotz der Handschuhe rot, die Haut rissig, doch immerhin nicht mehr so klamm, dass mir die Schaufel mit den Briketts abgerutscht wäre. Vorsichtig ließ ich Kohle in die Ofenöffnung klackern, stopfte Papier darunter und ratschte an einem Zündholz. Wieder kamen mir Fräulein Christines Worte in den Sinn, und ich pustete eine Spur zu heftig die Flamme aus, verschloss die Ofentür und trat ans Fenster. Hellblaue Schlieren zeigten sich am Himmel. Hinter mir knisterten die Zeitungen im Ofen, eine erste Ahnung von Wärme schlich heran. Ungelenk versuchte ich, die Knöpfe meines Mantels zu öffnen, als aus dem Treppenhaus Getrappel erklang. Wenig später ertönte die Klingel.

»Guten Morgen, Fräulein Wallenstein«, flüsterte Marga, das Gesicht rund und bleich wie der Vollmond.

Hastig zog ich sie herein, trieb sie in die Küche und goss ihr einen Becher dampfender Milch ein. Sie schloss die Augen, während sie in langsamen Schlucken trank, klopfte sich warm und fragte, nachdem sie den Becher wieder abgestellt hatte: »Los?«

»Los!«

Wir waren ein eingespieltes Team. Konzentriert reihte sie 25 Tassen nebeneinander und füllte bei jedem Klingeln eine für ihre Mitschülerinnen, dazwischen fand sie genug Zeit, Kaffee für meine Kollegin und mich aufzusetzen, die Öfen in den Klassenräumen anzuheizen und die Pulte zurechtzurücken. Bald herrschte in der kleinen Wohnung ein Trubel wie auf einem Marktplatz. Die Mädchen erzählten und lachten, Lisa Feltner, die wie ich alle Fächer bis auf Gesang unterrichtete, nippte mit verträumtem Gesicht an ihrem Kaffee, und in mir breitete sich ein warmes Wohlgefühl aus. Wer hätte gedacht, dass ich mich je so am richtigen Platz fühlen würde? In meiner Vergangenheit hatte es dunkle Zeiten gegeben, in denen ich davon überzeugt gewesen war, nie wieder froh zu werden. Doch nun war ich hier, betrachtete die Schöpfe meiner Schülerinnen und ihre wachen, munteren Gesichter, blickte in die müde aussehenden Augen meiner Kollegin, die mir mit der Zeit zur Verbündeten und Mitstreiterin geworden war, und ja, ich war nicht nur zufrieden, ich war glücklich.

Mein Blick fiel auf die Uhr. Halb acht.

»An die Pulte, meine Damen, hopphopp.«

Der Vormittag verging wie im Flug. Herrschte in meiner Klasse Stille, weil die Mädchen in ihre Strickarbeiten vertieft waren, hörte ich Fräulein Feltner im Nachbarraum französische Verben konjugieren. Sie beherrschte die Sprache exzellent, beneidete mich aber um meine französische Mutter, die, nachdem sie meinen Vater kennengelernt hatte, nach Brandenburg übergesiedelt war.

»Fräulein Wallenstein?«

»Ja, Marga?«

Aus ihren hellgrünen Augen sah sie mich ernst an.

»Fräulein Wallenstein, ich befürchte, es ist mir wieder misslungen.«

Zum Beweis hielt sie ein verunglücktes Stück Wolle hoch, das möglicherweise einen Topflappen darstellen sollte, vielleicht aber auch den Beginn eines Schals. Eine Nadel hatte sich darin verfangen, die andere war nirgendwo zu sehen. Leises Kichern zog sich durch die Bankreihen, und ich warf den Mädchen einen tadelnden Blick zu. Sofort senkten sie die Köpfe und nahmen wieder ihre Arbeit auf.

»Komm bitte her zu mir, Marga.«

Sie war so dünn, dass ich befürchtete, eines Tages durch sie hindurchsehen zu können. Ihr Kleid war abgetragen, an den Ellbogen abgeschabt, doch wie immer frisch gebügelt. Einst hatte sie mir verraten, dass sie jeden Morgen um fünf aufstand, um sich und ihre jüngere Schwester für die Schule herzurichten.

Als sie vor mir stehen blieb und betrübt nach unten blickte, sagte ich laut: »Du weißt, dass ich dich auch für deine Nadelarbeiten benoten muss.«

Sie nickte. Ihr helles Haar fiel ihr in Fransen ins Gesicht, die Spangen hielten es nicht.

Ich beugte mich vor und flüsterte: »Tante Mirelle wird sich freuen. Sie ist ein wenig düsterer Laune in der letzten Zeit. Die bunte Wolle wird sie aufheitern.«

Ein Lächeln stahl sich in Margas Gesicht, sie nickte und senkte wieder den Kopf, damit niemand es sah.

Als ich das erste Mal ein verunstaltetes Wollknäuel mit nach Hause gebracht hatte, um damit Margas Note zu retten, drehte ich es so lange unschlüssig in den Händen, bis Tante es mir wegriss.

»Dir fehlt doch jedes Talent dazu«, hatte sie konstatiert und das Leuchten in ihren Augen nicht verbergen können. Sie liebte es zu stricken, es entspanne sie, behauptete sie, wenn ich diese Einschätzung auch nicht teilte. Hin und wieder landeten erst die Nadeln im Hof, dann die Wolle, gefolgt von einem Schwall französischer Schimpfworte, was unsere Nachbarn wieder einmal in ihrer Einsicht bestätigte, dass wir Zugezogenen schlicht und ergreifend verrückt waren. Trotzdem überließ ich Tante Mirelle Margas Nadelarbeiten nur zu gern. Schon ohne meiner Lieblingsschülerin aktiv unter die Arme zu greifen, plagte mich das schlechte Gewissen. Sollte ich nicht dieselbe Zuneigung zu jedem der Mädchen hegen? Doch sosehr ich mich auch um Gerechtigkeit bemühte, ihr nachdenklicher, nach innen gekehrter Blick und das Talent, hin und wieder die erstaunlichsten Schlauheiten auszusprechen, wenn sie bloß nach der Uhrzeit gefragt wurde, hatten Marga einen Platz in meinem Herzen erobern lassen, von dem sie niemand mehr vertreiben konnte.

Um halb zwei wurde es schlagartig still in den Klassenräumen. Fräulein Feltner und die Mädchen waren gegangen, nur Marga und ich räumten auf. Während Marga die Tassen und den Milchtopf spülte, fegte ich die Unterrichtsräume. Die Staubwolke brachte mich zum Niesen, und ich riss mit tränenden Augen das Fenster auf. Beinahe wäre das Huhn hinuntergefallen, das ich auf der Fensterbank abgelegt hatte. Der Vorgarten zwei Stockwerke unter mir war matschig und braun, der Himmel war düster, und seine Wolken hingen so tief, dass die Dächer der weiter weg stehenden Häuser darin zu verschwinden schienen.

Schnell zog ich den Kopf wieder ein und schloss die Fenster.

Hinter mir ertönte ein Klirren. Als ich mich umdrehte, sah ich Marga bleich über die Spüle gebeugt. Mit fahrigen Gesten versuchte sie, Scherben zusammenzuklauben.

»Es tut mir so leid, Fräulein Wallenstein. Ich weiß nicht, warum ich heute so ungeschickt bin!«

Sie verstummte und sah mich mit einem jämmerlichen Ausdruck an.

»Wir finden einen Becher als Ersatz.«

Zumindest hoffte ich es. Andernfalls würde eines der Mädchen seine Milch morgen aus einer Schüssel trinken müssen.

Ich nahm ihre Hände in meine. Mit abgewandtem Gesicht versuchte sie, sie wegzuziehen, doch ich hielt sie fest zwischen meinen Fingern. Ihre Haut fühlte sich kühl an und trocken.

»Lass mich sehen, ob du dich verletzt hast.«

»Das habe ich sicher nicht, Fräulein Wallenstein.«

»Ich würde es gern selbst nachprüfen.«

Widerstrebend ließ sie zu, dass ich ihre Hände anhob und genauer betrachtete. Frisches Blut war nicht zu entdecken, dafür aber Unmengen von Punkten, rötlich, schwarz oder blau und von geschwollener Haut umrandet.

»Kannst du mir das erklären, Marga?«

Mit zusammengekniffenen Lippen schüttelte sie den Kopf.

»Marga, du wirst doch wissen, woher diese Einstiche stammen.«

»Nein«, sagte sie kläglich.

Ich zog einen Stuhl heran, drückte sie sanft darauf und kniete mich vor sie. Wenn sie so ängstlich guckte, sah sie wie ein Nachtgespenst aus, das kurz davor war, wieder unsichtbar zu werden.

»Liebe Marga, erzähl mir bitte, was dich so zerstochen hat. Es wird wohl kaum in deinem Schlaf passiert sein.«

Tränen schossen aus ihren Augen.

»Nein«, flüsterte sie.

Prüfend sah ich sie an. »Sondern während des Tages?«

Stumm schüttelte sie den Kopf. Ihr Gesicht glänzte von Tränen, doch sie weinte ohne jedes Schluchzen. Wieder fiel mir auf, wie bleich sie war. Nie hatte Marga außerordentlich gesund gewirkt, doch nun schien sie tatsächlich durchsichtig zu werden.

»Schläfst du denn?«

Jetzt hörte ich doch einen unterdrückten Schluchzer. Nach einer Weile schüttelte sie den Kopf.

»Und was tust du nachts?«

»Ich nähe«, flüsterte sie. »Aber Sie wissen ja, wie ich in solchen Dingen bin.«

»Und warum nähst du?«, fragte ich so ruhig wie möglich. »Wenn du augenscheinlich jede Naht mit einem zerstochenen Finger bezahlst?«

»Ja, aber ich bezahle auch das Schulgeld damit.«

Sie war kaum noch zu hören.

»Aber das haben wir doch geklärt! Wenn du mir morgens und nach dem Unterricht zur Hand gehst, wirst du uns erhalten bleiben.«

Da Margas Eltern das Schulgeld nicht vollständig aufbringen konnten, war sie immer wieder Gefahr gelaufen, mit der Schule aufhören zu müssen. Verzweifelt hatten Fräulein Feltner und ich uns darüber den Kopf zerbrochen und Direktor Knollinger schließlich einen Vorschlag unterbreitet: Marga würde uns bei den täglichen Vor- und

Nachbereitungen helfen, zudem würden wir alles dransetzen, private Gelder für sie aufzutreiben. Jener Tag war mir lebhaft in Erinnerung geblieben, denn zum ersten und bisher letzten Mal war mir Direktor Knollinger sympathisch erschienen.

»Nicht meines«, sagte sie und starrte auf den Fußboden. »Augustes. Sie soll es doch auch so gut haben wie ich.«

Am liebsten hätte ich sie umarmt, doch das war nicht angebracht. Auguste war acht und besuchte die Charlottenburger Volksschule.

»Du hast also vor, die kommenden Jahre nachts zu arbeiten, damit auch deine Schwester auf das Lyzeum kann?«

Sie nickte.

»Liebe Marga, wie willst du das anstellen?«

Als ich keine Antwort erhielt, stand ich ächzend auf. In meinen Knien stach es, als würden auch sie mit Nadeln malträtiert.

»Und was nähst du?«

»Alles Mögliche«, flüsterte sie. »Aber meistens Matrosenanzüge. Papa verkauft sie in der Fabrik. Sie sind billiger als das, was in den Geschäften angeboten wird.«

»Heute wirst du nichts nähen.«

»Aber Fräulein Wallenstein, ich muss!«

»Du musst nicht. Ich sage dir, Marga, wenn du heute Nacht arbeitest und morgen wieder so aussiehst wie heute, werde ich dir eine schlechte Note geben.«

Erneut füllten sich ihre Augen mit Tränen.

»Ich lasse mir etwas einfallen, versprochen. Du brauchst eine Nacht Schlaf. Wie viel Geld verlierst du wohl, wenn dein Vater einen Tag nichts verkauft?«

»Fünfzig Pfennige, vielleicht eine Mark.« Sie wagte es immer noch nicht, mich anzusehen.

Ich lief zu meinem Mantel und holte mein Portemonnaie hervor.

»Ich gebe dir zwei.«

Gut, dass ich das Huhn so günstig bekommen hatte.

»Das kann ich nicht annehmen, Fräulein Wallenstein. Aber haben Sie herzlichen Dank!«

Erneut nahm ich ihre Hand, legte die Münzen hinein und schloss sie zu einer Faust. »Nun geh. Morgen sind wir schlauer.«

Glücklicherweise klang meine Stimme überzeugt, ich selbst war es nämlich nicht.

Marga nickte, und ihre Wangen hatten jetzt immerhin eine feine Röte. Ihr Anblick tröstete mich, doch als ich sah, wie sie ihren zerschlissenen Mantel überzog, fiel aller Optimismus in sich zusammen. Allein bei ihrem Anblick begann ich zu frieren.

»Warte!« Ich gab ihr meine Handschuhe. »Ich muss nicht so weit laufen wie du. Und in der Untergrundbahn ist es mollig warm.«

Entrüstet schüttelte sie den Kopf.

»Aber sie sind doch von Ihren Eltern!« Und hauchend fügte sie hinzu: »Aus China.«

»Dementsprechend dünn sind sie leider. Aber Seide ist besser als nichts. Wie ich schon sagte: keine Widerrede. Bis morgen!«

Sie polterte die Treppen hinunter. Vom Küchenfenster aus sah ich ihr nach. Immer wieder blieb sie stehen und hielt ihre Hände in die Höhe.

Sorgfältig steckte ich das Wollungetüm, das mich mit seinen Löchern an einen Schweizer Käse erinnerte, in meine Tasche und griff nach dem Huhn. Es war beinahe zwei, ich musste mich beeilen. Zwei Privatstunden in Französisch warteten auf mich und eine in Deutsch. Und dann musste ich ja noch einen Plan ausarbeiten, um Marga zu helfen. Ihr täglich Geld zuzustecken war mir leider nicht möglich.

Nach einem letzten, kalt gewordenen Schluck aus meiner Tasse klatschte ich in die Hände. »Hopphopp, Fräulein Wallenstein. Weiter geht's.«

Vier Stunden später konnte ich noch so häufig »Hopp« sagen, ich hatte Mühe, die Stufen hochzukommen. Frau Müller aus dem dritten Stock kam mir entgegen, grüßte knapp und schüttelte den Kopf, kaum dass sie meinem Blickfeld entkommen war. Seit wir vor zwei Jahren hier eingezogen waren, wurden wir argwöhnisch beäugt. Zwar logierten in der Remise nicht wie im Vorderhaus ausschließlich Doktoren und Anwälte, doch waren wir wohl nicht gerade das, was sich unsere neuen Nachbarn unter einer tauglichen Familie vorgestellt hatten: Meine Schwester blieb tagsüber meist im Bett, nachts sah sie aus wie ein schillernder Revuestar, hin und wieder schminkte sie sich sogar. Noch schlimmer war jedoch, dass Tante Mirelle jeden Abend am offenen Fenster die Marseillaise sang und anschließend klagend ein paar Tränen vergoss. Da half es kaum, dass wenigstens ich kein Paradiesvogel war, wenn auch etwas zu groß geraten und mit zu wild gelocktem Haar, um dem Bild einer adretten jungen Lehrerin zu entsprechen.

Mit steifen Fingern öffnete ich die Wohnungstür und schob zuerst meine Tasche und dann mich selbst hinein. Eigentlich geräumig, war die Diele derart vollgestellt, dass sie an die Hochbahn zur Hauptverkehrszeit erinnerte. Nachdem unsere Eltern nach China aufgebrochen waren, mussten wir ja irgendwohin mit all den Möbeln, Teppichen und Bildern. Vaters Stellung beim Reichsmarineamt in der Kolonie Tsingtau war auf vier Jahre ausgelegt. Wozu also hätten er und meine Mutter, als sie den Dampfer bestiegen, den gesamten Hausrat mitnehmen sollen? Doch die Villa in Dahlwitz, in der ich aufgewachsen war, bewohnte längst eine andere Familie. Für uns drei wäre sie auch viel zu groß gewesen. So zogen Mirelle, Adele und ich nach Berlin, im Gepäck eine Vielzahl an wuchtigen, überflüssigen Möbeln.

Ich nahm den Hut ab, fuhr mir durchs Haar und klopfte meinen knöchellangen Rock aus, an dem zertretenes Laub klebte.

»Bonsoir«, knarzte Tante Mirelle aus dem Wohnzimmer herüber.

»Guten Abend, Tante.«

Bei meinem Versuch, ohne Zuhilfenahme der Hände aus den Stiefeln zu steigen, fiel ich fast in die Ölgemälde, die neben dem Schirmständer lehnten. Weil nur eine Wand ausreichend Platz für ein Bild bot, tauschten wir sie alle paar Wochen aus. Momentan hing neben der Tür zu Adeles und meinem Schlafzimmer »Der Faun«, den mein Onkel mit forschen Strichen auf die Leinwand gebannt hatte. Oder war es »Eine Dame im Schnee« meiner verstorbenen Großmutter väterlicherseits?

»Ist alles in Ordnung, Chérie?«, rief Tante Mirelle mit düsterer Stimme.

»Ja, ich bin gleich bei dir«, rief ich zurück und stellte meine Schuhe aus Platzmangel auf dem Zeitungsständer ab. Langsam tropfte das Wasser auf die Kaufhausprospekte und einen angerissenen Bogen Packpapier. Auch meine Strümpfe waren feucht. Mit klammen Fingern hängte ich sie über das Holzregal, das immer woanders stand, weil wir auch dafür keinen richtigen Platz hatten.

»Möchtest du eine Tasse Tee?«

Ich schlüpfte in meine Pantoffeln und warf einen Blick ins Wohnzimmer, in dem sich neben einem gewaltigen Ofen, dem Ensemble aus Esstisch und acht Stühlen, einer Récamière und der Bücherwand auch Tantes Bett befand. Sie selbst saß reglos auf dem Sofa, ein kleiner Berg Mensch mit gewaltigen schwarzen Haaren und Augen, die als glühende Kohlen durchgehen konnten.

»Tante?«

»Quoi?«

»Tee?«

Tante nickte und schüttelte gleichzeitig den Kopf.

»Hast du eine Verabredung für mich gemacht?«

Ihr französischer Akzent war nicht zu überhören. Es gab Tage, an denen Tante Mirelles Kopf wolkenverhangen war, wie sie es ausdrückte, in denen darin nur Nebel herrschte und mit den Gedanken kein Durchkommen war. Dann sei ihr das Deutsche zu hart, sagte sie, sie brauche die französische Weichheit, um nicht des Lebens müde zu sein.

So ein Tag war heute wohl. Ich trat näher und legte ihr meine Hand auf die Schulter. Sie war weich wie ein Kissen.

»Ich begleite dich am Freitag. Fräulein Christine erwartet dich um vier.«

Ich hoffte inständig, dass Tante nicht weiter nachbohren würde. Auf dem Weg nach Hause hatte ich mir vorgenommen, kein Wort über mein angeblich brennendes Herz zu verlieren. Doch Tante würde mich ausquetschen, wie sie es immer tat, sie hatte diese Art, Dinge erspüren zu können. Manchmal fragte ich mich, ob an diesem Spiritismus nicht doch etwas dran war. Sie schien stets genau die Dinge zu ahnen, die ich unbedingt vor ihr geheim halten wollte.

Tante schloss die Augen und klopfte auf das Kreuz, das an einer Kette um ihren Hals hing.

»Ich habe ein ungutes Gefühl, Chérie. So ungut. Es ist das Wetter da draußen.«

Keine weiteren Fragen zu Fräulein Christine, was für ein Glück!

»Nebel statt Schnee, Regen, Regen, Regen, nachdem es im November geblitzt und gedonnert hat wie im August. Weißt du nicht, Chérie, der babylonische Sturm? So einer kann auch das Steinmeer Berlin zerstören.«

Tante hatte aufgeschnappt, wie ein Passant die Stadt so bezeichnet hatte, das hatte Eindruck auf sie gemacht. Als Bewunderin alles Großen, Erhabenen malte sie sich nun andauernd die auf uns zurollende Apokalypse aus, in der die Hand Gottes alle Bauwerke und Straßen zerschlug.

»Nur ein kümmerlicher Haufen Kies wird zurückbleib…«

»Schau, was ich dir mitgebracht habe«, unterbrach ich sie. Zornig sah sie mich an, doch ihre Züge glätteten sich sofort, als sie Margas Strickversuch in meiner Hand sah.

»Oh, de ma petite?«

Ich nickte. »Tust du mir den Gefallen und machst es hübsch?«

Noch bevor ich zum Satzende gekommen war, hatte sie mir die Wolle aus der Hand gerissen, und wenige Augenblicke später klapperten die Nadeln.

»Wie steht es um deine Nähkünste, Tante?«

»Nicht gut«, murmelte sie, in das Strickwerk vertieft. »Nähen ist Arbeit. Stricken Entspannung.«

Meine winzige Hoffnung fiel in sich zusammen.

»Pourquoi?«, fragte sie dann.

Ich berichtete, was ich heute von Marga erfahren hatte.

»Non! Das arme Kind! Es wird sterben, wenn es nicht schläft!«

Normalerweise ging mir ihr unerschütterlicher Pessimismus auf die Nerven. Heute aber erschien er mir, wenn auch leicht übertrieben, angebracht.

»Wir müssen etwas unternehmen, Chérie!«

Sie ließ die Nadeln auf ihren Schoß sinken und starrte vor sich hin. Auf mehreren Schulfesten hatte ich sie mit Margas Eltern tuscheln sehen, wenig später hatten diese das Schulgeld ihrer Tochter für ein Jahr im Voraus bezahlt. Ob Tante etwas damit zu tun hatte? Doch ihre Ersparnisse konnten kaum für noch ein Kind ausreichen.

Sie gab mehrere tiefe Seufzer von sich, dann nahm sie das Stricken wieder auf.

»Vielleicht …«, setzte ich an, doch Tante unterbrach mich: »Ich denke!«

Mit dem emsigen Klappern der Nadeln im Ohr betrat ich die Küche, einen dunklen Schlauch mit kaum wahrnehmbarem Fenster am Ende, durch das man auf die graue Friedhofsmauer blickte. Sonnenstrahlen fanden nie herein, doch es duftete heimelig nach den glühenden Kohlen im Herd, nach getrockneten Salbeiblättern, die ich zu Sträußen zusammengebunden und aufgehängt hatte, nach Lavendelblüten und Beifuß. Staubkörner tanzten durch die Luft. Ich liebte es, die Tür hinter mir zuzuziehen, im dämmrigen Licht zu stehen und nur zu atmen, die Süße des Honigs in der Porzellanschüssel zu riechen und den erdigen Geruch der Kartoffeln. Heute aber wollten meine Gedanken keine Ruhe geben.

»Chérie, wann kommst du zu mir?«, ertönte Mirelles Stimme. »Ich spüre schon, wie die geniale Idee sich nähert. Da … Ah!«

Ihr Seufzer war so laut, dass ich ihn bis in die Küche hörte.

»Nun ist sie wieder entwischt!«

»Lass mich nur schnell die Suppe und den Tee aufsetzen!«, rief ich und hob mit dem Schürhaken den Deckel der mittleren Feuerstelle an. Hitze stieg auf. Ich holte Lauch hervor, Zwiebeln, Sellerie, Kartoffeln und zwei Rüben, wuchtete den Kochtopf auf die Platte und gab Öl und Gemüse hinein. Zischend spritzte es zur Seite. Während die Flüssigkeit vor sich hinköchelte und würzig riechende Dampfschwaden ausstieß, rupfte ich das Huhn, zog die Innereien heraus und warf das blassweiße Tier, das mir nun erschreckend mager erschien, in die Brühe.

»Selma? Ach, ich mag nicht so lange allein sein, wenn du schon einmal zu Hause bist.«

Tante war in der Tür erschienen, seufzte und kräuselte ihre Stirn. »Ich bin schon fertig mit dem Eierwärmer. Aber die Idee hat sich doch wieder entfernt.«

»Womit bist du fertig?«

»Mit dem Eierwärmer. Was soll es sonst sein, Chérie? Du wirst sehen, er passt perfekt!«

Mit einem überraschenden Tempo war sie bei der Kammertür, riss sie auf, wühlte in den Regalen herum, ließ ein paar französische Schimpfworte und dann mit lautem Klirren etwas zu Boden fallen, bis sie ihren Körper schließlich wieder in die Küche schob und feststellte: »Wir haben kein Ei.«

»Nein, das haben wir wohl nicht.«

»Potzschnitz.«

»Potzblitz, Tante.«

»Ah, je m'en fous. Woran soll ich es dir jetzt zeigen?«

Anklagend hielt sie Margas Topflappen in die Höhe, der nun eine ovale Form hatte. Man würde ihn tatsächlich zum Warmhalten von Eiern benutzen können oder als farbenprächtigen Puppenhut.

»Ich könnte viele davon stricken. Wie in einer Fabrik. Reicht das für Agathe?«

»Auguste.«

»Bon, wie immer das Kind heißt. Reicht es?«

Aus ihren riesigen dunklen Augen starrte Mirelle mich an. Bis auf ihre Größe war alles an ihr gewaltig. Ihr ausladender Körper wurde von einem Korsett in Form gehalten, darüber barst fast ihr Lieblingskleid, ein nachtschwarzes Spitzengewand, das ihr das Aussehen einer trauernden Witwe verlieh. An ihren Ohrläppchen wackelten enorme goldene Hufeisen. Falls sie einmal stürbe, sagte Tante gern und fügte stets hinzu, dass das wahrscheinlich schon übermorgen der Fall sein würde, müsste ihre letzte Ruhestätte wohl quadratisch ausgehoben werden.

Der Tag war lang gewesen, und ich spürte die Müdigkeit in meinen Knochen. Ich hatte keine Lust, mit ihr zu streiten. Ohne sie anzusehen, schob ich den Kohleeimer vor und ließ eine Handvoll ins Feuer fallen.

»Deine Idee ist … interessant. Allerdings bezweifle ich, dass die Menschen mehrmals im Jahr neue Eierwärmer benötigen.«

»Hm. Non, du hast recht.«

Ich goss Wasser über die Teeblätter und stellte ihr eine Tasse hin. Feinherber Dampf stieg mir in die Nase.

Tante verzog das Gesicht.

»Das stinkt. Gib mir ein Glas Wein, ma chère.« Sie hob ruckartig den Kopf und strahlte mich an. »Deine anderen Schülerinnen werden es für sie nähen!«

»Im Handarbeitsunterricht?«

»Oui!«

Daran hatte ich auch schon gedacht, hielt es jedoch für recht gewagt. Wenn meine Schülerinnen zu Hause erzählten, dass sie Matrosenanzug um Matrosenanzug nähen mussten, würden ihre Eltern gewiss protestieren.

»Ich fürchte, ich werde Marga beim Nähen unterstützen müssen.«

»Du? Dein Leben sollte nicht daraus bestehen, Nacht um Nacht Kleider zu nähen! Dein ... Ah! Du hast mir noch gar nicht die Einzelheiten von heute Morgen erzählt. Wie war die Seherin? Hat sie etwas über mich gesagt?«

»Sie kennt dich doch gar ni...«

»Hat sie etwas über Adeles Zukunft gesagt?«, unterbrach sie mich. »Non? Natürlich nicht, das dumme Ding hat ja keine Zukunft!«

»Tante, nun übertreib nicht so.«

»Ich übertreibe? Deine Schwester ist 28 Jahre alt. Sie hat keine Ausbildung, was mich nicht weiter bekümmern würde, vor allem aber hatte sie nicht den blassesten Schimmer, was sie, außer im Bett zu liegen und seltsame Texte vor sich hinzumurmeln, mit ihrer Zeit anfangen soll.«

»Sie lernt für ihr Vorsprechen.«

»Pah!« Etwas blitzte in Mirelles Augen auf. »Und du? Hat sie etwas über dich erzählt?«

Kopfschüttelnd sah ich aus dem Fenster. Nur graue Wand, natürlich.

Tante wackelte mit den Augenbrauen und bohrte mir ihren Zeigefinger in die Brust. »Sie hat etwas gesagt. Was?«

»Nichts.«

»Was hat sie gesagt?«

»Sie sagte mir, dass mein Herz brennt, noch ehe das kommende Jahr rund ist.«

»Ah! Non!«

»Ah oui.«

»Du?«

Zorn stieg in mir auf, wie heute Morgen. Fräulein Christines Überzeugung, jede Frau sehne sich nach nichts als Liebe, störte mich ebenso sehr wie Tante Mirelles Zweifel daran, dass auch ich zur Liebe fähig war. Ich war nicht mit taubem Herzen geboren worden. Ich wusste sehr wohl, wie es sich anfühlte zu lieben, und ebenso, dass ich dieses Gefühl nie wieder spüren würde.

Auf Mirelles Gesicht legte sich ein seliges Lächeln. Sie sah beinahe friedlich aus.

»Chérie, das immerhin macht mich glücklich.«

»Tante, das darf man nicht ernst neh…«

Die Türklingel schrillte. Vor Erleichterung wäre ich am liebsten auf die Knie gefallen.

»Mon Dieu!«, schrie Tante, jetzt gar nicht mehr entzückt. »Bekommen wir Besuch? Warum hast du mir davon nicht erzählt?« Sie scheuchte mich in den Flur und weiter ins Wohnzimmer und richtete vor dem an die Wand gelehnten Spiegel ihr Haar. »Selma, räum auf, vite, vite!«

»Ich habe niemanden eingeladen, Tante. Und wohin sollte ich hier etwas räumen? Was nicht in die Schränke passt, kann ich höchstens aus dem Fenster werfen.«

Die Tür zu Adeles und meinem Schlafzimmer flog auf, und feengleich schwebte meine Schwester an mir vorbei. Sie roch nach Rose, ein wenig auch nach Bett. Eine lindgrüne Seidenschleife hielt ihr sanft gewelltes mahagonifarbenes Haar aus der Stirn, die Lippen glänzten von Bienenwachs, die Wangen waren leicht gerötet, und ihre Augen strahlten, als hätte sie gerade einen Prinzen gesehen, dabei war sie eben erst aufgestanden. Sie trug den Morgenrock, den Mama und Papa ihr geschickt hatten, ein schimmerndes chinesisches Gewand, das Kimono hieß. Mich erinnerte es an einen Teewärmer, ungleich unförmiger allerdings, aber auch ungleich schöner. Lotosblüten zierten den Seidendamast und schlangen sich über beide Schultern und den Rücken hinab. Vorn war eine Berglandschaft aufgestickt mit Tempeln und Gärten, lavendelfarbigen Berggipfeln und einer Schar dunkler Vögel.

»Wer ist das?«, fragte Adele über ihre Schulter hinweg, blieb stehen und drehte sich zu mir. »Was ist mit dir? Warum siehst du so müde aus?«

Instinktiv griff ich an meine Wangen. »Vielleicht weil ich den ganzen Tag gearbeitet habe?«

Sie schenkte mir ein mildes Lächeln und nickte. »Ah. Möglicherweise solltest du das öfter einmal sein lassen.«

»Wollt ihr Kaffeeklatsch halten oder die Tür öffnen?«, bellte Tante und schoss mit so festem Schritt voraus, dass die Holzbohlen unter meinen Füßen bebten.

Sonderlich gespannt war ich nicht darauf, wer vor der Tür wartete. Meinen früheren Kolleginnen, jetzt Ehefrauen und Mütter, wäre es für eine Spontanvisite zu spät. Fräulein Feltner, die gezwungenermaßen wie ich ledig war, kam gewiss nicht von Charlottenburg hierher. Die

Schlussfolgerung lautete daher: Der Gast wollte zu Adele. Einer ihrer Verehrer also. Unzählige junge Männer verzehrten sich danach, vorauseilend Kiesel vom Gehsteig zu schieben, über die sie stolpern könnte, und jeden Ast vom Baum zu rupfen, auf dass er sich nur nicht in ihrem Hut verfing.

»Wer Sie sind?«, fragte Tante mit dröhnender Stimme, doch ich hörte, dass ihre Stimme zitterte. Weil sie so klein war, gab sie ungehindert den Blick auf einen jungen Mann in Uniform frei, und wenn Tante Männer in Uniform sah, begann sie vor Aufregung die Worte zu vertauschen. Mehr noch als das eiskalte Preußen hasste sie die hiesigen Soldaten, das Marschieren, die zackigen Bewegungen und abgehackt vorgetragenen Befehle.

Der junge Mann, der so strammstand, als salutierte er dem Kaiser persönlich, war zwar kein Soldat, doch das hatte sie offenbar nicht erkannt.

»Ein Telegramm für Sie«, rief er.

»Mon Dieu«, flüsterte Mirelle und klatschte mit der Hand auf ihren Kreuzanhänger. »Telegramme verheißen … nie … immer …«

Verwundert sah der Junge sie an. Dann fiel sein Blick auf Adele, und ein Ausdruck seliger Bewunderung legte sich auf sein Gesicht.

Mit hoheitsvollem Lächeln nahm meine Schwester den Umschlag entgegen. Natürlich, ein Liebesbrief für sie, was sollte es sonst sein?

»Haben Sie vielen Dank«, sagte sie mit samtiger Stimme, wandte sich Tante und mir zu und schloss die Tür. Als sie auf den Absender schaute, flackerte Irritation über ihr hübsches Gesicht.

»Ein Schreiben von Papa.«

Tante war kalkweiß geworden und hielt sich an dem Turm aus Überseekoffern fest, der gefährlich schwankte.

»Von eurem Vater? Es ist von eurem Vater?«

Langsam beschlich auch mich ein mulmiges Gefühl. Zwei Cent kostete eine Postkarte aus der Kolonie, die über Sibirien mit dem Zug nach Deutschland kam. Warum hatte Vater viel Geld für ein Telegramm ausgegeben, wenn die Weihnachtspost mit ein bisschen Planung ohnehin pünktlich bei uns eingetroffen wäre? Doch ich sollte mich nicht anstecken lassen von meiner Tante, die immer und überall das Böse witterte, und meiner Schwester, für die das Drama ein Lebenselixier war. Genau wie Tante starrte sie das Schreiben an, als könne es in der nächsten Minute ein Eigenleben entwickeln und aus ihrer Hand fliegen.

»Jetzt macht doch nicht einen solchen Zirkus daraus. Vielleicht sollen wir für Mama noch schnell ein Weihnachtsgeschenk besorgen, das er in China nicht bekommt.« Wenn ich meinen Worten auch selbst nicht recht glaubte – und wie hätten wir das Geschenk auch so schnell nach Tsingtau bekommen sollen? –, konnte ich doch ein ungeduldiges Seufzen nicht unterdrücken. »Warum seht ihr immer alles so schwarz? Soll ich vorlesen?«

Stumm reichte Adele mir das Telegramm und starrte mich aus großen Augen an. Ich riss den Umschlag auf, räusperte mich und erhob die Stimme: »Liebe Töchter, Mutter krank. Macht euch zur Abreise fertig. Papa.«

Die Standuhr neben dem Sofa tickte, der große Zeiger bereitete sich darauf vor, die Zwölf zu erstürmen. Ein Gong ertönte. Fünf-, sechs-, sieben-, achtmal.

Meine Gedankengänge verlangsamten sich. Ich sah Maman vor mir mit ihrem Haar, das noch wilder war als meines, und den Augen, die immer voller Freude geleuchtet hatten. Und wie sie getanzt hatte! Immer hatte sie sich gedreht und die Arme geschwungen, auch wenn sie nur einkaufen gegangen war. Bis zu jenem Tag im Mai 1905, an dem sie den Reitunfall hatte und ihr Gehör verlor. Von da an war es in unserem Haus stiller und stiller geworden.

Ich atmete ein. Die Luft roch tröstlich nach der Hühnersuppe, deren Dampfschwaden bis in den Flur zogen. Inzwischen hatten die Gedanken in meinem Kopf ungeordnet zu rasen begonnen, Bilder und Erinnerungen blitzten auf.

»Vielleicht hat sie die Pest«, flüsterte Adele, deren Augenlider nervös flackerten. Ihr Oberkörper hob und senkte sich schnell.

»Unsinn«, sagte ich mit rauer Stimme. »Tsingtau wurde von der Pestwelle verschont. Und es ist drei Jahre her, dass sie in Nordchina wütete. Warum sollte sie jetzt noch einmal ausbrech…«

Ein seltsames Geräusch ertönte. Wie das Piepsen eines Vögelchens klang es, abgelöst von einem dumpfen Knall. Die Bretter zu meinen Füßen bebten, und da lag Mirelle, das Gesicht wächsern, die Augen geschlossen.

»Tante!« Ich stürzte neben sie und versuchte, ihr Luft zuzufächeln und das zu enge Kleid aufzuknöpfen, doch vor mir sah ich immer Maman mit ihren dunklen Locken und dem früher so strahlenden Blick. Tante und sie ähnelten einander nicht im Mindesten, es war kaum zu glauben, dass sie derselben ehrwürdigen Bordelaiser Belin-Familie entstammten.

Ich hörte Adele über mir fragen: »Ist sie ohnmächtig?«

»Ja. Könntest du mir Essig bringen, bist du so gut?«

Sie sah mich verständnislos an und hob die Hände. »Essig?«

»Ja. Bitte.«

»Wozu?«

»Um Tante aufzuwecken, was sonst?« Das hatte harscher geklungen, als ich beabsichtigt hatte. »Ich hole ihn«, sagte ich wieder ruhiger. »Entschuldige.«

Gerade hatte ich die Tür zur Kammer geöffnet, als Adele mich rief: »Selma, komm! Tante hat sich den Kopf aufgeschlagen. Sie blutet.«

Rasch griff ich nach der Essigflasche, gab ein wenig davon in ein Glas Wasser und lief zurück. Adele umklammerte Tantes Kopf, den Tränen nahe.

»Keine Sorge«, sagte ich. »Das wird schon wieder.«

Tropfen für Tropfen ließ ich auf Tantes Lippen aufkommen. Endlich verzog Tante ihren Mund.

»Ich habe von Licht geträumt«, murmelte sie. »Von Licht und Freude.« Ein Lächeln huschte über ihr Gesicht, das sogleich verschwand, als sie die Augen öffnete und uns über sich gebeugt sah. Tränen schossen ihr in die Augen.

»Was ist mit Esthère?«, rief sie. »Was ist passiert?«

»Das werden wir bald wissen, Tante. Papa wird sicher einen Brief hinterherschicken und alles erklären. Komm, setz dich auf.«

Wir brachten sie zum Sofa, wo sie sich erschöpft in die Polster sinken ließ. Sie schluchzte leise, und ich spürte Adeles flehenden Blick.

Ich nahm ihre Hand und drückte sie. »Ich hole die Suppe.«

In der Küche ließ ich die Gasleuchte aus und starrte auf die dunkle Friedhofsmauer vor dem Fenster. Doch ich musste mich zusammenreißen. Ich konnte mich nicht verkriechen und weinen. So unendlich viel war zu tun, die Reise buchen, packen, unsere Wohnung kündigen. Ebenso wie meine Arbeit. Bei dem Gedanken verspürte ich einen schmerzhaften Stich. Keine Morgenstunden in Margas Gesellschaft mehr, kein Wochenplan, in den Fräulein Feltner und ich ein naturwissenschaftliches Fach hineinmogelten und unseren Mädchen einschärften, mit dem verwaschenen Begriff Lebenskunde zu antworten, falls sie gefragt würden.

Doch darum sollte ich mir keine Gedanken machen. Maman stand nun im Mittelpunkt. Immerhin konnte ich mich damit trösten, sie bald wieder in meine Arme schließen zu können.

Im Wohnzimmer saß Tante jetzt allein, mit hängendem Kopf und die Hände im Schoß verkrampft. Als sich meine Augen an das Schummerlicht gewöhnt hatten, erkannte ich, dass sie eine Fotografie meiner Eltern betrachtete. Mit den Tellern voll dampfender Suppe trat ich näher. Mutter trug ihre Reiterkleidung und streckte stolz die Gerte gen Himmel, Vater war wie immer streng frisiert und blickte erschrocken in die Kamera.

»Damals war sie noch glücklich«, schluchzte Mirelle auf. »Meine liebste Esthère.« Sie schnaubte in ihr Taschentuch. »Dein Vater hätte sie nicht mitschleppen dürfen. Eine kranke Frau so weit weg von zu Hause, so weit weg von der modernen Medizin.«

Mir fiel nichts ein, was ich sagen konnte, nur dunkle, schwere Trauer lag auf mir.

»Wo ist Adele?«, fragte ich schließlich, um das Gefühl der Hilflosigkeit zu vertreiben.

»Im Bett.«

»Sie muss essen.«

»Lass sie.«

»Ich sehe nach ihr.«

»Bleib hier«, sagte Mirelle, und es klang so entschlossen, dass ich zögerte. »Sie schläft, oder sie versucht es wenigstens. Setz dich zu mir.«

Ich stellte die Teller ab und fuhr mir mit der Hand über das Gesicht. Mir war, als hätte ich wahre Müdigkeit bis zu diesem Augenblick gar nicht kennengelernt.

»Erzähl mir von meiner Esthère, ja?« Tante versuchte zu lächeln, doch ihre Lippen zitterten. »Ich würde gern etwas Fröhliches über sie hören.«

Ich nahm Tantes Hand, deren Haut dick, weich und trocken war, so, wie ich mir die Haut eines Elefanten vorstellte. Lange überlegen musste ich nicht, die Worte sprudelten von ganz allein aus mir heraus. Von den heißen Sommertagen in Bordeaux sprach ich, als Maman noch ein Kind gewesen war, ein freches, wildes Kind, wie Großmaman erzählt hatte, kaum zu bändigen. Von ihren Jahren als junge Frau, als sie Papa kennenlernte, damals ein kaum zwanzigjähriger Marinesoldat, der seine Ferien in London verbrachte. In der Belin-Familie, im Elternhaus von Mirelle und meiner Mutter, gehörte es zur Tradition, die Töchter nach England zu schicken. Um die Sprache zu lernen und ein wenig von der großen weiten Welt kennenzulernen. Vater dagegen war eher widerwillig mit einem Freund mitgereist. Er verstand kein Englisch und mochte die Großstadt nicht, bis er Maman traf, eine temperamentvolle, dunkel gelockte junge Dame mit wachem Blick, die gern Kirchenlieder sang. Ein paar Sonntage bei Kirchengesängen, Kuchen und Kaffee dauerte es, dann verliebten sie sich ineinander, und Vater nahm Maman zum Entsetzen der in London weilenden französischen Verwandtschaft mit.

»Ich weiß noch«, rief Tante, »wie unser Vater geschimpft hat über diesen zu allem entschlossenen Preußen! Wie wir gebettelt und ihr jeden Mann Frankreichs in Aussicht gestellt haben, doch sie wollte nur einen. Deinen Vater, warum auch immer.«

Ihre Worte versetzten mir einen Stich.

»Habe ich dir schon erzählt, wie Maman Bananen in unserem Garten wachsen ließ?«, fragte ich sie.

Mirelle lächelte zärtlich, schloss die Augen und lehnte sich zurück. »Ja. Aber erzähle es noch einmal.«

»Hin und wieder brachte Papa Südfrüchte mit. Eines Morgens schnappte sich Maman ein paar davon, schlich aus dem Haus und kletterte an dem längsten und schmalsten Ast der Kastanie entlang, bis sie über einem kleinen, traurig aussehenden Baum hing, den mein Vater abholzen lassen wollte, weil er kein Grün mehr trug. Sie ließ die Bananen draufplumpsen und saß wenig später mit dem entzücktesten Gesicht am Frühstückstisch, das du dir vorstellen kannst. Der struppige braune Strauch sei ein heimlicher Einwanderer, sagte sie. In der Nacht habe er endlich Früchte getragen, gelbe Früchte, die ich bisher nur aus einem Buch kannte. Adele und ich waren so aufgeregt, dass wir nachmittags die ganze Schule mitbrachten, zwei Tage später stand das halbe Dorf vor dem Strauch und staunte. Von da an haben wir jeden Sommer auf neue Bananen gelauert, aber vergeblich. Erst Jahre später bin ich auf die Wahrheit gekommen. Ich war enttäuscht. Aber auch stolz. Maman war die einzige Mutter, die ich kannte, die heimlich auf Bäume kletterte.«

Eine Mutter, deren Liebe warm wie ein dicht gewebtes Tuch gewesen war. Die mich, wenn ich betrübt oder traurig war, an den Händen fasste, herumschwenkte und sagte: »Gott will, dass du trotzdem tanzt, Selma.«

Tante kicherte. »Und erinnerst du dich daran, wie sie in Badenweiler darauf bestand, die ganze Nacht aufzubleiben, um ja nicht den Moment zu verpassen, in dem der tote Tschechow zur Kirche gebracht wurde? Von Gott weiß wem hatte sie erfahren, dass er verstorben war und sein Leichnam durch die Straßen getragen werden sollte, heimlich, damit nicht der halbe Ort Zeuge wurde. Sie trank Unmengen von Mokka, um wach zu bleiben, was leider einen gegenteiligen Effekt hatte. Sieben Minuten nach zehn schlief sie tief und fest.«

Ich blickte auf meine Hände. Die Aufregung, die nach dem Tod des Dichters in dem kleinen Ort im Südschwarzwald geherrscht hatte, wurde in meiner Erinnerung von Paul überlagert. Seine Augen, die von demselben Braun wie zähflüssiger Waldhonig gewesen waren, seine sanft geschwungenen Lippen, die einen so interessanten Gegensatz zu seiner gekrümmten Nase bildeten, seine großen Hände, mit denen er mein Gesicht umfasste. Groß und dunkel war er gewesen, eine gewaltige Erscheinung, die mich sofort in ihren Bann gezogen hatte. Es war seltsam, dass sich unsere Wege nach der Verlobung so schnell wieder getrennt hatten. Als hätten zuvor nicht zwei Herzen zueinandergefunden, die wie füreinander gemacht zu sein schienen.

Tief in mir regte sich eine Sehnsucht, die so gewaltig war, dass sie mir den Atem nahm. Ich sprang auf, sammelte die Teller ein und war schon auf halbem Weg in die Küche, als mich Tantes Worte erreichten.

»Sie hätte nicht reiten müssen, n'est-ce pas? Warum nur hat sie es an jenem Tag nicht lassen können?«

Ich tat, als hätte ich sie nicht gehört, eilte weiter und klammerte mich am Herd fest.

An jenem verhängnisvollen Tag im Mai 1905 hatten sich über Dahlwitz schon morgens finstere Wolken am Himmel geballt, eine merkwürdig aufgeladene Stille hatte geherrscht. Der Wind trieb Heuballen und Sand vor sich her, und ich hatte mich in mein Zimmer zurückgezogen, um Pauls jüngst eingetroffenen Brief zu lesen.

Selma, du bist mir mehr als alle Gräser und Tannenzapfen dieser Welt. Mehr als Blumen und die Luft, mehr als eine Wolke, der Regen, die Strahlen der Sonne. Du bist mir mehr als mein Leben. Willst du mich an deinem für immer teilhaben lassen?

Auch heute noch sah ich jeden Buchstaben deutlich vor mir, kannte die Farbe der Tinte genau, ein dunkles Azurblau. Ich erinnerte mich, wie das Glück in mir tobte, bis ich mit geschlossenen Augen zu tanzen begann, wie alles um mich herum bunt und schwerelos erschien.

Den Rest jenes Vormittags dagegen hatte ich kaum noch im Gedächtnis. Ich wusste nicht, warum ich die Briefe zwar in die Schachtel räumte, die Schachtel aber nicht wie sonst versteckte.

»Maman hat sie gefunden, Selma«, hatte Adele geflüstert. »Die Briefe. Sie kam kalkweiß aus deinem Zimmer. Ich wollte sie aufhalten, doch sie riss sich los und rannte in den Stall.« Als sie sah, dass ich weinte, nahm sie mich in den Arm und wiegte mich. »Du kannst nichts dafür, Selma. Lass dir von niemandem einreden, dass es deine Schuld ist, hörst du?«

Doch ich wusste, dass es meine Schuld war. Dass ich

mich schon mit sechzehn Jahren verlobt hatte und bald das Haus verlassen würde, muss ein Schock für Maman gewesen sein. Und dann ausgerechnet Paul! Schon meine Freundschaft mit seiner Schwester Agnes war meinen Eltern ein Dorn im Auge. Ihr Vater war krank. Im Kopf, hieß es geflüstert bei uns zu Hause, während in Badenweiler, wo wir jedes Jahr die Sommerfrische verbrachten und wo Agnes lebte, von ihm nur als dem Irren gesprochen wurde. Ihre Mutter hielt die Familie mit Näharbeiten über Wasser. Zudem pflegte sie gewisse Freundschaften, wie mein Vater es nannte, während Maman sich weigerte, darüber auch nur ein Wort zu verlieren.

»Selma? Selma!«, hörte ich Tantes Stimme aus dem Wohnzimmer.

Ich blinzelte. Das Licht erschien mir plötzlich grell.

»Hilft du mir, das Bett zu machen?«

Ich lief zu ihr, schüttelte ihre Decken und das Kissen auf und öffnete das Fenster. Die Luft roch nach feuchter Erde. Tief atmete ich sie ein und blickte hinauf zu den Sternen, die zwischen den Wolken hervorblitzten.

»Gute Nacht, Tante.«

Sie antwortete nicht.

Ich schloss das Fenster wieder, löschte das Licht und tastete mich zu Adeles und meinem Schlafzimmer vor.

Fahles Mondlicht fiel auf mein Bett. Ich lauschte den vertrauten Atemzügen meiner Schwester und spürte, während ich mich auskleidete, eine plötzlich aufflammende Dankbarkeit. Nicht ein einziges Mal hatte sie mir die Ereignisse von damals vorgeworfen, nicht einmal an jenem Tag, an dem ich ihr die Kiste mit Pauls Briefen anvertraute. Stumm hatte sie sie entgegengenommen und wissend genickt. Wahrscheinlich lagen sie jetzt in unserem Dahlwitzer Garten vergraben. Oder sie hatte sie in den Fluss gekippt. Und irgendwann fühlte es sich so an, als hätte es die Briefe nur in einem Traum gegeben, der langsam verblasste.

Der Baum der Liebenden

Cedrus atlantica

Holziger, warmer Duft
Bei Überanstrengung,
drängenden Erinnerungen
Wirkung:
stärkend, harmonisierend, zentrierend

»Adele, weißt du, wo die Reisekoffer sind?«

Kisten stapelten sich vom Wohnzimmer in den Flur hinein und weiter in die Küche. Ich stand dazwischen und fühlte mich so müde, dass ich am liebsten den Kopf auf eine der Kisten gelegt und die Augen geschlossen hätte. Wenn ich nicht in der Schule war, packte ich. Wenn ich nicht packte, nähte ich Matrosenanzüge. Ich zerstach mir die Finger noch mehr als Marga. Tante behauptete, es sähe aus, als schliefe ich in einem Wespennest.

»Adele!«

Lag sie etwa immer noch im Bett? Seit Papas Brief samt Tickets für die Schiffspassage eingetroffen war, schmollte sie, weil sie nicht einsehen konnte, dass wir überhaupt nach China fahren mussten. Papas Nachricht lautete nämlich, Maman gehe es den Umständen entsprechend gut.

»Eine Erkältung?«, hatte sie gefragt, nachdem ich seine Zeilen vorgelesen hatte. »Sie ist erkältet? Mehr nicht? Da könnten wir doch ebenso gut ein Hustenmittel schicken.«

»Natürlich reisen wir nach China!«, hatte Tante gezischt. »Sie ist deine Mutter. Und sie ist nicht nur erkältet, sie ist dazu auch taub! Zeig mir die Tickets, Chérie. Ah! Erste Klasse? Oho!«

Vaters Stellung in der Garnisonsverwaltung in Tsingtau ermöglichte es uns, ohne zusätzliche Kosten erster Klasse zu reisen. Ein kluger Schachzug, denn Adele sagte, dass es immerhin eine währende Liebe in ihrem Leben gebe: die Liebe zum Luxus.

»Kannst du mir suchen helfen, Adele? Ich brauche die Koffer.«

Ich steckte den Kopf durch die Tür unseres Schlafzimmers. Mit kerzengradem Rücken saß Adele vor ihrem Spiegel, in der einen Hand eine Bürste, in der anderen etwas, das sie zusammenknüllte, als sie mich bemerkte, und rasch in die Schublade stopfte.

»Was ist das?«

Ihr Gesichtsausdruck im Spiegel war so abweisend, dass ich unwillkürlich einen Schritt zurückwich. »Habt ihr noch einen Auftritt, bevor wir fahren?«

Ihr Blick war leer, dann legte sich etwas darüber, das ich nicht zu deuten vermochte.

»Die Reisekoffer?« Sie hob die Bürste und begann, sich mit wütenden Strichen durchs Haar zu fahren. »Keine Ahnung. Frag Tante, die kennt jeden Winkel in diesem Haushalt.«

Das wagte ich mehr als zu bezweifeln, sagte jedoch nichts darauf. Was sie wohl in der Kommode hatte verschwinden lassen? Normalerweise hielt sie Tante und mich über jeden noch so kleinen Fortschritt ihrer Schauspielkarriere auf dem Laufenden und zerrte uns selbst zu Vorsprechterminen, die am späten Abend oder gar nachts stattfanden. Vor zwei Monaten hatte sie endlich eine kleine Rolle ergattert, zwar nicht wie erhofft die der Salomé, sondern in Ermangelung männlicher Schauspieler die eines Sklaven, der nur einmal die Bühne betrat und schon eine Minute später wieder verließ. Nichtsdestotrotz war sie überglücklich gewesen. Ich verstand, dass die Aussicht, nach China zu reisen, kaum verlockend für sie war. Aber unsere Mutter ... Und überhaupt: Hatte Adele mir nicht stolz erzählt, dass der Regisseur große Stücke auf sie hielt?

»Du könntest in Tsingtau ein paar Rollen einstudieren«, schlug ich vor. »Ich frage dich ab. Und wenn wir zurückkommen, schnappst du dir das größte Stück vom Kuchen, dann bist du endlich so wei...«

»Lass mich, Selma!«, unterbrach sie mich so ruppig, dass ich zusammenzuckte. »Lass mich einfach, ja? Du weißt nicht, wovon du sprichst.«

»Aber ...«

»Ich sagte, du sollst mich lassen.«

Beim Hinausgehen warf ich verstohlen einen letzten Blick über die Schulter. Sie wirkte traurig und verloren, während sie ihr Spiegelbild betrachtete. Adele, unsere Traumtänzerin, war mit dem beneidenswerten Talent bedacht, stets das Schöne in allem erkennen und das Schlechte ignorieren zu können. Was war nur los mit ihr?

Zurück im Wohnzimmer, fiel mein Blick aus dem Fenster. Ein rosafarbener Schimmer hatte die Fassade des Vorderhauses überzogen. Irgendwo hinter uns ging die Sonne unter. Morgen würde sie wieder aufgehen und über uns scheinen, während wir packten und packten, bis wir in zwei Wochen endlich den Zug nach Genua besteigen würden. Ich zog die Häkelstola enger um meine Schultern, rieb mir fröstelnd die Hände und kehrte zu meinen Reisevorbereitungen zurück.

»Hast du dich schon über China informiert, ma chère?«, rief Tante vom Sofa her, von wo aus sie mich den halben Tag schon mit mal mehr, meist aber weniger hilfreichen Kommentaren bedacht hatte.

»Nicht sehr«, gab ich zu, während ich Buch um Buch verstaute. »Ich hoffe, dass ich auf der Reise dazu komme.«

»Hm«, murmelte Mirelle. »Ich weiß immerhin, dass die Frauen keine Zöpfe tragen dürfen. Traurig, nicht wahr? Wie absonderlich, dass sie ihr Haar kurz halten müssen.«

»Die Männer sind es, die jetzt auf den Zopf verzichten, Tante.«

»Non! Sie trugen ihr Haar vorher … lang?« Sie schnalzte mit der Zunge und schien zu überlegen. »Sind es denn auch die Herren, deren Füße so seltsam en miniature geformt sind?«

»Das sind die Frauen. Oder sie waren es zumindest, soweit ich weiß.« Vater hatte uns Fotografien geschickt von den chinesischen Damen, deren Füße wie abgeschnitten zu sein schienen. Mir war ein wenig übel geworden, als ich sie betrachtet hatte. Doch hierzulande hatten sich die Frauen bis vor Kurzem in Korsetts geschnürt, was der Gesundheit bestimmt ähnlich wenig förderlich war.

»Aber ich weiß etwas genau!«, rief Tante mit leuchtenden Augen. »Und das finde ich noch erstaunlicher als alles andere: Die Chinesen verbrennen ihr Geld!«

»Tun sie das?«, fragte ich und versuchte, interessiert zu klingen.

»Oui! Für ihre Ahnen oder so ähnlich.«

Wo in aller Welt war unsere Reiseausrüstung? Die Überseekoffer aus dem Flur konnten wir auf die weite Fahrt unmöglich mitnehmen, zu plump und schwer waren sie.

»Vielleicht können wir sie überreden, uns ihr Geld zu geben. Ich meine, wenn sie es nicht haben wollen …«

Ich unterdrückte ein Kichern, als ich mir Tantes Verhandlungen darüber vorstellte. Hoffentlich würde sie nicht versuchen, den Chinesen die Scheine aus den Händen zu reißen.

Sie wedelte mit ihrer Decke.

»Schließlich braucht man keines im Paradies, n'est-ce pas?«

Sichtlich zufrieden mit diesem Argument, begann sie, die ersten Zeilen ihres liebsten Chansons zu skandieren, und ich flüchtete in die Küche. Es war Zeit für das Abendessen. Ich holte Milch aus der Kammer, Butter, Eier und Grieß und rührte alles über dem Feuer zusammen. Als der goldgelbe Brei am Löffel zu kleben begann, zog ich den Topf zur Seite und machte mich auf die Suche nach dem Pflaumenkompott, das noch aus unserem Dahlwitzer Garten stammte. Es würde mich Tage kosten, stöhnte ich innerlich, sämtliche Vorräte in den Regalen des kleinen Vorratsraumes zu inspizieren. Vieles davon konnten wir unseren ungeliebten Nachbarn geben, das meiste davon würde sich sowieso nicht halten, bis wir, im Sommer hoffentlich, zurückkehrten. Doch einiges ließ sich aufbewahren, gut in Kisten verpackt, luftdicht und …

Mein Herzschlag setzte für einen Moment aus, als meine Finger eine Schachtel ertasteten, wellig an den Rändern. Die Pappe hatte die Kälte und Feuchtigkeit des Winters aufgesaugt. Ich fuhr an dem Schnürsenkel entlang, mit dem ich den Deckel darauf festgebunden hatte, damals, bevor ich ihn Adele überreicht hatte. Sie hatte ihn mit nach Berlin genommen, still und heimlich, ohne mir etwas zu sagen.

»J'ai passé tant de jours«, hörte ich Tante leise singen. »Tant de nuits à ne songer qu'à toi …«

Unter dem Deckel lagen sie, die Briefe, und irgendwie war mir, als befände auch Paul selbst sich darin, als sähe er mich mit seinem wilden, liebevollen Blick an.

Bei unserer ersten Begegnung stand sein dunkles Haar ungekämmt vom Kopf ab. Ich hatte ihn durchs Fenster hindurch angestarrt, ängstlich, weil ich glaubte, ertappt worden zu sein. Konnte dieser Moment wirklich elf Jahre zurückliegen? Dieser Augenblick, an dem die Welt nicht aufgehört hatte, sich zu drehen? Sie war auch nicht ins Schwanken geraten, gar nicht, das war erst später gewesen, nach Agnes' Tod. Doch in jener Nacht, in der sie und ich uns hinunter in die Stube geschlichen hatten, wo wir die filigranen Kleider ihrer Mutter anprobieren wollten, und in der ihr älterer Bruder Paul überraschend für alle von seiner Reise zurückgekehrt war, hatte ich in seinen Augen etwas gesehen, das mich mit einem Schlag ruhig werden ließ. Ich hatte das Gefühl, dass mir das Leben fortan keine Angst mehr einjagen würde.

»Que notre vie serait un roman merveilleux …«

Sechs Monate nach Agnes' Begräbnis hatte er mir von dem Baum der Liebenden erzählt.

»Er steht an einem Ort, der so fern von allem ist, dass kaum jemand ihn je gesehen hat. Riesig ist er, verwachsen und uralt. Seine knorrigen Wurzeln reichen tief ins Erdreich, die gewaltigen Äste berühren fast den Himmel.«

Wir standen auf einer Lichtung. Der harzige Geruch der Fichten und Tannen drang in meine Nase. Ich spürte die Hitze, die aus der lockeren Erde aufstieg. Die Luft um uns herum flirrte. Jener Sommer im Jahr 1904 war so heiß, dass die Insekten wie betäubt vom Himmel fielen.

Kein Vogel zwitscherte. Schon morgens lag eine bleierne Müdigkeit über dem kleinen Schwarzwälder Ort.

»Von oben sieht und hört der Baum vieles«, sprach er weiter. »Doch mehr noch spürt er. Er spürt die Liebe, die sich wie ein Netz durch den Boden zieht, und den Hass, der durch dieselben Adern fließt. Manchmal lässt er die Zweige hängen, obwohl lichter Frühling ist, dann wieder blüht er im Herbst oder Winter.«

Er schloss die Augen. Ich hörte ihn atmen und trat so nahe an ihn heran, dass ich glaubte, seinen Herzschlag durch die Luft zwischen uns zu spüren.

»Wenn er blüht, fliegen von weit her Vögel heran. Sie lassen sich auf seinen Ästen nieder und singen, dass es von fern zu hören ist. Sie singen ein Lied ohne Worte. Für die Lebenden, die Liebenden und die Toten.«

»Bist du noch da, Selma?«, rief Tante. »Was machst du so lange in der Küche?«

Ich stand noch immer in der Kammer. Durch die Luke zu meinen Knien fiel fahles, staubiges Winterlicht.

»Mir fiel gerade ein, wie gut es war, dass ich nicht zu Fräulein Clarissa gegangen bin.«

Ich räusperte mich und schüttelte verwirrt den Kopf. »Zu wem?«

»Na, dieses Fräulein Clarissa. Die Hellseherin.«

»Sie heißt Fräulein Christine.«

»Christine, Clarissa, ist völlig gleich. Mir fiel jedenfalls ein, dass sie nicht die mindeste Fähigkeit besitzen kann. Sagte sie dir nicht, dass du den Mann deiner Träume triffst, bevor das neue Jahr rund ist?«

»Etwas in der Art, ja.«

»Siehst du.« Tante Mirelle klang zufrieden. »So ein Unsinn. Als ob du in China jemanden kennenlernen würdest!«

Wortlos nickte ich und strich über den Deckel. Sollte ich die Briefe mit den anderen Kisten einlagern? Um eines Tages, wenn ich sie wieder fast vergessen hatte, erneut über sie zu stolpern? Wollte ich diese Erinnerungen mein Leben lang mitnehmen? Oder sollte ich es wie die Chinesen machen? Die Briefe verbrennen, so wie sie ihr Geld verbrannten. Nicht für meine Ahnen, doch für mich. Und wenn ihre Funken in den Himmel stoben, würde Paul mich dann loslassen?

Mit einer Hand im Nacken stand ich da. Ich spürte die Wärme meiner Haut und fühlte mich seltsam getröstet. Gleichzeitig breitete sich Hoffnung in mir aus, flüchtig wie eine Wolke Dampf. Ich nahm eine Paketschnur zur Hand und wickelte sie so fest um die Kiste, dass sie die siebenwöchige Reise über das Meer überstehen würde, ohne dass auch nur ein Brief verloren ging. Ich würde den richtigen Moment abpassen, bestimmt würde ich ihn erkennen, wenn er käme, ich würde ein Feuer entfachen, daneben sitzen und zusehen, wie sich meine Vergangenheit in Rauchschwaden über Tsingtau verlor. Kein Ballast mehr. Brauchte es nicht genau das für einen Neuanfang?

Ein Hauch von Sandelholz

Santalum album

Samtiger, sinnlicher, holziger Duft
Bei Angespanntheit, Nervosität, Furcht
Wirkung:
angstlösend, anregend, ausgleichend

Adele weinte, seit wir um kurz nach acht den Zug bestiegen hatten, der pfeifend aus dem Anhalter Bahnhof hinausgedampft war. Die schneebedeckten Häuser Berlins, an denen wir vorbeifuhren, waren mir vertraut und zugleich abweisend erschienen, so als hätten sie sich schon von uns verabschiedet und Tante, meine Schwester und mich längst fortgewähnt.

Die Landschaft wechselte bald darauf von flach zu hügelig, von hügelig zu flach. Mal schickte die milchig weiße Sonne ein paar Strahlen durch die Wolken, dann wieder hob sie sich kaum noch vom hellgrauen Himmel ab. Adeles Schluchzen war das Einzige, das gleich blieb.

Besorgt, aber auch eine Spur ungeduldig betrachtete ich meine Schwester. Derart in ihrem Kummer gefangen zu sein passte nicht zu ihr. Sie war zwar immer zart und fragil gewesen, jetzt aber glitzerten Bahnen von Tränen auf ihren Wangen, und ihre Lippen bildeten eine schmale, harte Linie.

Ich widmete mich wieder der Mädchenbluse, die ich vor unserer Abreise nicht mehr fertig bekommen hatte. Ich wollte sie in Genua zur Post geben. Mein Abschiedsgeschenk an Marga. Mit seinen dem Schaukeln des ratternden Zuges zu verdankenden schiefen Nähten sah es so traurig aus, wie ich mich fühlte. Doch immerhin hatten wir Marga ein wenig helfen können. Tante hatte unzählige Briefe an ihre Kindheitsfreundin in Bordeaux geschrieben. Diese hatte irgendwann genug davon, jeden Tag ein neues Bittschreiben zu erhalten, und sich bereit erklärt, die Summe von jährlich umgerechnet 150 Mark für Margas kleine Schwester zur Verfügung zu stellen. 150 Mark! Das würde für beinahe ein Schuljahr reichen, den Rest mussten Augustes Eltern aufbringen.

»Nun komm, Adele, möchtest du mir nicht sagen, was mit dir los ist?«

»Nein.«

»Aber Maman …«

»Ja, Maman!«, unterbrach sie mich zornig. »Immer Maman!«

»Hör nicht hin, Selma. Aus dem Kind ist ja nichts Vernünftiges herauszubekommen«, schaltete sich Tante ein und plättete mit einem prüfenden Blick in den Handspiegel ihr Haar. Es war zu einem enormen tiefschwarzen Dutt zusammengesteckt, mit dem sie sich jedes Mal, wenn sie aufstand, im Vorhang verfing. Besorgt klopfte sie auf ihre Wange.

»Mon Dieu, wie blass ich bin! Ich brauche einen Kaffee. Kommt, Mädchen, kommt.«

Innerlich stöhnte ich auf. Nicht schon wieder ein Besuch im Zugrestaurant! Es war bereits der achte, dabei waren wir noch nicht einmal einen Tag unterwegs.

»Was ist, Selma? Gönnst du mir nicht ein Tässchen?«

Ich schüttelte den Kopf und erhob mich. Kaffee wäre zu verschmerzen gewesen, auch wenn er Tante nervös und fahrig machte. Leider genehmigte sie sich aber jedes Mal ein Gläschen Absinth dazu, und das war das wirkliche Problem. Sie vertrug Alkohol in Maßen, diesen Begriff jedoch hatten wir längst hinter uns gelassen. Bei unserem letzten Weg vom Speisesaal zurück ins Abteil hatte sie zu torkeln und zu singen begonnen. Nicht die Marseillaise, immerhin. Doch die würde auch noch kommen. Denn niemand von uns – Vater nicht, Adele nicht, auch ich nicht – hatte geahnt, welch hohen Preis wir dafür zahlen würden, nicht schon in Kiel an Bord des Schiffes zu gehen, sondern uns zwei Wochen Fahrtzeit zu ersparen, indem wir einen Teil der Strecke über Land nahmen. Die Eisenbahnroute führte uns von Berlin nach Wiesbaden. Und von Wiesbaden nach Basel. Dazwischen jedoch lag hochgefährliches Terrain: Elsass-Lothringen. Warum hatte ich mir keine Gedanken darüber gemacht, wie das auf Tante wirken würde? Die Tatsache, dass vor 43 Jahren dieser Teil ihres heißgeliebten Frankreichs an Deutschland übergegangen war, würde in wenigen Stunden beim ehemaligen Grenzübertritt mehr als bloße Empörung in ihr wachrufen. Vielleicht würde sie jedem, ob er wollte oder nicht, Nachhilfe in französischer Geschichte erteilen. Vielleicht würde sie ein Fenster hinunterschieben und ihre Nationalhymne in den Wind brüllen. Oder eine Büste Bismarcks aus dem Koffer zaubern und vor den Augen der anderen Reisenden davor ausspucken. Am liebsten würde ich mir die Hände auf die Ohren pressen und so tun, als wäre ich nicht da. Doch das hatte ja schon Adele übernommen.

»On y va!«, rief Tante und schob schwungvoll die Abteiltür auf.

Ich schoss aus meinem Sitz und funkelte Adele an.

Langsam erhob auch sie sich und seufzte fortwährend in sich hinein, während sie uns durch den schmalen Gang hindurch folgte. Für meinen Geschmack entschieden zu zielstrebig stapfte Tante in Richtung Speisewagen, »Pardon« und »Monsieur, dürfte ich kurz ...?« zischend, wenn vor ihr jemand zu langsam ging. Es war, als zöge der Absinth sie magisch an. Ich brauchte einen Plan. Aber welchen?

Ob ich mich mit dem Kellner anfreunden sollte? Ich würde ihn Waldmeister statt Absinth reichen lassen, wunderbar, vielleicht ließe sich Tante auf diese Weise übertölpeln.

»Eine Zugfahrt ist dermaßen unangenehm!«, schimpfte diese gerade über ihre Schulter hinweg und rammte einen jungen Mann, der mir beinahe vor die Füße fiel.

»Entschuldigen Sie«, hauchte ich, »meine Tante war lange krank. Sie darf das erste Mal seit ... einer Woche wieder etwas essen und hat es nun eilig.«

Er nickte irritiert.

»C'est à moi que tu parles?«, fragte Tante sofort.

»Nein, nein, geh ruhig weiter.«

Kurze Zeit später hatten wir wieder an unserem Tisch Platz genommen, den der Kellner uns freigehalten hatte. Mit Bedacht hatte ich Tante am Gang platziert und Adele instruiert, ihr die Aussicht zu stehlen, indem sie sich vor dem Fenster so breit wie möglich machte.

Tante orderte das Menu du Prince. Und einen Absinth natürlich. Meine kurz zuvor geflüstert vorgetragene Bitte, die Flasche für die nächsten Stunden verschwinden zu lassen, hatte der Ober mit entschiedenem Kopfschütteln abgewiesen.

»Wenn ich das auf Ansinnen einer jeden Dame machen

würde, die ihren Gatten vom Alkohol fernhalten will, wäre das Regal hinter mir leer«, hatte er genuschelt.

»Es handelt sich nicht um einen Ehemann, sondern um meine Tante«, hatte ich zurückgenuschelt, doch er hatte nur missbilligend mit der Zunge geschnalzt und sich abgewandt.

Tante lehnte sich zurück und legte den Kopf in den Nacken, um die kunstvolle Holzvertäfelung an der Decke zu betrachten, von der fein gearbeitete Leuchten im Reformstil ihr weiches Licht verströmten. Die Wände waren mit Seide ausgeschlagen, verziert mit schillernden Kanarienvögeln über einem Meer aus verheißungsvoll schimmerndem Türkis.

»Immerhin hat die Bahn kein Deutscher gebaut, wie man deutlich erkennen kann. Die Franzosen waren es. Seht ihr, wie hübsch alles ist?«

Ich nickte und rührte nervös in meinem Kaffee.

»Trotzdem …« Düsternis legte sich über ihre Züge. »Auch einem Landsmann ist schon mal ein Fehler passiert. Jetzt, da ich so hinausschaue …«

»Adele«, zischte ich so leise wie möglich, »Adele!«

»Hm?« Sie blickte mich an, als sähe sie mich nicht wirklich.

Mit verstohlenem Kopfnicken versuchte ich zu signalisieren, dass sie sich vorbeugen sollte, damit Tante das Glitzern nicht entdeckte, das womöglich schon der Rhein war.

Nachdem Tante festgestellt hatte, dass sie sich verrenken müsste, um draußen etwas zu erkennen, lehnte sie sich wieder in ihr schokoladenbraunes Lederpolster zurück.

»Bist du ganz sicher, Selma, dass alle Räder fest am Zug verschraubt sind? Ob nicht mitten auf der Strecke eine Schiene fehlt? Oder wir nicht in einen Hügel fahren?

Wir könnten sterben, Selma, ich verstehe nicht, wie du so ruhig sein kannst!«

Oh, wie meine Miene täuschte!

»Gab es nicht vor vier, fünf Jahren diesen furchtbaren Unfall? Eine Eisenbahn, genau wie diese, fuhr auf einen Militärzug auf, oui, danach lagen die Toten überall herum! Und 1911, erinnert ihr euch? Das Unglück geschah nicht weit entfernt von hier. Ein Eilzug nach Berlin entgleiste. Furchtbar viele Menschen starben, ich weiß es wie heute. Und er fuhr nach Berlin!«

Ihre Stimme klang so kläglich, dass sie mir leidzutun begann.

»Ober?«, rief sie. »Noch einen!«

Und schon war mein Mitleid wieder verpufft. »Tante, du solltest dich zurückhalten. Weißt du, was dem Unfall vorausging? Der Zugführer fuhr mit 100 statt mit den erlaubten 20 Stundenkilometern durch eine Baustelle. Weil er alkoholisiert war!«

»Ah oui?«, fragte Tante spitz und klackerte mit den Fingernägeln auf dem Holz des Tisches herum. »Möchtest du mir damit etwas sagen, Chérie?«

»Du solltest achtsamer sein bei deiner Getränkewahl, das ist alles.«

Der Kellner, der das Glas vor ihr abstellte, wich meinem Blick aus.

Tante nahm einen großen Schluck und gab sich augenscheinlich größte Mühe, nicht das Gesicht zu verziehen.

»Das ist wie kalter Tee für mich. Dieselbe Wirkung, du kannst dir um wichtigere Dinge Sorgen machen.«

»1911 geschah übrigens nicht der erste Unfall wegen Alkohols. Schon 1905 kam es zu …«

»Du klingst wie dein Vater, Chérie.« Tante gähnte und

nahm noch einen Schluck. »Eine Enzykl...kl... Encyclopédie langweiligen Wissens.«

Als sie meinen Gesichtsausdruck bemerkte, sah sie weg und winkte dem Kellner, der sich mit Tellern beladen durch den schmalen Korridor zwischen den Tischen hindurchschob.

»Ah, der erste Gang! Kommen Sie, hierher, das ist sicher für mich, n'est-ce pas?«

Ich war versucht, Tante allein aus Prinzip mit weiteren Fakten zu langweilen, doch sie hatte recht: Ich hatte wirklich wie Vater geklungen mit seinem schier unermesslichen Schatz an Gelesenem, Gehörtem und Selbsterlebtem, von Letzterem eher weniger. Manchmal wirkte er wie ein Imker, den, statt eines Bienenschwarms, Worte und Zahlen umkreisten. Nie kam er zur Ruhe. Tante hasste es. Für mich war es einer der Gründe, warum ich ihn so sehr liebte.

Tante Mirelle stürzte sich auf die Butterkartoffeln, als hätte sie seit Tagen nichts gegessen. Es folgte gratinierter Blumenkohl, anschließend Kalbsbries. Langsam wagte ich aufzuatmen. Tante wirkte glücklich und zufrieden und sogar wieder etwas nüchterner. Doch dann rief sie den Ober erneut herbei.

»Absinth, Monsieur, und zwar Galopp!«

»Hopphopp«, murmelte ich.

Der Kellner warf mir einen strafenden Blick zu.

»So meinte ich es nicht«, versuchte ich, mich zu verteidigen, doch er drehte mir schon den Rücken zu und stapfte durch die eng gestellten Tische davon.

Ich presste die Lippen zusammen und knetete unter dem Tisch so fest meine Finger, dass sie schmerzten. Draußen leuchteten am schwarzen Himmel die Sterne.

Unterhalb von ihnen flogen Büsche vorbei, die unter ihrer weißen Last zusammenzubrechen drohten. Das Glitzern am Horizont hatte sich als schnöder Teich entpuppt, aber der Moment, an dem wir den Rhein erreichten, würde bald kommen.

»Wo sind wir?«, schrie Tante plötzlich.

Die Gespräche an den Nebentischen verstummten.

»Ich rieche französische Luft!«

Aufgeregt ließ sie die grüne Flüssigkeit in ihrem Glas schwappen, bis sie fast gänzlich in der Tischdecke versickert war. Ich nahm den letzten Schluck Kaffee, gab Adele ein Zeichen, bedeutete dem Kellner, alles auf die Rechnung zu setzen, und griff Tante am Arm.

»Lass uns zurück ins Abteil gehen. Es ist schon spät.«

Tante schüttelte den Kopf. Vergebens versuchte Adele, sie von ihrem Sitz aus in den Gang zu drücken. Tante war mindestens doppelt so schwer wie sie. Meine schmale Schwester hatte keine Chance.

»Tante, ich würde jetzt gern zu Bett gehen.«

»Bonne nuit.«

»Ich wünsche mir, dass du mich begleitest.«

»Non.«

»Bitte, Tante.«

»Non. Mein Land hat es verdient, dass ich wach bin, wenn wir über die Grenze fahren.« Ihre Stimme überschlug sich, und Tränen schimmerten in ihren Augen. Mein Griff um ihren Oberarm wurde fester.

»Lass mich los, Kind, du tust mir weh!«

Jetzt erhob sich Tante majestätisch, schwankte und klammerte sich am Tisch fest. Ich spürte, wie sich hektische Röte auf meinen Wangen ausbreitete, und flüsterte so bestimmt wie möglich: »Nimm meinen Arm!«

»Je peux me débrouiller seule!«

»Ah, parlez-vous français, madame?«, tönte eine Herrenstimme hinter mir.

Erstaunt drehte ich mich um, Tante ebenfalls. Wir starrten in ein freundliches junges Gesicht mit müden hellbraunen Augen und einem Bart, der hier und da ordentlich gestutzt werden müsste, um der Mode zu entsprechen.

»Bien sûr, monsieur«, murmelte Tante. »Je suis une fille française.«

Sie betrachtete ihn unter zusammengekniffenen Brauen und rieb sich nachdenklich das Kinn. Plötzlich wedelte sie aufgeregt in der Luft herum und rief: »Et toi! Oh! Ah! Vous êtes Émile Zola! Mon Dieu, Chérie, dieser Herr ist Émile Zola!«

»Madame, ich bin nicht mehr als ein Lehrer des Französischen und der Chemie, seien Sie versichert, dass ich …«

»Aber ich sehe es doch, Monsieur, welche Ehre! Darf ich Ihnen meine Demut ausdrücken?«

Tante versuchte einen Knicks, doch der Gang war zu schmal, und so blieb ihr Gesäß zwischen den Tischen stecken, noch bevor ihre Knie den Boden erreicht hatten.

Peinlich berührt zischte Adele: »Selma, tu etwas!«

»Was denn?«, zischte ich zurück. Meine Wangen brannten, und ich spürte, dass mein Gesicht zu schmerzen begann, weil ich den Mund zu einem unechten Lächeln verzogen hatte.

»Émile Zola ist vor mehr als zehn Jahren von uns gegangen, Tante.«

Mit glasigem Blick starrte sie mich an, griff nach meinem Handgelenk und versuchte, sich an mir hochzuziehen. Nun schwankte auch ich unter ihrem Gewicht und kippte langsam zur Seite. Das Einzige, wonach ich greifen konnte, waren die Hosenbeine des falschen französischen Schriftstellers. Ich krallte mich daran fest und schloss die Augen. Der Tiefpunkt des Tages. Viel peinlicher noch, als ich es hätte ahnen können.

»Hoppla«, sagte der junge Mann freundlich, »lassen Sie mich Ihnen aufhelfen.«

Langsam öffnete ich meine Augen wieder und ließ mich von ihm in die Gerade ziehen. Mir fiel auf, dass seine Hand angenehm warm war und dass er fest, aber nicht zu fest zugriff. Als ich mit meiner Nase fast seinen Hals berührte, nahm ich den Duft von Sandelholz wahr. Sein Bart war tatsächlich nicht besonders gepflegt. Hellbraune, längere Härchen stachen wild zwischen gestutzten Abschnitten heraus. Doch am meisten fielen mir seine Augen auf. Sie wirkten auf mich, als hätten sie schon alles in der Welt gesehen und nun beschlossen, sich nicht mehr mit ihr abzugeben. Jedoch ohne dabei verbittert zu wirken, sondern lediglich gelangweilt.

Als ich wieder fest auf zwei Beinen stand, verhalf er Tante zum Aufrichten, so als wöge sie nicht mehr als eine Feder.

»Möchten Sie sich wieder setzen, Madame?«

»Nein!«, rief ich und fügte leiser hinzu: »Nein, wir gehen jetzt besser zurück in unser Abteil.«

Tante schien verwirrt zu sein, denn sie blickte ratlos auf die Stelle zwischen den beiden nur durch den Gang getrennten Sesseln, an der sie eben noch geklemmt hatte, dann zu dem jungen Mann, der ihr aufgeholfen hatte. Schließlich wandte sie sich mir zu.

»Was sagtest du? Dieser Herr sei tot?«

»Nicht dieser. Émile Zola.«

Sie nickte, klopfte sich über die Haare, tastete hinter sich nach Adele, die ebenfalls aufgestanden war, und machte vorsichtig einen Schritt. Und noch einen. Und noch einen. Erleichtert atmete ich aus. Das Schlimmste war überstanden. Nun mussten wir Tante nur noch ins Bett verfrachten, dann würde ich mich endlich ausruhen können.

Während ich mich an Adele und ihr vorbeidrückte, um ihnen die Tür aufzuhalten, ignorierte ich die Blicke der anderen Gäste wie auch ihr unüberhörbar hämisches Getuschel. Tante näherte sich mir, immer noch bleich und mit ihrem zerzausten Haar recht wirr aussehend, und schritt mit einem hoheitsvollen Nicken durch die Tür. Adele folgte ihr, blass vor Scham und zu Boden schauend, ebenso unser Begleiter, der mich mit einem freundlich-abwesenden Lächeln bedachte. Langsam klappte die Tür zu, und ich schloss für einen Moment die Augen. Der Moment war kurz, denn schon spürte ich, wie sich jemand aus der anderen Richtung an mir vorbeischob. Ein Turm von Haaren drückte sich in mein Gesicht. Ich hörte die Tür wieder aufklappen und Tante brüllen: »Sehet euch vor, der Tod reist mit uns!«

»Haben Sie vielen Dank«, sagte ich ein wenig später und lehnte mich erschöpft gegen die Wand des schummrig beleuchteten Ganges. Adele hatte versprochen, Tante zu Bett zu bringen. Dankbar hatte ich sie so lange mit Küssen bedacht, bis sie mich peinlich berührt aus dem Abteil geschoben hatte.

Ich fühlte mich so ausgelaugt, als sei ich die Strecke von Berlin hierhergelaufen, statt mit dem Zug zu fahren. Was, bei Licht betrachtet, vielleicht die bessere Idee gewesen wäre.

Wieder drang der Duft von Sandelholz in meine Nase, vermischt mit einem Geruch nach Tabak und Staub.

»Es war mir eine Ehre.«

Wieder fiel mir auf, wie angenehm seine Stimme war. Sie rief das Bild heißer Schokolade in mir wach.

Ich nickte, war aber zu müde, um etwas zu sagen. Am Horizont funkelten unzählige Lichter. Die von Straßburg, nahm ich an, doch sie konnten mir nichts mehr anhaben. Die Vorhänge unseres Schlafwagens waren zugezogen, die Welt vor Tante sicher. Trotzdem verspürte ich einen Stich. Nicht weit entfernt von hier hatte Agnes gewohnt. Agnes, die nun unter einem Grabstein lag, den ich das letzte Mal vor mehr als neun Jahren besucht hatte.

Ob Paul noch hier lebte?

Schnell hob ich den Kopf. In dem Blick meines Gegenübers lag eine verwirrende Ruhe. Es schien ihm nicht unangenehm zu sein, mich anzusehen. Eher wirkte er, als würde er ein Bild betrachten. Ich spürte Hitze meinen Hals hinaufsteigen. Verlegen faltete ich meine Hände.

»Und Sie sind ebenfalls Lehrer?«, fragte ich, nur um überhaupt etwas zu sagen.

Er nickte und sah mich weiterhin unverwandt an. Plötzlich schien ihm eine Idee zu kommen.

»Was halten Sie von einer Tasse Kaffee? Oder einem Glas Sherry?«

»Zu gern!«, platzte ich heraus und senkte sofort den Kopf. Wie peinlich, mich so hervorzutun.

Er lächelte.

»Wunderbar, dann begleiten Sie mich? Ich heiße übrigens Wilhelm Rickert.«

Er ließ mich vorgehen. Plötzlich fiel mir etwas ein, und ich blieb stehen.

»Ich habe nicht bedacht, dass wir dazu ja in den Speisesaal zurückgehen müssten. Verzeihen Sie, das ertrage ich heute Abend nicht mehr.«

Wieder lächelte er mit dieser weltgesättigten Art, die mich verblüffte. Er schien nur wenig älter zu sein als ich. Was hatte ihn so ermüdet?

»Aus genau diesem Grund habe ich an mein Abteil gedacht. Keine Bange, wir sind dort nicht allein, falls Sie das befürchten. Allerdings handelt es sich um eine reine Männerrunde. Stört Sie das?«

Ich überlegte kurz. Viel Auswahl gab es ja nicht. Und ich brauchte dringend etwas, das meine Gedanken zusammenkehrte, die durch meinen Kopf stoben wie vom Wind verwirbeltes Laub.

»Überhaupt nicht«, sagte ich und setzte wieder zum Gehen an. Seine Hand streifte meine, und ich hatte das irritierende Gefühl, nicht zurückzucken zu wollen.

In seinem Abteil herrschte ein angenehmes Desinteresse an dem Umstand, dass ich als einziges weibliches Wesen zwischen lauter Herren saß und Sherry trank. Er schmeckte köstlich, süß und herb zugleich, und wärmte mich von Grund auf. Wilhelm Rickert teilte das Abteil mit einem Altonaer Professor der Veterinärmedizin und einem leitenden Beamten namens Klaus von der Mey aus Köln.

Rauch waberte von Wand zu Wand, sodass ich Herrn Rickerts Gesicht gegenüber kaum noch erkennen konnte.

Er hatte mich gerade gefragt, wohin mich die Reise führte, beugte sich aber, noch bevor ich antworten konnte, vor und schob die Tür zum Gang auf.

»Verzeihen Sie. Aber hier drin lässt es sich ja kaum mehr atmen.«

»Fräulein Vander!«, rief da der Professor und sprang auf.

Er war ein rüstiger schmaler Mann mit einem gezwirbelten Schnurrbart, der dem des Kaisers bis auf das adrettest gestutzte Härchen glich.

»Wollen Sie uns Gesellschaft leisten? Sie sehen, wir haben schon weiblichen Besuch, Sie müssen sich also nicht vor uns fürchten.«

Vor der Tür war eine junge Dame stehen geblieben, achtzehn, vielleicht neunzehn Jahre alt, mit rostroten, weich gelockten Haaren und einem hellen Gesicht, in dem über einer schmalen Nase veilchenblaue Augen blitzten. Sie hatte etwas an sich, das mich an einen bis zur Perfektion bearbeiteten Edelstein denken ließ, etwas Vollkommenes, aber zugleich der Natur Entsprungenes.

»Darf ich vorstellen?«, posaunte der Professor sichtlich begeistert. »Elisabeth Vander. Sie reist mit einer Gruppe junger Absolventinnen der Kolonialfrauenschule. Wir sind uns heute schon mehrfach über den Weg gelaufen, bisher wollte sie aber noch nie mehr als zehn Sätze mit uns wechseln.«

»Aber Herr Professor, das entspricht nun wirklich nicht der Wahrheit«, sagte sie lächelnd. »Da ich meine Begleiterinnen erst kürzlich kennengelernt habe, hätte ich es unhöflich gefunden, sie sofort gegen Ihre zauberhafte Bekanntschaft einzutauschen.«

Der Professor lachte dröhnend, und ich starrte ihn verwundert an. Er war klein und schmächtig, ein solches Stimmvolumen hätte ich ihm gar nicht zugetraut.

Elisabeth Vander trat ins Abteil ein und nahm neben

mir Platz. Sie wirkte leicht und grazil, gerade so, als könnte sie schweben.

»Und diese junge Dame heißt Selma Wallenstein«, fuhr der Professor fort. »Wilhelm hat sie angeschleppt, und wir sind ihm dafür sehr dankbar. Wer sollte sonst all den guten Sherry trinken? Er muss schließlich vernichtet werden, bevor wir auf das Schiff wechseln, denn dort, meine Damen – und Herren –, gibt es die herrlichsten Getränke, die Sie sich nur vorstellen können.«

Elisabeth klatschte in die hellen Hände. Auf ihren Unterarmen konnte ich zwei oder drei Sommersprossen entdecken. Das machte sie in meinen Augen noch bezaubernder. Andere Frauen würden wohl zu Handschuhen greifen oder die kleinen Makel so stark pudern, bis sie nicht mehr zu sehen wären. Doch sie schien sie ohne Scham zu tragen, sie setzte ihre Hände sogar auffällig stark ein, wenn sie sprach, was mich an Maman erinnerte.

»Und wie kommt es, dass Sie nach China reisen, Fräulein Vander?«, fragte der Professor.

»Ich fahre zu meinem Paten, wo mich mein Verlobter erwartet. Wir planen, in Kürze in Tsingtau zu heiraten.«

»Tsingtau!«, platzte ich heraus. »Dorthin fahre ich auch. Dann nehmen wir sicher dasselbe Schiff!«

Sie strahlte mich an, doch bevor sie etwas sagen konnte, beugte sich Klaus von der Mey zu uns vor und musterte mich nachdenklich.

»Sagen Sie, Fräulein Wallenstein, haben Sie Verwandtschaft in der Kolonie, oder treffen Sie dort ebenfalls Ihren zukünftigen Gatten? Ich frage nur, weil ich mit einem Tsingtauer Ehepaar Wallenstein bekannt bin. Esthère und Lothar Wallenstein. Wir waren Nachbarn dort, bis mich ein Todesfall zurück nach Deutschland führte.«

»Oh, das tut mir sehr leid«, murmelte ich. »Ich hoffe …«

Er wedelte mit der Hand.

»Mein Onkel war schon alt. Das Leben ausreichend gelebt, würde ich sagen, aber nun noch einmal zu Ihnen …«

»Lothar und Esthère Wallenstein sind meine Eltern.«

Als ich sah, wie sich seine Miene verdunkelte, erstarb mein Lächeln, und ich spürte, dass etwas Kaltes nach meinem Herzen griff.

Mit nachdenklichem Blick kaute er auf seinem Pfeifenstiel.

»Ich bedaure sehr, was Ihrer Mutter zugestoßen ist. Sie war eine so patente, interessante Frau.«

Im Abteil war es still geworden.

»Was meinen Sie damit, wenn Sie sagen, sie war eine patente Frau?«

Verwirrt sah er mich an und schüttelte den Kopf.

»Sagte ich, sie war? Ich meinte natürlich ist. Sie ist eine sehr patente, interessante Frau. Bitte verzeihen Sie mir, auch ich bin wohl schon etwas müde von der Fahrt.«

»Ist Ihre Mutter krank?«, schaltete sich Wilhelm ein.

Ich hatte mit einem Mal den Eindruck, dass der rauchige Nebel im Abteil noch undurchdringlicher geworden war. Ich konnte kaum etwas sehen, und meine Augen begannen zu brennen. In meinen Ohren schrillte es, ein heller Pfeifton, der immer lauter wurde, bis ich nichts anderes mehr hörte. Wilhelms Lippen bewegten sich, doch ich verstand nicht, was er sagte. Plötzlich spürte ich Elisabeths Hand warm und tröstlich auf meiner. Das Pfeifen verstummte, und der Nebel lichtete sich.

Ich räusperte mich. »Wann haben Sie meine Eltern das letzte Mal gesehen?«

Nachdenklich kratzte sich Herr von der Mey am Kinn.

»Das ist ein gutes halbes Jahr her. Doch mein Bruder lebt ebenfalls in Tsingtau. Er schrieb mir von dem furchtbaren Zwischenfall.«

»Zwischenfall …«, echote ich.

Er wandte sich nun an die anderen.

»Fräulein Wallensteins Mutter ist auf die Straße gelaufen, ohne auf den Verkehr zu achten. Ein Kutscher, viel zu schnell unterwegs, hatte seine Gedanken wer weiß wo. Beinahe hätte er die gute Frau to…«

Er unterbrach sich und hustete.

»Doch es hätte natürlich weit schlimmer kommen können.«

Nun begannen Sternchen vor meinen Augen zu tanzen. Maman war doch seit dem Reitunfall immer so vorsichtig gewesen. Nie verließ sie allein das Haus, und wenn ich sie einmal zu einem Spaziergang hatte überreden können, hielt sie sich fest bei mir untergehakt und überließ mir die Führung, gerade so, als hätte sie nicht nur ihr Gehör, sondern auch ihre Sehkraft verloren. Was hatte sie allein in Tsingtaus Straßen verloren? Wo war mein Vater gewesen?

»Wie gut, dass Sie zu ihr fahren«, sprach Herr von der Mey weiter. »Ich hörte, sie kann das Bett nicht mehr verlassen. Doch das ist wie gesagt ein Weilchen her. Bestimmt geht es ihr längst besser.«

Ich nickte. Ein Kloß bildete sich in meinem Hals, und ich wusste nicht, wohin ich blicken sollte.

Elisabeth erhob sich.

»Wenn es die Herren erlauben, ziehen wir uns nun zurück. Es ist spät, in mich will einfach kein Sherry mehr passen. Wir sehen uns beim Frühstück, haben Sie eine gute Nacht.«

Freundliches Gemurmel folgte uns.

Wilhelm Rickert sprang auf und verbeugte sich, doch Elisabeth zog mich mit festem Griff hinter sich her, sodass ich mich kaum verabschieden konnte.

»Welches Abteil?«, fragte sie leise, kaum dass sie die Tür hinter uns geschlossen hatte. Ich zeigte ihr mein Billet, und sie führte mich dorthin, ohne ein weiteres Wort zu verlieren. Zum Abschied drückte sie noch einmal freundlich meine Hand.

»Ich weiß, was Trauer ist«, flüsterte sie. »Schämen Sie sich ihrer nicht.«

Stocksteif lag ich im Bett. Mein Körper schien ausgefüllt zu sein mit Schmerz, und in meinem Kopf kreisten die Fragen. Warum hatte Papa uns geschrieben, Mama sei erkältet? Warum hatte er uns nicht über Sibirien fahren lassen? Nun saßen wir beinahe sieben Wochen auf einem Schiff fest, zur Untätigkeit verdammt. Und wenn wir Tsingtau erst erreichten, was dann?

»Selma?«, hörte ich Adele von unten flüstern. »Bist du wach?«

»Ja«, flüsterte ich zurück und erkannte meine Stimme kaum wieder. Schon sah ich ihren Schatten neben mir auftauchen.

»Darf ich mich zu dir legen?«

»Natürlich«, antwortete ich und räusperte mich. »Komm rauf.«

Sie krabbelte neben mich, und ich spürte ihren warmen Atem an meinem Ohr.

»Es ist wegen Max«, flüsterte sie.

»Wie bitte?«

»Wegen Max bin ich so traurig. Max, mein Regisseur.«

Ihr Regisseur? Ich erinnerte ihn als jemanden, an den man sich eigentlich nicht erinnerte, blass, dürr und mit einer kaum hörbaren Stimme ausgestattet. Ich hatte mich gewundert, dass er ausgerechnet diesen Beruf ergriffen hatte und nicht, sagen wir, den eines Buchhalters.

»Warum hast du mir das nicht erzählt?«

Meine Stimme klang jetzt wieder vertrauter. Meine Gefühle hatte ich verpackt, in eine kleine braune Kiste, stellte ich mir vor, so eine wie die in meinem Koffer in der Ecke des Abteils mit Pauls Briefen darin.

Ich hörte Adele seufzen.

»Er ist verheiratet. Aber er liebt mich. Das glaubte ich zumindest. Doch er wollte nichts davon wissen, uns nach China zu begleiten. Und schließlich …« Sie verstummte. Ich zog sie näher an mich heran. »… schließlich rückte er damit heraus, dass er auch seine Frau liebt. Ebenso wie seine Kinder.«

Sie keuchte, das Keuchen verwandelte sich in Husten, der Husten in Schluchzen.

»Ich dachte, ich könnte endlich einmal spüren, wie sich Lieben anfühlt. Doch niemand will mich. Niemand will mich, Selma!«

Warum fand ich keine tröstlichen Worte darauf? Ich hätte sagen können, dass zu lieben möglich war, ohne geliebt zu werden. Doch hätte ihr das geholfen? Und woher wollte ich das auch wissen? Hatte ich je geliebt, ohne geliebt worden zu sein?

Ich streichelte ihre Wangen, bis sie wieder ruhiger atmete. Den Rest der Nacht, so erschien es mir zumindest, starrte ich in die Dunkelheit, während die Gedanken ununterbrochen durch meinen Kopf rasten. Ich fand nichts, was mich beruhigt hätte, nichts, was auf eine baldige Genesung Mamans hindeutete, denn wäre es so, hätte Papa uns sicher auch über den Tsingtauer Unfall informiert. Nein, es musste derart schlimm sein, dass er uns die Angst und die Sorgen wenigstens für die Dauer der Überfahrt ersparen wollte. Was würde uns in China erwarten? Würde Maman überhaupt ansprechbar sein?

Als die ersten Sonnenstrahlen durch die Spalten der heruntergelassenen Jalousien drangen, schlug ich die Decke zur Seite. So leise wie möglich stieg ich die Leiter nach unten, kleidete mich an und griff nach meiner Ledertasche. Ich hatte sie einfach mitnehmen müssen, sie und ihren Inhalt: die Bände *Leitfaden für den grammatischen Unterricht an der Mittelstufe*, *Die Methodik des Handarbeitsunterrichts* sowie ein schmales Werk über Zoologie.

Im Speisewagen war ich der erste Gast. Der Kellner war ein anderer, und ich hoffte inständig, auch sonst keinem Zeugen des vorherigen Abends zu begegnen.

Während ich auf mein Frühstück wartete, beugte ich mich über die Schriften, verspeiste dann Rührei mit Schnittlauch und zwei Scheiben Toast, trank drei Tassen Mokka und schaffte es, bis acht Uhr 22 nicht an Maman zu denken. Bis zu dem Augenblick, in dem Herr von der Mey in einer Gruppe augenscheinlich gut gelaunter Mitreisender den Speisewagen betrat.

Hastig klappte ich die Bücher zu und stand auf.

»Haben Sie einen schönen Tag, meine Herren«, wünschte ich im Vorbeigehen und setzte mein fröhlichstes Gesicht auf.

Herr von der Mey und der Professor verbeugten sich tief. Wilhelm Rickert, bemerkte ich aus den Augenwinkeln, war nicht unter ihnen.

Die Blüten der Taglilie

Hemerocallis

Hellsüßer, blumiger Duft
Bei Schwermut, Liebeskummer, Schock
Wirkung:
harmonisierend, erdend, aufhellend

»Nun komm schon, tanz wenigstens mit mir, wenn schon mit niemand anderem.«

Elisabeths helles Gesicht strahlte in dem warmen Licht des Kronleuchters, und sie musste die Stimme heben, um die Musik des Orchesters zu übertönen.

»Heute ist unser letzter Abend zusammen. Vorerst jedenfalls.«

Ich warf den Paaren, die sich auf der Tanzfläche unter einem Ring aus goldenem Licht drehten, einen skeptischen Blick zu.

»Mir ist nicht nach Walzer, bitte entschuldige.«

Sie drückte meinen Arm, als wollte sie ihn zerquetschen.

»Ach bitte, Selma, nun komm!«

Sechs Wochen nahezu ununterbrochen auf dem Meer hatten in unseren Mitreisenden eine wachsende Begeisterung für Tänze jeder Art geweckt. Sogar Männer, die beim Frühstück wirkten wie verkniffene Oberstudienräte, drehten sich abends mit seligem Lächeln auf dem Parkett. Wein und Champagner flossen in Strömen, und auch aus meiner betrübten Schwester war längst wieder die Adele geworden, die ich kannte. Fröhlich und unbeschwert stand sie von jungen Männern umringt und erzählte mit geröteten Wangen eine Geschichte, deren Inhalt mir dank der lauten Musik verborgen blieb. Tante Mirelle hatte sich in der Nähe der Bar postiert, doch selbst sie konnte die Beine nicht stillhalten und riskierte hier und da einen kleinen Hopser.

Ich hatte es mir in der letzten Tischreihe gemütlich gemacht, wo mich niemand beachtete. Nur ein Steward hatte sich zu mir durchgekämpft und mir ein Glas mit süßer roter Bowle gereicht. Ich trank so langsam, dass seine Kollegen, die stramm wie Spielzeugpinguine die Wände des Saals flankierten, frühestens in einer Stunde wieder auf mich aufmerksam würden. Fast hätte ich glauben können, unsichtbar zu sein, was mir gar nicht ungelegen gekommen wäre, doch dann war Elisabeth hereingeplatzt und hatte sich freudestrahlend auf mich gestürzt. Nun saß sie neben mir, blinzelte fröhlich, summte laut mit und sah den Leuten dabei zu, wie sie über das Parkett wirbelten.

Seit anderthalb Monaten tat ich Adele und Tante gegenüber so, als entsprächen die Worte in Papas Brief der Wahrheit, und manchmal schien mir die Last zu schwer für mich allein. Doch glücklicherweise hatte ich sie dann mit Elisabeth teilen können, die mich aus ihren hellvioletten Augen nun aufmerksam ansah und meine Gedanken zu lesen schien.

»Ich finde, du machst das großartig. Wenn ich auch nicht verstehe, warum du es deiner Tante und Adele nicht sagst. Sie werden es ja sowieso bald erfahren, und was dann?«

»Dann muss man nicht mehr die Zukunft fürchten, sondern sich mit dem abfinden, was ist.« Ich zuckte die

Achseln. »Du kannst dir ja nicht vorstellen, was es mit Tante machen würde, hätte sie nur den Hauch einer Ahnung! Sie würde an nichts anderes mehr denken und von nichts anderem mehr reden. Nicht einmal die drei Tage, die wir noch bis Tsingtau brauchen, könnte ich so ertragen.«

Und dann waren da ja auch noch Tantes ständige Prophezeiungen. Jetzt, da sie keine Wahrsagerin mehr konsultieren konnte, hatte sie sich auf ihr eigenes Geschick in okkulten Dingen verlegt. Sie las jedem aus der Hand, der diese nicht schnell genug fortziehen konnte, und bat abends zu Séancen in unsere Kabine. Wenn in einem solchen Augenblick eine Welle das Schiff zum Schaukeln brachte, wurde das als klares Zeichen unseres baldigen Untergangs gedeutet. Der Tod schien ihr ständiger Begleiter, fast ein guter Freund, der sich nur abends absetzte, wenn sie zunehmend entspannt an ihrem Champagner nippte. Ich seufzte, als ich mich an die sumpfigen Seen des Nildeltas hinter Port Said erinnerte. »Krokodile!«, hatte Tante Mirelle geschrien und sich an meiner Schulter festgekrallt. »Zunächst beißen sie dir den Arm ab, dann nagen sie sich langsam bis zu deinem Herzen vor. Das hat mir der Kapitän höchstselbst erzählt.« Oder unser langsames Dahingleiten durch den Suezkanal, rechts und links nur Wüste, so weit das Auge reichte: »Hier trocknen sogar deine Augäpfel aus. In den Höhlen bleiben nur runzelige Rosinen übrig. Raisins secs, c'est vrai!« Und schließlich die Kamelkarawane, an der wir vorbeigeglitten waren: »Niederträchtige Tiere. Erst trampeln sie über dich, dann bleiben sie auf dir stehen. Oui, ich habe das schon einmal gesehen. Bon, davon gehört. Aber du kannst mir glauben.« Sie hatte weder einen Blick für den Berg Sinai, der scheinbar körperlos über den Dunst der Küste hinausragte, noch für das trockene, in allen Schattierungen braune Ufer Nordafrikas. Tagein, tagaus saß sie in unserer Kabine, klagte und ließ sich nur mit viel Überredungskunst dazu veranlassen, mit uns den Palast des Sultans von Johore auf der Malaiischen Halbinsel oder den Botanischen Garten von Singapur zu besuchen.

Ein Lächeln umspielte Elisabeths Lippen.

»Das vermag ich mir durchaus vorzustellen. Aber vielleicht kannst du ja morgen schon aufatmen.«

Ich nickte, ohne etwas zu erwidern. In wenigen Stunden würden wir Shanghai erreichen und dort Elisabeths Verlobten treffen. Julius Myngius hatte die vergangenen drei Jahre in Tsingtau verbracht, und ja, es war möglich, dass er meine Eltern kannte und Gutes zu berichten hatte. Ebenso denkbar aber war, dass er keine oder schlechte Nachrichten von ihnen brachte.

Das Orchester setzte die Instrumente ab und verbeugte sich unter tosendem Applaus. Ein stolz aussehender Herr mit weißem Haar betrat die Bühne, setzte sich ans Piano und begann eine traurige, warme Melodie zu klimpern. Die Tänzer strömten zur Bar.

»Und du? Bist du sehr aufgeregt?«, fragte ich.

Sie legte den Kopf schief. »Ein bisschen. Minimal. Aber morgen früh bin ich bestimmt ein Wrack.«

»Vielleicht hättest du ihn doch erst mal kennenlernen soll… Entschuldigung!« Ich schüttelte den Kopf. »Das war dumm von mir.«

»Gar nicht so sehr, nein«, sagte sie so leise, dass ich sie kaum verstand. Dann hob sie den Kopf.

»Aber ich glaube, ihn innig zu kennen, auch wenn ich ihm noch nie gegenüberstand, verstehst du? Außerdem kennt ihn mein Pate. Er sagt, Julius Myngius sei ein guter Mann, und auf das, was er sagt, ist Verlass.« Aus ihren Erzählungen wusste ich, dass sie diesen Paten verehrte. Kein Wunder, schließlich hatte er ihrem Vater wenige Tage vor ihrer Geburt das Leben gerettet. Aus Dank erhielt der gute Mann ein rotflaumiges Patenkind, dessen Fotografie später einen Platz auf seinem Schreibtisch fand, und diese Fotografie führte zu einer Liebesgeschichte, wie ich sie sonst nur aus Romanen kannte: Nachdem der junge Oberleutnant Julius Myngius das Bild ausgiebig betrachtet hatte, war er wieder und wieder zu Besuch gekommen, die unsachlichsten Entschuldigungen murmelnd, und hatte schließlich Elisabeths Adresse ergattert. Mit dem Resultat, dass unzählige Briefe durch die sibirische Tundra zogen, denen unzählige Fotos folgten. Und dass meine neue Freundin in wenigen Wochen nicht mehr Vander, sondern Myngius heißen würde.

»Weißt du, was mein Pate einmal gesagt hat?«, rief Elisabeth und streckte den Rücken. »Es gibt drei Dinge, die du tun kannst, um ein glückliches Leben zu führen. Stärke dich. Bestelle deinen Garten. Glaube an dich.«

Ich kicherte. »Ist das eine Weisheit aus dem alten China?«

»Keine Ahnung. Ich werde ihn morgen fragen, wenn du magst.«

Wir sahen dem Pianisten dabei zu, wie er die letzten leisen Töne anschlug und im Anschluss daran mit geschlossenen Augen seine Hände auf die Tasten legte.

Elisabeth war die Erste, die aufstand und klatschte.

»Bist du jetzt bereit zu tanzen?«, fragte sie, nachdem sie sich wieder gesetzt hatte. »Ich schwöre dir, ich zwinge dich dazu, falls das Orchester eine Polka spielt.«

»Ich habe doch nicht einmal ein Tanzkleid an.«

»Wen kümmert es? Wir machen einfach langsam.«

In die Stille hinein, die zwischen dem Abgang des älteren Herrn und jenem Moment herrschte, an dem der Trompeter in sein Mundstück blies, knurrte mein Magen so laut, dass mir das Blut in die Wangen schoss.

»Entschuldige«, murmelte ich und starrte zu Boden.

Elisabeth lachte unbekümmert und wartete die ersten Klänge der Musik ab. Eine Quadrille, keine Polka.

»Was meinst du, bekomme ich um diese Zeit noch etwas zu essen?«

Nachdenklich sah sie mich an. »Du willst dich stärken? Wunderbar, dann fehlt ja nur noch der Garten, den du bestellen sollst, und ein Batzen Glauben an dich selbst.«

Ich kniff die Augen zusammen, doch sie kicherte.

»Ach, nimm mich nicht so ernst. Komm, wir treiben etwas auf. Wozu logiert man erster Klasse, falls das nicht möglich sein sollte?«

Mit großen Schritten lief sie vor mir her. Ihr türkisfarbenes, von Tüll umhülltes Kleid war mit einem langen Seitenschlitz bedacht, in dem sie sogar zum Tangotanzen fähig wäre, ich aber trug einen schmalen, schlichten Alltagsrock, der mich wie eine Gouvernante hinter ihr hertrippeln ließ.

»Habe ich dir eigentlich schon erzählt, dass ich für morgen unseren Freund Herrn Rickert eingeladen habe?«, rief sie wenig später über ihre Schulter hinweg. Wir hatten den Speisesaal erreicht, und bevor ich ihr antworten konnte, hatte sie sich schon auf einen der Stewards gestürzt und flüsterte ihm etwas ins Ohr.

Seit wir Wilhelm Rickert – oder um es mit Tantes Worten zu sagen, Émile Zola – während eines Ausflugs auf der Malaiischen Halbinsel wieder über den Weg gelaufen waren, versuchte Elisabeth, mich von ihrer Idee zu überzeugen, dass er und ich … Nun, deutlicher war sie bisher nicht geworden, erwähnte aber immer wieder, er hätte mich ausdauernd beobachtet, um im nächsten Atemzug vorzuschlagen, der zweiten Schiffsklasse doch mal einen Besuch abzustatten. Augenscheinlich hatte sie das nun ohne mich getan mit dem Resultat, dass der Herr, der so angenehm nach Sandelholz geduftet hatte, morgen Nachmittag zu uns stoßen würde.

Ich wusste nicht, was ich davon halten sollte. Ob ich überhaupt etwas davon hielt oder ob es mir einfach egal war. Herr Rickert schien ein angenehmer Mensch zu sein, ihn umgab eine Aura der Gelassenheit und Ruhe, die mir gefiel. Doch da endeten meine Gefühle für ihn auch schon. Falls Elisabeth beabsichtigte, mich in seine Arme zu katapultieren, würde sie Schwierigkeiten mit mir bekommen.

»Da bin ich wieder!«

Mit einem Strohkorb, dessen Gewicht sie fast vornüberkippen ließ, baute sie sich vor mir auf und fragte sprühend vor Energie: »Wohin wollen wir?«

»Du bist eine erstaunliche Frau, Elisabeth, die bist du wirklich.«

Sie kicherte, anstatt zu antworten. Ich griff nach dem Henkel und ging beinahe in die Knie. »Was ist denn darin? Steine?«

»Vor allem Flaschen«, flüsterte sie verschwörerisch. »Mit Alkohol!«

Ohne recht zu wissen, wohin wir wollten, durchstreiften wir den vorderen Teil des Schiffes. Ich hoffte inständig, dass Elisabeth es nicht nach hinten in die zweite Klasse ziehen würde, um womöglich Herrn Rickert hinzuzubitten. Ich hatte Glück. Vor einer Tür blieb sie stehen und zeigte mit dem Kinn darauf.

»Wollen wir raus?«

Ich sah sie ungläubig an. Doch warum eigentlich nicht?

Wenig später klammerten wir uns rufend und lachend an der Reling fest und streckten unsere heißen Gesichter dem eisigen Nachtwind entgegen. Ich spürte die klare Luft auf meiner Haut, schloss die Augen und schmeckte die salzige Gischt auf den Lippen. Die See rüttelte an dem Dampfer, als wollte sie sein Innerstes nach außen kehren, und er antwortete mit dem wuchtigen Stampfen der Maschinen, die das Holzdeck unter meinen Füßen vibrieren ließ.

Mit einem Mal kam mir das Leben so gewaltig vor, dass mein Herz einen Satz machte. Sechs Wochen hatte ich konzentriert Stunde um Stunde in der Schiffsbibliothek verbracht, um Lehrpläne für meine Rückkehr zu erstellen, die ich vielleicht niemals mehr brauchen würde. Die einzigen Lichtblicke kamen in Form von Elisabeth. Sie hatte sich von meinem Kummer nicht erschrecken lassen, sie hatte mir zugehört und über die Wangen gestrichen und wieder zugehört.

»Lass uns etwas trinken«, rief Elisabeth, deren Wangen pfirsichfarben glänzten. Wir stemmten uns dem Wind entgegen, bis wir ein geschütztes Eckchen fanden, in dem wir drei Liegestühle zu einem Ess-Ensemble zusammenrücken konnten. Der Picknickkorb war bis zum Rand gefüllt, vor allem mit Flaschen, doch es gab auch frisch duftendes Brot und köstliche Pasteten, Aal in Gelee, mit würziger Schnittlauchcreme gefüllte Eier, Salate und in Butter gesottene Krebse.

Nach einigem Suchen förderte Elisabeth zwei langstielige Gläser zutage.

»Ha«, rief sie, »ein Experiment!«

Ich sah von meinem Teller auf, den ich mit Sauerampfersalat gefüllt hatte. Strahlend hob sie eine Flasche nach der anderen heraus und las konzentriert die Etiketten, wühlte weiter in dem Korb herum und redete dabei leise vor sich hin.

Schließlich sagte sie: »Dieser Abend hat einen Cocktail verdient!«

Verblüfft ließ ich meine Gabel sinken.

»So etwas kannst du?«

»Natürlich.« Sie klang, als sei es tatsächlich das Natürlichste der Welt. »Mein Pate hat es mir beigebracht.«

Das wiederum verblüffte mich nicht. Sogar Chinesisch hatte er sie gelehrt. Was würde ich für einen Paten wie ihren geben!

»Fangen wir … mit einem Stück Zucker an. Zucker ist immer gut.«

Ich nickte und tat, als sei ich ganz ihrer Meinung. Mit feierlicher Geste ließ sie zwei Stücke Würfelzucker in die Gläser fallen und nagte nachdenklich an ihrer Unterlippe.

»Nun etwas Buntes. Likör vielleicht? Nein, zu süß, viel zu süß.«

Wieder nickte ich.

»Ein Bitter. Ja, ein Bitter mit Champagner, das schmeckt bestimmt fabelhaft. Haben wir so etwas? Ja, wir haben so etwas!«

Triumphierend hielt sie eine schmale Flasche in die Höhe, die man wohl in einem Zug austrinken könnte.

»Ein bisschen hiervon, ein bisschen … Weinbrand? Was hältst du davon?«

»Das klingt fantastisch«, sagte ich.

Ich hatte noch nie Weinbrand getrunken, ebenso wenig Bitter, ebenso wenig sonstige Flüssigkeiten, in die ein Stück Zucker aufgelöst war. Aber normalerweise fuhr ich ja auch nicht auf einem Dampfer erster Klasse nach China. Und schon gar nicht in Begleitung der heitersten Frau, die ich je getroffen hatte.

»Zu guter Letzt: der Champagner.«

Mit einem geübten Griff löste sie den Verschluss, und der Korken ploppte mit einem satten Knall heraus. Sie füllte die hohen Gläser mit der golden sprudelnden Flüssigkeit und überreichte mir eines mit feierlicher Geste.

»Trinken wir auf meinen letzten Abend in Freiheit. Und darauf, dass du auf immer meine liebste Freundin bleiben wirst!«

Schweigend tranken wir, und verblüfft spürte ich, wie sich Wärme in mir ausbreitete. Es war ja nicht das erste Mal, dass ich Alkohol trank, doch die Liköre, auf die Tante schwor, schmeckten mir nicht, und die Weine, die Adele hin und wieder von Theaterpremieren mitgebracht hatte, waren zu süß und klebrig für meinen Geschmack. Immerhin hatte ich den Sherry gemocht, den ich zusammen mit Wilhelm Rickert, Herrn von der Mey und dem Professor im Zug nach Genua verkostet hatte. Doch dieses Getränk war anders. Die Bläschen des Champagners prickelten in meiner Nase und auf meiner Zunge, der Geschmack war herb und süß zugleich, und ich fühlte mich plötzlich so leicht, als rückte die Ankunft in Tsingtau, die ich gleichzeitig herbeisehnte und vor der ich mich fürchtete, in weite Ferne. Nachdem ich das erste Glas geleert hatte, wollte ich sofortigen Nachschub.

»Du hast es ja eilig.«

Nach dem zweiten Glas klopfte ich mir mit einer Zufriedenheit auf den Bauch, die mich selbst überraschte.

»Dürfte ich noch eines?«

Doch bevor Elisabeth es mir hinüberreichen konnte, kam mir eine fantastische Idee. Mit einiger Mühe winkelte ich meine Knie an, ignorierte das ratschende Geräusch, das aus der Richtung meines Rocksaums kam, und machte mich mit klammen Fingern daran, die Schnürung meiner Stiefeletten zu lösen.

»Was machst du denn?«, rief Elisabeth lachend. »Selma, du holst dir ja den Tod!«

Doch da hatte ich mir schon die Schuhe von den Füßen gezogen und die Strümpfe hinterher. Die Luft war wunderbar kühl. Kichernd hielt ich meine weiß schimmernden Füße in die Höhe und wackelte mit den Zehen.

Mit Schwung stellte sie die Champagnerflasche auf dem Boden ab, starrte mich an und hob den Zeigefinger.

»Du Verrückte!«

Sie beugte sich hinab, ihr Haar fiel wie ein kupferfarbener Wasserfall über ihren Kopf, und schon waren auch ihre Füße bloß. Leise schrie sie auf.

»Das ist ja herrlich!«

Mit hinter dem Kopf gefalteten Händen legte ich mich in den Liegestuhl zurück. Der Wind blies zwischen meinen Zehen hindurch. So etwas hatte ich noch nie erlebt, und mir war, als wäre mein Körper mit einem Mal viel größer, als reichte er bis zur Reling und darüber hinaus. An dem dunkel bewölkten Himmel war kein Mond zu erkennen, Sterne sah ich auch nicht. Hin und wieder trieben die Böen das Wasser vor sich her und benetzten meine Füße.

»Jetzt habe ich Lust zu tanzen«, sagte ich und rappelte mich auf.

Elisabeth, die eben noch in den Anblick ihrer Knöchel versunken gewesen war, riss den Kopf hoch und starrte mich an.

»Na dann los!«, rief sie.

Ungelenk und kichernd rutschten wir über den eisigen Boden. Deutlich spürte ich die kleinen Löcher und Risse in den Bohlen und Pfützen, dort, wo die Wellen über die Reling geschwappt waren. Meine Hand hielt ihre umschlossen, die andere lag auf ihrer schmalen Schulter. Ich sah auf ihr Haar, das im Schein der Deckbeleuchtung zu glimmen schien, und verspürte ein Prickeln, das sich in jeden Winkel meines Körpers ausbreitete. Ich fühlte mich wie ein junges Mädchen, vor dem sich die Zukunft wie eine Schatzkarte ausbreitete. So wie früher, als mir noch alles möglich erschienen war. Und jetzt war sie wieder da, die Hoffnung, wie eine laue, verheißungsvolle Frühlingsbrise, obwohl uns die Böen des Wintersturms von einer Seite auf die andere schaukelten.

Als unsere Füße blau vor Kälte waren, blieben wir stehen und starrten uns nach Luft schnappend an.

»Es ist Zeit, oder?«, sagte Elisabeth leise. »Der Abend ist zu Ende.«

Schweigend nahmen wir den Picknickkorb zwischen uns und gingen wieder in das Innere des Schiffes, wo uns eine trockene, abgestandene Hitze umfing. Die wenigen Herrschaften, die noch wach waren, sahen uns ungläubig an. Zerzaust und mit nackten Füßen mussten wir wie Wilde aussehen. Doch jede Spur von Wildheit war aus Elisabeths Augen verschwunden, als wir ihre Kabine erreichten.

»Gute Nacht, liebste Freundin.« Sie lächelte schwach und wandte sich ab.

Weinte sie? Mir rann etwas salzig Schmeckendes übers Gesicht. Ich wischte es fort und wartete, bis sie die Tür hinter sich geschlossen hatte. Mit dem Korb in der einen und meinen Stiefeletten in der anderen Hand, den Rock weit über die Grenze des Schicklichen hochgezogen, lief ich weiter, den schummrig beleuchteten schmalen Gang entlang, an unzähligen geschlossenen Türen vorbei, bis ich unsere Suite betrat, in der Tante leise schnarchte und Adele unter ihrer weißen Seidendecke klein und verletzlich aussah wie ein Kind. Vorsichtig setzte ich mich an ihren Bettrand und betrachtete sie. Ich hatte noch immer den Geschmack des Champagnercocktails im Mund, ebenso das Salz des Ozeans. Wieder wackelte ich mit den Zehen. Sie waren nun nicht mehr weiß, sondern schwarz vor Dreck. So wie das Leben nun einmal ist, dachte ich, ist es nicht immer licht und dunkel zugleich?

Als wir mit dröhnendem Horn und zu einem fröhlichen Marsch, den das Orchester an Deck trompetete, in den Hafen von Shanghai einfuhren, wölbte sich der Himmel grau über uns, und ein wütender, kalter Wind zerrte an den Hüten und Haaren der Passagiere. Mehrstöckige Häuser flankierten die breite Uferpromenade, alles glitzerte und glänzte wie herausgeputzt, und über meinen Kopf hinweg schossen Möwen im Sinkflug auf das Wasser zu, ganz so, wie ich es von den Ostseebädern her kannte.

Die Bohlen des Stegs waren rutschig und hatten vor Jahrzehnten wohl bessere Tage gesehen. Da ich befürchtete, mit dem Rocksaum in einem Riss hängen zu bleiben und in das schaumige, übel riechende Wasser unter uns zu fallen, umklammerte ich das Geländer und tat vorsichtig einen Schritt vor den anderen.

Unten hatte sich eine Menschenmenge versammelt, um die Passagiere in Empfang zu nehmen. Ausnahmslos Europäer, zumindest sah niemand asiatisch aus. Sie winkten und riefen, ein paar Männer sangen deutsche Lieder, andere hielten ihre Kinder in die Höhe, damit sie mehr sehen konnten. Die Damen von der Kolonialfrauenschule schnatterten aufgeregt hinter mir. Ich erhaschte Wortfetzen, in denen sie sich bewundernd über die Kleidung der Damen äußerten und den einen oder anderen Herrn erwähnten, der möglicherweise aus der Kolonie kam.

Während ich vorsichtig einen Fuß vor den anderen setzte, hielt ich vergeblich Ausschau nach Elisabeth. Aus der Menge, die ich jetzt fast erreicht hatte, streckte sich mir eine Hand entgegen.

»Noch ein letzter Schritt, dann ist es geschafft!«

Verblüfft griff ich zu und sah im nächsten Moment in Wilhelm Rickerts melancholische braune Augen.

»Wie schön, dass wir uns wiedersehen!«

»Oh«, antwortete ich nur, und als ich festen Boden unter den Füßen spürte und seine Hand wieder losließ, fügte ich hinzu: »Ja.«

»Bitte hier entlang«, sagte er mit seiner gedämpften, melodischen Stimme. »Sie sind heute auch ein Gast von Elisabeth Vander, nicht wahr? Wollen wir zusammen zu dem Hotel fahren, in dem die Feier stattfindet?«

Er wartete meine Antwort nicht ab, und da mir alles andere unhöflich erschienen wäre, folgte ich seinem Rücken durch die Menschen hindurch, immer dem grauweißen Tweed nach, der zugleich kratzig und weich wirkte. Regentropfen rieselten auf uns herunter und legten sich wie ein glitzernder Film auf den Anzugstoff, und auch meine Haut überzogen sie mit feinem Glanz.

Elisabeth hatte Kutschen geordert. Keine, wie wir sie von zu Hause kannten, sondern Rikscha genannte Gefährte, die von Männern gezogen wurden. Ich hatte so etwas schon in Singapur und Hongkong gesehen. Trotzdem zögerte ich, einen Fuß hineinzusetzen.

»Das ist ihre Arbeit«, sagte Wilhelm, der wohl verstanden hatte, was mich zaudern ließ. »Es geht ihnen nicht besser, wenn Sie zu Fuß gehen.«

Wenig überzeugt sah ich ihn an. Er wirkte munterer heute, als ich ihn in Erinnerung hatte, so als sei er endlich dem für ihn gesunden Klima zugeführt worden. Er wechselte ein paar Worte auf Englisch mit dem Mann und blickte mich fragend an.

»Kommen Sie?«

Unschlüssig sah ich mich nach Tante und Adele um, die gerade eine Rikscha bestiegen. Zwischen ihnen würde ich unmöglich noch Platz finden. Allein zu fahren erschien mir trostlos, erst recht, da ich schrecklich müde war und mich nach Aufheiterung sehnte. Aber mit Wilhelm? Ich starrte auf den Boden. Andererseits, warum nicht? Falls er und ich uns lebhaft unterhielten, könnte ich Elisabeth immerhin mit dem Argument den Wind aus den Segeln nehmen, dass wir einander rein freundschaftlich verbunden waren.

»Gern«, sagte ich mit neuer Entschlossenheit, ignorierte seine Hand und zog mich am hölzernen Rahmen der Kutsche hoch.

Im Zickzack entfernten wir uns vom Hafen. Nach einer halbstündigen Fahrt, während der wir jedoch kaum ein Wort gesprochen hatten und ich meine Füße anstarrte, bis meine Augen tränten, umhüllte mich plötzlich ein verheißungsvoller Duft. Ich hob den Kopf. Die Häuser, die uns in den nun engen Straßen umgaben, waren niedrig und ohne Ausnahme aus Holz gebaut, die lang gezogenen, kunstvoll geschnitzten Balkone mit bunten Fahnen verziert, auf denen chinesische Schriftzeichen leuchteten. Entzückt atmete ich ein. Wolken von exotischen Aromen schwebten an uns vorbei. Ich roch den frisch-sauren Geruch von Ingwer, verheißungsvoll Süßliches, das mich an unseren Dahlwitzer Garten an einem nebligen Morgen denken ließ, aber auch Herbes wie Beifuß und Bohnenkraut. In halsbrecherischem Tempo ging es zwischen dampfenden Garküchen auf Rädern, Eselskarren und anderen Rikschas hindurch. Schreiende Händler, Kinder, die auf der Straße spielten und Äste über Steine hüpfen ließen, und Marktleute, die am Straßenrand ihre Waren feilboten, umgaben uns wie ein Tosen. Wohin ich auch sah, nirgendwo schien Ruhe zu herrschen. Zuerst erschreckte es mich, doch nach einer Weile breitete sich ein seltsames Wohlgefühl in mir aus. Konnte es eine solche Vielfalt an Farben, Formen und Gerüchen wirklich geben? Wir fuhren an einem Markt vorbei, wo dicht gedrängt Tische und Bänke standen, die Tische beladen mit allen erdenklichen Speisen, Früchten, Gemüsen und Getreiden. In bunten Körben wurden zu Schneckenhäusern zusammengerollte Schlangen angeboten und rot leuchtende Paprika, die viel kleiner waren als die, die ich kannte. Wütend gackernd hackten Hühner ihre Schnäbel gegen Gitter aus Bambusstangen, ein halbiertes Schwein, aus dem sämtliches Blut zu Boden geflossen war, lag auf seiner noch von Haut umschlossenen Seite. Ich presste die Hand vor meinen Mund und holte, als wir daran vorbei waren, tief Luft.

»Geht es?«, fragte Wilhelm besorgt und legte sanft seine Hand auf meine. Rasch zog ich sie fort und blickte anschließend angestrengt auf die Häuserwände, die wir passierten. Ich hätte mir die Rikscha nicht mit ihm teilen sollen. War da doch etwas dran an Elisabeth Mutmaßungen? Ich wollte das nicht. Ich war nicht bereit für eine Romanze.

»Sehen Sie«, erklang seine sanfte Stimme. »Taglilien.«

Er deutete auf einen Stand, an dem getrocknete Pflanzen und Kräuter angeboten wurden.

»Die gelben Blüten am Rand, können Sie sie erkennen?«

Etwas widerwillig folgte ich seinem Blick und nickte. Die angeblichen Blumen sahen wie Nudeln aus. Ich kniff die Augen zusammen. Nun, vielleicht handelte es sich doch um getrocknete Pflanzen.

»Wenn sie blühen, verströmen sie einen betörenden Duft. Doch nicht nur das macht sie besonders. Sie haben eine Eigenart, die ihnen hierzulande den Beinamen Blume des Vergessens eingebracht hat.« Er lächelte und sah plötzlich ein wenig verloren aus. »Sie blühen nur einen einzigen Tag. Dann sterben sie.«

»Und welken dahin?«, fragte ich. Mich wunderte, dass eine so kurzlebige Blume es zu Berühmtheit bringen konnte.

»Das könnte man annehmen, ja. Doch die Taglilie birgt ein Geheimnis. Ihre Blüte wird durch eine neue ersetzt, die ebenfalls nur einen Tag lang blüht und wieder stirbt. Blühen, Sterben, Blühen, Sterben … Was vergangen ist, wird neu. Und was neu ist, stirbt sogleich wieder.«

»Aber das ist ja noch trauriger«, rief ich und sah ihn wütend an. Ich wollte solche Geschichten nicht hören, auch wenn mir nicht klar war, warum diese mich so betrübte.

Irritiert sah er mich an, anscheinend unsicher, was er darauf sagen sollte.

Ich wandte mich ab und starrte eine Weile vor mich hin, doch langsam dämmerte mir, dass ich mich reichlich albern verhalten hatte. Um das Eis zu brechen, zeigte ich auf einen Tisch, auf dessen Oberfläche silberne Fische glitzerten.

»Die sehen auch sehr hübsch aus.«

Doch dann erkannte ich, dass es sich bei den Häufchen, die daneben wie rötlich blauer Tischschmuck drapiert lagen, um Innereien handelte. Ich seufzte und murmelte: »Vielleicht doch nicht.«

Über den Tisch waren Seile gespannt, von denen getrocknete Krakenarme herunterbaumelten. Ich nahm mir vor, den Rest der Fahrt über lieber zu schweigen.

»Kellner, noch ein Tüpfelchen Sahne, bitte. Ein winziges Tüpfelchen. Noch ein bisschen, oui, so … Non! Seien Sie doch nicht so geizig, guter Mann. Winzig, sagte ich, nicht mikroskopisch klein, sodass man sie nicht erkennen kann.«

In ihrem elegantesten Französisch konnte Tante viel effektiver schimpfen, stellte ich fest, und der junge Mann, dem unser Tisch zugeteilt worden war, tat mir jetzt schon leid. Seit wir im französischen Teil Shanghais aus unseren Rikschas geklettert waren, fühlte sich Tante ganz in ihrem Element. Sie hatte mich von Wilhelm weggezerrt, noch bevor ich mich für die Fahrt bedanken konnte, und begonnen, viel zu laut jedes französischsprachige Schild am Straßenrand, an den Häuserwänden und in dem Hotel vorzulesen, in dem Elisabeth sich mit einer Feier von uns verabschiedete.

Der Ober machte zwei hektische Diener und kleckste weiter Häufchen um Häufchen Sahne auf Tantes Teller. Bald war die Torte darunter nicht mehr zu sehen, und ich bemerkte, wie sich der Hals des jungen Mannes vor Nervosität rötete.

»Tante, du kannst dir doch gleich noch mehr nehmen, nun lass bitte …«

Sie ließ von ihm ab und begann, genüsslich ihre Sahneberge zu verspeisen und sich anschließend durch die Butterschaumtorte hindurchzuarbeiten, die sie mit Champagner hinunterspülte.

Ich versuchte, Elisabeth zu erspähen, was jedoch unmöglich war. Dutzende von Menschen schwatzten und lachten, um ihre Tische gedrängt, die sich in vier Reihen unter einem unendlich hoch erscheinenden Glasdach entlangzogen. Über uns zwitscherten Kanarienvögel in ihren Käfigen. Ich fragte mich, wie sie gefüttert wurden. Man würde vermutlich eine zehn Meter lange Leiter dafür brauchen.

Mit einem Mal wurde ich nervös. Was, wenn Julius Myngius meiner Freundin, als sie ihm am Hafen zum ersten Mal in ihrem Leben gegenüberstand, nicht gefallen hatte? Was, wenn sie ihn nicht lieben konnte? Und falls es so war, entpuppte ich mich dann als schrecklicher Mensch, wenn ich darüber nicht nur betrübt, sondern auch ein klein wenig erleichtert wäre?

Adele beugte sich zu mir herüber und flüsterte: »Hast du ihn schon gesehen?«

Ich schüttelte den Kopf.

»Wen?«, fragte Tante, die manchmal über das Gehör einer Eule zu verfügen schien.

»Elisabeths geheimnisvollen Verlobten.«

»Ah, oui, der Mann, dessen Name klingt wie eine Pockenart.«

Adele unterdrückte ein Kichern, und auch um meine Mundwinkel zuckte es.

»Da ist sie!«, rief Adele. Ich wandte den Kopf, um ihrem Blick zu folgen. Dort kam Elisabeth, und neben ihr ging ein attraktiver junger Mann, bei dem es sich nur um ihren Verlobten handeln konnte. Nein, es hatte kein Unglück am Pier gegeben, da war ich mir sicher, erstaunt darüber, dass jemand, der auf Fotografien derart uninteressant gewirkt hatte, so umwerfend gut aussehen konnte. Mit hellblondem, adrett zurückgekämmtem Haar, stechend blauen Augen und einer hohen, fast adlig zu nennenden Stirn war Julius Myngius eine Erscheinung, die die Blicke aller im Saal auf sich zog. Meine Freundin sah überglücklich aus.

Erleichtert atmete ich auf. Als sie näher kamen, konnte ich erkennen, dass ihre helle schmale Hand auf seinem selbst in der Offiziersjacke kräftig anmutenden Arm ruhte. Sie wirkten, als kannten und liebten sie einander seit Jahr und Tag.

In ihrer Gefolgschaft bewegte sich eine Traube Menschen auf uns zu. Seine Kameraden vielleicht. Und irgendwo musste ja auch ihr Pate stecken, der sie im Hotel hatte erwarten wollen.

Vor Freude strahlend blieb sie vor unserem Tisch stehen.

»Endlich darf ich euch einander vorstellen. Madame Belin, Selmas und Adeles liebe Tante, Adele selbst und Selma, meine wunderbare Freundin. Dies ist mein Verlobter Julius Myngius.«

Herr Myngius verbeugte sich zackig, doch als er sich

anschließend eine Locke aus dem Gesicht strich, tat er dies mit einer irritierend langsamen, lasziven Bewegung, wobei er Adele nicht eine Sekunde aus den Augen ließ. Meine Schwester, eigentlich an Derartiges gewöhnt, errötete.

»Erfreut, Ihre Bekanntschaft zu machen«, murmelte sie und wandte sich ab, was Herrn Myngius nicht zu stören schien. Er starrte sie weiterhin an, als plante er gerade sein Abendessen und hätte sie als Hauptgang auserkoren.

Elisabeth schien nichts davon zu bemerken. Immer noch war es, als strahle eine Sonne extra für sie von der hohen gewölbten Decke herunter. Sie beugte sich zu mir und flüsterte: »Was sagst du, liebste Freundin? Ist er nicht fabelhaft?«

»Das ist er ganz sicher«, flüsterte ich zurück und spürte, wie auch meine Wangen sich mit Farbe überzogen.

»Hallo!« Sie richtete sich auf und begann zu winken. »Da ist ja auch mein Pate, endlich!«

Ich sah Adele an, die plötzlich gespenstisch weiß geworden war. Ihre Lippen formten ein stummes Oh, und angsterfüllt starrte sie mich an.

»Und hier ist mein Pate!«, rief Elisabeth. »Das ist meine liebe Freundin Selma. Selma, begrüße meinen Paten, Paul Mölln.«

Langsam wandte ich mich um, der Raum jedoch schien sich in die umgekehrte Richtung zu drehen. Schwindel ergriff mich, ich hörte schlagartig auf zu atmen und zu denken. Ich sah nur ihn, unfähig, etwas zu sagen, und stand schließlich auf.

Mit einer hilflosen Geste fuhr er sich durchs Haar, das seinen Kopf wie ein tiefschwarzer welliger Kranz umrahmte.

»Selma.«

Ich nickte, als sei es das Normalste der Welt, ihn hier und heute wiederzutreffen. Tatsächlich aber fühlte ich nichts. Mir war, als schwebte ich auf einer Wolke hoch über dem Erdboden und schaute unbeteiligt auf alle anderen herunter.

Er nahm meine Hand und ließ sie sofort wieder fallen, als habe die Berührung wehgetan. Jetzt spürte auch ich etwas, zunächst wie von ferne her, doch ich ahnte, was auf mich zukam. Es war eine gigantische Welle mit all den Gefühlen, die ich seit neun Jahren tief in meinem Inneren verschlossen hatte.

Noch ein Blick auf ihn, mit dem ich mir alles einzuprägen hoffte, den groben Schwung seiner Nase, seinen bohrenden Blick, das Licht, das ihn stets zu umgeben schien, seine Schultern, die Arme, seine Hände, die Brust …

»Herr Myngius«, sagte ich und hoffte inständig, nicht zu sehr zu krächzen. »Es freut mich sehr, Sie kennenzulernen. Wären Sie so freundlich, meine Familie in Tsingtau zu besuchen? Ich lasse Ihnen eine Einladung zukommen, sobald Sie und meine liebe Freundin dort eingetroffen sind.«

»Aber gern, und wenn Sie …«

»Bitte entschuldigen Sie mich einen Augenblick.«

Ich drehte mich um und stolzierte zwischen den Tischen hindurch. Das Orchester setzte ein, oder hatte es die ganze Zeit über gespielt? Meine Hände hatten zu zittern begonnen, dann auch meine Beine. Als ich die Hand nach der Tür ausstreckte, atmete ich tief ein. Nimm dich zusammen, Selma, beschwor ich mich. Du weißt, dass du es kannst!

Doch bevor ich das Holz unter meinen Fingern spürte,

tauchte ich in tiefschwarze Ruhe hinein. Warm war es und still wie in einem Grab. Einen letzten Gedanken hatte ich noch, bevor ich in Bewusstlosigkeit versank. Ich wünschte mir, eine Taglilie zu sein, eine Taglilie, die niemals wieder blühte.

Ein Hauch von Kindheit

Vanilla planifolia

Sanft-süßes Aroma
Bei Unruhe und Verzweiflung
Wirkung:
beruhigend, umhüllend, angstlösend

»Selma«, sagte jemand leise.

Langsam atmete ich ein und aus. Endlich war ich dort angekommen, wo ich hingehörte. Dunkel war es, geborgen und warm. Ich glaubte, seine Arme um mich zu spüren, seinen Duft einzuatmen, mich aufzulösen und zu etwas zu werden, das weder er noch ich war. Eine pulsierende Wolke aus Liebe.

»Selma.«

Tränen sammelten sich unter meinen geschlossenen Lidern. Ich wollte meine Augen nicht öffnen. Nie mehr wollte ich hinaus in die Welt, die zu hell und zu kalt für uns war. Ich wusste, wenn ich zu mir käme, wäre ich allein.

»Selma.«

Wieder diese warme, raue Stimme. Eine Berührung. Sanfte Finger auf meiner Hand, leicht wie Federn. Dann ein Geräusch wie das Klacken einer Tür.

Meine Lider flackerten. Ein Raum breitete sich verschwommen vor mir aus. Er war kalt, wie ich es geahnt hatte, kalt und menschenleer. Ich zitterte unter meiner Decke, das Kissen, auf dem mein Kopf lag, war eisig und feucht. Gräuliches Licht drang durch die geschlossenen Vorhänge. Nach einer Weile gelang es mir, mich aufzurichten. Das Bett, mit dem ich verschmolzen zu sein schien, war so schlicht wie der Rest des Raumes mit dem Schrank aus Eichenholz und dem zierlosen dunkelgrünen Kachelofen. Vor einem Schreibtisch war ein Fenster, am Fußende des Bettes die Tür. Kein Teppich verlieh dem Zimmer Gemütlichkeit, die Wände waren ebenso wie die Decke nüchtern und weiß. Alles hier wirkte deutsch oder zumindest europäisch. Ich schob eine feuchte Locke hinter mein Ohr.

Schemenhaft tauchten Erinnerungen auf, grelle Bilder wie aus einem Fiebertraum. Ich sah eine Kabine vor mir, alles schwankte. Die Umgebung schien zu glühen. Mirelle an meinem Bett, sie jammerte und weinte. Und davor … Die Reise nach China. Shanghai. Paul.

»Ist da jemand?«

Meine Stimme klang brüchig.

»Hallo?«

Niemand antwortete. Durch einen Spalt zwischen den Vorhängen blitzte ein Stück Himmel auf. Ich schlug die Bettdecke zur Seite und starrte erschrocken meine Beine an. Sie wirkten fremd, schmal wie Streichhölzer waren sie und von einem fahlen Weiß. Vorsichtig fuhr ich mit dem Finger darüber. Meine Haut fühlte sich spröde und wie Papier an.

Ich zählte bis zehn, robbte zur Bettkante und zählte erneut. Meine Beine zitterten, als ich, wieder bei zehn, auf dem Holzboden aufkam, doch sie hielten mich, während ich vorsichtig einen Fuß vor den anderen setzte. Schließlich stützte ich mich keuchend vor Anstrengung auf dem Fensterbrett ab. Das Nachthemd klebte an mir, die Kälte ließ mich frösteln. All das aber war wie verflogen, als ich die Gardinen beiseiteschob und hinaussah.

Vor mir breitete sich ein zerklüfteter granitgrauer Bergkamm aus, der wie mit den wütenden Strichen eines Kindes auf Papier geworfen wirkte. Wild aufeinandergeschichtet ragte das Geröll empor, kein Grün dazwischen, keine Erde, nur graue, gewaltige Kargheit, die mich ehrfürchtig Luft holen ließ. Von meinem Fenster aus sah ich zwei Häuser, jedes auf einem kleinen Plateau, die durch schmale Pfade miteinander verbunden waren. Mit ihren Ziegeldächern wirkten diese Häuser europäisch, selbst wenn sich ihre Dachkanten wie Stupsnasen in die Höhe bogen, was ihnen ein asiatisches Aussehen verlieh. Eine einsame Straße führte talabwärts, hier und da von einer knorrigen Kiefer gesäumt, der einzige Sprenkel Grün inmitten all dem steinernen Grau.

Wann und warum war ich hierhergebracht worden?

Nachdem ich aufgehört hatte zu keuchen, arbeitete ich mich zu dem Schrank vor, dessen Tür sich mit einem heiseren Quietschen öffnete. Darin stand mein Koffer, dessen Anblick mir fast Tränen in die Augen trieb. Am liebsten hätte ich mich auf ihn geworfen und nachgesehen, ob alles da war, doch dann fielen mir Pauls Briefe ein, und rasch schloss ich die Schranktür wieder.

Hätte Elisabeth mir doch bloß seinen vollen Namen genannt! Dunkel erinnerte ich mich daran, dass sein Vorname ein einziges Mal gefallen war. Paul. Viele Männer hießen Paul. Und ich hatte ein so klares Bild von ihrem Paten gehabt. Grauhaarig und dick hatte ich ihn gewähnt, auch wenn Elisabeth sein Alter nie erwähnt hatte. Doch so waren Paten eben. Grauhaarig und dick, freundlich und Pfeife rauchend, milde interessiert, sich dann aber auch wieder nach ihrer Ruhe sehnend. Paten konnten nicht 32 Jahre alt sein, gesegnet mit wildem schwarzem Haar und olivfarbener Haut und den dunkelsten Augen, die mich je mit ihrem Blick bedacht hatten.

Und Paten konnten auch nicht Paul Mölln heißen!

Glücklicherweise baumelten mein Morgenmantel, zwei Blusen und ein Kleid von den Bügeln, sodass ich mit der Fußspitze den Koffer nach hinten schieben und ihn so vielleicht vergessen konnte.

Mehr schlecht als recht gelang es mir, die Schleife meines Morgenrocks zu binden. Eher taumelnd als gehend bewegte ich mich auf die Tür zu, lehnte die Stirn dagegen und wartete, bis mein Atem regelmäßiger ging. Ich drückte die Klinke hinunter und spähte in einen dunklen, menschenleeren Gang. Eine gespenstische Stille herrschte hier. Die Luft roch abgestanden und fad, an den Fenstern hatte sich Feuchtigkeit gebildet, die sich in kleinen Rinnsalen ihren Weg über die Rahmen bahnte. Ich sah hinaus. Auch hier bot sich mir ein Ehrfurcht einflößender Anblick. Der kahle Berg, über dem watteweiße Wolken thronten, schien die Häuser zu bewachen. Ich zog den Gürtel meines Morgenmantels enger. Ob ich eine der Türen im Gang öffnen sollte? Doch was, wenn dahinter Kranke lagen, männliche Kranke? Ich kicherte kurz, als mir Direktor Knollinger einfiel, dessen Gesichtsfarbe von gelblich zu papierweiß gewechselt hatte, als er das Skelett in unserem Charlottenburger Schulkorridor gesehen hatte. Die eine Hand seitlich ausgestreckt, um mich im Notfall abstützen zu können, schlich ich weiter.

»Selma!«, ertönte eine Stimme hinter mir.

Vor Schreck verlor ich fast das Gleichgewicht. Ich hörte Schritte, und schon war Adele neben mir, griff nach meinem Ellbogen und schloss mich gleichzeitig in die Arme.

»Du bist wach, endlich!«

Als ich meine Nase in ihrem Mantel vergrub und ihren vertrauten Geruch einatmete, schossen mir Tränen in die Augen.

»Wie lange bin ich schon hier? Und wo sind wir?«, fragte ich in den weichen Stoff hinein. »Warst du das vorhin an meinem Bett?«

Sie schob mich ein wenig von sich.

»In Tsingtau, Liebes, wo sollten wir sonst sein? Nun, streng genommen ist es nicht Tsingtau, aber das Gebirge in der Nähe von Tsingtau.«

Die Erleichterung trieb mir schon wieder Tränen in die Augen.

»Das heißt, ich kann zu Maman!«

Sie zögerte.

»Bald, ja, ganz sicher. Aber erst einmal musst du gesund werden. Komm, Liebes, du holst dir in dieser Kälte ja noch den Tod.«

In meinem kargen dunklen Zimmer klopfte sie einladend auf die Bettkante, setzte sich selbst in den Sessel und nestelte ein zerknittertes Stück Papier aus ihrer Manteltasche. Papa hatte ihr einiges für mich aufgetragen. So erfuhr ich, dass er mir eine eigene Pflegerin bezahlte.

»Du kannst sie zum Teeholen schicken. Du kannst sie sogar in die Stadt schicken, um dir vergnüglichere Lektüre zu bringen als die, die es hier geben dürfte. Aber vergiss nicht, dass sie dann erst am späten Abend zurück sein wird.«

»Wie weit ist es denn von hier bis zu euch?«

»Mit der Kutsche mehr als einen halben Tag. So, nun

lass mich weiterlesen, damit wir damit fertig werden. Du sollst bitte hübsch brav sein und auf den Arzt hören, ihm aber gleichzeitig nur halben Glauben schenken. Du kennst ja Vater. Er weiß alles besser, selbst als die Fachmänner. Und was steht hier? Ich kann es nicht mehr entziffern, schließlich habe ich es schon vergangene Woche schnell aufgeschrieben, als ich dachte, du leidest bloß unter einem Schock und bist schnell wiederhergestellt.«

»Vergangene Woche?«, fragte ich entgeistert. »Heißt das ...«

»Du bist seit acht Tagen hier. Vorher hat man sich in Shanghai und anschließend in Tsingtau darüber gestritten, woran du leidest. Irgendwann einigte man sich darauf, dass man es nicht wisse, und verlegte dich in dieses Genesungsheim. Hier kannst du den Ärzten weiterhin damit auf die Nerven gehen, keine eindeutigen Symptome zu zeigen, aber immerhin erwartet man keine in Stein gemeißelte Diagnose. Um es mit Papas Worten zu sagen: Im Mecklenburghaus ist dir ein diffuses Krankheitsbild gestattet. Hast du denn von alldem gar nichts mitbekommen?«

Stumm schüttelte ich den Kopf.

»Hast du von Elisabeth gehört?«, fragte ich.

Adele senkte den Blick.

»Eine schöne Freundin hast du dir da ausgesucht! Dass sie nicht einmal schreibt nach diesem Vorfall!«

Ich starrte auf meine Hände. »Wie war es denn noch auf dem Fest? Habe ich eine schlimme Aufregung verursacht?«

»Ach ... Denk nicht dran, Liebes, es nützt ja nichts. Und was Elisabeth angeht, sie wird sich gewiss bald melden. Ihr Zukünftiger, Julius Myngius, ist in Tsingtau fast schon eine Berühmtheit.« Sie lächelte schief. »Unter den

Mademoiselles zumindest. Ah, fast hätte ich es vergessen. Apropos Mademoiselle. Tante hat mir etwas für dich mitgegeben.«

Sie zog ein in Butterbrotpapier gewickeltes Viereck aus ihrer Tasche und legte es mir in den Schoß.

»Der chinesische Koch war arg erzürnt, weil sie ihn aus der Küche komplimentiert hat. Ich nehme an, sie musste dem Boy anschließend jeden Schritt im Kommandoton befehlen. Der Ärmste. Französisches Backwerk vor Tante aus dem Stehgreif zu zaubern hat ihn wahrscheinlich das Fürchten gelehrt.«

Der süße Duft von Vanille und Butter stieg mir in die Nase, als ich das Papier öffnete, und umhüllte mich wie eine warme, tröstliche Wolke.

»Mille-feuilles! Wie wunderbar! Ich hoffe, du möchtest keines davon, Adele, ich würde nur ungern eines abgeben.«

»Keine Bange. Ich achte auf meine Linie.«

Die Blätterteigschnitten schmeckten genau wie die, die Maman früher gebacken hatte. Ihre cremige Süße katapultierte mich in Windeseile zurück in meine Kindheit, zu Maman, die an meinem Bett saß und mich zärtlich ansah. Mille-feuilles waren für mich gleichbedeutend mit Husten und Schnupfen, genauso aber mit Trost und Liebe.

»Warte nur, bis du nach Tsingtau kommst«, sagte Adele. »Eine so angenehme Stadt, wenn auch winzig im Vergleich zu Berlin, aber schick! Du wirst kaum glauben, dass es in China ist und bis vor wenigen Jahren noch ein Fischerdorf war. Es gibt keine Straße ohne elektrische Beleuchtung. Auch die Häuser der Europäer haben diesen Luxus. Warmes Wasser aus dem Hahn! Und groß ist die Villa, wirklich, du wirst dich wundern, wie wir es so lange in unserer winzigen Berliner Wohnung aushalten konnten.«

»Und Maman? Wie geht es ihr?«

Adele zwirbelte eine aus ihrem Dutt herausgefallene Strähne zwischen ihren Fingern. »Nun …«

Ich wartete und hielt den Atem an.

»Nicht gut, um ehrlich zu sein.« Sie hob den Kopf. »Von einer Erkältung kann wahrlich nicht die Rede sein. Ich weiß nicht, warum Vater uns derart belügen musste. Oder ja, vielleicht war sie erkältet, wer weiß, aber da ist viel, viel mehr.« Sie seufzte. »Sie spricht kein Wort. Sie weigert sich, aus diesem vermaledeiten Sessel aufzustehen, in dem sie tagein, tagaus sitzt. Nur zum Schlafen erhebt sie sich und lässt sich zum Bett führen, das sie für zehn, manchmal sogar zwölf Stunden nicht verlässt.« Sie griff nach meiner Hand und presste sie. »O Selma, du musst gesund werden. Maman braucht dich! Auf mich achtet sie kaum, da kann ich es versuchen, wie ich mag, sie blickt durch mich hindurch wie durch einen Geist. Durch Papa ebenso. Nur bei Tante wird sie manchmal aufmerksam, doch stets so kurz, dass diese ihre Sätze noch nicht einmal zu Ende geschrieben hat, wenn Maman sich wieder abwendet.«

»Liest sie denn nicht mehr von den Lippen ab?«

Adele schüttelte den Kopf. »Es strenge sie zu sehr an, sagt sie.«

Traurigkeit überfiel mich. In ihrem letzten Brief an uns hatte Maman so stolz geklungen. Sie hatte geübt, vor allem nachdem Papa ihr in Tsingtau eine junge Dame zur Seite gestellt hatte, die an einer Taubstummenschule unterrichtete. Nach einer Weile hatte Maman sich sogar getraut, allein in ein Geschäft zu gehen und einzukaufen.

»Was ist denn aus diesem Fräulein Schmitt geworden?«, fragte ich schließlich.

»Sie hat geheiratet. Maman möchte keinen Ersatz.«

»Und Mamans Unfall?«

Überrascht sah sie mich an. »Woher weißt du davon?«

Erschrocken senkte ich den Kopf. Natürlich konnte ich davon nichts gehört haben, schließlich hatte ich bis vor Kurzem geschlafen. Fieberhaft suchte ich nach einer Erklärung, doch als ich wieder aufsah, hatte sich schon Erleichterung auf ihrem hübschen, zu einem weichen Oval geformten Gesicht abgezeichnet.

»Natürlich, Klara hat dir davon erzählt!«

Verwirrt sah ich sie an, bis mir einfiel, dass Klara der Name meiner Pflegerin war, jenes hellblonden Wesens, das sich ebenso lautlos näherte, wie es seine Arbeit verrichtete. Bevor sie uns Tee brachte, hatte sie meinen Puls gefühlt, Temperatur gemessen und gemurmelt, der Doktor wäre unglücklicherweise gerade heute tagsüber nicht im Haus, sähe aber in den Abendstunden nach mir. Während der ganzen Zeit sah sie mich kein einziges Mal an. Klara, nun ja, zumindest theoretisch hätte sie mir davon erzählen können. Adele hatte sicher vergessen, dass ich gerade erst wieder zu Bewusstsein gekommen war.

»Genau, Klara. Und was ist nun passiert?«

Adele legte den Zeigefinger an ihr Kinn.

»Maman hat die Pferde nicht gehört, wie auch? Glücklicherweise konnte der Kutscher noch ausweichen. So wurde Maman bloß umgestoßen, kam aber nicht unter die Räder. Sie erlitt einen Nierenriss, der aber schon verheilt ist.«

Ich schloss die Augen und versuchte zu schlucken, doch der Kloß, der sich in meinem Hals gebildet hatte, war zu groß.

»Wie kam es dazu? Warum wurde sie nicht zurückgehalten? Sie hat die Pferde nicht gehört, aber sie wird doch nicht etwa allein unterwegs gewesen sein?«

Adele legte den Kopf schief und nagte an ihrer Unterlippe.

»Das ist es ja gerade. Sie war allein unterwegs. Mutterseelenallein. Und das in Tapautau!«

Als sie meinen verständnislosen Gesichtsausdruck bemerkte, erklärte sie: »Das Kaufmannsviertel der Tsingtauer Chinesen. Ist das nicht sonderbar? Was wollte Maman dort nur?«

»Hast du sie denn nicht gefragt?«

»Sie spricht ja nicht mit mir. Du musst es herausbekommen, Selma, dir antwortet sie bestimmt.« Sie blinzelte und atmete tief ein. »Papa will auch nichts verraten, es ist alles so seltsam. Als wäre es ein Staatsgeheimnis, und wenn man ihn darauf anspricht, wird er fuchsteufelswild.«

»Papa? Fuchsteufelswild?« Ich musste lächeln. Wenn Maman bisweilen an eine stolze Katze erinnerte, dann Papa eher an ein Kaninchen. Sanft, still, kuschelweich.

»Selma …«

Adele unterbrach sich und blickte mich aufmerksam an. »Wie geht es, nun …« Sie zeigte vage in meine Brustmitte.

»Meiner Lunge?«

»Nein, Dummerchen. Was soll mit deiner Lunge sein? Ich meine deinem Herzen. Du hast immerhin Paul wiedergesehen. War das nicht …« Sie zögerte. »War das nicht verstörend?«

»Nein. Wieso sollte es? Paul ist Vergangenheit.«

Ruckartig stand ich auf, ignorierte den Schwindel, der mich ergriff, und trat ans Fenster.

Der Berg glitzerte in der Nachmittagssonne, und ich

öffnete das Fenster weit. Die Flügel knarrten, als hätte ihnen seit Ewigkeiten niemand mehr so etwas Ungeheuerliches angetan, und die hereindringende Luft war wie ein Bad in kühlen Fluten. Tief atmete ich ein. In Sekundenschnelle eroberte die Frische den Raum und vertrieb alles Muffige und Kranke.

Es klopfte an der Tür, und Klara schob sich herein. Nachdem sie Adele etwas ins Ohr geflüstert hatte, erhob diese sich.

»Du brauchst Ruhe, meine Liebe. Vater wird dich bald besuchen. Er war wie ich schon ein paar Male hier, doch du hast uns nicht bemerkt.«

Ich sackte in mich zusammen, als sie ging. Plötzlich wirkte der Raum auf mich noch dunkler als zuvor.

Ich rief nach Klara und sagte: »Ich möchte ein Bad nehmen.«

»Fräulein Wallenstein, Sie sind gerade erst zu sich gekommen.«

Ihre Stimme klang fürsorglich, doch der Blick aus ihren milchig blauen Augen war kühl.

»Bitte, Klara, ich wäre Ihnen sehr dankbar, wenn Sie sich darum kümmern würden. Ich verspreche Ihnen, ich übertreibe es nicht.«

Doch genau das hatte ich vor, als ich ein wenig später hinter zugezogenem Vorhang ins Wasser stieg. Ich wollte es übertreiben. Ich musste die Hitze auf meiner Haut spüren, um mir meiner Haut wieder gewahr zu werden.

Ich schloss die Augen und versuchte, die Damen in den Wannen neben mir zu ignorieren. Wir sahen einander nicht, hörten uns aber umso besser. Ihr von Husten unterbrochenes Lachen hallte von den gefliesten Wänden wider.

Ich beschloss, dass Adele unmöglich recht haben konnte. Elisabeth war meine Freundin. Wer wusste schon, wo sie unterwegs war. Vielleicht ritt sie auf einem Kamel durch die Wüste. Als ich jedoch genauer darüber nachdachte, fiel mir ein, dass es in Südchina keine Wüste gab und Kamele schon gar nicht. Doch sie hatte sicherlich alle Hände voll zu tun, galt es doch, ihre Hochzeit zu arrangieren, die in wenigen Monaten stattfinden würde. Und wie war es wohl für sie, endlich Zeit mit ihrem Verlobten zu verbringen? Ich hoffte inständig, dass Julius ein guter Mann war. Und Paul ... War er verheiratet? Hatte Elisabeth je darüber gesprochen? Ich erinnerte mich nicht. Doch selbst wenn er es nicht wäre, gab es keinerlei Anlass zur Hoffnung für mich. Sein Blick, der in Shanghai auf mir geruht hatte, war kühl gewesen.

Jetzt dachte ich schon wieder an ihn!

»Klara«, rief ich, »würden Sie mir bitte das Tuch reichen?«

Nachdem ich schließlich wieder in mein Bett gekrochen war, starrte ich ins Halbdunkel des Zimmers. Ruhelos hüpften meine Gedanken von Maman zu Elisabeth zu Paul und wieder zu Maman. Was hatte sie in Tapautau gewollt? Wieso war sie allein unterwegs gewesen?

Langsam verebbten die Geräusche. Nur eine Eule rief noch ab und zu in die Nacht, dann wurde es ganz still.

Irgendwann musste ich eingeschlafen sein, denn als ich die Augen wieder öffnete, war es um mich herum stockdunkel. Ich tastete nach meiner Decke und fand sie auf dem Holzfußboden wieder. Verhaltene Männerstimmen drangen an mein Ohr. Sie kamen aus dem Hof. Die Worte waren unverständlich, und doch zog sich alles in mir zusammen.

Seine Stimme kann meine Welt aus den Angeln heben!, schoss es mir durch den Kopf.

Mit zittrigen Fingern band ich die Schleife meines Morgenmantels und spürte die Kühle unter meinen Füßen, dankbar, weil sie für einen Moment stärker war als die Sehnsucht, die sich in mir ausdehnte wie ein Feuerball. Lautlos bezog ich Stellung hinter dem Vorhang und spähte hinaus. Das fahle Mondlicht erhellte den Hof des Sanatoriums und das dahinterliegende Soldatenheim kaum. Stille hatte sich wieder ausgebreitet, nur unterbrochen vom Scharren der Pferdehufe.

Da, ein Schnauben, ein leise gesprochenes »Ruhig«. War das Paul? Doch was bildete ich mir ein? Glaubte ich im Ernst, seine Stimme nach all den Jahren wiederzuerkennen? Nur ein Wort hatte er in Shanghai gesprochen. Selma. Warum sollte er hier sein, warum bei mir, wenn er doch im Süden des Landes weilte?

Aus dem Schatten lösten sich zwei Gestalten, beide groß, in schweren Mänteln, die Gesichter abgewandt. Der eine schwang sich auf den Rücken des Rosses. Sie grüßten nicht militärisch, sondern mit Handschlag. Einer der Männer zündete sich eine Zigarette an, ich sah, wie sie aufglühte. Licht zuckte über sein Gesicht. Es war nicht Paul, natürlich nicht. Der andere Mann verschwand in der Dunkelheit. Ich blickte ihm nach, bis er um die Kurve bog.

In mir war nichts bis auf die dunkle Süße, eine Sehnsucht, von der ich geglaubt hatte, sie hätte mich schon vor Jahren für immer verlassen.

Eine zarte Berührung

Cinnamomum camphora

Frischer, leicht scharfer Duft
Bei Überanstrengung, Unterkühlung
Wirkung:
wärmend, stimmungshebend,
ausgleichend

Die Schneeflocken schwebten so träge vom Himmel, als wären sie unentschlossen, welche Richtung sie einschlagen sollten. Wolken hatten die Berggipfel verschluckt, und selbst wenn ich meine Nase an der Scheibe platt drückte, konnte ich vor lauter Weiß nichts erkennen.

Ich widmete mich erneut dem Brief, der vor mir lag, und stützte mein Kinn in die Hand. Wieder überkam mich Müdigkeit, dabei war es noch nicht einmal zehn.

Es klopfte, und Doktor Westernhaus trat ein. Bislang immer freundlich, schien er mir jedoch meine ominöse Krankheit langsam übel zu nehmen.

»Haben Sie heute mit Ihrem Herrn Vater gesprochen?«

Ich schüttelte den Kopf und sprach gleichzeitig, sodass mir schwindelig wurde.

»Er will mich morgen besuchen.«

Ich freute mich darauf, fürchtete mich aber zugleich. Bei jedem Telefonat klang Vaters Stimme drängender, mittlerweile nahm sie bisweilen einen scharfen Unterton an. »Was tun diese Quacksalber da oben? Warten ist nun wirklich keine Lösung!«, hatte er gestern gezischt. »Ich werde mit dem Doktor sprechen. Du musst nach Hause, Kind. Maman braucht dich.«

»Nun«, sagte Doktor Westernhaus, rückte seine Brille zurecht und sah mich unter seinen schmalen, wie gezupft aussehenden Augenbrauen mit freundlicher Strenge an. »Ab heute herrscht Besuchsverbot. Sie sprechen mir einen Deut zu häufig davon, sich ganz und gar gesund zu fühlen. Niemand fühlt sich ganz und gar gesund, dieser Zustand existiert nicht. Wer das von sich behauptet, ist entweder dumm, und das sind Sie nicht, oder so krank, dass er gar nicht anders kann, als sich das Gegenteil einzubilden.«

»Papa und Adele finden, ich sei schon wieder das blühende Leben.«

»Ja, genau. Weil Sie es nicht sind.«

»Ich werde in Tsingtau gebraucht.«

»Sie brauchen sich selbst, sonst wird das nichts mit Ihrer Gesundung. Oder sagen wir es einmal so: Sonst werden Sie nie mehr etwas anderes als erschöpft sein, und fragen Sie einmal Ihren Herrn Papa, wie hilfreich dieser Zustand wohl wäre.«

Ein Sonnenstrahl brach hinter ihm durch die Fensterscheiben und hüllte ihn in ein lichtes, freundliches Orange, in dem ich jedes einzelne seiner schütteren Haare zu erkennen meinte.

»Aber Erschöpfung ist nicht ansteckend, und darauf kommt es doch an! Ich könnte sie ebenso gut in Tsingtau auskurieren. Ich verspreche Ihnen, täglich bis zum Mittag das Bett zu hüten und es um neun Uhr abends brav wieder aufzusuchen. Ich verspreche Ihnen, mich von Hafergrütze und Tee zu ernähren. Ich verspreche Ihnen hoch und heilig, nichts zu tun, was mich anstrengen könnte, ich lese nicht einmal. Reicht Ihnen das?«

»Das reicht durchaus, Fräulein Wallenstein. Allerdings nicht in Ihrem Sinne, fürchte ich. Es reicht, mich nun ganz sicher sein zu lassen, dass Sie mindestens drei weitere Wochen bei uns bleiben müssen.«

»Aber …«, setzte ich an und spürte voll Zorn, dass mir Tränen in die Augen stiegen.

»Ich schätze Ihren Herrn Vater, doch ich befürchte, er ließe Sie nicht eines dieser langweiligen Dinge tun, die Sie eben aufzählten. Sie bleiben. Sie legen sich in den Hof und genießen die frische Luft und die Sonne, wenn sie denn scheint. Sie essen viel, trinken Tee und ruhen, ruhen, ruhen. Ich möchte Sie fortan fast ausschließlich in der Horizontalen sehen, von mir aus auf einem Liegestuhl im Hof, in Ihrem Bett oder aber, wenn es sein muss, auch einmal im Speisezimmer. Sie ruhen, haben Sie mich verstanden? Ruhe ist derzeit Ihr einziger wahrer Freund.«

Liebe Marga, schrieb ich, nachdem Doktor Westernhaus mit geblähten Nasenflügeln wieder gegangen war, und konnte mein Seufzen kaum unterdrücken.

Kannst du glauben, dass ich schon zehn Tage wach bin? Sie waren eine überaus korrekte Abfolge von Terminen, schlimmer noch als in der Schule wird hier dem Minutenzeiger gefolgt.

6:30 Uhr aufstehen

6:45 Uhr Frühstück – in einem dunklen, schlicht möblierten Raum, der so gar nicht zum Verweilen einlädt

7:15 Uhr und 10:00 Uhr Visite

12:15 Uhr Mittagessen

16:00 Uhr Tee

17:30 Uhr Dinner

Ich stelle mir vor, wie Doktor Westernhaus vor jeder Tür, an die er klopfen will, innehält, die Augen schließt und ein gütiges

Lächeln auf sein Gesicht zaubert. Nicht dass er nicht tatsächlich gütig wäre, aber er hat das Talent, seine Patienten zugleich zum Mittelpunkt der Welt zu erklären und ihnen das Gefühl zu geben, vollkommen hilflos zu sein.

Und so ist es in meinem Fall: Ich bin zu störrisch, um gesund zu werden. Niemand weiß, worunter ich leide. Doch dieses ominöse Leiden hat sich, so scheint es, an mir festgebissen. Ich bin zum Stillsitzen und Liegen verdammt. Aber wie könnte ich? Ich werde längst von Unruhe zerfressen. Das kann doch nicht hilfreich sein für eine Genesung, oder was glaubst du?

Hinter meinem Spiegelbild glitzerte azurblau der Himmel. Ich öffnete das Fenster. Eine eisige Böe fegte Aromen von Tannennadeln und Harz, feuchtem Gestein und Erde herein, und ich beugte mich so weit vor, wie es möglich war, ohne vornüberzukippen, bis meine Fingerspitzen die kalte, teils von Schnee bedeckte Erde erreichten.

Weit und breit war keine Menschenseele zu sehen. Unschlüssig lehnte ich mich wieder zurück und lief dann im Zimmer auf und ab, wobei ich mir einredete, für Albernheiten dieser Art zu alt zu sein. Ich war Lehrerin. Ein Vorbild, auch in meiner Freizeit. Andererseits konnte ich mich gut an mein trauriges Kündigungsgespräch mit Direktor Knollinger erinnern. Genau genommen war ich also keine Lehrerin mehr, zumindest keine, die ihre Tätigkeit ausübte. Und wenn ich schon nicht mehr das tun konnte, was ich liebte, wieso mich dann noch zurückhalten?

Ich stopfte meine Haare unter den Hut und schlüpfte in den Wollmantel, den ich bis oben zuknöpfte. Ein Blick auf die Uhr – es war kurz vor eins. Die meisten meiner Mitpatienten würden nach dem Lunch wieder auf ihren Zimmern sein.

Draußen musste ich mich dem Wind entgegenlehnen, der an meinen Rockschößen zog und zerrte. So rasch wie möglich, und ohne auf dem feuchten Boden auszurutschen, entfernte ich mich vom Mecklenburghaus und den angrenzenden Gebäuden. Mein Kleid bauschte sich und wickelte sich in den unmöglichsten Formationen um meine Beine. Ich spürte kalte Nässe auf meinem Gesicht und dass sich meine Wangen röteten. Bald sah und hörte ich kaum noch etwas. Ich roch das feuchte, kalte Gestein, Schnee, nasse Erde und hier und da das Salz des Meeres.

Das Areal sei unter den Deutschen für Ausflüge beliebt, hatte Papa am Telefon berichtet. Tatsächlich wiesen zahlreiche Schilder auf Deutsch den Weg zu Aussichtspunkten und Besucherstätten. Aber ich begegnete keinem Wandersmann, dafür war es sicher noch zu kalt. Eine Maus kreuzte meinen Weg, die in Windeseile zwischen den Felsen verschwand, zwei gackernde Steinhühner sah ich und einen Dachs. Das glaubte ich zumindest, vielleicht war es aber auch nur ein Ast. Das Wasser hier schien überaus lebendig zu sein. Sprudelnd und glucksend strömte es allerorten in Bächen bergab, tropfte von den Steinen, hüpfte über Wurzeln und gab den Felsbrocken mitunter ein so bizarres Aussehen, dass ich den Eindruck nicht loswurde, mich in einer Märchenlandschaft verlaufen zu haben.

Links führte ein Pfad zum Bergkamm hinauf, der sich majestätisch von dem hellblauen Horizont abhob. Rechts ging es bergab. Ein leises gleichmäßiges Rauschen drang an mein Ohr, das mit jedem Schritt lauter wurde.

Ich schlug einen sich nicht allzu steil hinabwindenden Weg ein. Hinter einer Kurve blieb ich abrupt stehen.

Kahle Felsblöcke umrahmten einen See, in den sich am anderen Ufer tosend ein Wasserfall ergoss. Die Gischt stob wie Goldfunken im Sonnenlicht. Wo ich stand, war die Wasseroberfläche ruhig und leuchtete in einem tiefen, geheimnisvollen Smaragdgrün. Langsam ging ich in die Hocke, hielt die Hände in das eiskalte Wasser und kostete. Der Geschmack war unvergleichlich, rein und süß. Wenn es etwas gab, das meine Kräfte zurückbringen würde, dann das hier, die Luft und das Wasser, das besser schmeckte als alles, was ich je gekostet hatte.

Das Mecklenburghaus aus pompösem Granitstein mit seinen wuchtigen Ausmaßen erschien mir auf einmal weniger einschüchternd. Ich drückte beherzt die Klinke hinunter und schob die schwere Tür zur Eingangshalle auf.

»Fräulein Wallenstein! Wie schön, dass Sie so freundlich sind, jetzt diesen Weg zu nehmen, anstatt wie ein Dieb übers Fensterbrett hereinzusteigen!«

Ich blieb stehen und starrte Klara entrüstet an, die ebenso entrüstet zurückstarrte. Ihr helles Haar war feucht vom Schnee, auf ihrem hageren hellen Gesicht prangten rote Flecken.

»Ich habe Sie gesucht«, schimpfte sie und bemerkte wohl selbst, dass der Ton ihr nicht zustand. Etwas gemäßigter fügte sie hinzu: »Ihr Herr Vater hat mir strikte Anweisungen erteilt. Ich habe dafür zu sorgen, dass Sie schnellstmöglich gesunden. Und das werden Sie auch. Ich habe schließlich einen Ruf zu verlieren.«

»Und wenn nicht, was dann?«, fragte ich unbeeindruckt.

Sie sah mich abschätzig von oben bis unten an. Der vormals helle Saum meines Kleides war schwarz vor Dreck, kleine Brocken getrockneter Erde rieselten auf den Boden, wenn ich mich bewegte. Die Spitzen meiner Schuhe waren kaum mehr zu erkennen unter den Lehmschichten. Zu behaupten, ich wäre nur kurz zum Luftschnappen draußen gewesen, wäre nur allzu töricht.

»Ich muss Sie darauf hinweisen, dass ich auf die Mithilfe meiner Patienten vertraue«, sagte sie schließlich. »Doch wenn Sie eigenmächtig herumspazieren, sehe ich mich gezwungen, den Herrn Doktor zu unterrichten.«

»Unterrichten Sie ihn nur. Er sagt ja selbst, dass ich an die Luft gehen soll.«

»An die Luft im Hof, Fräulein Wallenstein!«

»Das ist Unsinn. Herr Doktor Westernhaus wird sicher einsehen, dass mir ein Spaziergang guttut. Er ...«

»Er lässt sich sicher auch davon überzeugen, dass Ihnen eine andere Klinik besser helfen kann.«

Verblüfft sah ich sie an.

»Eine Kollegin von mir ist in einer Poliklinik tätig. Chungking liegt, nun, lassen Sie es rund 2000 Kilometer von hier entfernt im Landesinneren sein, also nicht allzu weit weg. Ich bin sicher, dass die Luft dort weniger zu einem Spaziergang einlädt, dafür ruhen Sie aber mehr. Meinen Sie nicht auch, das wäre genau das Richtige für Sie?«

Sie bluffte. Sie musste bluffen! Was wäre für sie dabei zu gewinnen, wenn ich eine so lange Reise antreten würde?

Als hätte sie meine Gedanken erraten, sagte sie mit krausgezogener Nase: »Sie sind sich doch darüber im Klaren, dass ich tageweise bezahlt werde, nicht wahr? Mir ist es gleich, wohin ich Sie begleite. Je länger Ihre Rekonvaleszenz dauert, desto besser ist es für mich.«

Ich spürte, wie alles Blut in meine Füße sackte. Falls sie es ernst meinte, und sie sah aus, als meinte sie es ernst, würden viel mehr als drei Wochen vergehen, bis ich endlich zu Maman konnte. Meine Widerworte schluckte ich runter, schenkte ihr ein, so hoffte ich, blasiertes Lächeln und drehte mich um.

Doch als ich durch die schmalen, nach Rizinus und Kamillentee riechenden Gänge bis zu meinem Zimmer ging, hätte ich am liebsten laut geschrien. Drei Wochen stillhalten! Drei Wochen Klara ertragen! Drei Wochen nichts tun außer essen und ausruhen! Wie sollte ich das bloß aushalten?

Die Tage und Nächte glitten unmerklich ineinander über. Leere empfing mich, wenn ich erwachte, und begleitete mich, bis ich wieder in meine Träume zurückfand. Vielleicht waren drei Tage seit meinem Ausflug in die Freiheit vergangen, vielleicht war es schon eine Woche. Ich fühlte mich zugleich unruhig und gleichmütig, nervös und träge. Es war eine grässliche Mischung, die jetzt, da alles um mich herum zu schlafen schien, umso beklemmender wirkte.

Doktor Westernhaus' Stimmung kippte mittlerweile vermutlich ins Bodenlose, sobald er die Tür zu meinem Zimmer öffnete. Am Tag zuvor hatte er mir eine Mastkur verschrieben. Das hieß, so viel zu essen wie möglich und mich so wenig zu bewegen wie nötig.

»Wie eine Weihnachtsgans«, hatte ich angemerkt, doch er hatte nicht darauf geantwortet.

Ich setzte mich auf. Ich war keine Weihnachtsgans, verflixt noch mal! Ich war auch kein junges Mädchen, über dessen Tun und Lassen man einfach so bestimmen konnte.

Klara hatte zweifellos eine gewisse Macht über mich, aber nur, solange ich es ihr gestattete.

Wieder nahm ich die Abkürzung durch mein Zimmerfenster. Eine flauschige Schicht Schnee spiegelte den Mondschein. Binnen Sekunden fraß sich die Kälte durch alle vier Kleiderschichten und schnitt mir wie mit Messern in die Haut. Ich hielt den Kopf gesenkt. Winzige Tropfen bildeten sich auf meiner Nasenspitze, die sofort gefroren, während ich die eisige Luft einatmete und den Wind in meinem Haar spürte. Meine geknöpften ledernen Stiefel verschwanden im Weiß des Schnees und gaben bei jedem Schritt ein schmatzendes Geräusch von sich.

Es war kurz nach vier. Knapp zwei Stunden blieben mir, bis das Mecklenburghaus erwachte, und so lief ich achtsam, aber zügig in die Winternacht hinein.

Ich passierte den Wasserfall, lief an drei Felsen vorbei, die wie eine Gruppe Plaudernder zusammenstanden, immer auf den Pfad konzentriert und darauf, nicht abzurutschen und mir gleichzeitig die Umgebung einzuprägen. Es fehlte noch, dass ich mich verirrte! Klara würde mir den Hals umdrehen, wenn ich nicht schon vorher erfror. Doch ich hatte keine Angst. Ich wusste nur, dass ich vorsichtig sein musste.

Es begann wieder zu schneien. Da … War das ein Geräusch gewesen? Ein Schauer rieselte meinen Nacken hinab. Ich sah mich um. Da war nichts, nur heller Schnee und Dunkelheit darüber. Dennoch war mir, als spürte ich jemanden oder etwas. Umhüllt von Tausenden von Flocken lauschte ich angestrengt. Ein mattes Tosen kam von jenseits der Berge, ansonsten herrschte Stille. Unschlüssig verharrte ich. Das Weiß wurde undurchdringlicher. Ich hatte mir einen schlechten Zeitpunkt für meine heimliche Wanderung ausgesucht. Besser ich kehrte um und versuchte es in der nächsten Nacht erneut.

Jetzt blies mir der Wind kräftig in den Rücken und trieb mich voran. Ich konzentrierte mich darauf, mich nicht vom Pfad wehen zu lassen, während ich durch den Schnee lief.

Plötzlich stand ich vor einem Abgrund. Wie von einem Laken bedeckt, fiel er tief und steil hinab. Ich musste eine falsche Abzweigung genommen haben. Aber wo?

»Verdammt!«, rief ich.

Der Wind riss mir den Ruf von den Lippen. Ruckartig drehte ich mich um und sah etwas Dunkles zwischen zwei Felsen verschwinden.

»He!«, rief ich und war dankbar, dass meine Stimme klar und tief klang, obwohl ich zu zittern begonnen hatte und der Schreck mich schwindeln ließ. »Wer ist da?«

Niemand antwortete. Nur der Wind pfiff, ich hörte den Wasserfall in der Ferne rauschen.

»Hallo!«, rief ich erneut. »Komm heraus!«

Nichts. Um zurückzugehen, musste ich an genau diesen Felsen vorbei. Und ich musste zurück. Ich nahm all meinen Mut zusammen und schritt auf die Felsen zu. Meine Finger, die ich eben noch vor Kälte nicht mehr gespürt hatte, waren plötzlich heiß. Ich nahm alles überdeutlich wahr, selbst das Blut hörte ich durch meine Adern rauschen. Das Gestein war kaum mehr eine Armlänge von mir entfernt. Noch ein Schritt. Mit angehaltenem Atem beugte ich mich vor und starrte dorthin, wo der Schatten verschwunden war. Doch da waren nur zwei Abdrücke im Schnee, so klein, dass sie unmöglich von einem Menschen oder größeren Tier stammen konnten.

Erleichtert schüttelte ich den Kopf. Vielleicht waren Steine den Hang hinuntergerollt. Oder ein Hase hatte hier auf seinen Hinterbeinen gestanden. Ich ging noch einmal zu der Gabelung zurück und überlegte. An der Felsformation musste ich mich links halten. Ich sah mich um, und da entdeckte ich, was mir vorher entgangen war: Ein kleines Stück von meinen Fußspuren entfernt war noch jemand gelaufen. Ich bezweifelte, dass ein Hase so lange auf den Hinterbeinen hüpfen konnte. Es musste also doch ein Mensch gewesen sein, jedoch einer mit kleinen Füßen. Ein Kind?

Während ich den Blick über den Hang beidseits des Weges gleiten ließ, aber nur wie mit Puderzucker bestäubtes Geröll sah, hörte ich es hinter mir knacken. Diesmal wirbelte ich so schnell herum, dass ich beinahe das Gleichgewicht verlor. Ich war nicht mehr ängstlich, nur noch besorgt und vor allem wütend, dass mir offenbar jemand einen Streich spielen wollte. Suchend legte ich die Hand über die Augen, das Weiß blendete mich. Da! Mitten in dem Schnee und dem dunklen Grau der Steine blitzte etwas Gelbes auf. Oder bildete ich mir das nur ein? Zu dieser Zeit war kein Mensch unterwegs, es war noch immer tiefe Nacht.

Ein schneller Griff zwischen den Steinen hindurch, und ich bekam etwas zu fassen. Ich erschreckte mich so sehr, dass ich zurücktaumelte, aber gleich wieder vorsprang und erneut zupackte. Statt in das Gesicht eines feixendes Kindes blickte ich in das einer verängstigten Frau. Sofort ließ ich sie los und stammelte: »Entschuldigen Sie …«

Zu dumm, dass ich kein Chinesisch konnte! Immerhin hatte mich der *Daily Telegraph,* den ich in der Bibliothek des Mecklenburghauses geliehen hatte, ein paar Brocken

Englisch gelehrt. So versuchte ich es, da sie auf meine Worte nicht reagierte, mit »Sorry«. Doch auch das schien die Dame in dem bestickten und wunderschön schimmernden Kleid nicht zu verstehen. Ihr glänzendes schwarzes Haar war kunstvoll aufgesteckt und mit Blumen geschmückt, ihr Mund mohnblumenfarben geschminkt. Aus weit aufgerissenen Augen starrte sie mich an, und ich fragte mich, ob sie Angst vor mir hatte. Im Vergleich zu ihr war ich eine Riesin.

Zögernd und ein wenig schwankend kam sie hinter den Felsen hervor. Nun wunderte ich mich nicht mehr, dass ich ihre Spuren für die eines Kindes gehalten hatte. Ihre Füße waren eingebunden, geschnürt in prächtig verzierte Seide, so lang wie meine Handflächen.

In schnellen und atemlosen Sätzen begann sie, auf mich einzureden. Hilflos zuckte ich mit den Schultern. Sie sagte etwas, das wie Englisch klang.

Ich antwortete auf Deutsch: »Es tut mir leid, ich verstehe Sie nicht.«

Da griff sie nach meinem Ärmel, zupfte daran und trippelte los.

Unschlüssig sah ich ihr nach. Ihre schmale Gestalt entfernte sich langsam und unsicher. Sie drehte sich um, und in ihrem Ausdruck lag so viel Furcht, dass ich nicht anders konnte, als ihr zu folgen.

Immer wieder geriet sie ins Taumeln, verlor jedoch nie das Gleichgewicht. Mehr rutschend als laufend bewegten wir uns einen steilen Stolperpfad bergab, bis er in eine breiter werdende Straße mündete, die in sanften Windungen den bedrohlich heller werdenden Berg hinunterführte. Der Horizont nahm die gräulich milchige Farbe von Tee an, in den man zu viel Sahne gegossen hatte. Wohin auch immer sie wollte, wir mussten uns beeilen. Klara würde sicher bald nach mir sehen. Und was dann?

Sobald ich langsamer wurde, winkte sie und rief mir etwas mit ihrer klaren, flehenden Stimme zu. Meine Sorgen wegen Klara verflogen schlagartig, als ich sie einen Laut ausstoßen hörte, der mir das Blut in den Adern gefrieren ließ. Ein gutes Stück unterhalb von uns sah ich ein Holzrad aus einer Schneewehe herausragen. Und da war noch etwas. Ein Zipfel Stoff, halb hinter dem Gefährt verborgen, das offensichtlich vom Weg abgekommen war. Ich setzte mich in Bewegung. Mehr auf dem Hinterteil als auf Füßen rutschte ich hinab, schnitt die Serpentine und nahm erneut die Abkürzung über den Hang. Krachend trat ich Steinlawinen los, ich spürte meine Müdigkeit nicht mehr, weder Kälte noch Hitze, nur noch meine Hände, die nach Felsvorsprüngen griffen, an ihnen abrutschten und wieder zupackten, um meine Geschwindigkeit zu drosseln.

Dann war ich endlich unten und begann, den Schnee wegzuschaufeln und ein Mädchen freizulegen. Sie war ebenfalls festlich gekleidet, ihre schwarzen Haare trug sie zu Zöpfen geflochten, ihr Gesicht war weiß wie der Schnee. Wie alt mochte sie sein? Acht, vielleicht neun Jahre? Ich hielt meine Wange an ihre Lippen. Sie atmete. Vorsichtig hob ich ihren Oberkörper an. Ihr Fuß steckte unter der Schubkarre fest. Hilfesuchend sah ich mich um, doch die Frau hatte noch nicht einmal den halben Weg geschafft. Ich versuchte, das einrädrige Gefährt allein anzuheben. Einmal, zweimal … Es gelang stets nur für wenige Zentimeter, es schien sich verklemmt zu haben. Mit der Hand fegte ich den Schnee fort und fand endlich die Stelle, an der die Achse unter einen Felsbrocken geraten war. Mit aller Kraft zerrte ich an dem Stein. Er bewegte sich nicht. Ich versuchte es erneut, doch es war nichts zu machen, er ließ sich nicht einen Millimeter abrücken. Ich riss mir den Mantel herunter und wandte mich wieder dem Mädchen zu. Ihr Gesicht schien jetzt noch bleicher zu sein, die Augen waren geschlossen. Vorsichtig wickelte ich sie in mein Wollcape. Dann machte ich mich erneut daran, den Stein anzuheben, und diesmal meinte ich, ihn ein winziges Stück verrückt zu haben. Mit einem wütenden Ächzen zerrte ich, als gelte es mein Leben. Und dann rollte er endlich zur Seite und gab den Karren frei. Vorsichtig befreite ich den Fuß des Mädchens. Der Knöchel unter der wattierten Hose, die aus dem Kleid hervorlugte, war geschwollen und rot, das Kind selbst so unterkühlt, dass mir vor Sorge Tränen in die Augen schossen. Ich nahm es in die Arme und presste es vorsichtig an mich. Endlich kam auch die Frau bei uns an, nahm mir das Mädchen stumm weinend ab und stand ganz still, während sie es fest an sich drückte.

Ich zitterte vor Erschöpfung und Kälte. Immer noch nahm das Schneetreiben weiter zu. Wir mussten so schnell wie möglich ins Warme, doch wohin? Als hätte sie meine Gedanken gelesen, deutete die Frau in die Richtung, aus der wir gekommen waren. Ich gab ihr ein Zeichen, das Kind auf die Tragfläche des Karrens zu legen. Sie war breit genug, dass es selbst in einer Kurve nicht hinunterfallen würde. Probeweise ließ ich das Gefährt an den hölzernen Stangen vor- und zurückfahren. Wir hatten Glück. Das Rad war noch ganz und die Achse ebenso.

Nun ging es wieder bergauf. Vorsichtig, um nicht abzurutschen, drückte ich mein gesamtes Gewicht gegen den Karren. Bald schien ich damit zu verschmelzen, während alles um mich herum verschwamm. Ich hörte nur noch meinen keuchenden Atem, spürte wieder weder meine Füße noch meine Hände, die die Holzstangen umklammert hielten, sondern konzentrierte mich nur darauf, die nächste Kurve zu erreichen und dann die nächste und dann wieder die nächste …

Als ich mich umdrehte, war von der Frau in dem prächtigen Kleid keine Spur. Wie dumm von mir! Natürlich brauchte sie selbst, ohne zu schieben, viel länger als ich. Nachdem ich sichergestellt hatte, dass das Gefährt nicht wegrutschen konnte, lief ich wieder bergab, bis ich sie gegen den Wind ankämpfend kommen sah. Ich griff nach ihrer eiskalten Hand, die sich zögerlich in meine legte, und zog sie hinter mir den Hang wieder hinauf. Bei der Lastenkarre angekommen, bugsierte ich sie ebenfalls auf die Tragfläche. Sie schüttelte zwar schwach den Kopf und redete in ihrer melodisch klingenden Sprache auf mich ein, doch ich beachtete sie nicht weiter, sondern schob. Und schob. Und schob.

Wieder verschwand die Welt um mich herum, und ich wusste nicht, ob nur Minuten oder Stunden vergangen waren, als ich glaubte, etwas Herbes, Holziges zu riechen. Die Frau stieß einen Ruf aus. Ich wischte mir die nassen Locken aus der Stirn und folgte ihrem Zeigefinger. Dort hinten stieg Rauch auf, dem Himmel sei Dank!

Ich versuchte, die Strecke abzuschätzen. Unterhalb von uns sprudelte ein Wasserlauf über Steine, nicht weit dahinter kräuselten sich die dunklen Schwaden gen Himmel. Wo genau sie ihren Ursprung nahmen, fand ich nicht heraus.

Ich fühlte mich erschöpft. Mein Atem war nur noch ein Rasseln, und die Kälte stach mir wieder wie mit Nadeln in die Haut. Ich versuchte, so schräg wie möglich hangabwärts zu rutschen. Schließlich tauchte eine Serpentine in meinem Blickfeld auf, und kurz danach spürte ich mit einer Erleichterung, die mich fast weinen ließ, festen Boden unter den Füßen. Nur noch eine Biegung, sagte ich mir stets aufs Neue, doch immer wieder wurde ich enttäuscht. Auf einmal jedoch tauchte eine Mauer vor uns auf, und ich erblickte ein schmiedeeisernes, mit Drachenornamenten verziertes Tor. Worte der Dankbarkeit vor mich hin murmelnd drückte ich es mit aller Kraft auf und stand vor einer weiteren Mauer. Doch links war ein Garten. Ein Pfad führte in Zickzacklinien zwischen traurig aussehenden kahlen Bäumchen hindurch. Ich folgte dem Pfad, so schnell mich meine Füße trugen, vom Quietschen des Holzrades begleitet. Immer wieder blieb es in dem matschigen Boden stecken, ich musste vor- und wieder zurückruckeln, bis ich es befreit hatte und weiterlaufen konnte. Dann tauchte ein in die Senke geducktes Lehmhaus vor uns auf. Das Dach war schneebedeckt, vereinzelt stachen Strohhalme daraus hervor, und die Fenster waren mit Papier ausgeschlagen.

Als ich anhielt, ließ die Chinesin sich von der Tragfläche heruntergleiten, zog das Mädchen in ihre Arme und hob es behutsam an.

Die Tür knarrte, als wir sie öffneten, und im Flur dampfte es aus einem Topf, der auf einer Feuerstelle stand. In der Luft hing ein fremdartiger, leicht holziger Geruch. In einem Raum zur Rechten schwebten Staubkörner durch die Luft und bedeckten in einer hauchdünnen Schicht das niedrige Bett, das die Hälfte des Zimmers einnahm.

Die Frau ließ das Kind aufs Bett sinken, ging zu einer Truhe und zog mehrere gefaltete Decken und Kissen hervor, die sie neben und über das Kind legte, bis es gänzlich darin eingepackt war und sein verletztes Bein hoch lag. Zwischendurch lächelte sie mich immer wieder dankbar an und machte kleine Verbeugungen, bei denen Schneeflocken aus ihrem Haar rieselten.

Als alles zu ihrer Zufriedenheit zu sein schien, verschwand sie im Flur. Ich hörte Töpfe klappern und das leise Klirren von Geschirr, als mir plötzlich schwindelig wurde und Sternchen vor meinen Augen zu tanzen begannen. Langsam sackte ich an der Wand hinunter zu Boden, wo ich die Beine anzog und den Kopf auf meine Knie legte.

»Nǚshì!«

Verwirrt blickte ich auf und sah in das runzlige Gesicht eines alten Chinesen, dessen weißes Haar wie Seidenfäden um seinen Kopf lag.

»Nǚshì!«, sagte er erneut.

War ich ohnmächtig geworden? Ich musste aufbrechen, auf der Stelle! Doch als ich aufzustehen versuchte, gaben meine Knie nach, bevor ich sie durchdrücken konnte. Ich tastete nach der Decke, die weich und warm um meine Schultern lag. Wer hatte sie mir umgehängt? Und wann? Meine Beine lagen wieder lang ausgestreckt, und ich fühlte mich wie eine Handpuppe, die nur am Oberkörper beweglich ist.

»Riechen!«

Sprach er Deutsch, oder träumte ich?

»Riechen!«, wiederholte er und hielt etwas in seiner hohlen Hand unter meine Nase. Die Frau in dem seidenen Kleid hockte sich neben ihn und schob seine Hand näher an mein Gesicht. Ein scharfer, durchdringender Geruch stieg daraus empor. Ich rümpfte die Nase. Beide brachen in heiteres Kichern aus.

Der alte Mann zeigte auf sich.

»Youwei. Name Youwei.«

»Selma«, sagte ich. »Selma Wallenstein.«

Er nickte, lächelte und zeigte auf die Mutter des Mädchens.

»Liu«, sagte er.

Dann folgte er ihr hinaus auf den Flur, wo ich sie leise miteinander reden hörte.

Langsam nahm die Umgebung Form an. Schemenhaft sah ich mein Spiegelbild in dem rot lackierten Schrank gegenüber, neben dem eine Kommode mit zwei chinesischen Vasen stand. Dunkel und verknöchert ragte eine Handvoll Zweige mit wunderschönen rosafarbenen Blüten daraus hervor. Auf dem riesigen Bett lag das Kind. Es hatte jetzt die Augen geöffnet und lächelte mich schüchtern an. Ich atmete auf und lächelte zurück. Wenn ich nicht so wackelig auf den Beinen gewesen wäre, hätte ich mich zu ihm gesetzt. Doch für den Moment musste ich mich damit zufriedengeben, auf dem Boden zu sitzen, die Decke um meine Schultern zu spüren und die Müdigkeit, die in kleinen Wellen kam und ging.

Hustend kehrte der alte Mann zurück. Er nickte mir zu und spuckte in einen gusseisernen Napf, der auf dem Boden stand.

»Xianying«, sagte er und zeigte auf das Mädchen, »Selma«, und er wies mit dem Kinn in meine Richtung.

Ich fühlte mich auf einmal ganz fröhlich und fragte mich, was mit mir geschah. Hatte ich nicht eben Kopf und Kragen riskiert? Müsste jetzt nicht der Schock über mich hereinbrechen, nachträglich und umso gewaltiger?

Mit einem Tablett voller Schälchen und Teller kehrte Liu zurück.

»Hilft«, sagte Youwei, der im Türrahmen stand.

»Liu hilft.«

Damit zog er sich zurück.

Liu hob den Blick. Sie sah jung aus, doch wenn Xianying ihre Tochter war, musste sie mindestens in meinem Alter sein. Ihr dichtes schwarzes Haar fiel in einem gerade geschnittenen Pony in die Stirn, ihre Nase war schmal und klein und leicht aufwärtsgebogen, was ihren ebenmäßigen Zügen etwas Kindliches verlieh.

Ich sollte mich beeilen, es musste längst Morgen sein! Doch das Prasseln des Feuers wirkte so heimelig, und die Erschöpfung lag auf mir wie eine Last. Einen Augenblick noch, sagte ich mir. Dann würde ich aufstehen.

Mit Kennermiene ließ Liu den Blick über all ihre Schälchen und Teller auf dem Tablett gleiten. Schließlich nahm sie eine Flasche zur Hand, tröpfelte zähflüssigen Saft in eine Schale, deren cremeweißes Porzellan mit filigranen hellblauen Blumen bedeckt war, und benutzte den Stiel eines Suppenlöffels dazu, ein Potpourri aus Blüten zu zerkleinern. Konzentriert blickte sie mich an, sagte etwas auf Chinesisch, klapperte weiter mit den Deckeln, verschloss und öffnete Flaschen, dann streckte sie den Arm aus und berührte mit dem Zeigefinger meine Stirn, so sanft, dass ich im ersten Moment nicht sicher war, ob ich es mir nicht nur eingebildet hatte. Mit der anderen Hand nahm sie eine Trinkschale, aus der ein sich kräuselnder Dampf aufstieg, und hielt sie mir hin.

Das Getränk schmeckte bitter und kratzte im Hals, doch wärmte es mich mit jedem Schluck mehr. Ich schloss für einen Moment die Augen. Ein süßer und beruhigender Duft nach Zitrone stieg in meine Nase, und behutsam, als streichelte sie einen eben aus dem Ei geschlüpften Vogel, tupfte Liu Öl auf meine Stirn. Alles in mir wurde schwer und weich. Wie in einem Traum sah ich Maman vor mir, die mich anlachte. Ihr Haar leuchtete im Sonnenschein. Mein Vater saß auf dem Kutschbock, Adele als Zehnjährige stand daneben, schon damals eine Schönheit mit wachem Blick und dem Drang zu bestimmen, wo es langgehen sollte. Auch Agnes strich durch meinen Traum, hell wie eine Fee. Pauls Gesicht blitzte auf, kurz nur, dann verschwamm es und verschwand.

Als ich die Augen öffnete, fiel schwaches Morgenlicht durch ein paar Löcher in den Papierfenstern, Staub tanzte in den Kegeln und verlieh dem Raum etwas Geheimnisumwobenes. Erschrocken rappelte ich mich auf. Liu reichte mir meinen Mantel und half mir, ihn zuzuknöpfen. Draußen berührte sie meine Ellbogen und drehte mich leicht zur Seite.

Weiter oben in nicht allzu großer Entfernung stand das granitgraue gedrungene Sanatorium wie ein angriffslustiges Flusspferd.

Liu lächelte.

»Bye-bye. Come here tomorrow?«

»Morgen?«, fragte ich, unsicher, ob ich sie richtig verstanden hatte.

Sie nickte.

Himmel und Landschaft verschmolzen zu einem ebenmäßigen, freundlichen Grau, der Rest der Dämmerung verzog sich wie ein Windhauch. Wenn ich mich beeilte, kam ich vielleicht noch früh genug an, bevor Klara ihre Nase durch meine Zimmertür steckte.

Während ich aufwärtsstapfte, spürte ich die wohlige Wärme in mir. Die Kälte schien mir nichts anzuhaben. Ich fühlte mich am richtigen Ort, ausgerechnet hier, so weit entfernt von meinen Lieben, aber den Wolken ganz nah.

Blumen der Hoffnung

Viola patrinii

Herb-frischer, kräftiger Duft
Bei Trauer und innerer Schwere
Wirkung:
aufhellend, stärkend, anregend

»Tante, guten Tag! Hallo, Adele!«

Ich sprang aus der Kutsche, noch bevor sie zum Stillstand gekommen war, und verlor fast das Gleichgewicht auf dem glitschigen Kiesweg. Meine Freude, Maman endlich in die Arme zu schließen, war unbändig.

Einzig Liu hatte ich es zu verdanken, dass ich früher als erwartet entlassen worden war. Zwei Wochen lang hatte sie mich jeden Morgen gehegt und gepflegt. Am vorletzten Tag erwischte Klara mich. Doch da war es zu spät gewesen. Doktor Westernhaus hatte sich meine rasche Gesundung auf die eigene Fahne geschrieben, ihrem Wort hatte er kein Gehör mehr geschenkt.

Vom Kutschbock aus gab Papa ein verärgertes Schnalzen von sich, doch ich beachtete ihn nicht weiter, stieß die Gartentür auf und lief den Sandweg zum Haus hinauf, vor dem Tante Mirelle und Adele standen. Tante strahlte über das ganze Gesicht, ihr Dutt wippte, während sie unaufhörlich winkte und mit der anderen Hand aufgeregt an ihrem schwarzen Spitzenkleid nestelte.

»Wo ist Maman?«, fragte ich, noch völlig außer Atem.

Adele und Mirelle sahen sich vielsagenden an.

»Sie schläft«, antwortete Adele.

»Morgens um elf? Schläft sie noch oder schon wieder?«

Ich sah von einer zur anderen, doch beide hatten eine beunruhigend beruhigende Miene aufgesetzt.

»Adele, Tante, nun sagt doch etwas!«

Tante Mirelle legte den Kopf schief. »Ma chère, du darfst dich darüber nicht aufregen. Wir müssen uns an sich verändernde Lebensgewohnheiten anpassen, stets aufs Neue, n'est-ce pas?«

Adele hakte sich bei mir unter.

»Nun schau dir erst einmal an, wie wir wohnen. Gegen zwölf wird Maman sicher aufstehen. Dies hier …«, stolz zeigte sie auf die zweistöckige Fachwerkvilla, die meinen Eltern vom Gouverneur zugeteilt worden war, »dies ist dein neues Zuhause. Prächtig, oder nicht?«

»Sehr hübsch, ja«, murmelte ich. Die Enttäuschung darüber, Maman nicht sofort wiedersehen zu können, hinterließ ein Brennen in meiner Kehle.

»Von deinem Zimmer aus hast du einen fantastischen Blick aufs Meer.«

»Von deiner Besenkammer aus, könnte man auch sagen«, schaltete sich Tante nun ein.

Adele verdrehte die Augen und schaute blasiert drein.

»Du weißt ja nicht, was Selma mag und was nicht, nicht wahr, Liebes?« Sie wandte sich mir wieder zu. »Schau, wie das Dach funkelt, sogar wenn die Sonne gar nicht scheint. Erinnert es dich nicht auch an Dahlwitz, selbst wenn das Haus dort ein Schneckenhaus gegen dieses war?«

Tatsächlich ähnelte die Villa mit ihren unzähligen Sprossenfenstern, dem roten Ziegeldach und der ausladenden Veranda dem gemütlichen Fachwerkhaus meiner Kindheit, wenngleich sie viel pompöser war. Ihre Fassade war in hellem Gelb gestrichen, petrolblau leuchteten die Fenster- und Türrahmen, vor denen unzählige Azaleen auf Wärme warteten, um ihre Knospen zu öffnen.

Adele hakte sich bei mir unter und sprudelte wie auf Kommando los. Innerhalb weniger Minuten, in denen wir immer noch vor der Tür standen und auf Papa und den Kuli warteten, erfuhr ich von sämtlichen geplanten Unternehmungen des kommenden halben Jahres, lernte alle Namen von Adeles Kränzchen kennen, dann die Namen ihrer Verehrer sowie der Nachbarn und erfuhr unter anderem auch, dass Chinesen nicht im Meer badeten, der Strand also den Europäern allein gehörte.

Ich wandte mich um und folgte mit dem Blick ihrer ausgestreckten Hand. Ihre Seidenjacke flatterte in dem kalten Wind, und sie musste rufen, damit ich sie verstehen konnte.

»Dort drüben, das ist die Auguste-Viktoria-Bucht. Wir lassen uns morgen eine Kutsche kommen. Du ahnst nicht, was für angenehme Leute dort spazieren gehen. Noch ist nicht Saison, und außerdem ist es schrecklich kalt dafür, dass wir schon Ende März haben, so wird es leer sein, doch warte nur ein paar Wochen, dann kommen die Europäer aus halb China, um hier Erfrischung und Amüsement zu finden.«

Linker Hand erhob sich die wuchtige, in Gelbbraun gehaltene Residenz des Gouverneurs, die mir Vater von Weitem gezeigt hatte. Vaters Arbeitsplatz war ganz in der Nähe, zum Wasser hin, ein lang gezogener Bau aus grauem Sandstein. Dahinter bauschten sich weiß schäumende Wellen im Hafenbecken auf, darüber segelten die Möwen, gellende Rufe ausstoßend. Ich sah zum Gouverneurshügel hinauf, über dem sich ein dunkler Himmel wölbte. Die

Wolken hingen so tief, dass sie die Bergspitze mit der Wetterstation beinahe verschlangen.

»Komm, ich will dir alles zeigen.«

Adele lief voraus.

Im Haus empfing mich ein Flur mit geölten Dielen. Sechs Türen gingen davon ab und eine Treppe, die hinaufführte.

»Da wohnt die Dienerschaft«, erklärte mir Adele, als sei es das Normalste der Welt.

Für mich war dieser Luxus neu. In Dahlwitz hatte lediglich ein Gärtner für uns gearbeitet, einmal pro Woche. Hier gab es einen Koch, einen Boy, der in der Küche half und für die Bewirtung sowie die Einkäufe zuständig war, einen Kuli für gröbere Arbeiten sowie den Mafu, der sich um die Pferde und den Garten kümmerte.

»Mit dem Boy musst du aufpassen. Er macht bei allem seinen Squeeze.« Als sie meinen fragenden Gesichtsausdruck bemerkte, fügte sie hinzu: »Er zweigt ab, wo es etwas abzuzweigen gibt. Squeeze, also Unterschlagung. Hör dir nur mal die anderen Tsingtauer Damen an, sie wissen ein Lied davon zu singen. Wenn die Boys Brot kaufen, nehmen sie noch einmal die Hälfte von dem, was es eigentlich kostet, und stecken es sich in die eigene Tasche.«

»Hast du ihn dabei erwischt?«

Adele schien mich nicht gehört zu haben. »Und hier kommen wir zu deinem Zimmer. Ein bisschen kleiner als meines, du musst entschuldigen, aber ich bin ja auch älter als du.«

Sie stieß eine Tür auf und präsentierte mir einen winzigen Raum, dessen großes Fenster gen Süden zeigte, aufs Meer hinaus. Die Dielen glänzten rötlich, und auf den Seidentapeten schimmerten lila- und türkisfarbene Blütenköpfe.

»Es ist wunderschön, Adele!«

Ich warf meinen Mantel auf das Bett, das mit reichen Holzschnitzereien versehen, jedoch schmal war und viel zu kurz für mich aussah. Trotzdem war ich sicher, dass ich mich hier wohlfühlen würde. Aus einem kleinen gusseisernen Ofen kroch wohlige Wärme, und wenn ich es mir in dem lindgrünen Sessel bequem machte, konnte ich meine Füße ausstrecken und dabei hinaussehen.

Draußen wehrte sich der Winter noch immer eisern dagegen, dem Frühling die Regentschaft zu überlassen. Doch trotz des düsteren Himmels ließ der Ausblick mein Herz hüpfen. Neben einem glitzernden Teich erhob sich ein kleiner Hügel, auf dessen sanfter Rundung eine Kirche thronte. Das Meer dahinter schäumte, und weiter in der Ferne am unteren Rand des Horizonts erblickte ich einen Tupfer im Wasser. Das musste die Arkonainsel sein, ich konnte sogar den Leuchtturm erkennen.

Wo Paul wohl lebte? Und wo auch Elisabeth, wenn sie mit ihrem Verlobten aus dem Süden zurückkehrte? Noch immer wusste ich nicht, wie es ihr ging und wo sie steckte, nicht eine Zeile hatte sie mir geschrieben. Ob sie mir doch böse war, weil ich ihr Fest verdorben hatte?

Ich fröstelte, obwohl es mollig warm war.

»Was gibt es noch?«, fragte ich meine Schwester.

»Nur noch das Refugium unserer Angestellten. Aber du hast recht, wer im Haus das Sagen hat, sollte wissen, wo er das Personal findet.«

Adele führte mich in die Küche, einen hohen Raum mit blumenverzierten Fliesen und einem riesigen Herd, auf dem in einer Pfanne etwas brutzelte. Ein wunderbarer Geruch nach Bratkartoffeln mit Zwiebeln und Speck hüllte die ganze Küche ein.

Ich trat einen Schritt vor und begrüßte den Koch mit einer Verbeugung.

Adele griff nach meinem Handgelenk und zerrte mich hinaus in den Flur.

»Was tust du denn, Selma? Hat dich auch das gelbe Fieber gepackt? Vater ist erbost genug, dass über dich geklatscht wird. Deine Pflegerin hat in ganz Tsingtau herausposaunt, du hättest dich mit einer Chinesenfrau angefreundet, noch dazu mit einer, die sich nicht einmal im Chinesenviertel blicken lassen kann.«

Ich starrte sie voller Empörung an und wollte etwas erwidern, doch Adele ließ mich nicht zu Wort kommen: »Tsingtau ist klein. Bei 2000 Europäern lässt sich nicht viel verborgen halten.«

»In Berlin hat es dich doch auch nicht gestört, Mittelpunkt von Klatsch zu sein«, gab ich zurück.

»Es geht aber nicht um mich«, sagte sie, und ihr Blick flog zu einer geschlossenen Tür. »Tu es für Maman. Sie hat es schwer genug, hier akzeptiert zu werden.« Sie räusperte sich. »Wenn du erlaubst, ich muss mich fertig machen. Eine langweilige Verabredung heute Nachmittag, nichts Besonderes. Ich hoffe, du bist mir nicht böse, wenn ich nach dem Lunch gehe?«

Wütend sah ich ihr nach. Was kümmerten sie meine Freundschaften? Und funktionierte diese Stadt etwa so, dass man unfreundlich zu den Chinesen zu sein hatte? Falls ja, war ich Tsingtau schon jetzt leid.

Im Salon bedeckten Seidenteppiche den Boden, flankiert von Töpfen mit kleinen Bäumen, Sträuchern und Orchideen. In einer Ecke, der Fensterfront zugewandt, stand ein schmales, mit rubinrotem Samt bezogenes Sofa. Erstaunt sah ich mir die mit Papierrollen und kolorierten Holzschnitten verzierten Wände an, auf denen farbenprächtige Gärten abgebildet waren. Stoffbahnen mit chinesischen Schriftzeichen rahmten die Fenster, die verborgen waren hinter mit den Zweigen der Weide bedrucktem Damast. Aufwendig bemalte Vasen und Krüge standen auf kleinen Holztischen in jeder Ecke. Meine Eltern schienen halb China aufgekauft zu haben, um den Salon zu möblieren.

Beschwingt steuerte ich den erstbesten Stuhl an. In Kürze würde ich Maman in meine Arme schließen. Wie sehr freute ich mich darauf, endlich mein Gesicht in ihre Locken zu drücken.

Da nahm ich eine Regung in dem Ohrensessel gegenüber wahr und schrak zusammen. War das etwa …? Ja, sie war es! Maman! Sie saß dort. Ich sprang auf und eilte zu ihr, doch dann zuckte ich erschrocken zurück. Wüsste ich nicht, dass ich in ihrem Haus war, hätte ich sie womöglich nicht erkannt. Ihr Haar war glanzlos, die Hand, die auf der Lehne lag, weiß wie ein Blatt Papier, ihr Gesicht schmal und bleich, die Haut seltsam faltenlos und wächsern. Ich drückte ihre Hände und ließ gleich wieder los. Sie trug ihren Schmuck nicht mehr. Bloß noch den Ehering am Mittelfinger, ihr Ringfinger war wohl zu schmal geworden. Ich versuchte zu lächeln, doch meine Lippen zitterten zu sehr. Es war, als hätte Mamans Seele sich verflüchtigt, und geblieben war nur ihre noch bewegliche, aber leblose Hülle. Sie sah mich kurz an, dann wieder zur Seite, als bereitete ihr so viel Aufmerksamkeit Schmerzen.

»Misses?«, hörte ich eine Stimme. Ich drehte mich um.

Im Türrahmen stand Jianfang, der Boy, eine Suppenterrine auf einer Hand balancierend. »Zu Tisch?«

Hinter ihm schob sich Adele in den Raum und ordnete an: »Servieren Sie bitte.«

Ich kämpfte mit den Tränen, während ich hinter meinem Stuhl stand und auf das Korbgeflecht der Lehne starrte. Niemals hätte ich damit gerechnet, mich so elend zu fühlen, da ich doch endlich am Ziel meiner Reise angekommen war.

Maman erhob sich mühsam aus dem Ohrensessel und nahm Platz, Tante Mirelle, meine Schwester und ich folgten ihr nach. Jianfang servierte, und Adeles Stimme füllte den Raum wie das leise, gleichmäßige Geplätscher eines Gebirgsbachs. Sie plauderte über dies und das und kam kaum dazu zu essen. Maman führte langsam den Löffel zum Mund, kaute, legte ihn neben dem Teller ab und blickte vor sich hin, verloren in ihrer inneren Welt.

Ich rückte näher an sie heran und versuchte, ihre Nähe zu spüren, auch wenn sie bloß rein körperlich anwesend zu sein schien. Nun verstand ich, warum Papa so verzweifelt darauf gepocht hatte, dass ich nach Tsingtau kam. Doch wie konnte ich Maman helfen? Welche Möglichkeiten standen mir offen, die Vater, Adele und Tante nicht hatten?

Nur mit halbem Ohr lauschte ich Adeles Erzählungen, schreckte jedoch auf, als sie Elisabeths Verlobten erwähnte.

»Julius Myngius hat angenehme Freunde, unter anderem Constantin Gödecke, der euch bestimmt gefallen wird.«

Sorgsam legte ich meinen Löffel ab, damit niemand das Zittern meiner Hände sah.

»Hast du etwas von Elisabeth und Herrn Myngius gehört?«, fragte ich mit bemüht fester Stimme.

Tante Mirelle räusperte sich vernehmlich.

»Nur dass sie wohlauf angekommen sind«, antwortete Adele nach einem Seitenblick auf mich. »Wie man ausgerechnet in den Süden fahren kann, ist mir schleierhaft. Furchtbar heiß wird es dort schon im Frühjahr. Aber nun, alle wissen ja, von wem die Idee stammt.« Adele zuckte mit den Schultern und warf Tante einen trotzigen Blick zu.

Wieder war bloß das Klirren des Bestecks zu hören. Adele nahm ihr Glas und trank einen Schluck Wein. Ich hatte meines von mir geschoben und sehnte mich nach dem frischen Quellwasser des Lauschan-Gebirges.

»Paul scheint über die Wahl von Elisabeths Zukünftigem letztlich doch nicht so glücklich zu sein«, bemerkte meine Schwester nach einer Weile.

»Adele!« Aus zusammengekniffenen Augen sah Tante sie an. »C'est inacceptable! Schweig über Dinge, mit denen du dich nicht auskennst.«

Adele runzelte die Stirn und kaute, ohne meinem Blick zu begegnen.

»Was willst du damit sagen?«, fragte ich sie so ruhig wie möglich. »Heißt das, sie hat sich bei jemandem gemeldet? Bei dir, Adele?«

»Natürlich nicht, du Dummchen. Warum sollte sich Elisabeth bei mir melden? Man hört eben Sachen.« Sie zuckte wieder mit den Schultern und aß seelenruhig weiter, während in mir ein Sturm von Fragen tobte und etwas, was ich nicht näher benennen wollte.

»Du kennst deine Schwester«, wandte sich Tante nach einem strengen Seitenblick auf Adele an mich. »Sie zwitschert wie ein dummes Vögelchen. Ruhe jetzt, ma fille, tu m'entends?«

»Ich finde, es geht Selma durchaus etwas an«, sagte Adele unbeirrbar. »Immerhin ist Elisabeth ihre Freundin. Und Paul, nun ja ...« Sie atmete geräuschvoll ein und strich ihre Serviette glatt. »Es wird erzählt, Julius Myngius sei nicht Pauls erste Wahl.«

»Lass es gut sein, Adele, es interessiert mich nicht. Ich wollte nur herausfinden, wie es Elisabeth auf ihrer Reise geht.«

»Außerdem weißt du das doch gar nicht«, fuhr Tante nun Adele an. »Hier wird getratscht wie in einem Dorf. Jeder will alles besser wissen als der Nachbar. C'est terrible! Und manche«, ihr Blick schien meine Schwester durchbohren zu wollen, »wollen sich wichtiger machen, als sie sind, um sich Freunde zu machen.«

»Nun übertreibst du aber, Tante. Ich habe es wohl kaum nötig, auf eine solche Art Freundschaften zu schließen. Aber Paul ...«

Mit ihrer kleinen runden Hand schlug Tante Mirelle auf den Tisch, dass es nur so schepperte. Sogar Maman zuckte zusammen und blickte auf.

»Ruhe!«

Ich schob meinen Teller von mir. Als das Hauptgericht serviert wurde, schüttelte ich den Kopf. Tante wich meinem Blick aus, Adele dagegen rollte, immer wenn Mirelle nicht hinsah, die Augen. Nach dem Essen wollte Maman sich wieder hinlegen. Tante führte sie hinaus.

Ich ging zu Adele, die in ihrem Zimmer vor dem Spiegel saß und Bienenwachs auf ihre Lippen tupfte. Ihre Augen leuchteten, als sie sich zu mir umdrehte und sagte, als wäre nichts gewesen: »Tsingtau ist eine so angenehme

Stadt, Liebes. Bälle, Reitveranstaltungen, Jagden. Wenn du magst, lerne doch Tennis! Und die Theatergruppe hier ist nicht schlecht. Ich trage mich mit dem Gedanken, dort vorzusprechen. Und das Beste ist, dass der Gouverneur bald einen Ball veranstalten will, und stell dir vor, ich bin eingeladen! Du ahnst ja nicht, wie sehr ich mich darauf freue. Wie steht es mit dir? Soll ich Vater gegenüber ein gutes Wort für dich einlegen? Möchtest du auch teilnehmen?«

Zuerst wollte ich ablehnen, doch dann fiel mir ein, mit wie viel Freude ich über das Schiffsdeck geschwebt war.

»Glaubst du, Elisabeth wird da sein?«

»Ich weiß nicht. Aber dein Paul scheint ja ein wichtiger Mann hier zu sein. Warum sollte sie also nicht?«

»Er ist nicht mein Paul! Und …«

»Du, Selma«, unterbrach sie mich und sah mich so an, als habe sie mich bis jetzt gar nicht wahrgenommen, »ich habe mir Gedanken gemacht. Langsam glaube ich nicht mehr, dass dies der richtige Ort für Maman ist. Ich denke, dass in Deutschland besser für sie gesorgt werden kann. Dort gibt es Einrichtungen, die auf Menschen wie sie spezialisiert sind.«

Verwirrt sah ich sie an. Wie waren wir vom Ball des Gouverneurs plötzlich auf dieses Thema gekommen?

»Du meinst, Heime für Menschen ohne Gehör?«

»Ach Selma.« Sie seufzte. »Wenn es bloß um Mamans Gehör ginge, klebten wir nicht hier wie die Fliegen in einem Spinnennetz.«

Die Türglocke ertönte.

Mirelle rief: »Adele, deine Freundin ist hier! Komm, begrüße sie!«

»Tante hat sich verändert, ist dir das aufgefallen?«,

fragte Adele, während sie die letzte Locke feststeckte und sich erhob. »Sie öffnet die Tür. Sie geht hinaus. Sie macht Erledigungen. Kannst du das glauben?«

»Adele, von welchen Einrichtungen hast du gerade gesprochen?«

Sie kniff den Mund zusammen und sah plötzlich älter aus, als sie war. »Ich denke, Maman leidet unter Neurasthenie. Und ich weiß nicht, wie wir ihr hier helfen sollten.«

Sprachlos blickte ich ihr nach. Ihre violetten Rockschöße wippten, während sie mit freudiger Stimme, so als habe sie eben mit mir bloß über das Wetter geplaudert, rief: »Anneliese, ich bin gleich bei dir!«

Kurze Zeit später schlug die Haustür zu. Ich hörte Tante Mirelle in den Salon gehen und merkte erst nach einer Weile, dass sich meine Finger um die Lehne von Adeles Stuhl verkrampft hatten.

Adeles Zimmer war groß und herrschaftlich ausgestattet, aber dunkler als meines und längst nicht so gemütlich. Ich trat in den Flur hinaus und starrte auf Mamans geschlossene Tür. Unter nervöser Erschöpfung sollte sie leiden? Würden Wasserbäder und Elektrotherapie ihr tatsächlich Linderung bringen oder alles nur noch schlimmer machen?

Nachdem ich eine Weile vor Mamans Zimmertür verharrt hatte, ohne einen Mucks dahinter zu vernehmen, klopfte ich zaghaft an. Ich wartete und hielt den Atem an, dann fiel mir ein, dass sie mein Klopfen ja nicht hören konnte. Zu Hause hatten wir im Flur immer fest aufgetreten, um unser Kommen anzukündigen. Das tat ich jetzt auch.

Ich schob die Tür einen Spalt weit auf und sah ihren Rücken. Die Schultern waren nach vorn gefallen, und alles an ihr wirkte zart und zerbrechlich wie bei einem Vogelküken. Erneut stampfte ich auf den Boden, und endlich drehte sie sich um. Ihr Blick wirkte müde. Keine Freude war darin zu entdecken darüber, mich wiederzusehen, kein Funke, nichts.

»Maman«, sagte ich langsam und deutlich. »Möchtest du, dass ich dir Gesellschaft leiste?«

Es dauerte eine Weile, bis sie antwortete. Doch was sie sagte, verstand ich nicht. Es war ein monotoner, zusammenhängender Laut. Ihre Stimme klang rau und dunkel, als habe sie sie lange nicht mehr benutzt.

»Was sagst du, Maman?«

Sie sackte noch mehr in sich zusammen. Ich lief zu ihr und legte meine Hand auf ihre Schulter. Sie zitterte. Rasch griff ich nach der Stola, die auf dem Armsessel lag, legte sie ihr sorgsam um und setzte mich neben sie. Damit sie mich ansah, berührte ich sie leicht an der Schulter.

»Maman, was hast du in Tapautau gemacht, bevor du den Unfall hattest? Wolltest du jemanden besuchen? Etwas besorgen?«

Sie reagierte nicht. Ich hatte schnell gesprochen und versuchte es daher noch einmal, langsam diesmal und auf Französisch. Doch Maman senkte nur den Blick. Sie wirkte, als wartete sie auf etwas, das unabwendbar war, etwas unabwendbar Schreckliches.

Wieder kamen mir Adeles Worte in den Sinn. Vor ein paar Jahren hatte ich einmal eine Kollegin nach Pankow begleitet. In einer Heilanstalt für Gemütskranke verbrachte ihr Onkel ein paar kostspielige Wochen, um seiner Liebe zum Wodka Herr zu werden. Die Untergrundbahn hatte uns bis vor die Tore Berlins gebracht, von wo aus es nur ein paar Minuten mit der Straßenbahn bis zur Heilanstalt von Doktor Scholinus gewesen waren. Es war ein eigenartiger, wie aus der Welt gefallener Ort, an dem eine bisweilen freundliche, bisweilen verstörende Stille herrschte. Das Anwesen war auf reiche Kundschaft ausgerichtet und verfügte über jeden Luxus, den man sich wünschen konnte. Glücklich sahen seine Gäste dennoch nicht aus. Die meisten, hatte mir meine Kollegin zugeraunt, seien Morphinisten, sonstige Gefühlsleiden würden in der benachbarten Klinik von Doktor Mendel behandelt. Sonstige Krankheiten wie Neurasthenie wahrscheinlich. Doch würde Maman sich in einer solchen Umgebung besser fühlen als hier? Ich konnte es mir kaum vorstellen.

Um ihre Aufmerksamkeit auf mich zu ziehen, berührte ich ihre Hände.

»Lass uns einen Spaziergang machen, Maman. Komm!«

Ich zeigte aus dem Fenster nach draußen. Sie sah mich verständnislos an. Im Schrank fand ich einen Mantel, der für die Temperaturen geeignet zu sein schien. Ohne auf ihren wortlosen Protest zu achten – sie machte sich stocksteif wie ein Kind, das sich nicht anziehen will –, packte ich sie warm ein, nahm ihren Ellbogen und führte sie mit sanftem Druck hinaus.

Doch wir kamen nicht weit. Am Gartentor angelangt verweigerte sie jeden weiteren Schritt. Angsterfüllt starrte sie auf die Straße. Zu allem Unglück brauste ein Automobil vorbei, das in der Kurve Steinchen aufwirbelte und eine Wolke schwarzen Rauchs hinter sich herzog. Als ich mich zu ihr umsah, stellte ich erschrocken fest, wie blass sie war. Tiefe Scham erfüllte mich. Was in aller Welt hatte ich gedacht? Dass ich sie mit einem Ausflug kurieren könnte? Den Tränen nahe nahm ich sie in meine Arme und führte sie zurück, half ihr beim Auskleiden, deckte sie sorgfältig zu und schloss die Vorhänge, bis das Grau von draußen nicht mehr das kleinste Schlupfloch hereinfand.

»Ist Maman aufgestanden?«, fragte ich tags darauf Papa, der hinter den *Tsingtauer Neuesten Nachrichten* gänzlich verschwunden war. Nur eine graue Strähne blitzte über den oberen Rand der Zeitung. »Es ist längst Nachmittag. Sie ruht doch sonst nicht so lange.«

Sein Gesicht war rauchumhüllt, während er mich kühl musterte. Nach einer Weile antwortete er: »Nein.«

Ich biss mir auf die Unterlippe, um meinen Zorn und meine Verzweiflung im Zaum zu halten. »Sollte sie nicht wenigstens etwas essen? Sie hat seit heute Morgen nichts mehr zu sich genommen.«

»Der Boy kümmert sich darum. Ich vermute, der gestrige Tag hat sie zu sehr angestrengt.« Nur kurz hob sich seine Augenbraue. Trotzdem fiel ich wie eine getadelte Schülerin in mich zusammen.

»Ich hatte geglaubt, ein Spaziergang würde ihr guttun.«

Aus Tante Mirelles Richtung kam ein Gluckern. Summend schenkte sie sich ein Glas Himbeerlikör ein und deckte die erste Tarotkarte auf. Hinter ihrem Turm aus Haaren sah ich das Kaminfeuer lodern. Sie hatte den Sessel und das kleine Tischchen so nah an die Flammen gerückt, dass ihre linke Wange rot leuchtete.

»Du hättest sie nicht zwingen dürfen«, sagte Vater.

»Ich habe sie nicht gezwungen.«

»Kam der Vorschlag von ihr, Selma?« Vater rückte seine Krawatte zurecht und fuhr sich übers Haar. Eine neue Marotte, schien mir, denn früher hatte er sich um sein Äußeres kaum gekümmert. Nach einem weiteren missbilligenden Blick vertiefte er sich wieder in seine Zeitung.

»Ich wollte doch nur etwas tun. Irgendetwas. Mir kommt es vor, als gäbe es in unserem Leben plötzlich diese Lücke. Wie ein Riss, ein …« Ich suchte nach dem richtigen Wort, doch angesichts der gefräßig erscheinenden Düsternis, die über Maman und damit über uns allen hing, fiel mir nicht ein einziges ein. »Ich wünsche mir so sehr, ihr helfen zu können.« Jetzt flüsterte ich, damit Tante mich nicht hörte. »Aber dann wieder möchte ich sie einfach an den Schultern packen und schütteln.«

Vater sah immer noch in die Zeitung, doch ich glaubte nicht, dass er las. Schließlich hob er den Kopf. Für einen Moment sah ich meinen früheren Papa wieder, der in die Zukunft zu schauen versuchte, immer darauf bedacht herauszufinden, was richtig und was gut war.

»Dann hilf ihr. Wenn du es so sehr willst, hilf ihr, aber so, dass es auch etwas nützt.«

Ich schluckte. »Natürlich würde ich Maman niemals schütteln!«, flüsterte ich. »Das weißt du, Papa, oder?«

»Quoi, Chérie?«, hörten wir Tantes Stimme von hinten. »Was hast du mit deiner armen Mutter vor?«

Vater gab ein schnaubendes Geräusch von sich. Ein Netz an Falten hatte sich in sein Gesicht gegraben. Er war gealtert und sah abgespannt aus. Ob er glücklich war? War es überhaupt sein Ziel, glücklich zu sein?

»Papa, warum seid ihr hierhergekommen?«

Irritiert blickte er mich aus seinen hellen Augen an. »Du weißt, dass die Position vom Büro des Gouverneurs an mich herangetragen wurde. So etwas lehnt man nicht einfach ab.«

»Du hättest deine Absage mit Maman begründen können.«

Wieder schnaubte er. Sein Blick war ungewohnt kalt.

Hatte er mich je so angesehen? Ich konnte mich nicht erinnern.

»Siehst du denn nicht, was wir haben, Selma? Was ich deiner Mutter bieten kann? Die Dienstboten, das Haus, die Anerkennung. So etwas gab es in Dahlwitz nicht. Und vergiss nicht, eine solche Stellung ist eine Lebensaufgabe, selbst wenn sie nur für die Dauer von vier Jahren vergeben wird. Ich fühle mich geehrt, der deutschen Marine zu dienen. Ich fühle mich geehrt, dem Gouverneur zu dienen und damit in gewisser Weise dem Kaiser selbst.«

Bekümmert sah ich ihn an. Was, wenn sie in Dahlwitz geblieben wären? Natürlich war es müßig, darüber zu spekulieren. Doch dieser Ort hatte alles unendlich verschlimmert. Hätte Maman Einspruch erhoben gegen Papas Entscheidung hierherzuziehen, wenn sie ein Mitspracherecht an solcherlei Entscheidungen gehabt hätte? Oder hatte sie eingewilligt, allein weil es von ihr so erwartet wurde, selbst wenn ihr Ehemann ein offenes Ohr für jede Befürchtung und Angst gehabt hätte?

»Wärst du nicht erkrankt, Selma …«

Er sprach nicht weiter, nahm seine Zeitung auf, las – oder tat zumindest so – und schlug nach einer Weile mit der flachen Hand darauf, dass es knallte.

»Es ist eine Schande hierzulande! Diese Wischiwaschi-Regierung hat ihr Volk nicht im Griff. Immer noch treibt der Weiße Wolf sein Unwesen. Es ist unglaublich.«

»Was wäre gewesen, wenn ich nicht erkrankt wäre?«

»Immerhin wurden ein paar der Rebellen in Henan geschnappt. Etwas zumindest kann sie, die hiesige Polizei. Herrgott noch mal! Es ist ein Trauerspiel.«

»Vater, was meintest du damit, was wäre, wenn ich nicht erkrankt wäre?«, versuchte ich es erneut.

Er hob den Kopf und starrte mich an, als würde er erst jetzt bemerken, dass ich bei ihm saß. Seine Mundwinkel zuckten verächtlich.

»Ich hätte euch über Sibirien herkommen lassen sollen. All der Prunk und der Luxus verweichlichen nur. Ihr wärt noch vor dem Jahreswechsel hier gewesen. Und eure Mutter wäre gesund.«

»Papa, sie wäre sicher nicht gesund! Wie könnte sie? Doch du sagtest eben, dass es meine Schuld sei, du sagtest ...«

»Nichts dergleichen sagte ich, und nun lass mich lesen, Kind, sei so gut.«

Die Zeitung schnellte wieder vor sein Gesicht. Stumm vor Zorn ballte ich die Faust. Ich war es nicht gewohnt, mit Vater zu streiten. Er war doch ein freundlicher, gütiger Mensch, er war das Kaninchen und Maman die Löwin.

Doch das alles stimmte längst nicht mehr.

Das Feuer im Kamin brannte jetzt lichterloh, die Scheite knackten, Funken stoben auf, und mich beschlich der Verdacht, dass Tante seit der Erwähnung Wilhelms des Zweiten ihren Likör in regelmäßigen Abständen in die Flammen spuckte. Ein süßlicher Geruch schwebte durch den Raum. Tante begann zu husten. Ich war froh, mich ihr zuwenden zu können, und schämte mich gleichzeitig dafür, Papa nicht widersprochen zu haben. Doch war nicht ein Körnchen Wahrheit in seinen Worten gewesen? War es nicht tatsächlich meine Schuld, dass Maman so litt, wenn auch nicht deswegen, weil ich auf der Herreise erkrankt war, sondern weil ich vor langer, langer Zeit Pauls Briefe hatte herumliegen lassen?

»Ist alles in Ordnung, Tante?«, fragte ich leise.

»Oui, oui«, krächzte sie und versuchte, sich mit ihrem kurzen Arm auf den Rücken zu klopfen. Augenscheinlich hatte sie den Likör versehentlich eingeatmet, statt ihn zu schlucken. Ich legte meine Hand zwischen ihre Schulterblätter. Augenblicklich entspannte sie sich.

Wenn es doch nur auch so einfach wäre, Maman zu helfen. Keine Methode schien bei ihr zu wirken. Kein Medikament, selbst wenn Vater noch so häufig betonte, dass nur die besten Ärzte von Tsingtau zu ihr vorgelassen würden. Was, wenn Papa eines Tages einsehen würde, dass auch sie nichts für Maman tun konnten? Und wenn die Hoffnung in ihm aufkäme, dass es in Deutschland besser war, in einer Klinik für Gemütskranke? Mich durchfuhr ein Schauer. Dort würde sich Maman niemandem verständlich machen können. Es musste einfach noch andere Möglichkeiten geben. Doktor Westernhaus kam mir in den Sinn. Er war meiner störrischen Erkrankung mit Irritation begegnet, doch immerhin hatte er mir nach der Mastkur nichts weiter aufgezwungen. Geholfen hingegen hatten mir die Luft, das Wasser des Lauschan-Gebirges und Lius Fürsorge. Die sanfte Berührung ihrer Fingerspitzen auf meinem Gesicht, der herrliche Duft der Öle, der mich ruhig atmen ließ und mir das Gefühl vermittelte, dass alles in Ordnung sei. Ich vermisste Liu. Ich vermisste Xianying. Ich vermisste Youwei, den alten Nachbarn, und das Gefühl von Geborgenheit, das mich in dem kühlen Haus mit den rußgeschwärzten Wänden umgeben hatte, wie alles in mir zur Ruhe gekommen war, wenn Liu die Öle auf meine Stirn und meine Wangen gestrichen hatte.

Ob solche Düfte auch zu Maman vordringen würden? Sie war stets ein Sinnesmensch gewesen, hatte die warmen Farben ihrer Heimat geliebt und die Gerüche des Südens.

Niemand hatte so sehr in Genüssen schwelgen können wie sie!

Plötzlich war ich hellwach und klopfte Tante so kräftig zwischen die Schulterblätter, dass sie empört aufschrie.

»Entschuldige.« Ich konnte meine Aufregung kaum verbergen. »Ich gehe zu Bett. Gute Nacht, Tante.«

Liu hatte mich immer ein gutes Stück des Weges begleitet, wenn ich zum Mecklenburghaus zurückgegangen war. Es war die beste Zeit, die noch taunassen Blüten zu pflücken.

Aus meinem Koffer, der fast unausgepackt in den Tiefen der Seemannstruhe lag, zog ich meine Ledertasche, räumte die Bücher und Hefte sorgfältig weg und lief so leise wie möglich in die Küche, um zusammenzusuchen, was ich brauchen würde: ein scharfes Messer, Leintücher und etwas Proviant. Düfte bewirkten unendlich viel. Sie vermochten Kräfte zu wecken, Angst und Anspannung zu lösen, die Seele zu besänftigen und Mut zu machen. Was stimmte so fröhlich wie das Aroma von Zimtpfannkuchen? Was glättete innere Wogen besser, als an einer samtweichen Rosenblüte zu schnuppern? Was machte munterer als Basilikum oder Pampelmuse?

Ich erwachte von allein, tastete in der Dunkelheit nach meinen Kleidern und schlüpfte hinein. Auf Zehenspitzen schlich ich, die Ledertasche unter den Arm geklemmt, an Tantes und Adeles Schlafzimmern vorbei. Leise quietschten die Scharniere, doch die Haustür ließ sich ohne Knarren öffnen.

Wie hatte ich meine Spaziergänge vermisst! Auch wenn ich erst wenige Tage in Tsingtau war, kam mir die Zeit, die ich im Lauschan-Gebirge verbracht hatte, vor wie aus einem anderen Leben.

Ein ordentlich geharkter Weg führte mich am Gouvernementshügel vorbei zur Bismarckstraße, die schnurgerade auf den Hafen zulief. So weit kannte ich mich schon aus. Gaslaternen beleuchteten in regelmäßigen Abständen das gestutzte Gras am Rand der Gehwege und die mühevoll geschichteten Mäuerchen, die die Gärten davon trennten. In ein, zwei Häusern brannte hinter zugezogenen Spitzengardinen zu dieser nächtlichen Stunde schon Licht, und davor leuchteten selbst im Mondlicht bonbonfarben die Geranien. Alles war neu und rasch, aber schmuck aus dem Boden gestampft. Und ordentlich war es, viel ordentlicher als in Deutschland. Wilhelm der Zweite hatte Tsingtau zur Musterkolonie auserkoren, hatte Papa mir erzählt. Es schien so, als wäre jeder Bewohner dieser Stadt nur allzu erpicht darauf, seinen Obolus dafür zu leisten.

Ich atmete tief ein. Etwas immerhin konnte nicht darüber hinwegtäuschen, in China zu sein: die Luft. Nicht nur roch ich das Meer, sondern auch die exotischen Gewürze, deren Duft abnahm, je weiter ich mich von Tapautau, dem Chinesenviertel, entfernte. Fahl spiegelte sich der Mond auf der fast unbewegten Wasseroberfläche des Teiches. Der Weg, der mich an einem Hügel entlang zur Bucht führte, war von niedrigen Bäumen gesäumt und zu schmal für Automobile. Ich hörte das Rascheln der Blätter im Wind und hier und da ein Knacken. Ich lief leise, um kein Tier zu stören, und beschloss, mir so bald wie möglich chinesische Schuhe zu besorgen. Mit ihren weichen Sohlen wäre ich zu dieser Tageszeit im Vorteil, doch dann fiel mir ein, dass es sie in meiner Größe wahrscheinlich überhaupt nicht gab.

Kühl war es an diesem Morgen, und ich sah den Hauch vor meinem Mund. Bald hörte ich die Wellen leise rauschen, und auch die Möwen waren erwacht und kreisten kreischend über mir, während ich einen von einer niedrigen Mauer umgebenen chinesischen Tempel passierte. Der schwache Duft von Myrrhe und Weihrauch begleitete mich noch eine Weile, was ich als gutes Omen nahm. Immer noch hatte ich keine Menschenseele getroffen. Wie spät mochte es sein? Fünf, vielleicht halb sechs? Und was würde Vater sagen, wenn er dahinterkäme, dass ich zu dieser Zeit allein unterwegs war?

Hinter den rot gedeckten Dächern, auf denen sich nun die ersten Sonnenstrahlen verfingen, sah ich das Meer glitzern. Seine Oberfläche spannte sich wie ein silbriges Band, und in regelmäßigen Abständen huschte das Licht des Leuchtturms darüber hinweg. Der Badestrand war geschwungen geformt wie eine Mondsichel und von bunten Badebuden besprenkelt, die erfreulich unaufgeräumt in Grüppchen zusammenstanden. Ich ging schneller, und am liebsten hätte ich laut gesungen, als meine Füße im noch feuchten Sand versanken. Die Wellen rauschten, ein kühler Dunst breitete sich auf meiner Haut aus, und wieder und wieder schwappte das Wasser auf den Strand und zog sich, weiße Schlieren hinterlassend, zurück. Ich sammelte Muscheln und Algen, Steine, die glatt und kalt in meinen Fingern lagen, und ein paar Gräser. Und blühten auf dem grasbewachsenen Hang in meiner Nähe nicht in dem hübschesten Hellblau die ersten Veilchen? Ich ging in die Hocke und sammelte ein paar in meiner hohlen Hand.

Nachdem ich die Stufen zur Promenade hinauf genommen hatte, drehte ich mich um. Der Wind zerzauste mein

Haar, und ich musste den Hut festhalten, um ihn nicht zu verlieren. In einiger Entfernung thronte das neue Strandhotel, von dem Adele mir erzählt hatte – aus Backstein gebaut und mit langen dunklen Balustraden versehen. Automobile parkten davor, und ich sah das chinesische Personal schon hinter den erleuchteten Fenstern arbeiten.

Bald würde die Stadt erwachen.

Niemand bemerkte mich. Das Haus lag dunkel und ruhig da, kein Geräusch war zu hören.

In meinem Zimmer breitete ich meine Schätze auf dem Schreibtisch aus. Ob ich sie waschen sollte? Doch wenn sie ihren herben Meeresgeruch verlieren würden, wäre ja alles umsonst gewesen. Ich spülte nur das Salz und den Sand von meinen Händen, wechselte das Kleid und lief gähnend, als sei ich gerade erst aufgewacht, in den Salon.

Doch das Theater war umsonst, niemand war auf, und so ließ ich mich in einem Korbstuhl nieder, blätterte in der aktuellen Ausgabe der *Tsingtauer Neuesten Nachrichten* und versuchte, das Stolpern meines Herzschlags zu ignorieren, während ich die Fremdenliste des Prinz-Heinrich-Hotels durchging. Doch wieso sollte Elisabeth auf dieser Liste stehen? Wenn sie, Julius und Paul zurückkämen, würde sie bis zur Hochzeit natürlich im Haus ihres Paten Unterschlupf finden. Ich sehnte mich so sehr danach, sie wiederzusehen. Wenn ich nur wüsste, ob sie mir böse war. Wenn ich ihr doch schreiben könnte! Bedauerlicherweise wusste niemand, wo genau in Südchina sie sich aufhielt.

Ernüchtert ließ ich die Zeitung sinken und starrte vor mich hin, bis mir auffiel, dass ich exakt dieselbe Position eingenommen hatte wie Maman, nur dass ich mich bewusst nicht in ihrem Ohrensessel niedergelassen hatte.

Nein, seufzend hier herumzusitzen war keine Option. Ich ließ mir in der Küche eine Tasse Mokka geben, bezog wieder in meinem Zimmer Stellung und sah aus dem Fenster aufs Meer hinaus. Die Masten der Dschunken bewegten sich sanft.

Eine Tür öffnete sich, jemand tappte über den Flur. Ich sprang auf, ließ mich jedoch enttäuscht wieder in den Sitz zurückfallen, als ich Adele singen hörte. Aber was erwartete ich eigentlich? Dass Maman heute drei Stunden früher aufstand als sonst, um Strandgut zu bewundern?

Ich schlug die Steine, Schneckenhäuser und Muscheln in feuchte Tücher ein, band die Algen und Gräser zum Trocknen zusammen und hängte sie über den Ofen. Mit geschlossenen Augen schnupperte ich daran, legte eine Reihenfolge fest, verwarf sie, fand eine andere. Die Düfte sollten sich aufbauen wie eine sich steigernde Komposition. Leise anfangen, mit einem kräftigen Mittelteil und einem sanften Nachklang.

Vor meinem inneren Auge tauchten Bilder von Strandurlauben an der Ostsee auf. Dann ein Nachmittag, an dem ich mit Agnes Schnecken im Garten gesammelt und hangabwärts wieder ausgesetzt hatte, damit sie nicht den Salat fraßen.

Ich beschloss, in der Drogerie Lavendel zu ordern, ihn würde es hier nicht geben. Denn was duftete mehr nach dem Süden Frankreichs als diese Blüten? Was könnte in Maman besser die Erinnerungen an ihre Kindheit wecken als dieses wunderbar herbe Aroma?

Maman hatte nicht am Frühstück teilgenommen, und so stampfte ich vor ihrer Zimmertür mit den Füßen auf den Boden und schob langsam die Tür auf.

Heute war sie nicht einmal aufgestanden, sondern lag mit wächsernem Gesicht auf den bordeauxfarbenen Kissen aus Samt, die ihre Blässe noch unterstrichen.

»Maman, ich habe dir etwas mitgebracht.«

Stolz und voller Vorfreude zog ich den Leinbeutel hinter meinem Rücken hervor.

»Schau.«

Verunsichert blickte Maman von mir zu den Muscheln, Pflanzen und Steinen, die ich auf einer großen Serviette ausgebreitet hatte. Ich nahm ein Schneckenhaus, das ich am Strand aufgelesen hatte, und reichte es ihr.

»Riech einmal daran.«

Sie hielt sich das Schneckenhaus vor die Nase, lächelte höflich und wich meinem Blick aus.

»Oder das, Maman.«

Ich drückte ihr einen braun verkrusteten Stein in die Hand, der nach Erde roch. Kleine Krümel rieselten auf die cremeweiße Bettdecke. Maman war nie die Ordentlichste gewesen, doch nun verzog sich ihr Gesicht, und mit zitternden Händen versuchte sie, die Erde fortzufegen, wobei sie sie nur weiter in den Stoff einarbeitete. Als ich sah, wie sehr sie sich abmühte, half ich ihr. Schließlich blieb lediglich ein grauer Schleier auf der seidigen Oberfläche zurück.

»Es tut mir leid, Maman.«

Sie nickte und starrte auf ihre Hände. Leise – obwohl ich ebenso gut hätte schreien können, welchen Unterschied hätte es gemacht? – packte ich meine Fundstücke wieder zusammen.

»Kommst du zum Kaffee herunter, Maman? Wollen wir dann im Salon noch einmal schauen? Vielleicht …«

Ich zuckte mit den Schultern. Ich musste nicht weiterreden, denn ich sah, wie angestrengt sie von meinen Lippen ablas und wie gern sie allein sein wollte.

»Auf Wiedersehen, Maman.«

Ich nahm den Beutel, ging zurück in mein Zimmer und stopfte ihn in die unterste Kommodenschublade. Anschließend schob ich sie derart heftig zu, dass sie in der Mitte verklemmte und sich weder ganz öffnen noch schließen lassen wollte.

Vergeblich versuchte ich, die Tränen zurückzuhalten. Ich hatte es mir nicht leicht vorgestellt, gewiss nicht. Doch Maman hatte keinerlei Regung gezeigt bis auf die, dass sie nichts von mir wollte.

Ich schloss die Augen. Maman war als Kind nicht zu bändigen gewesen, hatte Tante oft erzählt. Ein Wildfang, der seine Mutter täglich zur Verzweiflung brachte. Wo war dieser Wildfang jetzt? Wie konnte ich ihn erreichen?

Die Frische des Ingwers

Zingiber officinale

Frisch-saurer, leicht scharfer Duft
Bei Übelkeit, innerem Stillstand,
Erschöpfung
Wirkung:
aufhellend, erfrischend, wärmend

Es war noch nicht einmal acht, doch ich diskutierte schon seit einer halben Stunde mit dem Koch, bis es mir endlich gelang, ihn aus der Küche zu katapultieren.

»Komm, Tante, die Luft ist rein!«

Auf Zehenspitzen, trotzdem mit der Wucht eines Zwergnashorns, polterte Tante Mirelle über den Flur. Ihre Wangen glühten vor Aufregung, und sie hatte sich im Eifer des Gefechts statt einer Haarspange einen Schuhspanner ins Haar gesteckt.

»Papa ist längst zur Arbeit gegangen, du musst nicht versuchen, leise zu sein.«

»Oui, aber Adele. Wie ich sie kenne, petzt sie bei eurem Vater.«

»Unsinn!«

Trotzdem horchte ich in den Flur. Aus Adeles Zimmer kam kein Laut. Sie war gestern lange aus gewesen, so hatte ich ihr nichts von meinem Plan erzählen können. Hatte Tante recht? Würde Adele sich ausgeschlossen fühlen, wenn wir sie nicht mitnahmen?

Tantes Augen leuchteten voller Unternehmungslust,

während sie sich die Schürze umband, die sie auf dem Rücken kaum zubekam, und in die Hände klatschte.

»Ein Picknick, wie wunderbar! Womit fangen wir an?«

Goldgelbe Sonnenstrahlen fielen durch die Küchenfenster und ließen die Arbeitsfläche aus Holz in einem warmen Farbton schimmern.

»Mit dem Tee, würde ich sagen«, murmelte ich, füllte den Wasserkessel und begann, die Vorratskammer zu durchforsten.

»Hast du Eier gefunden, Chérie?«

»Ja. Was möchtest du, Enten- oder Hühnereier?«

»Enten. Gib mir bitte auch den Spinat. Was hast du noch?«

Tante drängte sich neben mich, sodass ich fast das Gleichgewicht verlor.

»Ich kümmere mich um den Hefezopf.«

Im hereinfallenden Licht tanzten wenig später Mehlkörner durch die Luft. Ich war froh, meine Hände mit dem Walken des Teigs zu beschäftigen, denn auf einmal wurde mir melancholisch zumute. Mit Tante in der Küche zu stehen erinnerte mich an Berlin, daran, wie ich nachmittags nach einem langen Schultag heimkam. Unser Leben dort war einfach und meine Arbeit anstrengend gewesen, aber sie war vor allem erfüllend. Meine Schülerinnen, besonders Marga, Fräulein Feltner und selbst Herrn Direktor Knollinger wünschte ich mir in diesem Moment so sehnsüchtig zurück, dass ich zu zittern begann und nach dem Stuhl hinter mir tastete. Lehrerin zu sein hatte meinem Leben Sinn gegeben. Ich hatte meinen Platz gefunden, und das hatte mich glücklich gemacht.

»Que'est-ce qu'il y a, Chérie? Du bist ja ganz blass! Hier, trink das.«

Dankbar nahm ich den Eierbecher entgegen, den Tante zuvor mit einer goldenen Flüssigkeit aus einem Fläschchen gefüllt hatte, das wie auch immer in ihre Schürzentasche gelangt war. Scharf schmeckende Hitze durchfuhr mich, und mir schossen die Tränen in die Augen.

»Himmel noch mal, Tante!«, rief ich.

»Gut, ja? Ich hab noch mehr, wenn du willst.«

»Nein, danke.«

»Non, non, non!«, rief sie, als ich aufstehen wollte. »Du bleibst sitzen. Ich mache das.«

»Ich würde lieber selber kochen, Tante.«

Ich wusste, was für ein Tollpatsch sie war. In den zwei Jahren, die wir in Berlin zusammengelebt hatten, war ihr nicht einmal ein Sandwich mit Gurke gelungen. Das Einzige, was ohne nennenswertes Missgeschick gelang, war das Einschenken alkoholischer Flüssigkeiten. Handelte es sich dagegen um Tee, schwappte in der Regel die Hälfte auf den Teppich. Vor allem aber ging es mir darum, meine Gedanken im Zaum zu halten. Wenn ich nur zwei Sekunden darüber nachdachte, was heute geschehen konnte, würde ich sofort alles absagen.

»Lass mich wenigstens weiter kneten«, sagte ich.

»Bon«, gab sie schließlich widerwillig zurück und schob mir die Teigschüssel hin. Sie sah mich prüfend an, stemmte ihre Arme in die Hüften und wandte sich dem Spinat zu. Leise vor sich hinsingend putzte und zupfte sie ihn, beheizte den Ofen, schüttete unter lautem Klackern einen Topf Muscheln ins Waschbecken und sortierte die schlechten aus.

Irgendetwas stimmte an diesem Bild nicht, doch seltsamerweise kam ich nicht sofort drauf. Als Tante sich fachmännisch ihre Hände an der Schürze abtrocknete und in die Vorratskammer ging, durchschoss mich der Gedanke jedoch wie ein Blitz.

»Warum war in Berlin eigentlich immer ich für die Mahlzeiten zuständig?«, rief ich ihrem Hinterteil zu, das noch in der Tür zu sehen war.

»Quoi?«, kam es dumpf zurück.

»Du wirkst kaum, als würdest du dich am Herd nicht zurechtfinden. Kannst du etwa kochen, Tante?«

»Ah, non!«, rief sie inbrünstig.

Plötzlich bewegte sich Tante Mirelle nicht mehr, als hielte sie die Luft an und wartete, dass ich das Thema wechselte.

»Tante, hast du die Mille-feuilles etwa selbst gebacken?«

»Pah!«

»Sag mir die Wahrheit. Bitte.«

Es wurde noch stiller.

Schließlich erschien Mirelle mit hochroten Wangen, das Haar zerzaust, in der einen Hand eine Tüte mit Maronen, in der anderen ein Kaninchen, dessen Kopf schlaff herunterhing. Sie wich meinem Blick aus und begann laut zu singen, während sie dem Tier gekonnt das Fell abzog.

»Ah, du machst mich nervös, wenn du mich so anstarrst. Oui, wenn du es unbedingt wissen willst. Ja.«

»Du hast die Milles-feuilles gebacken?«

»Ja. Eh bien, könnten wir uns jetzt bitte dem zuwenden, was wir machen wollten? Ein Picknick, oui? Für deine Mutter.«

Fassungslos schüttelte ich den Kopf. So lange hatte ich mich darum gekümmert, dass Frühstück und Abendbrot auf den Tisch kamen. Für das Mittagessen hatte ich Brote geschmiert oder die Reste des Dinners so beschriftet, dass selbst ein Kind sie sich hätte aufwärmen können. Und nun stand Tante Mirelle vor mir und bereitete Œufs cocotte vor, im Ofen gestockte Enteneier, und in Rotweinsud gegartes Kaninchen, während ich kaum andere Rezepte kannte als die für Grießklöße, Stampfkartoffeln und Hühnersuppe.

»Nun zieh nicht ein solches Gesicht, ja?« Tante tätschelte meine Schulter. »Es war nicht fein von mir, das gebe ich zu, aber du musst verstehen, Preußen ist keine Gegend für gutes Essen. Selbst wenn ich es gewollt hätte, ich hätte gar nicht gekonnt.«

»Aber du hättest mir zur Hand gehen können. Oder es mir wenigstens verraten.«

»Ich dachte, du wüsstest noch, dass ich früher immer für euch gekocht habe.«

Überrascht sah ich sie an.

»Oui. Wenn ihr uns besucht habt. Hast du das denn vergessen?«

Ich schüttelte den Kopf. »Das war Grandmère.«

Tante Mirelle kicherte.

»Deine Großmutter konnte nicht einmal Hafergrütze kochen. Ich dagegen habe meine Kindheit förmlich am Schürzenzipfel unserer, comment dit-on, Küchenmagd verbracht.«

Ganz langsam kehrten meine Erinnerungen zurück, undeutlich und schemenhaft. All die herrlichen Speisen, für die jemand – und ich hatte jahrelang geglaubt, es wäre Großmutter gewesen – ganze Tage in der Küche gestanden hatte, während Adele und ich im Garten spielten und Maman unter ihrem riesigen Sonnenhut im Schatten saß, mit Blick auf den Atlantik. Aber Tante hatte recht. Grandmère befand sich damals neben Maman im Schatten. Nicht sie war es, die uns die köstlichsten Speisen zubereitet hatte. Das war Tante gewesen.

Ich kehrte in die Gegenwart zurück. »Dann sind wir wohl quitt, nicht wahr?«, sagte ich.

Sie lächelte. »Oui, Chérie.«

Der Picknickkorb, den wir drei Stunden später an dem erleichterten Koch vorbei aus der Küche wuchteten, war mindestens so prächtig wie der, den Elisabeth dem Schiffssteward abgeschwatzt hatte. Unter der karierten Decke verbargen sich neben den Eiern, dem Kaninchen und meinem Hefekranz chinesischer Bohnenkuchen vom Markt, Pastete mit Muscheln und süßen Kartoffeln sowie Melonen, Datteln und leuchtend rote Granatäpfel. Im Gegensatz zu jenem nächtlichen Picknick auf dem Dampfer war heute kein Alkohol dabei, dafür Ingwerlimonade, die ebenso süß wie scharf schmeckte und ein noch besserer Wachmacher als Kaffee war.

»Du holst Maman, und ich packe und sehe nach Adele«, ordnete ich an.

Tante Mirelle nickte und stampfte auf Mamans Zimmertür zu.

Ich prüfte noch einmal, ob ich auch nichts vergessen hatte: verschiedene Mäntel und Hüte, um sicherzugehen, dass Maman weder unter Hitze noch Kälte litt, ein Fläschchen mit Reiswasser, das ich mir von Jianfang gegen Reiseübelkeit hatte geben lassen, Essig, falls Mamans Sinne schwinden würden. Wenn ich an die Autofahrt dachte, wurde mir schwindelig vor Aufregung. Was, wenn Maman vor Schreck in Ohnmacht fiele? Was, wenn sie mit ihrer rauen, ungeübten Stimme schreien würde?

Doch statt solche Gedanken zu wälzen, beschloss ich, mich lieber um die Garderobe zu kümmern. In den Schubladen der wuchtigen Flurkommode gab es Unmengen von

Schals, Pelzhüten und Muffs, allerdings keine Handschuhe. Doch Adele, so erinnerte ich mich, besaß ähnliche wie die, die ich Marga geschenkt hatte. Adele hatte gewiss nichts dagegen, sie Maman zu borgen.

»Schwesterchen, bist du wach?«

Ich klopfte ein paarmal an ihre Tür, dann drückte ich vorsichtig die Klinke hinunter und öffnete sie einen Spaltbreit. Die Vorhänge waren zugezogen, die Luft roch trocken und muffig.

»Psst, Adele, nicht erschrecken.«

Auf Zehenspitzen trat ich ein und schloss die Tür hinter mir. Mein Blick fiel aufs Bett. Ich erschrak. Es war leer, die Decke straff gezogen, das Kissen glatt, genau wie Jianfang es jeden Vormittag machte. Doch Tante und ich hatten ihm heute Vormittag freigegeben. Adele schien nicht zu Hause geschlafen zu haben.

Aber wo in aller Welt war sie?

Beunruhigt starrte ich auf das Bett. In Berlin war es hin und wieder vorgekommen, dass meine Schwester bei einer Freundin übernachtet hatte, ohne uns Bescheid zu geben. Sie war achtundzwanzig und niemandem Rechenschaft schuldig außer sich selbst, hier allerdings auch Papa, so zumindest war seine Meinung. Wenn er Wind davon bekäme, würden angesichts seines Zorns bestimmt die Hauswände wackeln.

Aus einem Impuls heraus ging ich zum Bett, drückte meine Faust in Adeles Kopfkissen, zerknautschte die Decken und ließ mich mehrmals auf die Matratze fallen, um Einbuchtungen darin zu hinterlassen. Ich war sicher, dass Jianfang niemandem übelwollte, doch er würde Papa von dem unbenutzten Bett in Kenntnis setzen. Allein aus der berechtigten Angst heraus, etwas falsch zu machen. Im

Umgang mit Jianfang zeigte sich Papa alles andere als von seiner freundlichen Seite.

Ich ging etwas zu stürmisch vor, und die Matratze rutschte über die Bettkante hinaus. Als ich mich bückte, um sie zurückzuzerren, fiel mein Blick auf ein Stück hellblaues Papier. Sicher war es versehentlich unter das Bett geraten, Adele wäre traurig, wenn es zerknitterte. Es war ein Umschlag, wie ich feststellte. Adressiert an mich. Verwirrt betrachtete ich ihn. Warum lag er unter Adeles Bett? Er war verschlossen, und es stand auch kein Absender darauf. Abgestempelt war die chinesische Briefmarke in Hankau. Meine Finger zitterten, als ich ihn öffnete.

Liebes Fräulein Wallenstein, stand dort in ordentlicher und freundlich wirkender Schrift, *nun ist beinahe ein Monat vergangen, seit ich Sie das letzte Mal sah. Sie waren ohnmächtig und dürften sich also kaum daran erinnern. Ich aber werde die Minuten nicht so bald vergessen, die ich bangend an Ihrer Seite blieb. Ich hoffe, Sie sind wohlauf, liebe Freundin! Bitte glauben Sie nicht, ich wäre betrübt darüber, nicht von Ihnen zu hören. Ich möchte nicht mehr, als Ihnen meine Besorgnis auszudrücken sowie meine Hoffnung, dass Sie wohlauf und munter sind. Seien Sie herzlich gegrüßt von Ihrem Wilhelm Rickert.*

Verstand ich seine Worte richtig? Er hatte mir zuvor schon geschrieben? Doch falls ja, wo war sein Brief, und warum in aller Welt hatte dieser hier unter Adeles Matratze gelegen? Fieberhaft sah ich unter dem Bett und der Matratze nach, jedoch vergeblich. Als alles durcheinandergewühlt war, die Decken und Kissen ein einziges Knäuel zwischen den Bettlaken, holte ich tief Luft.

Was tat ich nur? Traute ich meiner Schwester zu, einen

Brief an mich zu verstecken? Mir fiel nicht ein einziger Grund dafür ein. Eifersüchtig war sie mit ihren zahlreichen Verehrern gewiss nicht, und sie hatte nie auch nur das geringste Interesse an Wilhelm bekundet. Es musste also eine andere Erklärung geben. Und welche war die naheliegendste? Dass Wilhelms Schreiben aus Versehen hierhergeraten war, auch wenn ich mir nicht erklären konnte, warum. Aber war es nicht oft so im Leben? Man zerbrach sich den Kopf über eine Sache, und am Ende stellte sie sich als vollkommen banal und unkompliziert heraus.

Trotzdem war ich verunsichert und ratlos, während ich Decken und Kissen wieder so drapierte, dass sie aussahen, als hätte jemand darin geschlafen. Ich schob Wilhelms Brief in meine Manteltasche, öffnete Adeles Kommodenschublade und zog ihre Seidenhandschuhe daraus hervor. Unschlüssig warf ich einen Blick auf das Durcheinander aus Stoffen, losen Zetteln, auf denen sie Rollenwünsche und Zitate notiert hatte, und schmalen Druckbänden mit Texten der verschiedensten Theaterstücke. Was, wenn es weitere Briefe gäbe? Womöglich nicht nur von Wilhelm, sondern auch von Elisabeth? Doch warum? Margas und Fräulein Feltners Briefe trudelten wöchentlich bei mir ein, da schien nie einer verschwunden zu sein. Es musste sich um ein Versehen handeln, etwas anderes war gar nicht möglich. Entschlossen schob ich die Lade zu und richtete mich auf. Ich würde sie danach fragen, heute Abend, wenn Tante, Maman und ich wieder zu Hause waren. Dann würde sich alles von selbst erklären.

Wenig später drängten wir uns zu dritt im Flur. Tante Mirelle und ich sahen uns über Maman hinweg an. Tante standen die Zweifel im Gesicht geschrieben, wahrscheinlich ebenso wie mir.

»Wollen wir es wirklich wagen, Chérie?«

Ich blickte in Mamans kalkweißes Gesicht. Tante Mirelle hatte sie so warm eingepackt, als wollten wir zu einer Polarexpedition aufbrechen, ihr einen riesigen Hut auf den Kopf gedrückt und eine Autobrille auf die Nase. Selbst Mamans Lippen waren blass.

»Sie schafft das«, sagte ich, auch wenn ich mir selbst nicht recht glaubte.

Ich holte tief Luft und öffnete die Tür. Hellgelbes Sonnenlicht fiel in den dunklen Flur und ließ Maman in den staubigen weißgrauen Pelzen so unwirklich aussehen wie eine Schneekönigin. Sie kniff die Augen zu und wandte sich ab.

»Komm, Maman, ich führe dich.«

Ich hielt ihr meinen Arm hin, und nach einer Weile legte sie zögerlich ihre Hand darauf. Ich konnte ein Lächeln nicht unterdrücken und sah zu Tante hinüber, die vor Freude zu platzen schien.

»Ich trage den Korb, du kümmerst dich um Esthère. Allez! On y va!«

Vorsichtig geleitete ich Maman die Stufen hinunter und warf einen besorgten Blick die Straße hinauf und hinunter. Zu unserem Glück lag der Gouvernementshügel an diesem Montagvormittag wie ausgestorben da. Nur vor dem Gartentor wartete ein Wagen. Der Fahrer saß darin, seine Schirmmütze gegen die Sonne tief in die Stirn gezogen.

Langsam schritten wir auf ihn zu. Das Ganze erinnerte mich an eine Zeremonie, so als gingen wir würdevoll auf einen Altar zu.

Maman blickte starr geradeaus. Der Anblick des schwarz glänzenden Wagens schien ihr immerhin keine Angst einzujagen.

Vor der Pforte blieb ich stehen und berührte Maman an der Schulter, damit sie mich ansah.

»Ich weiß, dass du das Haus nicht verlassen willst«, sagte ich langsam. »Doch es ist ein so schöner Tag. Möchtest du mit Tante und mir ein Picknick machen? Und gleichzeitig eine liebe Freundin von mir besuchen?«

Ich schaffte es nicht, in ihren Augen zu lesen. Hatten sie ihre Farbe verändert? Wo war nur das leuchtende Grün? Wieso erinnerte es jetzt viel mehr an die Farbe von Moos? Nach einer Weile, die mir wie eine Ewigkeit erschien, nickte sie.

Tante jauchzte leise, und ich biss mir vor Freude auf die Lippen.

»Wir können«, sagte ich dem Fahrer, nachdem wir uns zu dritt auf die Rückbank gequetscht hatten. »Aber bitte, fahren Sie langsam.«

Er ließ wortlos den Motor an, ein Rumpeln ging durch den Wagen, und so laut brummend, dass ich mir am liebsten die Ohren zugehalten hätte, setzte er sich in Bewegung.

Die ganze Strecke aus Tsingtau hinaus versuchte ich, jedes Zucken in Mamans Gesicht zu deuten, doch als wir die Stadt hinter uns ließen und langsam den Berg hinauffuhren, begann ich mich zu entspannen. Maman saß kerzengerade neben mir, eine Locke kringelte sich über ihre Schulter, ich sah ihr Ohr, ihren schmalen Hals. Ihr Brustkorb unter dem dicken Mantel hob und senkte sich in regelmäßigen Abständen.

Irgendwann lehnte ich meinen Kopf gegen das Fenster, spürte die Vibration der Scheibe an meiner Stirn und schloss die Augen. Als ich meine Hand in der Manteltasche bewegte, knisterte Wilhelms Brief. Verwundert strich

ich darüber, unsicher, ob ich mich über seine Zeilen freute. Ich dachte an seine Augen, die manchmal die Farbe von hellem Karamell angenommen hatten. Und an den Geruch nach Sandelholz, der mir während der Zugfahrt nach Genua in die Nase gestiegen war. Auf welch freundliche und unaufdringliche Weise er mir geholfen hatte. Ich schätzte seine Zurückhaltung, die sich auch in seinen Zeilen vermittelte. Er war keiner dieser Männer, die klobig einen Raum einnahmen und stets die Lautesten sein wollten. Jetzt wunderte ich mich, dass ich so lange nicht an ihn gedacht hatte. Ich würde ihm zurückschreiben und vielleicht eines Tages nach Hankau reisen. Wäre es nicht schön, mich mit jemandem über meinen geliebten Beruf austauschen zu können?

Der Motor gab ein erschöpftes Stottern von sich, als das Mecklenburghaus schräg in einiger Entfernung oberhalb vor uns auftauchte.

»Bitte halten Sie hier!«, rief ich.

Erstaunt sah der Fahrer mich an. »Sind Sie sicher? Ich dachte, Sie wollten hinauf zum Genesungsheim.«

»Nein, hier ist es genau richtig!«

Voller Vorfreude drückte ich Lius Gartenpforte auf. Langsam führte ich Maman um die zweite Mauer herum und blieb stehen.

Die Bäumchen, die bei meinem letzten Besuch nichts als kleine knorrige Zweige gezeigt hatten, trugen jetzt ein weiß glänzendes Kleid. Wie Wattebäusche saß die Blütenpracht auf den dünnen Stämmen und verströmte einen lieblichen, frischen Duft.

Der Frühling hatte Einzug gehalten und den lang andauernden Winter endlich abgelöst.

»Was ist das mit diesem Weg?«, fragte Tante Mirelle

hinter mir. »Hat jemand deiner armen Freundin einen Streich gespielt, als er angelegt wurde?«

»Ganz und gar nicht. Er soll die Geister fernhalten. Deshalb gibt es die zweite Mauer hinter dem Eingangstor. Geister können sich wohl nicht um Ecken bewegen.«

Tante nickte nachdenklich. »Die Chinesen sind ein intelligentes Volk. Ich mag sie!«

Das Gezwitscher unzähliger Vögel begleitete uns, während wir auf das Haus zusteuerten. Hinter den Papierfenstern nahm ich eine Bewegung wahr und hörte einen Ruf, und schon kam uns Xianying entgegengelaufen. Ihre schwarzen Zöpfe flogen im Wind, und als sie mit strahlenden Augen bei uns ankam, begrüßte sie mich und Tante Mirelle artig auf Chinesisch, griff nach Mamans Hand und zog sie hinter sich her.

»Langsam«, rief ich ihr nach, »slowly … Bitte!«

Doch Xianying hörte nicht auf mich. Maman allerdings schien keine Probleme zu haben, ihr zu folgen, weder stolperte sie noch wirkten ihre Schritte unsicher.

Ich bat Tante, mit Maman und Xianying hier zu warten, und ging zum Haus. Lius Lächeln empfing mich wie ein Sonnenstrahl, und ich war so unendlich froh, sie wiederzusehen, dass ich sie am liebsten umarmt hätte.

Wir verbeugten uns voreinander.

»Liu, kannst du mir helfen?«

Sie sah mich aufmerksam und so liebevoll an, dass ich neuen Mut schöpfte.

»Mā«, sagte ich und zeigte nach draußen. Jianfang hatte mir beigebracht, auf Chinesisch »Mutter« zu sagen. »Shēngbìng.«

Ich fragte mich, ob sie verstehen würde, dass Maman krank war.

Liu nickte nachdenklich und sagte dann: »Speak English better?«

Ich hatte zwar ein bisschen Chinesisch gelernt in den letzten Wochen, doch Englisch ging deutlich besser.

Ich zeigte auf meine Ohren und sagte: »Deaf.«

Liu nickte. Ich hatte ihr ja schon erzählt, dass Maman nichts hörte.

Dann deutete ich auf mein Herz: »Deaf here, too.«

Wieder nickte Liu.

»Can you help? You come to Tsingtau? Live with us?«

Ich war so nervös, dass ich die Worte kaum über die Lippen brachte. Was ich da von Liu verlangte, kam einem Opfer gleich. Sie und Xianying waren hier zu Hause, und allem Anschein nach lebten sie ein zufriedenes Leben. Was sollte Liu in der Stadt anfangen, noch dazu in einer Stadt, in der sie sich – zumindest wenn ich den Gerüchten meiner früheren Pflegerin Glauben schenkte – kaum wohlfühlen würde?

Schließlich wiegte sie ihren Kopf. »We wait. Okay?«

»Okay«, flüsterte ich dankbar. Sie hatte immerhin nicht sofort verneint. Ich durfte noch hoffen.

Sie führte uns in den hinteren Teil des Gartens, wo wir uns auf einem Stein niederließen. Die Sonne schien in unsere Gesichter, und eine leichte Brise strich durch unser Haar und durch die Gräser. Pollen taumelten durch die Luft, als wären sie betrunken.

Ob es daran lag, dass ich zum ersten Mal seit langer Zeit wieder mit Maman draußen war, wusste ich nicht, doch ich hörte die Geräusche deutlicher als sonst. Das Brummen der Hummeln, das Summen der Bienen und Wespen, den Wind, der Zweige und Blätter rascheln ließ.

Wie traurig es war, dass Maman all das nicht hören

konnte! Sie hatte mir einmal gesagt, dass sie lieber blind wäre als taub. Ohne ihr Gehör fühlte sie sich wie abgeschnitten vom Rest der Welt, und auch ihr Sehsinn eröffnete ihr keinen Zugang dazu. Lieber würde sie mein Gesicht ertasten müssen, als meine Stimme nicht mehr hören zu können. Ob Freude oder Trauer, all meine Gefühle hätte sie früher darin erkannt. Eine Mimik jedoch konnte immer vorgespielt sein, ein Gesichtsausdruck aufgesetzt.

Maman strich mit geschlossenen Augen über die Oberfläche des Steins, auf dem wir saßen. Dann öffnete sie die Augen wieder, zupfte die Handschuhe von ihren Fingern und versuchte es erneut. Und da huschte auf einmal ein Lächeln über ihr Gesicht, so flüchtig, dass es kaum zu erahnen war.

Ich konnte kaum glauben, was ich sah. Auch Tante wirkte ebenso überrascht wie glücklich, Tränen liefen über ihre Wangen. Als ich wieder zu Maman blickte, fühlte ich mich mit einem Schlag ganz leicht. So als sei ich endlich frei von allen Vorhaltungen Maman gegenüber, die ich mir bis jetzt nicht eingestanden hatte. Maman litt, und sie durfte leiden. Es war ihr gutes Recht.

Wir aßen schweigend, Maman wie ein Vögelchen, doch besonders die im Ofen geschmorten Enteneier mit Spinat schienen ihr zu schmecken. Tante Mirelle hatte meine Erwartungen noch übertroffen. Das Kaninchenfleisch zerging auf der Zunge, die Pastete war saftig, ihre Süße und Würze perfekt ausbalanciert. Xianying probierte mit begeisterter Neugierde die fremdländischen Speisen. Auch Liu nahm einen Bissen, doch nachdem sie ein auffällig tapferes Gesicht aufgesetzt hatte, nahm ich ihren Teller wieder an mich. Mit einem dankbaren Lächeln sah sie mich an, dann nickte sie und sagte: »We try.«

Ich presste ihre Hand, zog sie aber schnell wieder zurück, weil ich fürchtete, es könne ihr unangenehm sein.

»Sie kommt mit«, flüsterte ich Tante Mirelle ins Ohr, die einen Jauchzer tat und sich strahlend eine weitere Portion auf den Teller häufte.

Plötzlich berührte Maman meine Schulter. Mit einem kaum erkennbaren Lächeln zeigte sie auf ihren Schoß. Ich sah sie an, rollte mich zusammen und legte meine Wange auf den kratzigen Stoff ihres Mantels, den sie unter ihrem Pelz getragen hatte. Der lag nun neben uns wie ein schlafender Eisbär. Sanft strich Maman mir eine Locke hinter das Ohr, und zum ersten Mal seit einer Ewigkeit fühlte ich mich sorglos und leicht.

Das Glück kam nie mit einem Paukenschlag. Ebenso leise, wie es heranschlich, war es wieder fort. Doch in diesem Augenblick erlebte ich es, das Glück. Ich spürte es, bevor der nächste Windstoß es davonwehte.

Der Rauch von Beifuß

Artemisia vulgaris

Herber, würziger Duft,
mit Noten von Campher
Bei Anspannung, innerer Kälte
Wirkung:
ausgleichend, wärmend, klärend

»Nein!«, rief er hinter mir, »nein! Nicht so!«

Irritiert drehte ich mich zu Doktor Weng um und hielt den fingergroßen Stumpen in die Höhe, aus dem ein schwacher Dampf aufstieg.

»Aber Sie sagten doch auf die Schulter.«

»Auf die Schulter, ja«, er nickte, dass sein dunkles Haar flog, »aber am richtigen Punkt. Nicht einfach in die Mitte, bitte schön!«

Ich hatte nicht in die Mitte bohren wollen, trotzdem nickte ich entschuldigend. Es fiel mir schwer, meine Nervosität im Zaum zu halten. Nicht nur kniete ich über einem jungen Mann mit entblößtem Oberkörper – der zwar aus Pappe war, aber dabei ziemlich lebensecht wirkte –, sondern es hatte sich hinter mir zudem eine Schar Schaulustiger versammelt, die immer wieder in wildes Kichern ausbrach, wenn ich etwas falsch machte. Und das kam häufig vor.

Es war mein zweiter Morgen, den ich bei Doktor Weng verbrachte, der, wenn ich es richtig verstanden hatte, kein

Doktor im mir bekannten Sinn war. Vielleicht würde man ihn im Deutschen als Heilkundigen bezeichnen. Fest jedenfalls stand, dass er aus Kranken Gesunde machte, in Tapautau höchste Anerkennung genoss und als einer der ersten Chinesen in Deutschland studiert hatte. Von der westlichen Medizin benutzte er seitdem nur noch die Theorie, praktisch setzte er auf die chinesische. Ich wusste so gut wie nichts über diese, nur so viel, dass sie sich von der westlichen stark unterschied. So operierte man hier zum Beispiel gar nicht. Stattdessen wurden in riesigen Kesseln Tinkturen und Tees zusammengebraut, was den dunklen Raum, in dem Doktor Wengs Apotheke untergebracht war, an eine Hexenküche erinnern ließ.

Liu hatte mich zu Doktor Weng gebracht. Für ihn hatte sie dort oben in den Bergen gearbeitet, Wurzeln gesucht, Blüten und Rinden. Er war der Einzige in Tapautau, mit dem sie sich unterhielt. Es war nicht nur ein Gerücht gewesen: Liu fühlte sich im chinesischen Teil Tsingtaus offensichtlich alles andere als wohl. Ihre Landsleute grüßte sie mit einem knappen Kopfnicken, doch nachdem sie mich bei Doktor Weng abgeliefert hatte, war sie umgehend wieder zurück ins europäische Viertel gegangen, zurück zu Maman, der es langsam, aber stetig besser zu gehen schien.

Liu und Xianying vermochten Mamans Augen glitzern zu lassen, und einmal hatte ich sie sogar lachen gehört. Dunkel und rau hatte das geklungen und wunderschön.

»Versuch es noch einmal«, sagte Doktor Weng. Erneut zog sich ein leises Kichern durch die Reihe der Anwesenden, als ich mein glimmendes Hilfsmittel ansetzte. Diesmal traf ich den Punkt, allerdings kam ich der Puppe zu nahe.

Die Stelle fing Feuer, und ein glühender orangefarbener Kreis fraß sich gemächlich in die Puppe hinein.

»O nein!«, rief ich, »das tut mir leid!«

»Nicht so schlimm«, sagte Doktor Weng, spuckte gelassen darauf und lächelte.

Ich dagegen kämpfte gegen die aufsteigenden Tränen an. Bisher hatte ich in allem, was ich ausprobiert hatte, kläglich versagt. Bei der Massage mit einem Porzellanlöffel war ich zu sanft vorgegangen. Lächelnd hatte Doktor Weng den Kopf geschüttelt und es mir an sich selbst vorgeführt. Fassungslos beobachtete ich, wie sich rote Striemen auf seinem Oberarm abzeichneten. Ich würde Maman so etwas sicher nicht antun! Doch ohne Striemen – so hatte er gesagt – keine Besserung. Ebenso unbeholfen war ich mit den Nadeln umgegangen, nach denen ich neugierig gegriffen hatte. Die hatte er mir jedoch mit freundlichem Nicken sofort wieder abgenommen.

»Nur nach Ausbildung. Sie dauert viele Jahre.«

Immerhin konnte ich ihn dazu überreden, mich die Kunst der Moxibution zu lehren, sie mir zumindest zu zeigen, wenngleich ich ernsthaft bezweifelte, diese Fertigkeit je auszuüben. Allein die Vorstellung von Papas Gesichtsausdruck, wenn ich ihm eröffnen würde, Maman mit einer Zigarre aus brennendem Beifuß zu behandeln …

»Genug für heute?«, fragte Doktor Weng, und ich nickte dankbar. Tante Mirelle, die in einem Café in der Friedrichstraße auf mich wartete, hatte mittlerweile sicher ausreichend Kuchen verspeist.

Der Doktor und ich verabschiedeten uns mit einer Verbeugung, und im Pulk der neugierigen Zuschauer verließ ich seine Apotheke und bog nach rechts in die Schantungstraße ein.

Chinesische Männer hatten sich zur Mittagspause hier draußen versammelt und aßen oder rauchten. Ein paar von ihnen blickten mich milde interessiert an, die meisten aber nahmen keinerlei Notiz von mir.

Die Häuser waren niedriger, viele mit chinesischen Schriftzeichen versehen, aber auch mit deutschsprachigen Reklameschildern, und sie waren ebenso mit roten Dachziegeln bedeckt wie die Gebäude im Rest der Stadt. Eigentlich gab es kaum Unterschiede zwischen dem chinesischen und dem europäischen Teil. Und doch hatte ich niemanden aus meiner Familie überreden können, mich hierher zu begleiten. Nur Maman war angeblich schon hier gewesen. Zu welchem Zweck, das wusste ich immer noch nicht ...

Bald ging die Schantung- in die Friedrichstraße über. Hier wurden die Häuser höher, waren stuckverziert und mit Balkonen geschmückt, und manche verfügten über kleine Vorgärten wie etwa die Familie Mellenbeck, hinter deren Zaun Dutzende Weckgläser zum Auskühlen standen. Frau Mellenbeck befand sich mit ihrer Nachbarin in einem absurd erscheinenden Wettstreit darüber, wer mehr einkochen konnte.

Plötzlich begann ich zu zittern und ging langsamer. Die blau lackierte Haustür in der Seitenstraße ein paar Meter entfernt von mir sah einladend aus. Auf dem Messingschild daneben stand in großen Buchstaben: »Dr. phil. Paul Mölln, Dolmetscher«.

Die Prinz-Heinrich-Straße hatte ich gemieden, seit ich erfahren hatte, dass Paul hier lebte. Doch ich hatte nicht gewusst, dass er ein Eckhaus zur Friedrichstraße hinaus bewohnte. Wann hatte er sein Examen gemacht, und wann hatte er fließend Chinesisch sprechen gelernt?

Wo war er all die Jahre geblieben, wenn nicht nur in meinem Herzen? Es war seltsam zu erkennen, dass er sein eigenes Leben lebte, eines, das mit meinem nichts mehr zu tun hatte. Liebte er jemanden? Und wenn ja, liebte er sie so sehr, wie er mich geliebt hatte? Irritiert spürte ich etwas Warmes meine Wange hinunterrinnen. In diesem Moment überkam mich eine schmerzliche Sehnsucht nach Elisabeth, die mir nur die Hand auf die Schulter zu legen brauchte, um mich zu beruhigen. Doch ich wusste nach wie vor nicht, wo sie sich aufhielt.

Abgestandene Luft und Pfeifenrauch empfingen mich in dem Café, das aus allen Nähten zu platzen schien. Laut war es, stickig und warm. Jeder Stuhl war besetzt. Das Gebäck – Schwarzwälder Kirschtorte, Baumkuchen, Frankfurter Kranz und diverse Sahnetorten mit Likörfüllung, für die Tante besonders brannte – galt als das beste Tsingtaus. Es war nicht schwer gewesen, Tante Mirelle dazu zu überreden, hier auf mich zu warten. Ich entdeckte sie an einem Ecktisch hinter dem Tresen, eingekeilt zwischen zwei Damen, die über ihren Kopf hinweg lautstark den Hut der jeweils anderen bewunderten.

Tantes Gesicht hellte sich auf, als sie mich sah.

»Selma, ma chère, endlich! Komm, hilf mir aus dem Stuhl, mir ist ein bisschen übel!«

Ihre Frisur war kaum mehr zu erahnen, Dutzende nachtschwarze Strähnen waren aus ihrem Dutt gefallen, der perlenbestickte Kragen ihres Kleides stand offen. Sie war blass und wirkte ziemlich … nun, dérangée.

»Deine Schwester ist übrigens auch gerade hereingekommen, ich will dich nur warnen. Ihr versteht euch momentan ja nicht so gut.«

Das war untertrieben.

Nach unserem Ausflug zu Liu und Xianying hatte ich Adele auf Wilhelms Brief angesprochen. Sie war erbleicht, jedoch nicht, wie sich herausstellte, aus Scham darüber, ertappt worden zu sein. Ihre Stimme war schlagartig eiskalt geworden, ebenso wie ihre Miene. Sie hatte die Augen zusammengekniffen und gefragt: »Das glaubst du von mir? Dass ich einen Brief an dich verschwinden lasse? Warum, Selma? Warum sollte ich so etwas tun? Etwa aus Eifersucht?«

Sie hatte nicht weiter ausführen müssen, wie albern das war. Niemand käme je auf die Idee, Adele könnte ausgerechnet mir etwas neiden!

Über den Inhalt des Briefes hatte sie nichts wissen wollen. Sie hatte auch von mir gar nichts mehr wissen wollen und behandelte mich seitdem wie eine Fremde.

»Hinter dem dünnen Herrn dort, Chérie. Siehst du ihn? Celui qui se déplume? Wie sagt man, der sein Haar verliert? Von hinten sieht er aus wie ein alter Mann.«

Ich reckte den Hals und erspähte ihn und meine Schwester, die mit ihrem kunstfertig aufgesteckten Haar und dem wunderschönen weinroten Kleid wieder einmal umwerfend aussah.

»Ich werde ihr Guten Tag sagen, Tante, dann gehen wir, ja?«

Tante Mirelle verzog das Gesicht. »Dann reich mir wenigstens die Zeitung, sei so gut, Chérie. Ich schaffe es nicht, mich da durchzudrängeln.«

Nach mehreren Anläufen gelang es mir, mich bis zu den über dem Tresen hängenden Zeitungen vorzuarbeiten. Mit den *Tsingtauer Neuesten Nachrichten* unter dem Arm machte ich mich auf den beschwerlichen Rückweg, blieb an mehreren Stuhlbeinen hängen und trat einer Dame auf den Rock, wofür ich mich wortreich entschuldigte. Endlich war ich wieder bei Tante, die missbilligend auf den Titel starrte.

»Es gab nichts Französisches?«

»Natürlich nicht«, japste ich. »Tante, wir sind hier doch nicht in Shanghai oder Hongkong.«

»Bon«, murmelte sie zwischen zusammengepressten Lippen. »Nun gib schon her.«

Ich drängte mich in die Richtung der Fenster und stupste Adele in die Seite. »Hallo.«

Schwungvoll drehte sie sich um. Das Lächeln auf ihren Lippen erstarb, als sie mich sah. »Selma.«

Ich hielt ihrem Begleiter meine Hand hin. Er stellte sich mit einem Namen vor, der mir irgendwie bekannt vorkam. Bei welcher Gelegenheit hatte ich schon einmal den Namen Constantin Gödecke gehört? Er war groß und schlaksig und hatte einen auffällig langen Kopf mit großen, bis zu den Schläfen reichenden Augen, was ihm Ähnlichkeit mit einem melancholischen Pferd verlieh.

»Sie sind also Adeles Schwester«, sagte er so leise, dass ich mich vorbeugen musste, um ihn in all dem Stimmengewirr zu verstehen. »Ich freue mich, Ihre Bekanntschaft zu machen. Man hat mir viel von Ihnen erzählt.«

»Danke«, sagte ich erfreut. Vielleicht war Adele ja doch nicht mehr böse auf mich. »Sind Sie seit Längerem miteinander bekannt?«

»Seit geraumer Zeit«, sagte er, schien aber nicht willens, präziser zu werden. »Adele hat kürzlich für die Rolle der Cristina vorgesprochen. Und ich muss sagen, es gibt wohl keine, die diese heldenhafte Frau besser verkörpern könnte als Ihre Schwester.«

»Heißt das, du spielst in einem Stück?«, wandte ich

mich an Adele, die vergeblich versuchte, kühl an mir vorbeizustarren. Tatsächlich glühten ihre Wangen, und ich sah, dass sie vor Stolz beinahe platzte.

»Herzlichen Glückwunsch!«, sagte ich.

»Es ist die Hauptrolle«, antwortete sie bemüht gleichgültig.

»Das ist ja wunderbar, Adele! Wann soll das Stück aufgeführt werden?«

Herr Gödecke hob an, mir zu antworten, als ein Lächeln über sein sonst ernstes Gesicht huschte.

»Julius!«, rief er aus. »Hallo, hier sind wir!«

Ich erstarrte. Natürlich, Adele hatte den Namen Constantin Gödecke erwähnt. Er war ein Freund von Julius Myngius. Ob sich womöglich auch Paul in dieser Gaststätte befand? Ich wagte kaum, mich umzudrehen, und versuchte, so ruhig und gleichmäßig wie möglich zu atmen, während ich einen Schritt zur Seite trat und mich verstohlen umsah. Von Paul keine Spur. Doch auch von Elisabeth nicht, wie ich enttäuscht feststellte.

Julius steuerte auf uns zu. Sein ebenmäßiges Gesicht war sonnengebräunt, was seinen hellblauen Augen noch mehr Ausdruck verlieh. Er trug – heute in Zivil – einen hellen Leinenanzug, dessen viele Falten einen interessanten Kontrast zu seinem makellosen, glatten Gesicht bildeten. Zahlreiche Blicke folgten ihm, und die Gespräche wurden leiser, wenn er vorüberging. Zwei Damen brachen in verlegenes Kichern aus, als er mit dem Arm ihre Köpfe streifte und sich mit einer formvollendeten Verbeugung entschuldigte. Selbst dabei ähnelte er einer Marmorstatue.

»Ich bin mir nicht sicher, ob deine Freundin mit ihm den Hauptgewinn gezogen hat«, raunte Adele mir zu.

»Wie meinst du das?«, flüsterte ich zurück. Dann fiel mir ein, wie sonderbar sich Herr Myngius bei unserer ersten Begegnung verhalten hatte. Weder Adele noch ich hatten es jemals wieder erwähnt, wahrscheinlich wollten wir es beide vergessen.

Nach einer knappen Begrüßung erkundigte ich mich nach Elisabeth.

»Sie braucht Ruhe«, erklärte Herr Myngius. Während er mit mir sprach, ließ er Adele keinen Moment aus den Augen. »Wir sind erst heute Morgen zurückgekehrt. Sie befindet sich im Haus ihres Paten.«

Ich verhaspelte mich mehrmals, als ich ihn bat, ihr meine Grüße auszurichten.

Staksig, als hätten meine Beine sich plötzlich in Stelzen verwandelt, ging ich zu Tante zurück und legte meine Hand auf ihre Schulter. Doch sie erhob sich nicht wie erwartet erleichtert, sie sah nicht einmal auf, sondern starrte wie gebannt auf die Zeitung. Seit wann interessierte sie sich so für die Nachrichten aus dieser Region?

»Wollen wir gehen, Tante? Du kannst zu Hause weiterlesen, Vater hat die Zeitung ja abonniert.«

Langsam hob sie ihren Kopf, ihre Haut wirkte noch bleicher als sonst, das Haar schwärzer, und ihre dunklen Augen waren weit aufgerissen.

»Chérie«, sagte sie heiser, »hier steht etwas über deine Schwester.«

»Tante, du musst dich verlesen haben. Oder geht es vielleicht schon um das Theaterstück?«

Tante schüttelte den Kopf und antwortete: »Nein. Oder doch, auf gewisse Weise. Aber es wird Adele kaum erfreuen.«

Ich sah zu meiner Schwester hinüber, deren Gesicht ein

einziges Strahlen war. Tante reichte mir die Zeitung und sah mich verschwörerisch an.

»Das muss unser Geheimnis bleiben, Chérie.«

»Wenn es in der Zeitung steht, ist es kein Geheimnis, Tante.«

»Aus der Kolonie« stand da in großen Lettern, darunter las ich:

Zweifelhafter Ausflug endet in Zwickmühle. Ein geschätztes Mitglied der deutschen Gemeinde Tsingtaus musste für einen Spaß mit blauen Flecken bezahlen. In der Nacht auf den achten April schien es dem Marinegefreiten Constantin Gödecke ein dringliches Anliegen zu sein, von der Kuppel des Observatoriums aus über unsere schöne Stadt zu blicken. Er überredete seine reizende Begleiterin Adele Wallenstein, Tochter des Leiters der Kajenverwaltung Lothar Wallenstein, dazu, ihn bei seinem wahnwitzigen Unterfangen zu begleiten. Ihr voraus, brach Herr Gödecke die Tür auf, blieb allerdings bei seinem Versuch, durch diese hindurchzutreten, stecken und wurde von einem Reporter unserer Zeitung, der sich zufällig in der Nähe aufhielt, befreit. Der deutschen Wertarbeit sei Dank: Immerhin dürfte es kaum Nachahmer für solcherlei Verrücktheiten geben.

»Um Himmels willen!«, murmelte ich.

»Dass du es ja nicht auf Gott schiebst«, zischte Tante, deren Wangen jetzt von roten Flecken übersät waren. Sie hatte sich die Speisekarte geschnappt und fächelte sich Luft zu, blieb jedoch immer wieder an den Kleidern der umsitzenden Damen hängen, die uns missbilligende Blicke zuwarfen.

»In der Nacht auf den achten. Das war der Abend vor unserem Picknick bei Liu, weißt du noch, Tante? Als Adele nicht nach Hause kam.«

Tante nickte, und ihre Miene verfinsterte sich weiter.

»Sie hat also gar nicht bei Anneliese geschlafen.«

»Natürlich nicht«, spuckte Mirelle mehr, als dass sie es sagte. »Dieses Mädchen weißt mein Haar.«

»Hm?«, fragte ich verständnislos.

»Ich werde über Nacht weiß werden wie ein Einhorn, wenn sie so weitermacht.«

»Wir müssen sofort nach Hause.«

»Quoi?«

»Bitte, Tante. Wir müssen Vaters Zeitung verschwinden lassen. Aber was, wenn er Jianfang schickt, eine neue zu kaufen? Falls er heute früher als gewöhnlich nach Hause kommt, noch bevor die Ausgabe von morgen geliefert wird, stecken wir in der Klemme.«

»Wir entfernen den Artikel, c'est simple.«

Ich sah sie skeptisch an.

»Die *Tsingtauer Neuesten Nachrichten* bestehen aus zwölf, höchstens dreizehn Seiten, davon ist die Hälfte Werbung. Glaubst du nicht, es wird ihm auffallen, wenn da etwas herausgeschnitten ist? Oder vier Seiten fehlen?«

Sie zuckte mit den Schultern. »Wir können auch abwarten und beten.«

»Lieber nicht. Schwesterchen!«, rief ich über die Köpfe hinweg. »Liebes, würdest du uns bitte begleiten?«

Meine Schwester riss die Augen auf, als sie mich hörte, und versuchte, mich durch diskretes Handwedeln und Kopfschütteln loszuwerden. Doch ich gab nicht nach und rief ihr so lange Kosenamen zu, bis sie sich mit feuerroten Wangen auf uns zubewegte.

»Was soll das? Kannst du mich nicht wenigstens Adele nennen, statt mit Liebes und Schätzchen um dich zu werfen?«

»Wenn du das gelesen hast, wirst du verstehen, warum ich auf die Nennung deines Vornamens verzichtet habe«, flüsterte ich und hielt ihr die Zeitung hin.

Kurze Zeit später standen wir drei auf der Straße. Mein Mantel hatte eine seltsame Ausbuchtung, da ich die Zeitung nicht von ihrem Stock hatte lösen können und das unförmige Gebilde damit nach draußen geschmuggelt hatte.

»Was jetzt?«, fragte Adele kläglich. Sie wagte weder Tante noch mich anzusehen.

»Erst einmal werden wir die Zeitung los.«

Ich lief ihnen voraus auf das Hafenbecken zu, in dem das graugelbe Wasser friedlich gegen die Außenreede schwappte. So unauffällig wie möglich nestelte ich den Zeitungsstock samt Zeitung unter meinem Mantel hervor. Glücklicherweise war es heute Morgen kühl gewesen, sonst hätte ich mir nur eine dünne Jacke übergeworfen. Dann jedoch hätte der Stock oben und unten herausgeguckt, ich hätte das Ganze womöglich unter meinem Rock herausbringen müssen.

Mit halblautem Platschen landeten die *Tsingtauer Neuesten Nachrichten* im Wasser.

»Ich hätte die Zeitung vorher eintauchen sollen«, sagte ich leise zu mir selber, »dann würde sie jetzt schneller untergehen.«

»Sie geht überhaupt nicht unter!«, rief Adele. Ihre Stimme hatte einen bangen Ton angenommen. »Selma, was tun wir jetzt?«

»Es wird sie schon niemand wieder herausfischen, so wertvoll ist sie schließlich nicht.« Doch ich kniff mir vor Aufregung in die Handflächen, während ich der Zeitung dabei zusah, wie sie träge über die Wellen schaukelte. Irgendwann hatte sie sich ausreichend vollgesogen und verschwand, stockvorwärts, in den Fluten.

Erleichtert sahen Tante Mirelle, Adele und ich einander an.

»Papa«, sagte ich.

Stumm drehten wir uns um und liefen los, drei Frauen, von denen eine klein und breit und dunkel gewandet war, mit einer unendlich erscheinenden Menge nachtschwarzen Haars, die zweite in dunkelrotem Samt, der ihren mahagonifarbenen Locken noch mehr Glanz verlieh, und schließlich ich, schlicht gekleidet wie eine Lehrerin auf dem Weg ins Klassenzimmer mit meiner weißen Bluse und dem schmal geschnittenen grauen Rock. Meine Schwester und meine Tante zogen bewundernde und verwunderte Blicke auf sich, während mir glücklicherweise niemand Beachtung schenkte. Es war doch angenehm, so unsichtbar zu sein, nicht nur nachts.

Zu unser aller Glück hatte Papa den gestrigen Abend im Klubhaus verbracht. Die heutige Ausgabe der Zeitung, die immer schon zur Nacht ausgeliefert wurde, konnte er also nicht gelesen haben, außer bei der Arbeit. Wo ihm natürlich auch schon jemand davon erzählt haben konnte. Tsingtau war zu klein, um derlei unter den Teppich zu kehren. Meine Schwester war mit vollem Namen genannt worden, ebenso wie Vater, der so stolz auf seine Stellung war und der vom Gouverneur seit Neuestem mit Handschlag begrüßt wurde. Dem aus Vertrauen in seine

Dienste ein Haus ganz in der Nähe der Gouverneursresidenz zugeteilt worden war. Wie hoch standen die Chancen, dass niemand den Artikel las, niemand aus meiner Familie, aber auch niemand aus Tsingtau? Es war wohl besser, nicht weiter darüber nachzudenken.

Kaum waren wir am Gouvernementsgebäude vorbeigehastet, in dem unser nichtsahnender Papa seiner Arbeit nachging, wurde Tante langsamer. Eine Hand auf der Brust, die andere an einen Laternenmast gestützt, ächzte sie:

»Mes filles, ich kann nicht weiter. Lauft vor und rettet, was zu retten ist.«

Keuchend erreichten Adele und ich unsere Gartenpforte, im selben Moment wurde die Haustür von innen geöffnet, und wir sahen Vaters hellen Schopf. Seine Wangen waren voller roter Flecken, so viel ließ sich von hier erkennen, und auch sein Hals war gerötet.

»Adele«, sagte er leise, doch das konnte nicht darüber hinwegtäuschen, dass er vor Wut zitterte.

»Papa!«, rief Adele. »Ich habe nichts getan, ich war bloß ....«

Sie klappte ihren Mund wieder zu und starrte zu Boden.

»Ins Haus«, sagte er, immer noch so gefasst, dass es gespenstisch war.

»Papa ...«

»Du wirst den Ball des Gouverneurs nicht besuchen, Kind. Du bleibst zu Hause, die nächsten Tage, die nächsten Wochen, ach, lass es gleich die nächsten Jahre sein!«

Adele brach in Tränen aus und stürzte laut schluchzend an ihm vorbei ins Haus.

Vater trat vor mich und starrte mich mit eisigem Blick an. »Dasselbe gilt für dich, Selma. Ich habe euch nicht nach China reisen lassen, damit ihr hier tut und lasst, was euch gefällt. Ihr benehmt euch wie Backfische. Aber lass dir eines gesagt sein, wir sind hier nicht in Berlin. Ihr seid Gast in meinem Haus, und von nun an tut ihr, was ich euch sage. Draußen wird man euch nicht mehr sehen, hast du mich verstanden?«

Er legte eine Pause ein, um Luft zu holen.

»Papa, das kann nicht dein Ernst sein. Gast? Hast du uns gerade Gäste genannt?«

Sein Blick ließ mich frösteln. Nie hatte ich Papa so kalt erlebt, es war, als wäre der Winter in ihn eingezogen und füllte ihn vom Kopf bis zu den Füßen aus.

»Pst, ma fille, jetzt nicht«, flüsterte Tante Mirelle, die keuchend neben mir angekommen war und nach meiner Hand griff. »Lass uns schauen, wie es deiner Maman geht.«

»Eine gute Idee«, sagte Vater. »Genau das solltet ihr tun. Denn als ich ihr die Zeitung zeigte, schien sie nicht eben fröhlich zu sein!«

Tante gab ein erschrockenes Ächzen von sich. Widerstrebend folgte ich ihr die Treppen hinauf und drängte mich an Vater vorbei, dessen Gesicht eine Zufriedenheit widerspiegelte, die mich irritierte.

In Mamans Zimmer waren die Vorhänge zugezogen, und ein bitterer Geruch hing in der Luft. Liu saß am Fußende des Bettes, Xianying neben ihr. Maman lag blass und mit geschlossenen Augen da. Sie atmete leise und viel zu schnell.

»Fieber«, sagte Liu und schüttelte besorgt den Kopf. »Es ist sehr hoch. Kam sehr plötzlich.«

Ich ballte verzweifelt meine Hände zu Fäusten. »Was kann ich tun?«

Wieder schüttelte sie den Kopf. »Nichts. Warten.«

Und so warteten wir. Wir warteten vier Tage und Nächte, und über dem Haus lag eine Schwere, die alles niederzudrücken schien. Vater ging nur auf Zehenspitzen umher, nervös vor sich hinmurmelnd, blieb abends jedoch immer länger im Klub und verließ unser Haus schon wieder kurz nach Tagesanbruch.

Heimlich schickte ich Jianfang nach Doktor Weng. Auch der schüttelte den Kopf. »Warten. Kühlen. Wieder warten.«

Ich tränkte Tücher in Essigwasser und legte sie Maman auf die Stirn, machte Wickel, umlegte ihr Kissen mit den zart duftenden Blüten der Pfingstrose, von denen die ersten in unserem Garten blühten. Um Vaters Verbot scherte ich mich nicht, doch wollte ich nur so kurz wie möglich vom Haus fortbleiben, immer mit der bohrenden Angst im Herzen, einen Schrei des Entsetzens von Liu oder Tante Mirelle zu vernehmen.

Doch er blieb aus, glücklicherweise. Die Einzige, die fortwährend weinte, war Adele. Schluchzend schleppte sie sich morgens ins Bad, mittags in den Salon und abends in ihr Bett. Zwischendurch erkundigte sie sich voller Sorge nach Mamans Befinden, traute sich aber nicht in Mamans Zimmer.

»Warum nicht?«, fragte ich sie am Abend des fünften Tages. Maman war dünn wie ein Skelett geworden, und ihre Haut fühlte sich so fein und staubig an wie Asche.

»Ich kann sie nicht ansehen, ich kann es einfach nicht. Und du hilfst ihr doch, Selma. Was sollte ich schon tun?«

Ich legte ihr meine Hand auf die Schulter, und sie drückte sie so fest, dass es schmerzte.

»In drei Tagen ist Ostern«, flüsterte sie.

Und eine Woche später der Ball. Doch davon sprach sie nicht.

Während des Karfreitagsgottesdienstes hielt Adele sich ein Taschentuch vor den Mund und versuchte, so wenige Schluchzer wie möglich nach außen dringen zu lassen. Die Christuskirche fasste mehr als 500 Menschen und war bis auf den letzten Platz belegt. Beinahe, denn Tante betete so laut und inbrünstig auf Französisch, dass sich die Reihen vor und hinter uns geleert hatten. Tante schien noch nicht bemerkt zu haben, dass wir uns in einer evangelischen Kirche befanden. Vielleicht war es ihr ausnahmsweise auch egal, denn wo genau sie für Maman betete, war ja unwichtig. Ich war ihr dankbar, dass sie im Gebet auch meine Sorge und meine stummen Bitten in Worte fasste. Ich selbst hatte das Beten verlernt, zumindest wollten sich in meinem Kopf keine klaren Worte formulieren, die ich in Richtung Himmel hätte schicken können.

Heute Morgen schien es Maman besser zu gehen, und Liu hatte uns ermutigt, den Gottesdienst zu besuchen, doch fürchtete ich, dass das Fieber so schnell wieder steigen könnte, wie es in der Nacht gefallen war.

Als ich mich umwandte, sah ich jemanden an der Kirchentür stehen. Es war Papa. Im ersten Moment glaubte ich, er wollte uns zurück nach Hause beordern. Doch er beachtete uns nicht, sondern stand nur da, die Augen geschlossen, und etwas glitzerte auf seinem Gesicht. Doch bevor ich erkennen konnte, was es war, hatte er sich schon umgedreht und war wieder hinausgeschlüpft.

»Wie geht es Maman?«, lauteten meine ersten Worte, als wir den Salon betraten. Der süßliche Dampf aus Papas

Pfeife lag in der Luft. Er ließ die Zeitung sinken. Sein Ausdruck war zwar etwas weicher, doch mir kam es immer noch so vor, als würde er eine Maske tragen, seit er Deutschland verlassen hatte.

»Sie hat es überstanden.«

»Sagt der Arzt?«

»Sagt der Arzt. Und der gesunde Menschenverstand.«

Vor Erleichterung wurde mir schwindelig.

»Was für ein Glück!«, rief ich aus.

»Ein Glück, das sie sicher nicht euch zu verdanken hat.«

»Dir aber auch nicht«, sagte ich leise. »Hast du ihr unbedingt den Artikel über Adele zeigen müssen?«

Er legte seine Zeitung weg und musterte mich mit leicht in den Nacken gelegtem Kopf und verschlossener Miene. Ich kniff die Augen zusammen und widerstand der Versuchung, meine Arme vor der Brust zu verschränken.

»Adele wird den Ball besuchen!«, sagte ich und war meiner Stimme dankbar, dass sie fest klang.

»Wird sie das?«, fragte er kühl zurück.

So warmherzig und freundlich war er einst gewesen. Er hatte fast geweint, als ich mir als Kind den Arm gebrochen hatte. Nun konnte ich nichts davon mehr in ihm entdecken. Er schien nur noch aus einer Hülle zu bestehen.

»Du kannst uns hier nicht ewig festhalten, Papa.«

Wie unbeteiligt drehte und wendete er seine Pfeife und klopfte mit seinem schmalen Zeigefinger darauf.

»Maman ist unglücklich, siehst du das nicht? Sie leidet unendlich an diesem Platz der Welt.«

»Und warum, glaubst du, ist sie so unglücklich?« Seine Stimme war derart schneidend, dass ich zusammenzuckte. »Glaubst du nicht, dass auch du deinen Teil dazu beigetragen hast, Selma?«

Verzweiflung und Zorn loderten in mir auf, doch bevor ich etwas erwidern konnte, sprach er weiter: »Aber siehst du, da hast du tatsächlich etwas Intelligentes gesagt. Maman mag unglücklich sein, im Moment. Aber ich werde sie glücklich machen. Wir gehen gemeinsam zu dem Ball. Alle vier. Das wird ein Fest.«

»Du machst Scherze, Papa. Maman kann unmöglich den Ball des Gouverneurs besuchen! Ihr Fieber ist gerade erst gesunken, und sie ist alles andere als stabil.«

»Sie kann den Ball besuchen, glaube mir. Was sollte schon passieren? Du darfst dich nicht von Angst beherrschen lassen, Kind. Wir sind eine gute Familie, eine gesunde, zufriedene und stolze Familie. Warum sollten wir uns der Welt nicht zeigen?«

Der Duft einer Nacht

Jasminum officinale

Fruchtig-grünes, zugleich liebliches,
reiches Aroma
Bei Zorn, Verzweiflung, Furcht
Wirkung:
anregend, befreiend, öffnet das Herz

Zornig warf ich die Haarbürste zu Boden und starrte düster mein Spiegelbild an.

In ein paar Stunden würde der Ball beginnen. Wir würden Maman, deren Temperatur glücklicherweise stabil geblieben war, in das Haus des Gouverneurs zerren. Und was dann? Würde sie sich zu einer Musik, die sie nicht hörte, übers Parkett wirbeln lassen? Verzweifelt versuchen, Konversation zu machen, und vor Anstrengung kaum mehr blinzeln können? Wie konnte Vater nur so kaltherzig sein! Was gewann er, außer dass unser Ansehen, das ihm doch plötzlich so wichtig schien, nicht weiter beschädigt wurde? Die gesamte Gesellschaft würde Maman anmerken, wie sehr sie litt. Glaubte er, dafür einen Orden zu erhalten?

Ich fuhr durch mein verkokelt riechendes Haar. Adele, die heute kaum stillsitzen konnte, hatte sich mit einer Brennschere daran versucht, bis ich sie höflich aus meinem Zimmer komplimentiert hatte. Sie war bestimmt ebenso verzweifelt wie ich, doch sie hatte wirklich eine sehr eigene Art, das zu verstecken.

Es klopfte an meiner Tür.

»Selma, bist du so w…«

Adele vervollständigte ihre Frage nicht, sondern zog ihre wunderschön geschwungenen Augenbrauen zu einem Strich zusammen, schloss die Tür hinter sich und betrachtete mich mit verschränkten Armen.

»So willst du gehen?«

Ich zuckte mit den Schultern. »Ich besitze kein anderes Ballkleid.«

»Das ist kein Ballkleid. Nun, vielleicht war es eines vor zehn Jahren. Aber heute wirkt es einfach nur, entschuldige, albern.«

Tatsächlich hatte ich es vor Jahren das letzte Mal getragen. Damals hatte es mir noch gepasst, doch heute sah es so aus, als wäre ich hineingefallen und kurz davor, darin zu ertrinken.

Adele schüttelte den Kopf. »Es besteht ja förmlich nur aus Rüschen!«

Ich zuckte wieder mit den Schultern. »Aber du siehst hübsch aus. Reicht das nicht?«

Sie blendete mich fast mit ihrer Schönheit. Ihr champagnerfarbenes Kleid fiel schmal hinunter bis zu den Knöcheln, die Taille wurde durch eine Schärpe betont, darüber verhüllten mehrere Lagen aus golden gesprenkeltem Tüll einen tiefen Ausschnitt.

»Selma, das kann dir doch nicht vollkommen gleichgültig sein!« Ungläubig sah sie mich an, seufzte dann und schüttelte den Kopf. »Ich werde mich darum kümmern. Sitz du einfach hier und warte. Und zeige dich ja niemandem in dieser, dieser … Sahnetorte, ja? Ich werde meine Freundinnen bemühen. Da findet sich sicher etwas für dich.«

Ohne mich noch einmal anzusehen, rauschte sie davon. Kaum hatte sich die Tür hinter ihr geschlossen, klopfte es erneut, und Liu trat ein. Ihr Blick war so sorgenvoll, dass sich alles in mir zusammenkrampfte.

»Ist etwas passiert?«

Sie trat hinter mich und legte mir ihre Hände auf die Schultern.

»Nichts, nein.« Sie nahm mein Haar zusammen und strich vorsichtig mit den Fingern hindurch.

»Ihr habt Probleme, ja?«, fragte sie leise. Ihr Deutsch war in den wenigen Wochen, die sie und Xianying nun bei uns lebten, erstaunlich gut geworden. Mein Chinesisch dagegen kümmerte nach wie vor bemitleidenswert vor sich hin.

»Du und dein Vater?«

Ich ließ den Kopf hängen, trotzdem gelang mir ein Nicken.

»Schon immer?«

»Das ist es ja«, antwortete ich leise. »Früher war es anders. Früher war er anders. Immer besorgt, in seinen Augen stand nie etwas anderes. Er war bemüht, uns das Leben so angenehm wie möglich zu gestalten. Damit hatte er alle Hände voll zu tun. Nun ist nichts mehr davon übrig. Und ich scheine ein rotes Tuch für ihn zu sein.«

Weiter strich sie durch mein Haar. Ich spürte, wie alles in mir weich wurde. Das war nicht gut. Schon wollten mir die Tränen kommen.

»Nun still«, sagte sie.

Ich hörte, dass sie etwas auf den Tisch stellte. Ein leises Klacken. Dann spürte ich ihre Fingerspitzen, die sanft meine Kopfhaut berührten, und dachte an unsere erste Begegnung im Lauschan-Gebirge zurück. An die Düfte, mit denen sie mich verzaubert hatte, an den Schneesturm, an Xianyings reglosen Körper in meinen Armen, mein Erwachen in der dunklen Kälte des Genesungsheims, an meine Träume, in denen ich Pauls Stimme hörte.

»Fertig«, flüsterte Liu.

Gedankenverloren blickte ich in den Spiegel. Jemand, der mir nicht besonders ähnlich sah, guckte daraus zurück.

»Liu, was hast du gemacht? Hab vielen Dank.«

Meine sonst so wilden Locken schmiegten sich in weichen dunklen Wellen um mein Gesicht und waren im Nacken zu einem lockeren Dutt zusammengefasst. Eine Vielzahl fünfblättriger heller Blüten leuchtete darin wie Sterne am Nachthimmel.

»Jasmin«, sagte sie. »Der Duft von Liebe. Dein Duft.«

»Selma, du siehst wunderschön aus!«, hörte ich hinter mir eine Stimme.

Ich sprang auf und wirbelte herum.

»Elisabeth!«

Sie war es wirklich! Sie war schmal geworden, und ihr Gesicht war noch blasser als bei unserer letzten Begegnung vor zwei Monaten. Ich schloss sie fest in die Arme und drückte meine Wange an ihre Schulter. Am liebsten hätte ich sie nie wieder losgelassen, doch irgendwann hob sie vorsichtig mein Kinn an.

»Bist du wohlauf?«, fragte sie, legte ihren Kopf schräg und sah mich prüfend an.

Sie wirkte mitgenommen. Ihre Augen strahlten nicht wie früher, und ein trauriger, gar nicht zu ihr passender Schleier schien über ihnen zu liegen.

»Mir geht es gut, aber was ist mit dir?«, fragte ich. »Julius sagte nur, du seist erschöpft. Was ist geschehen? Warum hast du mir nicht geschrieben?«

»Sei mir nicht böse, Selma. Es war … Nun, unsere Reise war beschwerlicher, als ich angenommen hatte. Aber nun lass mich dich ansehen. Wunderschön bist du! Die Herren werden sich darum reißen, dich zum Tanz zu bitten. Ich bin gespannt, ob dir passt, was ich dir mitgebracht habe.«

Sie drehte sich um und griff nach ihrer Tasche, die neben der Tür stand. Liu verabschiedete sich mit einer Verbeugung. Im nächsten Moment hielt Elisabeth mir mit einem schwachen Lächeln ein Kleid aus nachtschwarz schimmernder Seide entgegen.

»Mein Pate, Paul, du kennst ihn ja«, sie stockte verlegen und fuhr dann fort: »Er hat es mir gekauft. Lange vor meiner Ankunft. Er hat sich in der Größe geirrt. Möchtest du es …« Sie zögerte und sah mich nun direkt an, »vielleicht anprobieren? Oder wäre dir das unangenehm?«

Ich war mir nicht sicher, ob ich geatmet hatte, während sie sprach. Ihre Wangen waren nun von einer feinen Röte überzogen. Sie kam näher und strich über meine Wange.

»Schöne Freundin, ich möchte nicht, dass etwas zwischen uns steht. Erst recht nicht etwas, wofür keine von uns beiden etwas kann.«

»Ich auch nicht«, flüsterte ich.

»Nun zieh das Kleid an. Bitte. Tu es für mich.«

Zögernd strich ich über die Robe, die kühl und schimmernd durch meine Hände glitt, als ich sie berührte. Die hauchdünne weiße Spitze, die über der nachtdunklen Seide lag, knisterte verheißungsvoll. Dennoch hoffte ich, es würde nicht passen. Paul hatte es gekauft. Er hatte es für Elisabeth gekauft, sein Patenkind. Nicht für mich.

Nachdem ich sehr langsam Knopf um Knopf geschlossen hatte, bis ich beim letzten angekommen war, sah ich auf. Elisabeth strahlte vor Freude und wischte sich eine

Träne aus dem Augenwinkel. Sie lachte heiser und sagte: »Du siehst aus wie aus einem Traum gefallen, Selma.«

»Ich … ziehe es wieder aus.«

»Nein!« Sie hielt meine Hand zurück, die schon den ersten Knopf öffnete. »Lass es an. Bitte. Lass es an. Wenn du es trägst, ist es so, als wäre ich ein bisschen du und du ein bisschen ich. Klingt das sehr albern?«

Gerührt schüttelte ich den Kopf. »Gar nicht.«

Hoch wölbte sich die Decke in der Empfangshalle des Gouverneurs, und ein Kronleuchter hüllte den Raum in goldenen Glanz. Auch der dunkle Holzboden und die getäfelten Wände glänzten frisch gewachst und verliehen dem Saal trotz seiner Größe eine behagliche Atmosphäre. Ein livrierter Herr führte uns in den Ballsaal, in dem sich schon die ersten Paare im Takt drehten. Vater hatte den kurzen Weg hierher stumm zurückgelegt, wie schon zuvor mit einer zugleich ausdruckslosen und hochmütigen Miene.

Als ich Elisabeth kurz vor unserem Aufbruch zur Tür gebracht hatte, hatte er sich schwungvoll umgedreht, und für einen kurzen Moment hatte ich meinen alten Papa in ihm wiedererkannt, das Aufflackern von Stolz, als er mich angesehen hatte. Doch gleich war sein Ausdruck wieder starr geworden.

Maman würde zu Hause bleiben, teilte er mir tonlos mit. Er, Adele und ich müssten jetzt gehen.

Das Orchester setzte zu einer Gavotte an, und noch bevor Adele ihren zweiten Handschuh abgestreift hatte, forderte ein junger Mann sie zum Tanz auf. Vater und ich blieben zurück, und ich spürte die Spannung zwischen uns, als könnte man sie mit Händen greifen. Doch ich war ihm dankbar. Er hatte seinen Stolz bezwungen, schien mir. Er schonte Maman, statt mir seine Macht über uns alle ein weiteres Mal zu demonstrieren.

Selbstvergessen schwebte Adele über die Tanzfläche und verbreitete eine fröhliche Sorglosigkeit. Auch den nächsten Tanz vergab sie mit einem charmanten Lächeln, einen weiteren und noch einen.

»Madame«, sagte da jemand dicht neben meinem Ohr, und ich zuckte zusammen. »Dürfte ich bitten?«

Der Herr verbeugte sich so tief, dass ich zunächst nur auf seinen schimmernd kahlen Kopf sah. Als er sich aufrichtete, erkannte ich Frau Mellenbecks Gatten. Froh darüber, Vaters Nähe zu entkommen, nahm ich an. Adele zwinkerte mir zu, als ich an ihr vorbeitanzte. Ich willigte auch in den nächsten Tanz ein, obwohl Herr Mellenbeck so stark aus dem Mund roch, dass mir übel wurde. Aber ich wollte nicht zu Vater zurück, der am Rand der Tanzfläche stand und nach wie vor sauertöpfisch dreinschaute.

Das Orchester wechselte zu einer Polka. Herr Mellenbeck und ich galoppierten mehr, als dass wir tanzten.

»Ich bin kein guter Tänzer, wenn das Tempo zunimmt«, keuchte er, nachdem die letzten Takte verklungen waren. »Sosehr es mir leidtut, ich brauche eine Pause.«

Ich begleitete ihn zu seinem Tisch, begrüßte seine Gattin, die schon im zweiten Nebensatz erwähnte, dass sie drei Dutzend Einmachgläser vor ihrer Nachbarin läge und vorhätte, ihren Vorsprung weiter auszubauen. Vater hatte seinen Standort an einen Tisch im hintersten Eck verlegt, wo er mit einer Gruppe von Herren in Uniform plauderte. Ich dankte Herrn Mellenbeck für den Tanz, was ihn ungläubig blinzeln ließ, und bahnte mir einen Weg durch die tanzenden und herumstehenden Herrschaften. Die Musik und das Gelächter verebbten, als die Türen hinter mir zufielen. Meine Absätze klackerten, als ich die Treppe hinunterlief. Ich wusste nicht, wohin ich wollte, ich wusste nur, dass ich mich nach Stille sehnte und danach, in den frühen Morgenstunden unterwegs zu sein, mit dem Mond als einzigem Zeugen.

Der junge Mann unten beim Eingang stieß die schwere Tür für mich auf.

Ein betörend sommerlicher Duft flirrte durch die Luft und vermischte sich mit dem der Jasminblüten in meinem Haar. Eine weitere Treppe führte mich hinunter bis zu einer Mauer, die angenehm warm unter meinen Händen war. Ich beugte mich so weit vor, dass nur noch meine Zehenspitzen den Boden berührten.

»Sachte, sachte«, hörte ich plötzlich jemanden sagen. Ich wirbelte herum und sah aus einer dunklen Ecke einen orangefarbenen Punkt aufglimmen. Da stand jemand und rauchte. Ich kniff die Augen zusammen, konnte jedoch nicht erkennen, wer es war.

»Fräulein Wallenstein!«

Eine hochgewachsene Gestalt löste sich aus dem Schatten.

»Herr Gödecke! Sie sind auch hier?«

»Nun, nicht wirklich.«

Er kam auf mich zu und sah mich durchdringend an.

»Sie sehen, ich stehe draußen und halte mich nicht in der Residenz auf.« Er lächelte, strich sich mit seinen langen, schlanken Fingern über die Stirn und legte den Kopf zur Seite. Wieder erinnerte er mich an ein melancholisches Pferd, und plötzlich empfand ich Mitleid mit ihm.

»Was tun Sie hier, Herr Gödecke?«

»Keine Bange, ich spioniere Ihnen und Ihrer Schwester nicht nach.« Er berührte mich leicht am Arm. »Sie sehen wunderschön aus. Sie machen Ihrer Schwester Konkurrenz.«

Ich wich einen Schritt zurück.

»Sie sollten hineingehen«, sagte er frostig. »Es könnte gefährlich werden für eine so hübsche kleine Dame wie Sie. Sie wollen doch sicher nicht, dass die Zeitung auch über Sie schreibt.«

»Machen Sie sich keine Sorgen um mich, Herr Gödecke, ich komme sehr gut allein zurecht.«

Von der Treppe her hörte ich plaudernde Gäste, die näher kamen.

Mit einem Satz war Herr Gödecke wieder in der Dunkelheit verschwunden. Ich drehte mich um und lief zum Eingang. Wieso hatte ich mich überhaupt auf ein Gespräch mit ihm eingelassen? Er war ein unangenehmer Mensch. Adele hatte wirklich ein schlechtes Händchen dafür, sich ihre Regisseure auszusuchen.

Die prunkvolle Eingangshalle mit ihrer Standuhr, den Ölgemälden und dem kleinen Sitzensemble bot mir wenig Platz, mich vor Vater zu verstecken. Verhaltenes Reden war von drinnen vernehmbar, und dann kamen die ersten Tangotakte. Ich hörte begeistertes Lachen, aber auch missbilligende Zwischenrufe derjenigen, denen der Tanz offenbar zu frivol war. Hinter einer doppelflügeligen Tür schepperte es. Dort musste sich der Küchentrakt befinden.

Im Gegensatz zu den festlichen Räumen, die ich bisher gesehen hatte, war dieses Areal nur sparsam möbliert. Eine Haarsträhne fiel mir ins Gesicht, und mit Bedauern stellte ich fest, dass sich ein paar von Lius Blüten in der Spitze meines Kleides verfangen hatten.

Aus der Küche kam ein schwer bepackter junger Mann. Er wandte mir den Rücken zu, stellte seine Last auf dem Boden ab und machte sich an der Außentür zu schaffen. Sein schwarzes Haar glänzte im matten Licht der Wandbeleuchtung. Als er mich hörte, fuhr er herum.

Ich erstarrte. »Jianfang, was tun Sie denn hier?«

»Misses«, flüsterte er bestürzt, »ich …«

Weiter kam er nicht, denn jemand steckte seinen Kopf durch den offenen Hintereingang.

»Was ist jetzt?«

Betreten blickte Jianfang von Herrn Gödecke zu mir. Ich betrachtete verwirrt die Kiste auf dem Fußboden, aus der mehrere Flaschenhälse ragten.

»Gehen Sie, Herr Gödecke, bitte.«

»Aber …« Wütend sah Herr Gödecke mich an, zuckte mit den Schultern, zündete sich eine Zigarette an und wandte sich ab. Ich hörte ihn noch »diese vermaledeite Familie« sagen, dann war er wieder weg.

»Arbeiten Sie hier?«

Jianfang nickte, ohne mich anzusehen. Er war bleich, und sein Gesicht wirkte sehr schmal.

»Auch noch bei weiteren Herrschaften?«

»Manchmal«, sagte er. »Aber ich mag bei Ihnen arbeiten.«

»Doch Sie benötigen mehr Lohn?«

Seit ich Adele an meinem ersten Tag in Tsingtau diesbezüglich über den Mund gefahren war, hatte sie das Wort »Squeeze« nicht mehr erwähnt. Doch zwischen meinem Vater und Jianfang herrschte beileibe keine gute Stimmung, zumindest seitens Papa, der den Boy seine Abneigung deutlich spüren ließ.

»Ja. Nein. Nein.«

»Ich werde mit Vater reden. Wir gelangen sicher zu einer Einigung.«

»Bitte, Misses, nicht!« Er sah mich beschwörend an. »Nicht!«

»Was wollte Herr Gödecke von Ihnen? Sollten Sie ihm die Flaschen etwa umsonst beschaffen?«

Er zuckte mit den Schultern und nickte gleichzeitig.

»Bringen Sie die jetzt erst einmal zurück. Wenn Sie jemand aus dem Haus des Gouverneurs bei so etwas erwischt, wird man dafür sorgen, dass Vater Sie nicht weiter beschäftigt.«

Er nickte wieder, ohne mich anzusehen.

»Könnten Sie mir ein Glas Wasser bringen, Jianfang? Ich habe schrecklichen Durst.«

Die Kiste geschultert, verschwand er hinter der Küchentür. Nachdem ich sichergestellt hatte, dass von Herrn Gödecke keine Spur mehr zu sehen war, verschloss ich die Außenpforte. Kurz danach kehrte Jianfang mit einem Glas zurück.

»Bitte, Misses.« Er blickte betreten zu Boden.

»Ich verrate nichts, keine Bange. Wissen Sie zufällig, wo sich im Haus die Bibliothek befindet? Ich hätte so gern ein wenig Ruhe.«

Er schüttelte den Kopf. »Nein, Entschuldigung.«

»Trotzdem danke.«

Während ich wieder auf die Empfangshalle zuging, nahm ich mir vor, mir die Haushaltsbücher anzusehen. Wenn Jianfang außer den sieben Tagen pro Woche, die er bei uns arbeitete, auch noch nachts tätig war, konnte der Lohn nur beschämend niedrig angesetzt sein. Tat Papa das aus Animosität gegenüber Jianfang? Ließ er sich in dieser Hinsicht womöglich von seinen Gefühlen leiten?

Und warum mochte er den jungen Mann eigentlich nicht? Was hatte Jianfang ihm getan?

Ich legte die Hand auf die Klinke, und ein goldener Lichtstrahl fiel aus der Eingangshalle in den Korridor. In dem Augenblick wurde hinter mir eine Tür geräuschvoll geschlossen. Ich hörte einen unterdrückten Aufschrei und einen dumpfen Knall, wirbelte herum und lief den schmalen Flur zurück wieder auf die Hintertür zu.

Draußen empfing mich die Dunkelheit des Gouvernementhügels, doch aus den Fenstern der Residenz fiel Licht auf den schmalen Pfad, der um das Haus herum führte. Die Blätter der Bäume raschelten leise. Ich wandte dem Hügel den Rücken zu und schlich um das Gebäude herum. Hier herrschten Finsternis und eine undurchdringliche Stille. Leise ging ich weiter, doch auch an der Seite, die den Blick auf den Diederichsberg freigab, war nichts. Kopfschüttelnd lief ich die Stufen zum Haupteingang hinauf. Der Diener sah mich irritiert an. Schon wieder das Fräulein mit der aufgelösten Frisur, schien er zu denken, das die Halle doch gerade erst betreten hatte …

»Guten Abend«, sagte ich, weil mir nichts Besseres einfiel.

Da hörte ich wieder ein Rumpeln unterhalb von uns, dann einen erstickten Laut. Das Kleid geschürzt, lief ich die Treppe hinab, knickte um, verlor beide Schuhe, spürte die Kälte der Steintreppe unter meinen Fußsohlen und die kleinen Kiesel, die sich im Stoff meiner Strümpfe verfingen. Im Schatten des Granitfelsens und im matten Schein der Gaslaternen sah ich zwei Männer, der eine groß und hager mit hochgezogenen Schultern, einen Arm erhoben. In der Hand hielt er einen Gürtel.

»Herr Gödecke!«

»Fräulein Wallenstein«, sagte er, ohne sich umzudrehen. »Schön, dass Sie mal wieder zur rechten Zeit am rechten Ort sind.« Er ließ den Gürtel sinken.

»Gehen Sie«, sagte ich zu Jianfang, der sich bleich die Hose hochzog und mich schamerfüllt anstarrte. »Gehen Sie wieder an Ihre Arbeit.«

Constantin Gödecke wandte mir immer noch den Rücken zu. Ich trat auf ihn zu und zischte: »Tun Sie das ja nie wieder!«

»Ihr Fräulein Schwester erzählte mir bereits, welch wohltätiger Charakter Ihnen eigen ist. Das muss anstrengend sein, für Adele, aber mehr noch für Sie.«

Nach wie vor sah ich nur seinen langen Rücken mit den schmalen, nach vorn gebogenen Schultern.

»Aber retten Sie nur weiter alle Menschen in Ihrer Umgebung«, fuhr er fort. »Eine wunderbare Vorgehensweise, wenn man sich davor scheut, die eigenen Wünsche und Sehnsüchte zu betrachten, nicht wahr?«

»Ach, seien Sie doch still!«

Ich wandte mich zum Gehen und rief über die Schulter: »Haben Sie noch eine gute Nacht, Herr Gödecke!«

Kaum hatte ich das letzte Wort gesprochen, nahm ich hinter mir eine Bewegung wahr und spürte einen Ruck, der durch meinen ganzen Körper ging. Mein Kopf wurde zurückgerissen und mein Rücken bog sich nach hinten. Ich versuchte mich zu befreien, doch Constantin Gödecke hielt mein Haar fest um seine Faust gewickelt. Ich keuchte vor Schmerz.

»Und auch Sie, liebes Fräulein Wallenstein, haben Sie eine gute Nacht«, raunte er in mein Ohr. Es klang wie eine Drohung.

»Lassen Sie mich los«, presste ich hervor.

»He!«, ertönte in diesem Moment eine Männerstimme, die ich gut kannte. »He Sie, was tun Sie da?«

»Halt dich da raus!«, rief Constantin. »Meine Frau braucht hin und wieder einen Klaps auf ihren Allerwertesten.«

Doch er gab mein Haar frei und tat einen Schritt zurück. Ich bückte mich und griff nach dem Erstbesten, was herumlag. Mit einem Stein, größer als meine Faust, richtete ich mich auf und holte aus.

»Selma, nein!«

Paul war so schnell bei mir, dass ich Constantins Stirn um mehr als eine Armlänge verfehlte. Er hielt meine Hand fest in seiner und bog sie ein wenig nach unten.

»Tu das nicht.«

Als ich mich umsah, war Constantin Gödecke verschwunden. Wütend starrte ich Paul an, doch binnen Sekunden war mein Zorn verraucht.

»Paul«, sagte ich, um Fassung ringend. Immer noch war er mir so nah, dass ich die feinen Falten erkennen konnte, die sich über die Jahre in sein Gesicht gearbeitet hatten. Seine Lippen waren schmaler geworden, aber ihr fröhlicher, entschlossener Schwung war noch da.

»Paul«, wiederholte ich und kam mir dabei dumm vor.

Seine Stimme war wie ein Streicheln, als er »Guten Abend« sagte und zögernd die Hand ausstreckte, um etwas von meiner Schulter zu pflücken. »Bist du in einen Blütenregen gekommen?«

Eine dunkle Locke fiel in seine Stirn. Ich widerstand dem Impuls, sie wegzustreichen. Stattdessen drehte ich mich abrupt um und ging los.

Warum verwirrte mich sein Anblick immer noch so sehr?

»Selma? Deine Schuhe. Willst du sie nicht mitnehmen?«

Widerstrebend machte ich kehrt.

Da stand Paul und sah mich an, als könnte er bis auf den Grund meiner Seele blicken wie in einen kristallklaren See. Ich tat unsicher einen Schritt zurück und stolperte. Schon war er neben mir und berührte meinen Ellbogen mit den Fingerspitzen. Es reichte, um mich zu stabilisieren, aber auch, um mein Herz so heftig klopfen zu lassen, dass es schmerzte. Ich senkte den Blick und starrte auf meine ehemals weißen Strümpfe, die nun schwarz waren vor Dreck.

Nebeneinander gingen wir die Treppe hinauf. Er blieb stehen, sammelte meine Schuhe auf und reichte sie mir, dabei strich wieder die Kuppe seines Zeigefingers über meinen Ellenbogen, doch diesmal war er es, der zurückzuckte und sich abwandte.

Der Diener ließ uns ohne ein Wort hinein.

»Hier entlang«, sagte Paul leise und führte mich am Küchenkorridor vorbei zu einer schmalen, halb versteckten Tür. Er tastete nach dem Lichtschalter, anscheinend vergeblich, denn wenig später flammte ein Streichholz auf, und ein Kandelaber hüllte den gemütlich wirkenden Raum in warmes flackerndes Licht.

»Die Bibliothek«, murmelte ich. Wohin hätte mich Paul auch sonst führen sollen als an den Ort, an den ich mich gewünscht hatte?

Eine Leseecke, nur aus einem Ohrensessel und einem niedrigen Tisch bestehend, wurde von Regalen flankiert. Diese jedoch waren nur spärlich mit Büchern gefüllt.

»Eher das Vorzimmer der Bibliothek«, sagte Paul. »Wenn ich den Gouverneur richtig verstanden habe, sammelt er hier die Bücher, die er schon gelesen hat. Tausende

Bücher im Lesesaal warten noch darauf, seine Lektüre zu werden.«

Ich lächelte matt und ließ mich in den Sessel sinken. In der Dunkelheit hörte ich das knarrende Geräusch, mit dem ein Korken aus dem Flaschenhals gezogen wurde. Paul stellte zwei Gläser auf dem Tisch ab, in denen eine rotgoldene Flüssigkeit schimmerte. Dann kniete er sich vor den Kamin und entfachte ein Feuer.

Sein grau-braun karierter Anzug war schmal geschnitten, aus festem Tweed, anders als die helle, lockere, sportlich wirkende Bekleidung, die momentan Mode war. Auch war er einer der wenigen Männer in Tsingtau, die keinen Schnurrbart trugen, dafür aber das Haar lang und nicht gescheitelt. Das wirkte, anders als die Musterkolonie insgesamt, angenehm unordentlich.

Während ich auf seinen Rücken starrte, über dem sich der Anzugstoff wölbte, überkam mich die Ungewissheit, wo, nein, wann wir uns momentan befanden. Er war mir so vertraut, als hätten die vergangenen neun Jahre nicht stattgefunden. Ich wusste noch genau, wie er roch: nach Tannennadeln, feuchter Erde und einem Hauch Zimt. Ich wusste genau, wie sich seine Haut anfühlte: weich, mit einem kleinen Widerstand, die zarte Partie unter den Augen, über die ich meinen Zeigefinger immer nur tupfend hatte wandern lassen, die hohen Wangenknochen, das Erbe der Familie Mölln, das ihr den Beinamen Zigeuner eingebracht hatte, die große Nase, die ich so oft geküsst hatte, ebenso wie seine wunderschönen Lippen.

Ich versuchte, wieder ins Hier und Jetzt zu gelangen. Doch die Erinnerung war so lebendig, als sei das alles erst gestern gewesen.

Die Flammen fraßen sich durch die unteren Holzscheite, es knisterte, und die trockene Wärme vertrieb den muffigen Geruch aus dem offenbar lange nicht mehr gelüfteten Raum.

»Wo warst du all die Jahre?«

Hatte ich das gerade wirklich gefragt? Ich riss die Augen auf.

»Entschuldige, Paul. Es geht mich nichts an.«

»Ich bin mir nicht sicher. Ob es dich etwas angeht, meine ich. Doch wenn du es wirklich wissen möchtest: hier. Und fast überall sonst auf der Welt.«

»Du hast das Reisen ja immer geliebt.«

»Ich war schon immer auf der Flucht, könnte man auch sagen. Und wie kann man wohl besser fliehen als darin, die Lehre des Herrn zu verbreiten?«

Ich brauchte eine Weile, bis ich es begriff.

»Du bist … Missionar?«

Ich beugte mich vor, ein heißer Schmerz fuhr mir durch den ganzen Körper, und mit verzerrtem Gesicht lehnte ich mich wieder zurück.

Paul stand auf. »Was ist mit dir?«

»Nichts … Es ist nichts.«

Er trat hinter mich, hob mein Haar an und strich sanft über meinen Nacken. Ich zuckte zusammen. Er durfte mich nicht so berühren! Das würde alles hervorholen, innerhalb weniger Sekunden, was ich über neun Jahre so mühevoll unter Verschluss gehalten hatte.

»Nicht, Paul. Bitte.«

»Er hat dir wehgetan.«

»Es ist schon gut, ich spüre gar nichts mehr. Erzähl mir lieber von dir und deiner heroischen Tätigkeit.«

Er blieb, wo er war, aber er hatte seine Hände zurückgezogen.

»Heroisch ist sie nun wirklich nicht.«

Seine Stimme ließ mich an Moos und Gebirgswasser denken, an kühlen Stein auf warmer Erde.

»Oder sagen wir es so. Der heroische Part reichte genau bis zum Ende unserer Reise. In dem Moment, als ich chinesischen Boden betrat, bin ich übergelaufen.«

Er lachte leise.

Wie hatte ich dieses Lachen vermisst, ein Lachen, das nie auf Kosten anderer ging, sondern, wenn überhaupt, auf seine eigenen.

»Ich habe also tatsächlich nie eine Seele missioniert, bis auf die des Bootsjungen vielleicht. Doch wenn ich es recht bedenke, war er wahrscheinlich schon vorher Christ und wollte mir nur einen Gefallen tun.«

»So wurde aus einem Bekehrer ein Bekehrter, bevor er überhaupt bekehren konnte?«

»Ich hatte Angst, du könntest sterben.«

Das war wie aus dem Nichts gekommen. Vorsichtig drehte ich mich um. »Wie bitte? Damals in Dahlwitz?«

»In Dahlwitz?« Verwirrt sah er mich an.

Sofort wurde mir klar, wie absurd meine Frage war. Alle Welt hatte gewusst, dass nicht ich, sondern meine Mutter bei dem Reitunfall verletzt worden war.

Doch wovon sprach er?

»Wann hätte ich sterben können?«

Er sagte nichts, sondern sah mich aus seinen schwarzen Augen an. Ich griff nach seiner Hand, doch er zog sie so ruckartig weg, dass ich erschrocken eine Entschuldigung stammelte.

Er hob die Schultern und schüttelte den Kopf, so als wollte er noch etwas erwidern. Doch er schwieg.

Schließlich sagte er: »Gehab dich wohl, Selma.«

Er verschwand im Dunkeln. Ich hörte, wie er noch sagte: »Das Kleid steht dir. Ich muss an dich gedacht haben, als ich es kaufte.«

Die Tür ging auf, Licht fiel herein, und mir war, als würde es plötzlich eiskalt, trotz der Wärme des noch immer glimmenden Feuers. Fröstelnd rieb ich meine Arme, nahm das Glas und trank den Whiskey in einem Zug aus. Ein Hustenanfall war die Folge, doch das Getränk wärmte mich.

Was hatte Paul damit gemeint? Wann hätte ich sterben können? In Shanghai? Das wäre doch Unsinn, ich war nur ohnmächtig, weiter nichts.

Ratlos starrte ich in mein leeres Whiskeyglas. Das Flackern der Kerzen spiegelte sich hundertfach in dem Kristall, es funkelte und flackerte wie in einem wirren Traum.

Dieser Jemand damals an meinem Bett im Mecklenburghaus – war er Traum oder Wirklichkeit gewesen? Dunkel erinnerte ich mich daran, wie sehnsüchtig seine Stimme geklungen hatte, liebevoll und fast beschwörend.

»Selma.«

Ich nahm das zweite Glas, das Paul nicht angerührt hatte. Diesmal trank ich in kleinen Schlucken. Der Whiskey brannte in meiner Kehle, und mir stiegen Tränen in die Augen.

Der geheime Garten

Hyacinthus

Süßer, blumiger Duft
Bei Apathie und Überanstrengung
Wirkung:
beruhigend, stimmungshebend

Die Serpentine zog sich endlos hinauf. Bald würden die ersten Sonnenstrahlen den Hang vergolden, und das Meer, ein schimmerndes Band tief unten, würde leuchten. Verschwitzt und erschöpft sah ich zurück auf den Weg, den ich schon gegangen war. Ich sollte umkehren. Doch auch wenn mein Atem zu schnell ging, so war das, worauf ich gehofft hatte, längst noch nicht eingetreten: wieder zur Ruhe zu kommen.

Drei Tage waren verstrichen seit jener Ballnacht im Haus des Gouverneurs. Pauls Worte hatten seitdem ein Eigenleben in meinem Kopf entwickelt. Sie waren zu einem ganzen Roman angeschwollen, und ich wusste kaum mehr, was er tatsächlich gesagt hatte und was ich hinzuerfunden hatte. War er bei mir im Mecklenburghaus gewesen, als er doch im Süden Chinas hätte weilen müssen? Hatte er meinen Namen geflüstert?

Endlich erspähte ich die Mauer, an der ich schon so viele Male vorbeigekommen war. Bisher hatte ich nicht herausfinden können, was sich dahinter verbarg. Wahrscheinlich ein verlassener Tempel, von denen es mittlerweile so viele hier gab. Meine Landsleute hatten die

Mönche aus ihren Stätten vertrieben und die Gebäude zu Schulen oder Kirchen umgestaltet. Als Tsingtau aufblühte, waren sie jedoch ins Tal gezogen, und seither verfielen die Anlagen hier oben.

Ich bog um eine Kurve und blieb wie angewurzelt stehen. Vor der Treppe, auf der ich häufig meine Funde sortiert hatte, standen mehrere Automobile. Männer sprachen gedämpft auf Chinesisch miteinander. Ich stellte mich auf die Zehenspitzen und sah zuerst das Glimmen einer Zigarette, dann einen schwarzen Schopf in der Dämmerung hinter einem der Gefährte, dann einen zweiten. Es hörte sich an, als würden die Männer würfeln.

Ein paar Meter weiter weg wuchs das, wofür ich hergekommen war. Doch es war unsinnig, auch nur daran zu denken, Doktor Weng heute die Triebe der Kermesbeere mitzubringen. Um diese Stunde war es viel zu gefährlich, als Frau allein unterwegs zu sein. Noch hatten die Männer mich nicht bemerkt, und so sollte es auch bleiben!

Als ich mich zum Gehen wandte, öffnete sich das mondförmige Tor, und ein Chinese in einem kunstvoll bestickten Anzug kam heraus. Es fiel mir schwer, mich von seinem Anblick loszureißen. Er trug einen Zopf, was allein ihn exotisch genug erscheinen ließ, denn seit der Revolution von 1911 trugen die Chinesen keinen Zopf mehr. Doch auch sein Gesicht fesselte mich. Es war ebenmäßig wie das einer Puppe und ebenso schön.

Ein Geräusch ließ mich zusammenzucken. Ich spitzte die Ohren. Es war Hufgetrappel, das immer näher kam und lauter wurde.

Die Männer blickten jetzt in meine Richtung, und einer von ihnen griff nach etwas, das in seinem Gürtel steckte. Nun doch ein wenig beunruhigt, drückte ich mich enger an den Fels. Vater hatte häufiger von einer Gruppe Banditen gesprochen, die in Nordchina unterwegs war. Wie hieß sie gleich? Silberne Wölfe? So oder so empfahl es sich kaum, ihr allein über den Weg zu laufen.

Das Klappern der Pferdehufe war inzwischen so nah, dass ich fürchtete, jeden Moment ein Schnauben in meinem Nacken zu spüren. Ich hatte Mühe, keinen Laut von mir zu geben. Einen Augenblick später stoben Reiter und Pferd an mir vorbei. Einen irrwitzigen Moment lang meinte ich, ihre Herzen klopfen zu hören, doch es konnte nur mein eigenes gewesen sein, das aus dem Takt geraten war.

Dann wurde es still.

Immer noch standen die Männer in angespannter Körperhaltung hinter den Automobilen. Der Chinese in dem bestickten Anzug war jetzt vorgetreten und begrüßte den Reiter mit einer Verbeugung.

»Xú!«

Auch der Reiter verneigte sich. Selbst im fahlen Morgenlicht schienen seine Augen zu leuchten. Sein dunkles Haar fiel ihm in widerspenstigen Wellen in die Stirn, auf der ich eine tiefe Kerbe oberhalb der scharf gebogenen Nase zu sehen glaubte.

Schlagartig wurde alles in mir ruhig. So wie damals, als ich ihn zum ersten Mal durch das Wohnzimmerfenster seiner Eltern gesehen hatte. Mir wurde warm, und nichts machte mir mehr Angst, nichts beunruhigte mich. Paul klopfte dem Mann in dem prächtigen Anzug auf die Schulter, und Arm in Arm stiegen sie die Stufen hinauf und verschwanden hinter dem Tor, gefolgt von den drei jungen chinesischen Wachen.

Nach einer Weile wurde ich mir meiner Umwelt wieder

gewahr. Das Zwitschern der Vögel, das Tosen der Wellen, die sich in der Tiefe an den Felsen brachen.

Schritt für Schritt wagte ich mich weiter vor, bis ich die Automobile beinahe hätte berühren können. Pauls Pferd wieherte, und ich erschrak. Doch dann schlich auch ich die Stufen hinauf.

Vor mir senkte sich das Gelände, um kurze Zeit später wieder anzusteigen. Neben dem Weg wuchsen üppige Gräser und Farne, durch die ein leiser Wind strich. An dem nächsten Hang stand ein aus Feldsteinen gebautes Haus, dessen Mauern über und über mit leuchtendem Blauregen bewachsen waren. Die Gruppe kleiner Bäume mit schmalen Stämmen vor dem Haus trug Blüten, die wie ein Meer aus Rosé schimmerten. Unter einem dieser Bäume saß Paul. Er hatte die Augen geschlossen und den Kopf gegen den Stamm gelehnt. Es sah aus, als wäre er ein Teil des Baumes, mit einem Umhang aus Blüten.

Ich hielt den Atem an. Etwas hob sich von meinem Herzen, leicht wie Gaze, doch dicht genug, um mich meine Liebe neun Jahre lang nicht spüren zu lassen. Ich legte meine Hand auf das Mauerwerk, die Wurzeln des Efeus, die bröselige Erde, hörte eine Biene summen und den Wind säuseln und fühlte mich wie in einem chinesischen Gedicht. In einem der Tempel des Lauschans wuchs eine Kamelie. Im Winter, hatte mir Liu erzählt, leuchteten ihre Blüten wie Blutstropfen im Schnee, ihren Stamm könnten nicht zwei Arme umfassen, und ihre Wurzeln wuchsen tief in das Erdreich hinein. So hatte ich mir den Baum der Liebenden vorgestellt, von dem Paul mir einst erzählt hatte. Wenn er blühte, kamen die Vögel von weit her und sangen für ihn. Ein Lied für die Liebenden, die Lebenden und die Toten.

Eine Tür wurde geöffnet. Ich schnappte ein paar chinesische Worte auf, und Paul erhob sich. Ich zuckte zusammen. Wenn ich mich jetzt rührte … Doch bevor ich mich bemerkbar machen konnte, verschwand er mit dem bezopften Mann in dem Feldsteinhaus.

Es war nach sieben, als ich in unser stilles Haus zurückkehrte. Im Bad lehnte ich mich über das Waschbecken. Mein Gesicht im Spiegel leuchtete, alles an mir schien zu glühen, und doch war mir, als bestünde ich aus nichts als Angst. Vielleicht war es die Erinnerung an damals, die mich irreführte. Meine Liebe zu ihm, seine zu mir. Sie konnte längst vergangen sein, ein Silberstreif am Horizont, der sich mit der Morgensonne auflöste.

Auf Zehenspitzen ging ich in Adeles Zimmer. Sie schrak auf, als ich mich an ihr Bett setzte.

»Du hast gefiebert«, sagte sie, nachdem sie mir mit zunehmend besorgter Miene gelauscht hatte. »Es würde mich nicht wundern, wenn du halluziniert hättest.«

»Aber was hat er gemeint, wenn er nicht im Mecklenburghaus war?«, fragte ich.

Adele sah mich an. Ihre Locken waren vom Schlaf zerdrückt, dort, wo das Haarnetz verrutscht war.

»Vielleicht hat er mich damals doch falsch verstanden. Wäre das nicht möglich?«, meinte sie schließlich.

Scham überkam mich, als ich daran zurückdachte. Ich hatte Adele geschickt, die Verlobung zu lösen. Nicht einmal das hatte ich fertiggebracht in meiner Trauer und in meinem Zorn auf mich selbst.

»Er könnte meine Worte falsch gedeutet haben«, fuhr sie fort. »Ich weiß nicht mehr genau, was ich ihm gesagt habe. Vielleicht habe ich mich unklar ausgedrückt, vielleicht habe ich gleichzeitig etwas von Mamans Sturz gestammelt und dann deinen Namen erwähnt.« Ihre Augen weiteten sich, während sie sprach. »Um Gottes willen, Selma, soll ich mit ihm sprechen?«

Ich schüttelte den Kopf und stand auf. Was hatte ich mir nur gedacht? Paul hatte von früher gesprochen, von was sonst?

»Komm, ich koche dir einen Kaffee, Liebes, ja?«

Adele sprang aus dem Bett, hüllte sich in einen Morgenmantel und war aus der Tür, bevor ich ihr hinterherrufen konnte, dass mir nach nichts zumute war. Doch sie kam schon wieder zurück. »Heute machen wir uns einen fabelhaften Tag, Selma. Ich entführe dich in das Strandhotel, zu heißer Schokolade und Kuchen und allem, wonach dir sonst noch der Sinn steht. Komm, zieh dich an, lass uns sofort gehen!«

Vor den Fenstern herrschte eine eigentümliche Stille. Es war, als stünden die Wolken an dem gelblich braunen Himmel still, kein Vogel sang, und nichts war zu hören bis auf das dumpfe Rauschen des Meeres. Seit zwei Tagen war ich nicht vor die Tür gekommen. Ich erwartete einen Sturm, denn danach sah es aus, doch es geschah nichts.

Ich seufzte und ließ mich wieder in meinen Sessel fallen. Adele schien sich in den Kopf gesetzt zu haben, mich zu mästen. In dieser Hinsicht konnte sie es glatt mit Doktor Westernhaus aufnehmen. Nun war mir übel, doch das war es nicht, was mich plagte. Vielmehr quälte mich dieselbe Mischung aus Leere und Unruhe, die ich im Mecklenburghaus empfunden hatte, bevor ich zu meinem ersten Spaziergang aufgebrochen war.

Mein Blick fiel auf einen Berg dunkler Seide. Jianfang

hatte das Kleid ausgelüftet und zusammengelegt. Ich hätte es längst zurückgeben sollen, selbst wenn es Elisabeth nicht passte. Vorsichtig nahm ich es auf. Immer noch hing der Duft des Jasmins darin.

Ich würde es Elisabeth bringen. Nur ein kurzer Besuch, denn zu sehr fürchtete ich, Paul dort zu begegnen. Doch wenigstens könnte ich meine liebe Freundin wiedersehen. Ob es ihr besser ging? Und was würde ich antworten, wenn sie mich nach meinem Befinden fragte? Nun, darüber konnte ich nachdenken, wenn es so weit war. Fürs Erste sollte ich zusehen, dass ich mir selbst entkam.

Der Knauf der Messingpforte war kühl unter meiner Hand, doch nicht einmal das konnte mich davon ablenken, dass ich zitterte. Mein Kiefer war so verkrampft, dass ich unsicher war, ob ich überhaupt ein Wort herausbringen würde. Doch bevor ich die Pforte aufschob, ließ ich meine Hand sinken. Ich konnte nicht. Immer sah ich Paul vor mir, wie er unter der Schneekirsche saß. Was sollte ich tun? Wieder durchs Fenster auf das Meer starren? Wieder essen, was Adele anschleppte? Mich wieder auf die Plaudereien mit ihr konzentrieren, die das Wichtigste ausklammerten?

Nein, ich würde das Kleid jetzt zurückbringen. Ich würde lächeln, als wäre ich bester Stimmung, ich würde tun, als wäre nichts passiert.

Der Kies knirschte unter meinen Schuhen. Ich klopfte, doch niemand öffnete mir. Ich klopfte nochmals, doch vergeblich.

In dem nach hinten gelegenen Garten, der durch Mauern von den umliegenden Höfen getrennt war, standen Palmen in Töpfen. Wie hingeworfen wuchsen Lerchensporn und Hyazinthen. Kein Weg führte zur Terrasse, die durch einen ausladenden Paravent vor neugierigen Blicken geschützt wurde. Meine Fußspitzen trafen auf die steinerne Veranda. Ich hob meinen Kopf. Elisabeth. In leuchtendem Kupfer fiel ihr Haar bis weit über die Schultern. Ein Arm lag darüber, eine Hand auf ihrem Kopf, ihr Gesicht verbarg sich in dem dunklen Stoff einer Anzugjacke. Der Stoff war dicht gewebt und von derselben Farbe wie der, den Paul drei Tage zuvor getragen hatte.

Ich dachte und fühlte nichts, während ich wie hypnotisiert dorthin starrte. Ich sah nur seine Hand, die über ihr Haar strich.

»Der babylonische Sturm!«, rief Tante. »Ich wusste, er würde kommen. Ich hatte ihn allerdings in Berlin erwartet!«

Sie stand halb hinter den Vorhängen des Salons verborgen, als fürchtete sie, der Sand könnte sich sonst auf sie stürzen.

Nichts spiegelte besser wider, wie es in mir aussah, als dieser wütende, alles zunichtemachende Sturm, der an- und wieder abschwellend Sand gegen die Fensterscheiben prasseln ließ und ihn in schmalen Böen durch den Kamin fegte. Er drang durch jede Ritze und jeden Spalt, obwohl wir mit feuchten Handtüchern dagegen ankämpften. Vater sagte, ein solcher Sturm sei nicht untypisch für diese Jahreszeit. Statt der vielen bunten Farben überall herrschte nun ein rötlich braunes Gelb. Die Luft war gelb, die Bäume waren gelb, die Dächer der Häuser und die Straße waren gelb. Nicht einmal das Meer konnten wir mehr sehen.

Wie von weit her hörte ich die Türklingel.

Tante rief mir etwas zu und stapfte, da ich nicht reagierte, in Richtung Flur.

»Bonjour!«, hörte ich sie brüllen.

»Guten Tag.«

War das Pauls Stimme? Jäh erwachte die Hoffnung in mir, so überwältigend, dass sie mir fast den Atem raubte. Wie töricht ich doch war! Ich hatte gesehen, was ich gesehen hatte. Ich hatte Elisabeth in seinen Armen gesehen. Und sooft ich mir auch einzureden versuchte, dass es sich bloß um eine väterliche Umarmung gehandelt hatte, wusste mein Herz es besser.

»Ist Selma zu sprechen?«

Er klang immer noch wie Paul. Ich presste meine Handflächen vors Gesicht. Würde es jetzt immer so sein? Würde jeder männliche Besucher klingen wie Paul?

»Et vous êtes qui, mein Herr?«, hörte ich Tante Mirelle fragen. »Kennen wir uns?«

»Paul Mölln. Wir waren einander einmal bekannt.«

Wieder legte sich Stille über mich. Es fühlte sich an, wie in die Tiefen eines Moores zu gleiten. Kühl war es hier und finster.

»Un moment, s'il vous plaît. Selma, komm her, du hast Besuch!«

Als ich in den Flur hinaustrat, arrangierte Tante wieder die Handtücher vor dem Spalt unterhalb der Haustür. Pauls Haar und seine Schultern waren mit Sand bedeckt. Sogar sein Gesicht sah gelb aus. Er wischte sich die Sandkörner aus den Wimpern und Augenbrauen und lächelte mich unsicher an. Mein Mund schaffte es nicht zurückzulächeln.

»Hallo, Paul«, sagte ich tonlos.

Mit einer absurd schwungvollen Geste lud ich ihn in

den Salon ein. Während er vor mir herging, nahm er den Schal ab, der seinen Mund und die Nase wohl vor dem Sturm geschützt hatte, und Unmengen an Sandkörnern rieselten zu Boden. Mit einem leisen Klicken schloss ich die Tür hinter mir. Obwohl erst Mittag war, schien es, als hätte die Dämmerung schon Einzug gehalten.

Ich blinzelte. Träumte ich vielleicht?

»Selma«, flüsterte er.

Ich ging näher auf ihn zu. »Da ist Sand in deinem Auge.«

Ein paar schimmernde Körner hingen noch immer in seinen Wimpern und Brauen.

»Selma …«

Ich wollte nicht, dass er sprach. Die Wahrheit, ja, sie würde ausgesprochen werden, kalt und unbarmherzig. Doch jetzt noch nicht. Mein Finger huschte über seine Lippen und strich seine Wangenknochen hinauf. So leicht, als wären es Federn, blies ich die Sandkörner fort.

Vielleicht war ich nur deshalb nach China gekommen. Für diesen Moment. Für einen Moment des Friedens.

»Elisabeth und ich werden heiraten.«

Es klang heiser und fremd. Er nahm meine Hand und drückte sie so fest, dass es schmerzte.

Aus dem Flur hörte ich Schritte, jemand riss die Tür auf, es war Adele, die etwas sagte, dann verstummte und neu ansetzte.

»Paul, du? Das ist ja eine Überraschung! Guten Tag. Möchtest du eine … Tasse Tee?«

Ohne mich aus den Augen zu lassen, murmelte er einen Gruß, ging jedoch nicht auf ihre Frage ein.

Ich schwieg. Der Moment des Friedens, er war vorüber. Dennoch versuchte ich verzweifelt, ihn festzuhalten.

»Selma, darf ich dich kurz stören?« Es klang eindringlich.

»Nein.«

»Aber …«

Irritiert hielt sie inne, dann ging sie hinaus und ließ die Tür hinter sich zufallen.

Seine Wärme. Jede Linie in seinem Gesicht. Der Schwung seiner Lippen. Solange wir einander verbunden waren, hatte ich nie an seiner Liebe zu mir gezweifelt. Doch hatte ich sie je so stark gespürt, wie ich sie jetzt zu spüren glaubte?

»Auf Wiedersehen, Selma. Es … Ich will dir nicht wehtun.«

»Du tust mir nicht weh.«

Und das war nicht einmal gelogen. Nicht er war es, der mich verletzte, ich selbst hatte viel zu lange gewartet.

Und dann war er fort. Ich hörte die Tür zuschlagen und sah Tante Mirelle kommen, erfreut und neugierig. In mir zerbrach etwas, so gewaltig, dass ich nicht einmal schluchzen konnte. Mir war eiskalt.

»Chérie, was ist mit dir?«

»Nichts. Tante, es ist nichts.«

Die Tage vergingen. Sie waren eine unablässige Abfolge von Grau. Grau der Himmel, obwohl die Sonne wieder schien. Grau die vormals bunten Seidentapeten in meinem Zimmer. In mir gab es nur Grau. Kein Gefühl, weder Trauer noch Hoffnung. Nur das Wissen darum, dass jede Freude und jede Hoffnung unendlich filigran waren.

»Misses, alles in Ordnung? Soll ich Ihnen Tee bringen?«

»Danke, Jianfang«, murmelte ich, ohne den Blick zu heben. »Ich habe keinen Durst.«

Unschlüssig verharrte Jianfang im Türrahmen.

»Soll ich den Koch bitten, etwas zuzubereiten? Hühnersuppe? Sie macht stark!«

»Danke, Jianfang. Ich habe auch keinen Hunger.«

Er nickte.

Ich spürte seine Sorge, doch schien es außerhalb meiner Macht zu stehen, ihm Fröhlichkeit vorzuspielen.

»Es ist in Ordnung«, sagte ich leise. »Ich bin bloß schlechter Stimmung. Das geht vorbei.«

Er nickte und sagte schließlich: »Danke.«

»Hat Vater mit Ihnen gesprochen?«

Er nickte.

»Hat er Ihren Lohn erhöht?«

Jianfang antwortete nicht, sondern schien gleichzeitig mit dem Kopf zu nicken und ihn zu schütteln. Aber er lächelte.

»Hoffnung. Ist das das richtige Wort?«

Drei Tage später stand Doktor Weng in meinem Zimmer. Er musterte mich lange und zog lautstark die Nase hoch.

»Stillstand.«

Ich wandte mich ihm zu, auch wenn es mühsam war, und fragte: »Wie bitte?«

»Stillstand. Vollkommener Stillstand. Gut. Nein. Nicht gut. Gib mir deine Hand. Hm. Hm-hm«, sagte er, während er sie betastete, mit dem Daumen hineindrückte und an meiner Haut zupfte.

Dann ging er einen Schritt zurück und sah mich wieder von oben bis unten an.

»Dein Chi ist so beweglich wie ein Stein. Alle Energie sammelt sich in deinem Kopf. Du bist rot wie eine Pflaume. Aber im Rest von deinem Körper ist Stillstand.«

Seine Worte erreichten mich kaum. Ich sah wieder zum Fenster hinaus in den Himmel, über den keine Wolke zog, der grau war, nichts als grau.

»Dein Zorn blockiert die Meridiane. Ich muss dich stechen, damit dein Chi wieder fließt.«

Er rief Liu herbei.

Mit unbewegtem Gesicht stand sie daneben, während er eine Nadel nach der anderen in meiner Haut versenkte. Es sollte vermutlich schmerzen, doch ich spürte nichts.

»Wenn ich dich nicht kennen würde, würde ich behaupten, du bist ein hoffnungsloser Fall«, sagte er und schüttelte den Kopf. Er ruckelte an einer der Nadeln, die senkrecht aus meiner Fußsohle stak. »Tut das weh?«

»Nicht besonders.«

»Du musst etwas spüren.«

»Ich spüre aber nichts.«

»Wenn du lebst, spürst du etwas. Wenn du nichts spürst, lebst du nicht.«

»Sie vereinfachen, Herr Doktor. Ich wüsste doch wohl davon, wenn ich tot wäre.«

Liu kicherte und sagte etwas auf Chinesisch, wovon ich nicht eine Silbe verstand. Doktor Weng lachte ebenfalls. Dann wandte er sich wieder mir zu.

»Nicht zu leben ist nicht dasselbe, wie tot zu sein. Liu sagte, dass du sie an eine chinesische Geschichte erinnerst. Sie handelt von einem Mann, der vor seinem Schatten und vor seinen Fußabdrücken flieht. Er beschließt, ihnen davonzulaufen. Doch er hinterlässt mehr und mehr Spuren im Sand, während sein Schatten ihm mühelos folgt. Schließlich bricht der Mann zusammen. Er hat nicht erkannt, dass er hätte stillhalten müssen, um keine Fußspuren zu hinterlassen, und einen Platz im

Schatten suchen, um nicht von seinem Schatten verfolgt zu werden.«

Fragend sah ich ihn an. »Und was ist mein Schatten?« Ich blickte zu Liu. »Was ist mein Schatten? Mein Vater?«

Sie lächelte, antwortete aber nicht.

Doktor Weng zuckte mit den Schultern und sagte: »Das weißt nur du.«

Wieder drehte er an einer der Nadeln. Diesmal durchzuckte mich ein heißer Schmerz, der von meinem Fußknöchel bis in meinen Bauch fuhr. Ich schrie leise auf.

»Ah, doch noch Leben. Gut.«

»Aber ich renne doch gar nicht«, murmelte ich, als der Schmerz nachließ.

Mit spitzen Fingern zog er die Nadeln heraus. Als ich ihn bezahlen wollte, winkte er ab.

»Das Chi fließt immer noch nicht. Ich will kein Geld.«

»Aber Doktor Weng!«

»Kümmere dich um dein Chi. Tu für dich, was du eigentlich für andere tun wolltest. Und schau nicht auf deine Fußspuren. Es ist nicht gut, nach hinten zu blicken, wenn man den Weg nach vorn noch nicht kennt.«

Mit diesen Worten verließ er mein Zimmer.

»Was wollte er mir eigentlich sagen?«, fragte ich Liu.

»Dein Deutsch ist besser als meins«, antwortete sie jedoch nur und ging ebenfalls hinaus.

Deutsche Märchen waren einfacher zu verstehen. Ein weithin erkennbarer erhobener Zeigefinger, und am Ende starben die Bösen, während sich die Guten küssten. Das Leben jedoch war ebenso kompliziert wie ein chinesisches Märchen.

Mein Blick fiel auf die Kommode, in der ich die nunmehr welken Blüten, vertrockneten Wurzeln und bröseligen Rinden aufbewahrte, die ich für Maman gesammelt hatte. Mit einiger Mühe stand ich auf und holte die hellblauen Blüten der Federnelke hervor und eine Handvoll trocken gewordener Blätter, die ich nicht mehr zuordnen konnte. Ich vergrub meine Nase darin und roch den schwachen, an Schokolade erinnernden Duft.

In dem Schubfach weiter hinten befand sich der Karton mit den Briefen, an den Rändern gewellt und zerdrückt von der langen Fahrt.

Ich öffnete die Ofenklappe. Kalter Aschegeruch stieg heraus.

Da standen seine Worte, in tiefem Tintenblau. Ich zerriss »Selma«, zerriss »möchtest«, zerriss »liebe«, fuhr mit einem Zündholz über die Reißfläche, lauschte dem leisen Zischen, sah das weiße Aufflackern, die wachsende Glut, die sich hindurchfraß durch das, was mir einst alles bedeutet hatte.

Ich sah nach, ob ich auch keinen seiner Briefe vergessen hatte. In der Schublade lag noch etwas. Zerknittertes Briefpapier, eine andere Handschrift. Es war die von Wilhelm. Ich nahm das Papier in die Hand. Sollte ich es ebenfalls ins Feuer werfen? Seine Worte waren so freundlich gewesen …

Hankau. 500 Kilometer weiter Richtung Westen. Eine enorme Strecke, die ich zwischen Paul und mich brächte. Eine enorme Strecke zwischen Maman und mich. Ich schüttelte den Kopf. Wie kam ich nur auf die Idee, dorthin zu gehen?

Doch Wilhelms Worte hatten sich in meine Gedanken eingenistet, sosehr ich sie auch fortschieben wollte.

»Falls Sie je darüber nachdenken sollten, eine Stelle in China anzunehmen, kontaktieren Sie mich.«

Wo hatte er das gesagt? Noch während der Zugfahrt? In der Kutsche? Kam es darauf an? Es war unsinnig, darüber nachzudenken, ich konnte nicht von hier fortgehen.

Dennoch griff ich nach Papier und meinem Füllfederhalter. So lange hatte ich ihm schon schreiben wollen, doch bis auf einen kurzen Dank für seine besorgten Worte hatte meine Karte kaum Text enthalten. Dieser Brief wurde länger. Und er enthielt eine Bitte, die ich niemals hätte aussprechen können, wenn Wilhelm mir gegenübergestanden wäre.

Sieben Tage später traf ein Schreiben der deutschen Schule aus Hankau an mich ein. Die Worte waren nüchtern, und doch brachten sie mein Herz dazu, leise zu hüpfen.

Ich ging in den Garten, wo Maman saß, mit dem Gesicht in der Sonne und geschlossenen Augen.

Nachdem sie die Zeilen studiert hatte, strich sie mir sanft über die Wange. Ihre Augen funkelten plötzlich in einem dunklen, geheimnisvollen Grün, von goldfarbenen Tupfern umrahmt. Schließlich öffnete sie den Mund, holte Luft und befeuchtete ihre Lippen.

Stumm und bange sah ich sie an.

»Gut.«

Ihre Stimme klang tief und rau und wundervoll.

Die Süße des Osmanthus

Osmanthus fragrans

Starker, honigartiger Duft
Bei Trauer, Angespanntheit,
Angst vor Neuem
Wirkung:
ausgleichend, stärkend, stimmungshebend

»Soda, Misses?«, fragte der junge Chinese, der ein üppig beladenes Tablett auf einer Hand balancierte. Das Eis in den Gläsern klirrte, und der Wind fegte eine Apfelsinenspalte vom Rand des Whiskey-Tumblers.

Ich schüttelte dankend den Kopf und widmete mich wieder dem Jangtse, dessen gelbbraune Wellen gegen das Dampfschiff schlugen. Dutzende von Dschunken versperrten den Blick auf das weit entfernte Ufer. Der Jangtse war so breit, dass er mehr wie ein Meer denn wie ein Fluss erschien. Ein heißer, trockener Wind pfiff um die Schiffsmasten und brachte den Sand des Nordens mit. Er knirschte zwischen meinen Zähnen, wenn ich durch den Mund atmete, und holte eine Erinnerung aus den Tiefen meines Gedächtnisses hervor, die ich sofort wieder verbannte. Stattdessen dachte ich an den Tag meines Abschieds von Tsingtau. Er hatte sich seltsam endgültig angefühlt, obwohl bald Herbstferien waren. In weniger als drei Monaten würde ich also schon zurückkehren.

Der Wind flaute plötzlich ab, als habe jemand einen Schalter betätigt. Sofort brannte mir die Sonne auf den

Kopf, und innerhalb weniger Minuten hatte ich das Gefühl, kaum noch atmen zu können. Ich hätte doch ein Glas Soda nehmen sollen, aber der Boy war nirgends mehr zu sehen.

Ich verließ das Deck und ging durch den schmalen Gang zu meiner Kabine. Das Schiff war klein und vor allem hellhörig. Nichts blieb unbemerkt. Schon mehrmals hatte Lucie mich morgens stirnrunzelnd gefragt: »Wer ist Elisabeth? Wer ist Paul? Du hast wieder im Schlaf gesprochen.«

»Niemand«, antwortete ich dann leise und starrte sie so lange entschlossen an, bis sie von mir abließ.

»Ah, Darling!«, rief sie jetzt durch ihre verschlossene Tür. »Komm herein, Selma, tust du das bitte, ja? Ich brauche deine Hilfe.«

Als ich die Tür öffnete, sah ich sie in einem Lichtkegel sitzen. Es wirkte wie arrangiert. Es war arrangiert. Vier Spiegel lehnten an den mahagonivertäfelten Wänden, und als ich mich neben Lucie stellte, sah ich mich dutzendfach.

»Die Feder will nicht halten«, seufzte Lucie. »Bekommst du es hin, dass sie nicht herunterrutscht, aber gleichzeitig so locker im Hutband sitzt, als hätte sie ein Vogel dort hineinfallen lassen?«

»Hineinfallen lassen?«

»Ja. Hineinfallen lassen.«

Lucie verzog ihr blasses Gesicht zu einem spöttischen Lächeln.

Lucie war so klein, dass ich sie im ersten Moment für ein Kind gehalten hatte. Doch bald war mir klar geworden, dass ihre Gestalt das einzig Kindliche an ihr war. Sie besaß eine sehr präzise Vorstellung davon, wie ihr Leben auszusehen hatte: künstlerisch und experimentell nämlich, wild und freizügig. Eine Feder im Hutband durfte da natürlich nicht fehlen. Und um ein solches Leben stilvoll zu beginnen, hatte sie – gerade eben 18 geworden – ihren Vater, den Fabrikanten Alois Kugelbach, dazu überredet, sie nach China fahren zu lassen. Nicht allein selbstverständlich, sondern mit dem berühmten Maler Edmund Sukow und einem Freund der Familie, Professor Warnehude, als Aufpasser. Das Ziel dieser Expedition wollte sich mir nicht erschließen, doch Herr Kugelbach finanzierte sie. Edmund Sukow verbrachte seine Zeit mehr maulend statt malend, schickte jedoch regelmäßig Tuschezeichnungen eines chinesischen Dorfes oder des Jangtse nach Deutschland, und Alois Kugelbach war zufrieden.

Ich war Nutznießerin dieser Expedition, seit mich Lucie auf der Shanghaier Flaniermeile am Hafen angesprochen hatte. Wäre ich ihr nicht begegnet, hätte ich einen der großen Passagierdampfer nach Hankau nehmen müssen und dafür viel Geld bezahlt. Lucie sei Dank brachte mich nun ein kleines Dampfschiff gen Westen, das der Norddeutsche Lloyd der kleinen Reisegesellschaft zur Verfügung gestellt hatte.

Ich versuchte, die Feder wie zufällig in Lucies Hutband zu arrangieren. Doch entweder quetschte ich sie oder sie fiel heraus, und schließlich holte Lucie eine Flasche unter ihrem Bett hervor und goss etwas in einen Fingerhut.

»Bitte sehr. Das haben wir uns verdient.«

Sie trank als Erste, schenkte nach und überreichte mir das kleine Gefäß, dessen Inhalt bitter und scharf schmeckte. Es schien eine Tradition in meinem Leben zu werden, auf Reisen Hochprozentiges zu trinken, nun sogar schon am Mittag.

»Ohne diese Feder werde ich Edmund nie dazu überreden können, mich zu malen. Du weißt ja, dass ich unauffällig aussehe wie ein grauer Spatz. Da nutzt es nicht einmal etwas, mich bunt wie ein Pfau zu kleiden, um bei den Vögeln zu bleiben.«

Sie lachte ein heiseres, dunkles Lachen, das so gar nicht zu ihrer zierlichen Erscheinung passen wollte.

»Hingegen mag er Frauen wie dich. Du wirkst, als wenn du schon alles gesehen hättest, sagt er. Ich wünschte, das könnte man von mir auch behaupten. Ich habe außer München und Shanghai kaum etwas gesehen.«

»Du bist durch Russland gefahren. Die Mandschurei. Japan. Jetzt bist du in China. Ist das etwa nicht aufregend?«

Um ihre Lippen zuckte es, und mit einer fahrigen Geste fuhr sie sich durchs Haar.

»Gesehen habe ich nicht viel. Ich saß ja die meiste Zeit hinter Fenstern.« Sie setzte sich aufrecht hin. »Aber das meinte ich auch gar nicht. Ich spreche vom echten Leben. Ein Leben, das dich wachrüttelt und dich umherwirft und dich ablenkt von allem … von allem Traurigen. Wenn Edmund mich lieben würde, wäre mein Leben so. Aber er liebt mich nicht. Kein bisschen. Wie sollte er auch, wenn ständig der Professor an meiner Seite wacht und aufpasst, dass ich ja nichts Intelligentes sage? Warte!« Sie sprang auf, sodass ihr der Hut vom Kopf fiel, und nahm einen Zettel vom Schreibtisch. »Das muss ich aufschreiben. Das sagt meine Heldin, kurz nachdem sie ihrem Liebsten begegnet ist.«

»Wovon handelt deine Geschichte?«

Während sie den Füllfederhalter über das Papier fliegen ließ, antwortete sie: »Von den Verstrickungen des Herzens. Worüber sollte man auch sonst berichten?«

Ich wandte mich ab. Manchmal war ich mir selbst unheimlich, doch seit acht Wochen gelang es mir, weder an Elisabeth noch an Paul zu denken. Tagsüber zumindest. Ich fühlte mich wie ein Zinnsoldat, unecht und steif, aber ich sah keine andere Möglichkeit, über den Tag zu kommen, vom Morgen bis zum Abend. Anders hätte ich diese letzten Wochen in Tsingtau nicht überstanden, sondern wäre meinem Schmerz erlegen. Ich zwang mich, nur noch an die Zukunft zu denken.

Lucie hob den Kopf und sah mich, den Füllfederhalter zwischen ihren schmalen Lippen, gedankenverloren an.

»Du hast doch sicher auch schon einmal geliebt. Oder liebst du noch?«, fragte sie mich.

»Was machst du mit einem Fingerhut?«, gab ich zurück, als hätte ich sie nicht gehört. »Nähst du gern?«

Ihre Augen begannen zu leuchten. »O ja. Möchtest du meine Kreationen sehen? Ich habe nicht viel bei mir, Unmengen von Stoff konnte ich schließlich nicht schleppen lassen, die armen Kulis haben so schon genug zu tun. Aber schau dir das an. Diese Seide! Das Muster! Hast du je etwas Schöneres gesehen?«

Sie hielt mir einen mit blühenden Kirschbäumen überzogenen Morgenmantel hin. Ich zauberte Leere in meinen Kopf. Keine Erinnerungen. Paul hatte nie unter einem Kirschbaum gesessen, zumindest hatte ich ihn nie dabei beobachtet.

»Er ist wunderschön«, sagte ich. Der Stoff floss über meine Hände und war angenehm kühl und glatt.

»Der Stoff ist aus Tokio. Der Schnitt ist von mir.« Vor

Stolz wurde sie ein wenig größer, auch wenn sie mir nach wie vor kaum bis zum Kinn reichte. Mit einer fahrigen Handbewegung wischte sie sich eine mausgraue Strähne aus der Stirn. »Möchtest du ihn anprobieren?«

»Oh … nein, danke.«

Ihr Strahlen erlosch. »Nun gut«, sagte sie enttäuscht.

»Was hast du noch?«, fragte ich rasch.

»Wenn dir der Morgenmantel nicht gefällt, wird dir der Rest erst recht nicht zusagen«, antwortete sie leise. »Er ist mein Meisterstück.«

»Aber das habe ich nicht gesagt! Ich finde ihn bezaubernd, es ist nur so, dass … dass … Reich ihn mir bitte.«

Ich zog ihn über meine Bluse und den Rock.

»Nein, nein!«, rief Lucie, die jetzt vor Aufregung glühte, als wäre sie nie betrübt gewesen. »Du musst dich erst ausziehen. Sonst ist er viel zu klein.«

Ich wollte protestieren, brachte es aber dann nicht übers Herz. Meine unbedachten Worte hatten genug angerichtet. Mehr schlecht als recht versteckte ich mich hinter der offenen Kleiderschranktür. Der Morgenmantel wirkte wie eine kühle Umarmung. Unwillkürlich umschlang ich mich mit beiden Armen und strich vorsichtig über den Stoff.

»Er trägt sich ganz wunderbar, Lucie!«

Sie lachte glucksend. »Behalte ihn. Er ist wie für dich geschneidert. Und hattest du nicht gerade erst Geburtstag?«

»Doch, ja, aber ich kann ihn nicht annehmen!«

»Und ob. Edmund. Edmund!«

Ich betete, dass er sich am zugegeben nicht besonders weit entfernt liegenden anderen Ende des Schiffes befand. Doch die dünnen Wände trugen Lucies Rufe in Sekundenschnelle bis an sein Ohr.

»Ja, Liebes?«, kam es dumpf zurück.

»Komm zu mir. Ich möchte dir etwas vorführen.«

»Lucie, ich bitte dich!«, protestierte ich, doch bevor ich mich umziehen konnte, klopfte es schon an der hölzernen Tür, und Edmund steckte seinen Kopf herein. Sein schnittlauchglattes dunkles Haar reichte ihm weit über die Ohren und klebte an seinen Lippen, wenn er nachdachte oder malte. Er sah mich mit einer Mischung aus Irritation und Verzückung an, und ich zog den Gürtel des Morgenmantels so fest, dass ich Bauchschmerzen bekam.

»Fräulein Wallenstein, was für ein wundersamer Aufzug für einen späten Vormittag!«

Ich nickte stumm. Es war auch nicht nötig zu sprechen, denn umgehend wurden die verwegensten Ideen geäußert, abwechselnd von Lucie und Edmund. Ich kannte ihre Art der Konversation. Was sie sagten, erschien mir so ungeordnet wie hektisch umherflatternde Hühner.

»Was halten Sie davon, Fräulein Wallenstein?« Edmund pflückte eine Haarsträhne von seiner Lippe. »Sie inmitten des Attentats?«

»Wie bitte?« Noch einmal zog ich an meinem seidenen Gürtel. Ich konnte jetzt kaum noch atmen.

»Sie in diesem wunderbaren bunten Stoff, wie eine Venus aus der Asche, umgeben von Feuer und Tod.«

Da ich ihn verständnislos ansah, fügte er hinzu: »Ich möchte Sie malen. Sie im Vordergrund, hinter Ihnen der Bombenanschlag von Sarajewo.«

»Mich bei dem Attentat?«

»Nicht bei dem gelungenen, falls Sie das beruhigt. Das kann man nicht malen. Eine Bombe dagegen wirkt farbenfroh, gewaltig. Eine Explosion des Gefühls, verstehen Sie? Überall Splitter, Verwundete. Da fällt nicht nur einer, da fallen alle! Himmel, was haben Sie denn? Bitte, liebe Selma, so weinen Sie doch nicht!«

»Ich weine nicht«, keuchte ich. Schnell lockerte ich den Gürtel, doch das brachte keine Besserung.

»Ruf jemanden«, flüsterte Lucie. »Wir brauchen Hilfe.«

Es gelang mir, mich aufzurichten.

»Es geht schon«, sagte ich. »Es tut mir leid. Ich ... Manchmal ...«

Mein Atem beruhigte sich wieder.

»Es war bloß das Attentat. Es ist ... zu tragisch.«

Die beiden starrten mich verwirrt an.

»Bitte entschuldigt mich.«

Ich wankte in meine Kabine, ließ mich auf das schmale Bett fallen und starrte an die Decke. Hatte ich wirklich geglaubt, allem entkommen zu können, indem ich fortging?

Hankau, das wir nach fünf Tagen Schiffsreise den Jangtse hinauf erreichten, war ganz anders als Tsingtau. Es war groß und laut, zudem gab es gleich fünf Konzessionen. Die größte war die britische, kleiner waren die deutsche, die französische, die russische und die japanische, sämtlich am Bund gelegen, was wie in Shanghai die breite Allee am Hafen entlang war.

Wie froh war ich, in das Gewusel einzutauchen, kaum dass unser Dampfer angelegt hatte. Mit wackeligen Knien, aber erhobenen Hauptes, damit mir ja nichts entging, ließ ich den Blick über den Bund und den Hafen schweifen, als sich eine Hand auf meine Schulter legte.

»Wohin so schnell, liebe Selma? Sie bleiben uns doch bestimmt noch ein wenig erhalten.«

»Ich fürchte nein, lieber Herr Sukow, ich habe es eilig. Ich möchte meine Wohnung sehen.«

»Wohnung« war allerdings übertrieben, handelte es sich doch um ein möbliertes Zimmer, das ich noch in Tsingtau über eine Annonce gefunden und sofort angemietet hatte. Doch es würde mein eigenes sein. Mein erstes eigenes Zuhause!

Er brummte mürrisch in sich hinein, den restlichen Tag an Deck verbringen zu wollen. Es gäbe hier nichts für ihn zu sehen, und zu malen schon gar nicht. Und damit zog er sich zurück auf das Schiff.

Verblüfft sah ich ihm nach. Wäre ich Malerin, würde ich nicht mehr vom Pinsel lassen können. Es war so lebendig hier, so bunt und bewegt! Shanghai war nichts dagegen. Wolken würziger Düfte vermischten sich mit dem modrigen Geruch des Wassers. Überall waren Menschen, zu Fuß, auf Schubkarren, Rikschas, Eseln und Pferden.

Ein durch Mark und Bein dringender Ausruf schräg hinter mir ließ mich zur Seite springen.

»Das heißt bestimmt Vorsicht, heiß und fettig auf Chinesisch«, sagte Lucie und umklammerte mit behandschuhten Fingern ihre Hutkrempe. Ihre Stirn glänzte, ihre Wangen hatten einen für sie außergewöhnlichen Rotton angenommen, und sie blickte sich begeistert um. »Wie aufregend es hier ist!«

»Fräulein Wallenstein?«, rief auf einmal jemand hinter uns. »Selma!«

Im ersten Moment glaubte ich, mich verhört zu haben, doch so viele Menschen mit deutsch klingenden Namen standen vermutlich nicht am Bund und ließen sich den feuchtheißen Wind um die Nase wehen, der die Masten der unzähligen Dschunken auf dem Wasser fast in die Horizontale bog.

Ich drehte mich um und stellte mich auf die Zehenspitzen. Zunächst entdeckte ich niemanden, der mich gerufen haben könnte. Doch dann tauchte aus der Menge dunkler Schöpfe ein rotblonder auf.

»Herr Rickert! Ich habe nicht damit gerechnet, dass Sie mich abholen.«

»Haben Sie mir deswegen vorsorglich Ihre Ankunftszeit nicht verraten?« Er sah mich amüsiert und frei von jedem Vorwurf an.

Ich spürte Lucies Hand auf meiner. Sie zwickte mich, und ich hörte sie unterdrückt kichern.

»Darf ich vorstellen?«, sagte ich schnell. »Lucie Kugelbach, die mich freundlicherweise in Shanghai an Bord genommen hat. Wilhelm Rickert, mein neuer Kollege.«

Verzückt starrte Lucie ihn an, bis er mir zuzwinkerte und sich aufmachte, um unser Gepäck ausfindig zu machen.

»Er muss täglich hier auf dich gewartet haben!«, platzte es aus Lucie heraus. »Nein, ist das romantisch!«

Ich versuchte, ruhig und sachlich zu klingen, doch räuspern musste ich mich trotzdem. »Romantisch wird in meinem Leben bestimmt nie mehr etwas sein.«

Sie legte den Kopf schief und betrachtete mich ernst. Doch dann lächelte sie mich verschwörerisch an und sagte: »Wir werden sehen, meine Liebe, wir werden sehen.«

Die Villa der Kaufmannsfamilie Sander, in der mein neues Zuhause sein würde, war ein beeindruckender Bau aus Granitstein. Sie lag ganz in der Nähe der deutschen Schule, also perfekt für mich, bis auf ein paar Kleinigkeiten. Diese Kleinigkeiten ließen Lucie das Gesicht verziehen, nachdem sie einen Blick in den Raum geworfen hatte. Sie entschuldigte sich und behauptete, sie wollte mit der Dame des Hauses plaudern. Ehe ich noch etwas einwenden konnte, hatte sie die Tür zum Salon hinter sich geschlossen.

»Gefällt es Ihnen?«, fragte Wilhelm. Selbst diese kurze Frage klang aus seinem Mund melancholisch.

»Für meine Bedürfnisse reicht es«, antwortete ich.

Ich ließ meinen Blick über die Möbel wandern, die mich an die Einrichtung im Mecklenburghaus erinnerten, und verspürte eine vage Sehnsucht. Es war keine Sehnsucht nach einem besonderen Ort, sondern eher danach, mich zu Hause und willkommen zu fühlen. Doch das würde sich sicher rasch ändern, sagte ich mir, mit ein paar Zweigen Osmanthus auf dem Tisch, einem Bild an der kahlen Wand und vor allem mit ein wenig Geduld, mich hier einzuleben. Bald würde ich ohnehin keine Zeit mehr haben, mich von der Dunkelheit des Zimmers, dessen kleines Fenster nach Norden hinausging, betrüben zu lassen, sondern mit meinen Schülerinnen und dem Unterrichten alle Hände voll zu tun haben.

»Soll ich mich um eine andere Unterbringung für Sie bemühen? Mein Bekanntenkreis ist mittlerweile recht groß. Da lässt sich bestimmt etwas finden.«

»Ich danke Ihnen, Herr Rickert, Sie haben mir schon genug geholfen. Immerhin ist dieses Zimmer selbst bei der Hitze draußen angenehm kühl. Also wenn das nicht von Vorteil ist?«

Ich hörte Lucies Schritte im Flur, und schon steckte sie ihren flaumigen Haarschopf zur Tür herein und rief: »Wenn Sie bitte wieder Fräulein Wallensteins Koffer nehmen würden, Herr Rickert? Frau Sander hat mir ein vortreffliches Angebot gemacht.«

Verwirrt sah ich sie an. »Wovon sprichst du?«

»Deine Vermieterin nimmt das Zimmer zurück. Stattdessen war sie so freundlich und hat nach ihrer Freundin telefoniert. Diese Freundin, eine scheinbar wichtige Dame von und zu irgendwas, stellt ein herrliches Appartement direkt am Bund zur Verfügung. Nun kommt schon!«

Herr Rickert griff nach meinem Koffer und schüttelte lächelnd den Kopf.

»Augenblick!«, rief ich. »Wer soll so ein adeliges Appartement bezahlen? Ich habe nicht viel Geld.«

»Aber ich«, antwortete Lucie. »Beziehungsweise mein Vater.«

»Du, liebe Lucie, wirst aber in weniger als einer Woche wieder in See stechen. Besser gesagt in den Fluss.«

»Ich bleibe hier«, sagte sie und strahlte mich an. »Ich vergöttere Hankau jetzt schon.«

»Aber die Expedition! Und was wird dein Vater sagen? Liebst du denn nicht Edmund und willst für immer bei ihm bleiben?«

Sie lachte. »Mein Cousin Fret hat einst einen wunderbaren Zweizeiler verfasst. Der Liebe selbst bin ich getreu. Nur das Objekt ist manchmal neu. Ich will es ebenso halten. Und wenn Edmund sich auf unserer Reise für ein weibliches Wesen interessierte, so handelte es sich dabei sicher nicht um mich.« Sie zog ihre fein geschwungene Augenbraue in die Höhe. »Nun kommt endlich. Frau Sander hat mir den Weg beschrieben.«

Mit Bedauern schüttelte ich den Kopf. »So verführerisch das klingt, ich werde hierbleiben. Ich habe mir vorgenommen, endlich Wurzeln zu schlagen. Ich bin in Dahlwitz aufgewachsen, weil meine Eltern diesen Ort ausgesucht hatten, ich zog nach Berlin, weil wir uns das Dahlwitzer Haus nicht mehr leisten konnten und eine Wohnung in Berlin praktischer erschien. Dann bin ich nach Tsingtau gereist, um mich um meine Mutter zu kümmern. Hankau ist meine erste eigene Entscheidung. Meine Wahl. Und so bescheiden dieses Zimmer auch sein mag, ist es doch meines. Ich habe es mir selbst ausgesucht.«

Lucie schwieg. Schließlich nickte sie und sagte: »Aber das luxuriöse Appartement sehe ich mir trotzdem an. Du hast doch nichts dagegen, wenn ich für ein Weilchen an deiner Seite bleibe? Und Sie, Herr Rickert, begleiten Sie mich? Ich kenne mich hier ja kaum aus.«

Zu meinem Erstaunen ließ sich Lucies Vater dazu überreden, Lucies Leben in Hankau zu finanzieren. Sie hatte ihm telegrafiert, mit einer ausnehmend vernünftigen Lehrerin zusammenzuleben. Diese Lüge hatte gereicht, um ihn zu beruhigen. Nachdem Edmund sichergestellt hatte, dass seiner Expedition kein Nachteil daraus erwachsen würde, wenn Lucie hierbliebe, hatte er lediglich mit den Schultern gezuckt. Ihm schien tatsächlich nicht viel an ihr zu liegen. Und der Professor war sogar erleichtert. Lucies Dauergeplapper, hatte er zum Abschied bemerkt, hätte ihn beim Aufspießen seiner Schmetterlinge gestört.

Von nun an bewohnte Lucie ganz allein fünf wunderschöne Zimmer mit Ausblick auf den Jangtse, wo sie so häufig Feste zu geben gedachte, wie die Woche Abende besaß. Doch damit musste sie sich gedulden. Noch waren Ferien, und die meisten ihrer zukünftigen Gäste waren vor Hankaus Hitze in die Berge entflohen.

Und welch eine Hitze es war! So feucht, dass es mir beim Verlassen der Sander-Villa so vorkam, als würde ich in ein warmes Bad eintauchen. Nach nur wenigen Schritten war ich wie durchtränkt, und das Haar klebte mir am Kopf. Die steinernen Häuser an den Straßenrändern schienen sich in der flirrenden Hitze zu biegen. Ich versuchte, von Schatten zu Schatten zu springen, doch dadurch schwitzte ich noch mehr. So ließ ich es wieder bleiben und schleppte mich durch die sengende Hitze zur Schule, wo ich mich japsend auf meinen Stuhl fallen ließ und die leeren Bankreihen betrachtete. Der Unterricht würde erst im August beginnen. Glücklicherweise, denn bei diesen Temperaturen war ich zu kaum einem klaren Gedanken fähig. Immerhin erschöpfte mich die Hitze derart, dass ich kaum an Tsingtau dachte. Und wenn ich daran dachte, so an Maman, nicht an Paul oder Elisabeth.

Mir wurde warm ums Herz, als ich ihren Brief hervorholte. Als er am Vortag eintraf, wurde ich so nervös, dass ich ihn kaum öffnen konnte. Es war mehr als ein Jahr her, seit sie mir das letzte Mal geschrieben hatte.

Liebste Selma, stand dort in Mamans schöner, schwungvoller Schrift, *heute will mir Xianying ihre Lieblingsstelle im Lauschan zeigen. Weißt du, dass dort Drachen leben? Hat sie dir von den Geistern erzählt, die jeden Stein und jeden Fels bewohnen? Wir haben dreimal Lius und ihr Zuhause besucht, einmal blieb ich über Nacht. Die Tempel sind bezaubernd, ich liebe es, Zeit mit den Mönchen zu verbringen. Sie stören sich nicht daran, dass ich kaum spreche, ja sie sind sogar noch stummer als ich. Stille ist ein wertvolles Gut dort oben, aber das weißt du sicher.*

Hast du die uralten Ginkgobäume gesehen? Und wusstest du, dass ihre Früchte im Herbst entsetzlich riechen? Ich bin froh, dass du nie etwas Derartiges angeschleppt hast. Meine liebe Tochter, sei unbesorgt. Ich lebe auf, und ich lebe gern!

In inniger Umarmung, deine Maman

Nur wenige Monate waren vergangen, seit ich das Lauschan-Gebirge verlassen und nach Tsingtau gekommen war. Mamans schmale, in sich zusammengefallene Gestalt im Ohrensessel sah ich noch vor mir, ihre durchsichtig erscheinende Haut, ihren leeren Blick, mit dem sie mich kaum wahrgenommen hatte. Nun fuhr sie mit Liu und Xianying in die Berge, und Vater hatte dem entweder nichts entgegensetzen können oder wollen. Doch was, wenn es nicht so bliebe? Was, wenn ich einen Fehler gemacht hatte?

Als ich Schritte hörte, räusperte ich mich und schob den Brief rasch unter ein Buch. Es klopfte, und Wilhelm schob seinen Kopf herein.

»Haben Sie Lust, heute Abend zu mir zum Dinner zu kommen? Ihre Freundin Lucie ist ebenfalls eingeladen. Ein paar unserer Kollegen sind aus Kuling zurückgekehrt. Ich würde sie Ihnen gern vorstellen.«

Nachdenklich sah ich ihn an. Sein Haar lockte sich in der feuchten Wärme, ansonsten schien er jedoch wie geschaffen zu sein für dieses Klima. Keine Spur der Erschöpfung entdeckte ich an ihm. Im Gegenteil. Er wirkte wieder so lebendig wie am Ende unserer Reise, als wir Shanghai erreicht hatten. Ob ich mich hier je so heimisch fühlen würde wie er? Noch war mir alles sehr fremd. Vielleicht würde es mir helfen, meinen Bekanntenkreis auszuweiten. Und Lucie hätte sicher nichts dagegen.

Also nickte ich und versprach, um neun da zu sein.

Wie ich vermutet hatte, platzte Lucie beinahe vor Freude.

»Endlich geht es los! Ich wusste doch, dass es hier eine Saison gibt, eine Feiersaison, und ich bin mehr als gewillt, sie heute zu eröffnen!«

»Bitte vergiss nicht, dass wir meine zukünftigen Kollegen kennenlernen. Ich wäre dir sehr verbunden, wenn du dich anständig benehmen würdest.«

»Aber natürlich benehme ich mich anständig. Was hältst du von diesem Aufzug?« Sie hielt sich ein bunt bemaltes Unterkleid vor den Körper. »Luftig, aber elegant.«

»Und wo ist das, was du darüber anziehst?«, fragte ich nach einer Weile des Wartens, in der sie mich gespannt beobachtet hatte.

»Ich werde nichts darüber anziehen. Ist das denn nicht fantastisch modern?«

»Lucie, du wirst mich nicht in Unterwäsche zu Wilhelm begleiten.«

»Das ist doch keine Unterwäsche! Sieh mal, ich habe es in einem amerikanischen Magazin gefunden und nachgeschneidert.«

Ich warf einen Blick in die Illustrierte. »Das ist ein Artikel über Suffragetten, keine Anleitung, wie man sich kleiden soll.«

»Himmel, Selma, was bist du langweilig!« Sie schüttelte den Kopf. »Im Gegensatz zu dir muss ich etwas tun, um gesehen zu werden. Deshalb sind meine Kleider eben kurz und bunt, und warum auch nicht?«

»Kleide dich so kurz und bunt, wie du magst, aber bitte zu Hause.«

»Weißt du eigentlich, wie du dich anhörst? Wie einer dieser Schreiberlinge, die in der Zeitung behaupten, Deutschland sei ein so wunderbar friedliches Land, weil dort keine Suffragetten lebten. Du bist entsetzlich altmodisch, liebe Selma!«

»Denk von mir, wie du möchtest, Lucie, aber der heutige Abend ist wichtig für mich. Wenn du mich begleiten willst, zieh dich bitte vernünftig an.«

Ihre Augen wurden zu Schlitzen, während sie mich anstarrte. Dann blinzelte sie und wandte sich ab. Weinte sie etwa? Noch bevor ich sie fragen konnte, stopfte sie das Kleid in ihre Tasche, und ihre Stimme klang hart, als sie sagte: »Ist gut, Selma. Wie du willst.«

Wilhelms Appartement war klein, aber mit seinen Rattanmöbeln, chinesischen Teppichen und den weit geöffneten Fenstern ein freundlicher Ort.

»Wenn Sie sich weit hinauslehnen«, sagte Wilhelm, »reichen Sie bis in das Geburtsland Ihrer Mutter hinüber. Dort bei dem Haus gegenüber beginnt nämlich die französische Konzession.«

Fasziniert betrachtete ich die nahe Häuserwand. Die Gasse dazwischen war schmal und dunkel, und zwischen den Häusern waren Wäscheleinen gespannt. Scheinbar scherte es die Menschen nicht, dass die Schnur auf französischem Gebiet begann und auf deutschem endete.

»Deine Mutter ist Französin?«, fragte Lucie. »Das wusste ich ja gar nicht.«

Sie hatte unseren Disput nicht mehr erwähnt und sich klaglos in einen langen, schmal geschnittenen Rock und eine weiße Bluse gekleidet. Einzig ihre Tasche stach heraus und schimmerte in allen Farben des Regenbogens, doch davon abgesehen wirkte sie ganz und gar respektabel.

»C'est merveilleux!«

»Du sprichst Französisch?«

»Oui! J'aime parler français!«

Gegenüber flog ein Fenster auf, eine junge Frau beugte sich heraus und rief uns »Bonsoir!« zu.

Wilhelm sah lachend von Lucie zu mir.

»Sie machen sich ja schnell Freunde. Wollen wir die Dame zu uns einladen?«

Wenig später saß Eloise, wie die junge Dame hieß, zwischen Wilhelm und Lucie. Ich unterhielt mich mit Eloise' Mann Thomas über Bordeaux, eine Region, die er früher häufig beruflich besucht hatte. Ich war glücklich, mit jemand anderem als Tante Mirelle, die mich ständig korrigierte, Französisch zu sprechen.

Wieder und wieder klingelte es an der Tür, bis die kleine Wohnung voller Menschen war. Platten mit Speisen wanderten von einem zum anderen, Besteck klapperte, Gläser klirrten, und englische, deutsche und russische Sätze flogen durch die heiße Abendluft. Ich sah in bleiche wie braun gebrannte Gesichter und spürte ein verheißungsvolles Prickeln in mir. Diese Gesellschaft war so aufregend und so anregend! Wenn Adele hier sein könnte, sie würde es lieben! Und Elisabeth … Ich schluckte.

»Was haben Sie denn, schönes Kind?«, rief eine Frau mir zu, die mir gegenübersaß. Ich war ihr zwar vorgestellt worden, hatte ihren Namen jedoch schon wieder vergessen. Ihre Wangen waren feuerrot, und als sie sich vorbeugte, sah ich die feinen Äderchen, die ihre Nasenflügel durchzogen.

»Blicken Sie doch nicht so traurig drein! Sie sind Fräulein Wallenstein, nicht wahr? Ich wohne in dem Klassenzimmer neben Ihrem. Mingen ist mein Name. Falls Ihre Engelchen einmal Probleme machen, rufen Sie mich. Ich glaube, alle Kinder der Schule haben Angst vor mir.« Sie lachte so schallend laut, dass ich zusammenzuckte. »Dies übrigens ist mein Gatte. Herr Mingen. Sag Guten Tag, Schatz, sei so höflich, ja?«

Mürrisch reichte mir der glatzköpfige Mann neben ihr

die Hand. Sie fühlte sich weich und schlaff an wie eine Serviette. Ich hatte gerade erst zu einer höflichen Floskel angesetzt, als mir klar wurde, was meine neue Kollegin da gerade gesagt hatte.

»Sie … sind verheiratet, Fräulein Mingen?«, fragte ich verblüfft.

»Frau Mingen, meine Liebe. Genau, dieser mehr oder minder angenehme Zeitgenosse ist mein mir angetrauter Ehemann.«

»Aber wie …?«

Mir wurde kalt und heiß zugleich, und ich musste mich mehrfach räuspern, bis ich meine Stimme wiederfand.

»Hierzulande ist eben einiges besser als zu Hause«, rief sie durch das Stimmengewirr um uns herum und zwinkerte mir zu. »Zum Beispiel, dass verheiratete Frauen als Lehrerin arbeiten können. Es gibt nicht genug deutsche Frauen mit unserer Ausbildung. So nehmen die Schulen, was sie bekommen.«

Ohne zu wissen, wofür, bedankte ich mich, griff nach meinem Glas und schob mich durch die vielen Menschen hindurch zum Fenster. Die Würfel fielen hier also auf andere Weise. Eine Frau durfte als Lehrerin arbeiten und dennoch ihr Herz verschenken. Nur – was interessierte mich das jetzt? Mein Herz, das irgendwo sein musste, würde in niemandes Hände mehr fallen, so viel stand fest.

Die Farbe des Himmels wechselte von einem gräulichen Rosa zu einem dunklen Blau. Über das Wasser zog sich noch ein heller Streifen, tröstlich, als wollte er mir sagen, dass es am Horizont immer Licht gab. Ich trank meinen Wein in kleinen Schlucken. Er schmeckte nach Sommer, nach Freiheit, nach einer Zeit, in der ich noch keine Vergangenheit hatte und mit Agnes durch die dunklen Wälder des Schwarzwaldes gestreift war. Wie licht und warm in der Erinnerung alles erschien.

»Woran denken Sie?«

Ich erschrak so sehr, dass mir fast das Glas aus dem Fenster gefallen wäre. Ich legte den Kopf in den Nacken, um Wilhelm anzusehen. In dem schummrigen Licht hatten seine Augen wieder die Farbe von Karamell.

»An eine Freundin.« Ich senkte den Kopf wieder. »Nicht Fräulein Vander, falls Sie das denken. An eine Kindheitsfreundin.«

»Sie vermissen sie.«

Das war keine Frage. Dennoch nickte ich.

»Wir sollten anstoßen.«

Wie aus dem Nichts zauberte er eine Flasche hervor. Ihr Inhalt war ein dunkelroter süßlicher Wein, der nach verbrannter Erde schmeckte. Ich mochte ihn. Wir tranken langsam, während wir nebeneinander am Fenster standen. Die Stadt vor uns glitzerte und schien nun, da es etwas kühler wurde, zum Leben zu erwachen. Mir war, als wenn sich Wilhelms und mein Arm berührten, doch als ich hinsah, stellte ich fest, das zwischen uns eine Handbreit Platz war.

»Hatten Sie je einen Freund, den Sie so sehr liebten wie sich selbst?« Das traf nicht wirklich, was ich sagen wollte, und so versuchte ich es erneut. »Ich meine einen Freund, der Ihnen so vorkam, als wäre er ein Teil von Ihnen? Als seien Sie gemeinsam auf die Welt gekommen und sollten sie deshalb eigentlich auch gemeinsam wieder verlassen?«

Wilhelm trank einen Schluck Wein.

»Leider nein. Doch ich wünschte, es wäre so.«

»Vielleicht ist ein solches Gefühl daran gebunden, Kind zu sein.«

»Das heißt, ich hatte meine Chance?«

Ohne darüber nachzudenken, was ich tat, legte ich meine Hand auf seine, zog sie jedoch sofort wieder zurück.

»Ich fürchte ja. Nur als Kind liebt man doch, ohne etwas dafür zu erwarten, nicht wahr? Aus Hingabe wird Vernunft, wenn man erwachsen wird. Und plötzlich stellt man eine Rechnung auf, wo vorher die reine Zuneigung war. Oder man fordert die Zuneigung zurück, so wie Geld für einen versehentlich getätigten Kauf.«

Ich musste angetrunken sein, denn normalerweise äußerte ich solch seltsame Gedanken nicht.

Eine Spur irritiert, doch zugleich amüsiert hörte Wilhelm mir zu. »Geht es noch immer um dieselbe Freundin, oder sprechen Sie schon über eine andere?«

Es klingelte an der Tür. Wilhelm rührte sich jedoch nicht vom Fleck, sondern sah mich weiterhin aufmerksam an. Da fiel mir plötzlich auf, wie still es in dem Raum geworden war. Ich wandte mich um und entdeckte Lucie, die in der Mitte stand, ein paar Schritte vom Esstisch entfernt. Sie war blass. Ihre helle Bluse und der dunkle Rock waren verschwunden, stattdessen trug sie das Unterkleid, dem Bild aus dem amerikanischen Journal nachgenäht. Sonst hatte sie bis auf ihre Strümpfe und Schuhe nichts an.

Auf den Gesichtern der anderen Gäste spiegelte sich Fassungslosigkeit. Ich ging auf Lucie zu und flüsterte ihr ins Ohr: »Was soll das? Du siehst doch, wie entsetzt alle sind.«

»Selma, nein, es ist … Es ist nicht mein Kleid.«

Verwirrt sah ich sie an. Mit dem Kinn deutete sie hinter sich, und da stand noch jemand. Ein junger Mann. Er hielt eine Zeitung in der Hand und war ebenso blass wie Lucie, doch seine Augen glühten vor Begeisterung.

Ein Raunen ging durch den eben noch so stillen Raum. Jemand – ich glaube, es war Herr Mingen – rief: »Wir sind im Krieg!«

Ein anderer antwortete: »Hurra! Nieder mit den Franzosen!«

Ich zuckte zusammen. Wieder wurde es ganz still, bis Besteck klirrte und ein Stuhl zurückgeschoben wurde.

Eloise trat auf uns zu.

»Au revoir.«

Sie wich meinem Blick aus.

»Merci bien. Bonsoir.«

Auch Thomas ging, ohne uns in die Augen zu sehen. Dann verließen die Engländer und ein Amerikaner die Wohnung, bis wir nur noch zu siebt waren. Kaum hatte sich hinter ihnen die Tür geschlossen, jubelten Herr Mingen und sein Sitznachbar weiter.

Wilhelm schloss die Fenster und begann, mit finsterer Miene den Tisch abzuräumen.

Ich kehrte zum Fenster zurück. Die Gasse unten wirkte wie verwandelt. Wo eben noch das Leben getobt hatte, herrschte jetzt Stille. Im Zentrum der deutschen Konzession stieg ein Feuerwerk auf. Es krachte und blitzte, Jubelrufe erschallten, und die Begeisterung draußen war, wenn schon nicht sichtbar, so doch unüberhörbar.

»Es wird nicht passieren«, verkündete Wilhelm, als er aus der Küche zurückkam und weitere Teller aufeinanderstapelte. »Der Kaiser liebt den Frieden. Er wird nicht unbedacht reagieren.«

»Wer spricht denn hier von unbedacht?«, dröhnte Herr Mingen. »Oder von reagieren? Wir haben uns lange genug geduckt! Jetzt heißt es aufstehen und der Welt zeigen, was für eine stolze, kampfbereite Nation wir Deutschen sind.«

Frau Mingen tupfte erst sich, dann ihrem Gatten den Mund ab und erhob sich.

»Wir sollten uns jetzt verabschieden«, sagte sie. »Haben Sie herzlichen Dank für Ihre Einladung, Herr Rickert. Es war schön, Ihre Bekanntschaft gemacht zu haben, Fräulein Wallenstein. Wir sehen uns ja demnächst öfter.«

Beim Hinausgehen hörte ich sie ihrem Mann zuzischen, er solle den Mund halten, woraufhin er die erste Stufe im Treppenhaus hinunterstolperte. Sie hatten den jungen Deutschen mit der Zeitung mitgenommen.

Nun blieben nur wir drei übrig, Lucie, Wilhelm und ich.

Lucie murmelte eine Entschuldigung, schnappte sich ihre Tasche und verschwand in einen Nebenraum.

»Sollen wir Ihnen beim Aufräumen helfen?«, fragte ich Wilhelm, und es kam mir vor, als hätte ich lange nichts mehr gesagt, so holprig klangen meine Worte.

»Nein, das wird Song morgen erledigen, haben Sie vielen Dank.«

Er schüttelte wie abwesend den Kopf, dann sah er mich wieder an. »Lassen Sie uns tanzen.«

»Jetzt?«

»Wann, wenn nicht jetzt?«

Er legte eine Schallplatte auf. Kratzend bewegte sich die Nadel darüber, die Musik setzte ein. Wilhelm verbeugte sich. Ich nahm seine Hand, die mir warm und tröstlich erschien. Wir tanzten keinen Tanz, den man erlernen konnte. Eher hielten wir uns aneinander fest, während wir uns durch das Wohnzimmer bewegten, miteinander verbunden, doch ohne einander anzusehen. Die Musik schob uns, und wir hingen beide unseren Gedanken nach.

»Müssen Sie auch in den Krieg ziehen?«, fragte ich, als der letzte Ton verklungen war.

»Nein«, antwortete er. »Man erachtet mich nicht nur dafür als untauglich.«

»Was meinen Sie damit?«

Er sagte nichts, sondern drehte die Schallplatte um. Wieder folgten wir den Klängen, doch diesmal war ich mir seiner Nähe bewusst. Mit einer Mischung aus Erleichterung und Bedauern ließ ich seine Hand los, als Lucie in ihrem langen Rock und der Bluse wieder hereinkam.

»Wollen wir?«, fragte sie mich.

Draußen drängelten wir uns an unseren begeisterten Landsleuten vorbei, die auf den Bund strömten, als ginge es darum, den Kaiser höchstpersönlich zu besichtigen. Nur wenige von ihnen schienen besorgt zu sein. Die meisten lachten und lasen einander laut aus allen Extrablättern vor, derer sie habhaft werden konnten. Auf dem Titelblatt einer dieser Zeitungen leuchtete in großen Lettern das Wort »Weltbrand«.

»Weltbrand?«, flüsterte Lucie bang. »Aber wir haben doch nichts zu befürchten, nicht wahr, Selma? Vater wollte doch auch deshalb, dass ich in der Ferne bleibe. Er hat Freunde in der Politik, weißt du? Er sprach davon bei unserem letzten Telefonat, doch ich habe ihm keinen Glauben geschenkt. Bitte, Selma, bleibe heute Nacht bei mir. Ich kann nicht allein sein.«

»Er hat sicher recht damit, dass wir hier in Sicherheit sind«, antwortete ich ihr, ohne auch nur die geringste Ahnung davon zu haben, ob es wirklich so war.

Bleich schimmerten unsere Gesichter uns kurz danach aus dem welligen Spiegel entgegen, der über der Spüle hing. Am Himmel tanzten noch die künstlichen Lichter, und der Jubel der Menschen drang durch die geschlossenen Fenster hindurch.

»Ich wusste ja, dass ich mich mit dem Leben beeilen sollte«, sagte Lucie leise. »Aber jetzt weiß ich nicht, ob mir dazu noch genug Zeit bleibt.«

Sie spuckte die Zahncreme aus und begann bitterlich zu weinen.

Am Morgen meines ersten Schultages erwachte ich aus einem Albtraum, an den ich mich jedoch nicht erinnerte, aber ich zitterte, als ich mich aufsetzte, und mein Haar fühlte sich feucht an.

Verwirrt blickte ich mich um. Ich war in das Haus der Kaufmannsfamilie Sander zurückgekehrt, nachdem ich eine Woche bei Lucie geblieben war. Auch im Halbdunkel wirkte der Raum karg und freudlos, obwohl ich meine Kleider und Lucies wunderschönen Morgenrock an die Wände gehängt hatte, um meinem Zuhause ein wenig Farbe zu verleihen.

Ich stand auf und strich über die kühle Seide. Als ich im Begriff war, ihn mir überzuwerfen, erinnerte ich mich wieder an meinen Traum. Ich war Elisabeth durch schmale Bankreihen hindurch gefolgt, die ich für die Pulte eines Klassenzimmers gehalten hatte. Als ich aufsah, stand Paul auf einmal dort, in einem roten Anzug, wie ihn die Chinesen zur Hochzeit trugen, er sah an Elisabeth vorbei zu mir, als hätte er auf mich gewartet.

Ich ließ den Morgenrock hängen, wo er war, und tappte barfuß zu der Waschecke. Der Wasserhahn tropfte. Als ich ihn aufdrehte, kam nur ein dünnes Rinnsal heraus. Also kein Frischmachen heute Morgen, wie es schien, dabei sehnte ich mich so sehr nach Abkühlung.

Es war kurz nach fünf. In drei Stunden würde ich zum ersten Mal meinen neuen Schülern gegenübersitzen. Ich war aufgeregt und ein wenig ängstlich. Aber bis dahin wollte ich nicht untätig in meinem Zimmer herumsitzen. So kleidete ich mich an, trocknete mein Haar und frisierte mich, so gut es ging. Der heiße Wind, der durch die schmalen Gassen fegte, würde die Anstrengung sowieso gleich wieder zunichtemachen.

Wieder einmal war ich die Erste auf den Straßen. Falls ich mir Abkühlung erhofft hatte, wurde ich nun eines Besseren belehrt. Kurz nachdem ich losgegangen war, fühlte ich mich schon wieder erschöpft. In den Mauern der Häuser hatte sich die Hitze der vergangenen Monate gestaut. Es war, als liefe man in einem Backofen herum.

So drosselte ich mein Tempo und ließ mich ein wenig treiben, bis ich mich in der britischen Konzession wiederfand.

Als der Krieg anfing, hatten wir damit gerechnet, dass die verschiedenen Nationen sich gegeneinander abschotten würden. Doch China wäre nicht China, wenn hier nicht fast alles anders kommen würde, als wir Ausländer es erwarteten. Zwar herrschte eine gewisse Distanziertheit im Umgang mit anderen Nationalitäten, und in absehbarer Zeit würde es vermutlich auch kein Essen mehr bei meinem Kollegen Wilhelm geben, bei dem Russen, Franzosen, Deutsche und Amerikaner an einem Tisch saßen. Doch es stand mir frei, hier herumzustreifen. Schließlich schwenkte ich kein deutsches Fähnchen oder verhielt mich sonst wie provozierend.

Nach einer Weile kam ich in das eigentliche Hankau, in den chinesischen Teil, der größer war als alle ausländischen Konzessionen zusammen. Ich tauchte in die engen Gassen ein, in denen ich die Wände links und rechts gleichzeitig hätte berühren können. Bereits zu dieser frühen Stunde war es hier äußerst belebt. Kulis und Boys, Händler und Kaufende, Frauen, Männer und Kinder schoben sich in einem schier endlos erscheinenden Strom unter golden schimmernden Schildern entlang, auf denen chinesische Schriftzeichen Tee, Tabak, Stoffe und Speisen feilboten. Auf der anderen Flussseite sah ich die Schornsteine der Baumwollfabriken rauchen. Dort musste Wuhan sein, die zweite von drei dicht nebeneinanderliegenden Städten, die aus der Ferne wie eine einzige gewirkt hatten.

In der Nähe des Ufers entdeckte ich eine Gasse, die nur aus Garküchen zu bestehen schien. Es gab Feuerstellen auf Rädern, unzählige mit Wasser gefüllte Bottiche, in denen das Geschirr gespült wurde, Matten lagen dicht an dicht, und ein verlockender Geruch zog sich wie eine Wolke zwischen den Hauswänden hindurch. Als ich etwas zu essen bestellte, erntete ich erstaunte Blicke. Es kam wahrscheinlich nicht oft vor, dass eine Europäerin hier ihr Frühstück einnahm. Doch die mit Fleisch und Gemüse gefüllten Teigtaschen waren köstlich. Außen weder zu hart noch zu weich, die Füllung delikat gewürzt, mit einem Hauch Zitrone und etwas Scharfem, das ein wenig nach Basilikum schmeckte. Es war ein wahres Vergnügen, hier zu frühstücken, mit Blick auf den Jangtse, den exotischen Düften, dem Stimmengewirr und dem bunten Treiben um mich herum. Die Spuren meines Traumes verwischten sich, und als ich pünktlich um sieben das Schultor aufstieß, fühlte ich mich für meinen ersten Tag gewappnet. Besser ich hatte nicht zu viel Zeit, mir den Kopf zu zerbrechen. Marga hatte in ihrem letzten Brief berichtet, dass die

Brüder meiner früheren Schülerinnen sich bereit machten, in den Krieg zu ziehen.

In den Zeitungen steht, dass das ganze Volk jubelt, schrieb sie, *doch, Fräulein Wallenstein, wenn ich auf die Straße gehe, sehe ich nichts davon. Vielleicht jubeln sie nur, wenn der Kaiser zuschaut. Wenn es bloß ich bin, unterlassen sie es.*

Ich seufzte und sog tief den Geruch von Kreide ein, der auch nach acht Wochen Sommerferien noch in der Luft hing.

Mit einem Ächzen öffnete sich die Tür des Klassenzimmers, und ein schmaler Junge tauchte auf, das Gesicht blass unter seiner Schiebermütze.

»Guten Morgen«, sagte ich.

Vor Schreck stolperte er und fiel beinahe hin.

»Ich bin Fräulein Wallenstein. Und wie heißt du?«

»Ernst«, flüsterte er. »Ernst Dubber.«

»Bist du immer so früh auf, Ernst?«

Er nickte stumm.

»Sei so gut und nimm deine Mütze ab, ja?«

Zögernd griff er danach und zog sie vom Kopf. Hellrotes Haar wurde sichtbar, an manchen Stellen so dünn, dass ich seine Haut hindurchschimmern sah. Er setzte sich und es sah so aus, als würde er zittern.

»Frierst du, Ernst?«

Er schüttelte den Kopf und flüsterte: »Nein, Fräulein Wallenstein.«

»Freust du dich auf das Schuljahr, Ernst?«

Seine Lippen waren leicht bläulich. Dass ihm kalt zu sein schien, kam mir bei den hohen Temperaturen draußen und drinnen sonderbar vor.

»Ja, Fräulein Wallenstein.«

»Und welches Fach macht dir am meisten Spaß?«

»Mathematik.«

Der Junge war klein. Wenn ich nicht gewusst hätte, dass er schon zur Schule ging, so hätte ich ihn auf höchstens fünf geschätzt. Seine schmalen Schultern fielen vornüber, und er sah aus, als könnte der leiseste Luftzug ihn zu Fall bringen.

»Setz deine Mütze wieder auf, Ernst.«

Der Junge starrte mich an, und ein Lächeln huschte über sein Gesicht. »Wirklich, Fräulein Wallenstein?«

Vom Gang hörte man jetzt lautes Getrappel und Kinderstimmen.

»Schnell, bevor deine Mitschüler hereinkommen.«

Schon flog die Tür auf, und die Bänke füllten sich mit Jungen und Mädchen, die mich aus großen Augen anstarrten.

»Guten Morgen, Kinder«, setzte ich an, wurde aber von Frau Mingen unterbrochen, die ihren Kopf zur Tür hereinsteckte.

»Guten Morgen, Fräulein Wallenstein.«

Frau Mingen strahlte mich an, doch als sie ihren Blick über die Kinder schweifen ließ, wurde sie schlagartig ernst. »Fräulein Wallenstein, Sie … ich … Dürfte ich Sie unter vier Augen sprechen?«

Im Korridor stützte sie ihre Hände in die Taille und blickte mich mit gerunzelter Stirn an.

»Ich weiß ja nicht, wie Sie es zu Hause halten, aber hier ist es Kindern nicht gestattet, im Unterricht Kopfbedeckungen zu tragen.«

»Ich lasse es heute durchgehen. Für morgen habe ich noch nichts entschieden.«

»Wollen Sie jedem Kind solche Freiheiten erlauben? Und wissen Sie, wer der Junge ist? Mit den Dubbers hat man nichts als Ärger. Ein Wüterich von einem Kerl und eine Hexe von einer Frau. Wissen immer alles besser. Plustern sich auf und halten Reden, Himmel noch eins.« Sie beugte sich vor, und ich spürte ihren Atem an meiner Wange, der schwach nach Kaffee roch. »Und darüber vergessen sie, wann sie ihr Kind in die Schule schicken müssen. Der Junge stand einmal morgens um fünf vor dem Schultor und wartete zwei Stunden, bis der Direktor kam. Er kann nichts für seine Eltern, aber lassen Sie sich von dem nichts weismachen.«

Im Hof schlug der Direktor die Glocke. Ich dankte Frau Mingen mit einem Kopfnicken und schloss hinter mir die Klassentür.

»Guten Morgen, Kinder. Ich bin eure neue Lehrerin, Fräulein Wallenstein.«

»Guten Morgen, Fräulein Wallenstein«, ertönte es im Chor. Sechzehn Augenpaare sahen mich nervös an.

»Wart ihr im vergangenen Jahr in Frau Mingens Klasse?«

Ein paar nickten, die meisten schlugen die Augen nieder.

»Frau Mingen und ich haben eine Wette abgeschlossen. Ich weiß, ihr kennt mich noch nicht, daher steht es euch natürlich zu, Frau Mingen zu unterstützen und nicht mich, aber ich möchte euch trotzdem um etwas bitten. Die Wette, die wir abgeschlossen haben, lautet wie folgt: Diejenige von uns, die am Jahresende am meisten über ihre Schüler weiß, gewinnt.«

Die Kinder sahen mich jetzt mit großen Augen an.

»Deswegen bitte ich euch nun, mir zu erzählen, was

euch die größte Freude macht, was ihr am liebsten esst, was ihr gar nicht mögt und welches eure Lieblingsgeschichten sind. Habt ihr eine Lieblingsgeschichte?«

Wieder nickten ein paar.

»Heute Morgen habe ich von Ernst erfahren, dass er von all seinen Kleidungsstücken am liebsten seine Mütze trägt. Mein Problem ist nun, dass ich das womöglich wieder vergessen habe, wenn das Schuljahr herum ist. Darum habe ich ihn gebeten, sie auch während des Unterrichts zu tragen. Ernst war so freundlich und hat dem zugestimmt.«

Ernsts Wangen hatten eine feuerrote Farbe angenommen. Glücklicherweise schien das niemandem aufzufallen, so sehr waren die Kinder damit beschäftigt, sich zu melden.

»Ich heiße Helene Grossmann«, piepste ein Mädchen mit dünnen dunkelbraunen Zöpfen, »und ich mag sehr gern Apfelpfannkuchen mit Zimt.«

»Da haben wir doch gleich etwas für die Hauswirtschaftskunde. Von nun an backen wir immer am ersten Montag im Monat Apfelpfannkuchen mit Zimt.«

Die Mädchen kicherten aufgeregt, während die Jungen enttäuscht dreinschauten.

»Und wir schlagen gleich zwei Fliegen mit einer Klappe. Denn während wir backen, befassen wir uns mit der Frage, warum Äpfel, wie andere Dinge auch, immer geradewegs nach unten fallen und nicht zum Beispiel mal links oder mal rechts abbiegen.«

Helene Grossmann meldete sich wieder.

»Ja, Helene?«

»Pfannkuchen können aber auch nach oben in die Luft fliegen.«

»Das ist ein sehr interessanter Einwand. Auch das werden wir ergründen. Was haltet ihr davon, wenn wir auch Herrn Rickert zum Apfelpfannkuchenbacken einladen? Wenn ich nicht irre, kennt Herr Rickert sich mit solchen Wundern der Natur bestens aus.«

»Ja!«, rief ein Junge und schlug sich erschrocken auf den Mund.

»Wie heißt du?«

»Georg«, murmelte er.

»Was tust du am liebsten?«

»Feuer machen, glaube ich.«

»Hm, hm.« Nachdenklich sah ich ihn an.

Ein paar Kinder kicherten, verstummten aber rasch wieder. Vielleicht war ihnen eingefallen, dass man auch über ihre Lieblingsbeschäftigungen lachen könnte, wenn man darauf aus war.

»Hier sollten wir ebenfalls Herrn Rickert hinzuziehen. Und wir werden uns mit der Geschichte des Feuers auseinandersetzen. Denn auch wenn es schwerfällt, das zu glauben, doch Drachen haben es nicht erfunden.«

Wieder kam verhaltenes Lachen, und Helene Grossmanns Hand schoss in die Höhe.

»Ja, Helene?«

»Was tun Sie am liebsten, Fräulein Wallenstein?«

»Das ist eine gute Frage. Meine Lieblingsbeschäftigung ...«, ich stützte mein Kinn in die Hand, »... ist, hier mit euch zu sitzen, denke ich. Ja. Das gefällt mir mehr als alles andere.«

Der Duft des Winters

Elettaria cardamomum

Aromatischer, holziger Duft
Bei Kälte, Anspannung, Angst
Wirkung:
wärmend, anregend, erdend

»Wo ist Maman? Adele, Tante, wo ist Maman?«, rief ich.

Mit ernstem, schmaler erscheinendem Gesicht winkte Adele mir zu. Hunderte Menschen schoben sich dicht aneinandergedrängt über das Mitteldeck des Passagierdampfers. Adele und Tante Mirelle standen an die Reling gedrückt, doch Maman konnte ich nirgends entdecken.

»Wo ist Maman?«, rief ich noch einmal, doch der feuchtheiße Wind trug die Worte fort, sobald sie meinen Mund verlassen hatten.

Papa hatte mir die Ankunft der drei für den dritten September angekündigt, heute war der achte. Fünf Abende hatte ich am Pier das Eintreffen der Dampfer erwartet. Fünfmal war ich enttäuscht und beunruhigt zu Lucie zurückgekehrt. Doch jetzt waren sie endlich da. Zumindest Adele und Tante Mirelle.

Lucie stand neben mir und umklammerte meinen Arm.

»Das ist Adele?«, fragte sie. »Sie ist ja wunderschön! Ich bin so glücklich, dass ihr nun bei mir wohnt!«

Ich drückte ihre Hand und hoffte, dass sie meine Dankbarkeit spürte. Meine Familie hätte niemals in mein Zimmer gepasst, und bald wollte sogar Papa nachkommen.

Der erste Strom von Passagieren kam nun über den Steg an Land, die Stirn des einen berührte den Hinterkopf des anderen. Kinder schrien nach ihren Eltern, Schilder mit Namen wurden geschwenkt, man hörte lautes Weinen, erleichtertes Lachen, und über alldem dröhnten die Schiffsmotoren. Der Wind, der mir mit einem Mal feindselig erschien, heulte.

Endlich standen Tante Mirelle und Adele vor mir, ihre Koffer umklammernd, zerzaust und außer Atem.

»Wo ist Maman?«, fragte ich, nachdem ich die beiden umarmt hatte.

»Sie will nicht«, keuchte Tante. »Wir haben alles versucht. Bitte, Selma, du musst an Deck gehen. Auf dich wird sie hören.«

»Was soll das heißen, sie will nicht?«

»Wir haben sie kaum an Bord bekommen«, antwortete Adele. »Ein Freund von Papa hat schließlich geholfen, indem er ihr eine Beruhigungsspritze gab, zuerst in Tsingtau, dann noch eine in Shanghai, obwohl sie Zeter und Mordio geschrien hat.«

»Und nun will sie nicht aussteigen? Warum nicht?«

»Du weißt, sie spricht nicht mit mir.«

»Adele, das kann doch nicht sein. Ihr wart anderthalb Wochen, nein, zwei Wochen unterwegs, das …«

»Glaube mir. Sie spricht nicht mit mir.«

Tante Mirelle nickte mit düsterem Gesicht. »Deine arme Schwester hat recht. Oh, dieser verteufelte Krieg! Aber habe ich es dir nicht gesagt, Selma, sagte ich es nicht? Der babylonische Sturm war nur ein Vorbote. Ich wusste es schon damals in Berlin, Chérie, ich wusste, was uns bevorsteht.«

Ich umfasste ihre runde Schulter. Tränen liefen so

plötzlich über ihre Wangen, als hätte jemand einen Hahn aufgedreht.

»O Madame«, sagte Lucie beschwichtigend, »vous souffrez beaucoup, n'est-ce pas?«

»Ah oui, ma petite, oui!« Ohne Warnung ließ sich Tante Mirelle in Lucies Arme fallen. Die schwankte kurz, hielt sich aber aufrecht. Erleichtert, dass meine junge Freundin die richtigen Worte gefunden hatte, lief ich los, doch es war unmöglich, den Steg hinaufzukommen. Der Strom der Menschen wollte kein Ende nehmen. Nur wenig entfernt ankerte nun der nächste Dampfer. Hoffentlich fiel bei dem Gedränge niemand ins Wasser! Es war so schmutzig, dass man nicht einen Zentimeter weit hinuntersehen konnte.

Die Minuten verstrichen. Endlich taten sich die ersten Lücken auf. An Deck wurde ich nicht besonders freundlich begrüßt, doch schließlich wies mir der junge Mann den Weg.

Maman saß mit verbissener Miene in der Kabine und klammerte sich an die Lehnen eines Sessels. Hellrosa traten ihre Fingerknöchel hervor.

»Maman«, sagte ich. »Du kannst mich jetzt hinunterbegleiten.«

Sie schüttelte den Kopf.

»Wir sind in Hankau. Hier bleiben wir.«

Wieder schüttelte sie den Kopf. Ihr Haar, von Silber durchzogen, leuchtete wieder wie einst, ein Wust nachtschwarzer Locken, der ihr schönes Gesicht wie eine Löwenmähne umgab. Auch ihre Augen funkelten, jetzt allerdings vor Zorn.

»Zurück zu Liu«, sagte sie langsam. »Ich möchte zurück zu Liu. Und zu Xianying.«

»Du kannst nicht zurück, Maman. Der Gouverneur hat

Frauen und Kindern zur Ausreise geraten. Es ist dort zu gefährlich für dich.«

»Liu«, wiederholte sie. »Ich will zu Liu und Xianying.«

Ich zog einen Stuhl heran und setzte mich ihr gegenüber. Wie viel Zeit mochte ich haben, bis der Steward an die Tür polterte? Würde er überhaupt klopfen, oder würden wir nur spüren, wie das Schiff zu beben begann und ablegte mit Kurs zurück auf Shanghai?

»Wo sind sie?«, fragte ich. »Bei Vater?«

Maman schüttelte den Kopf. »Im Lauschan. In ihrem Haus.«

»Aber glaubst du nicht, dass sie dort sicher sind?«

Wieder schüttelte sie den Kopf, diesmal vehement. »Nein. Nicht vor den Japanern. Und nicht vor den Deutschen.«

»Aber …«

Ich schloss den Mund. Das japanische Ultimatum zur Übergabe Tsingtaus war am 23. August abgelaufen. Vater hatte berichtet, dass am Horizont die japanischen Schiffe auf und ab fuhren. Tsingtaus Straßen waren öd und leer bis auf Soldaten in deutscher Uniform. Die meisten Chinesen, die Arbeit in Tsingtau gefunden hatten, waren in ihre Dörfer zurückgezogen. Aus Peking hieß es, die Japaner wollten Tsingtau nicht mit Waffengewalt einnehmen, sondern aushungern. Papa hatte uns zu beruhigen versucht. Es würde genug geben für alle. Das könnte eine langweilige Veranstaltung werden, hatte er abschließend geschrieben, bei all den Nahrungsmitteln würde es eine Ewigkeit dauern.

»Youwei lebt dort oben. Er wird auf Liu und Xianying achtgeben. Die Soldaten werden ihnen schon nichts tun.«

Noch während ich diese Worte aussprach, wusste ich,

wie naiv sie waren. Im Krieg zählten Rasse und Geschlecht noch weit mehr als in Friedenszeiten, und schon da hatte es Liu nicht leicht gehabt. Von ihren Landsleuten wurde sie verachtet, weil sie ein uneheliches Kind großzog. Und dann war Xianying auch noch ein Mädchen.

»Youwei ist alt«, sagte Maman, die Stimme noch ungelenk, aber sicherer, seit ich sie zuletzt gehört hatte. »Ich fahre zurück.«

»Das wirst du nicht. Maman!« Ich berührte sie an der Schulter.

»Maman, das tust du nicht. Ich werde Papa schreiben. Er soll sie abholen und auch hierherschicken.«

Wieder schüttelte sie den Kopf.

»Warum nicht?«

»Ich hatte ihn gebeten, sie mit uns reisen zu lassen«, antwortete sie. »Er hat Nein gesagt.«

Ich schloss die Augen.

Die Welt schien nur noch Gefahr zu sein. Eine Gefahr wie Feuer, das sich immer weiterfraß. Wenn ich morgens aufwachte, sah ich den Tag noch kristallklar vor mir. Doch je weiter er voranschritt, desto unschärfer wurde alles, und desto mehr hatte ich das Gefühl, von Kopf bis Fuß in etwas verstrickt zu sein, das ich nicht beeinflussen konnte. Der Morgenkaffee war das Einzige, was noch unter meiner Kontrolle stand. Ab dann war alles von außen bestimmt.

»Ich hole sie«, sagte ich und öffnete die Augen wieder.

Maman schien mich nicht verstanden zu haben, deshalb wiederholte ich: »Ich hole sie. Nun komm mit von Bord.«

»Fräulein Wallenstein, sosehr ich Ihr Dilemma verstehe, unter diesen Bedingungen freigeben kann ich Ihnen leider nicht.«

Über seine halbrunde Brille hinweg sah mich Direktor Prerow bedauernd an. »Ich kann Ihrer Kollegin nicht zumuten, noch mehr Kinder zu übernehmen.«

Die Schülerzahl hatte sich seit Kriegsbeginn mehr als verdoppelt. Viele Tsingtauer Frauen waren mit ihren Kindern hierhergekommen. Ihre Männer waren eingezogen worden.

Direktor Prerows Büro schien heute kleiner zu sein als an jenem Tag, an dem ich es zum ersten Mal betreten hatte. Bevor ich mich hinsetzte, musste ich etliche Ordner mit Unterlagen von dem Stuhl entfernen. Hinter dem Stuhl begann ein Turm aus weiteren Aktenordnern gefährlich zu wackeln. Bei jedem Luftzug fürchtete ich, er könnte umkippen.

Hinter dem Schreibtisch des Direktors stand eine Topfpalme, nunmehr so nah, dass ihre in alle Richtungen wachsenden Blätter ihn umrankten wie ein Heiligenschein. Die Kinder hatten ihm den Spitznamen Professor Nero gegeben. Ob er ihm wohl schon zu Ohren gekommen war?

Direktor Prerow seufzte und wiederholte: »Es geht nicht. Sie müssen bis zu den Ferien warten.«

»Aber selbst in den Ferien ist eine solche Reise nicht zu schaffen. Wie könnte ich innerhalb von einer Woche nach Tsingtau und wieder zurückgelangen? Herr Direktor, könnten Sie noch einmal darüber nachdenken? Ich würde Sie nicht darum bitten, wenn es nicht so wichtig wäre.«

»Das weiß ich. Doch, nein, ich kann nichts für Sie tun.«

Seine Antwort überraschte mich zwar nicht, dennoch brannten mir Tränen der Enttäuschung in den Augen. Ich tat so, als müsste ich niesen, und wischte sie mit dem Taschentuch weg.

Drei Wochen dauerte es noch bis zu den Herbstferien. Mein Herz zog sich zusammen. Maman würde sich bis dahin in die Frau zurückverwandelt haben, die ich bei meiner Ankunft in Tsingtau vorgefunden hatte.

»Aber ich bin froh, Sie zu sprechen, Fräulein Wallenstein. Ich habe nämlich auch ein Anliegen. Ich möchte Sie bitten, behelfsweise die Leitung der Schule zu übernehmen.«

»Wie bitte?«

»Die Mobilmachung erstreckt sich nicht nur über das Schutzgebiet. Tatsächlich muss auch ich in die Kolonie. Ich hoffe, nicht für lange, doch der Angriff der Japaner steht bevor.«

Ich wandte den Kopf ab und versuchte, seine Worte nicht zu mir durchdringen zu lassen.

»Natürlich arbeiten Ihre Kollegen länger hier als Sie. Doch ich habe Vertrauen in Sie, in Ihre Fähigkeiten. Ihre Schule in Charlottenburg hat sich ja unter Ihrer Leitung erst so gut entwickelt, wenn ich mich nicht täusche.« Er sah mich erwartungsvoll an. »Nun, was sagen Sie?«

Aus den Regalen neben mir drang Staub in meine Nase, und diesmal musste ich tatsächlich niesen.

Er beugte sich vor. »Ich kann mir vorstellen, dass Sie es sich noch mal überlegen wollen. Und ich habe vollstes Verständnis, falls Sie unter den gegebenen Umständen ablehnen. Sie müssen ja glauben, ich wollte Ihnen nicht entgegenkommen. Doch seien Sie versichert, Fräulein Wallenstein, ich würde Ihnen freigeben, wenn ich es könnte.«

»Haben Sie vielen Dank«, sagte ich und erhob mich. »Ich werde darüber nachdenken.«

Meine Enttäuschung machte jede Freude über sein Vertrauen zunichte. Wie könnte ich zusagen, wenn Liu und

Xianying in den Bergen ausharrten, nicht wissend, was passieren würde und von niemandem beschützt?

Wieder ein Morgen, an dem ich zu früh erwachte. Seit mir Direktor Prerow sein Angebot unterbreitet hatte, waren drei Nächte verstrichen. Drei Nächte, in denen ich kaum geschlafen hatte und deshalb wie gerädert war. Mein Kopf schmerzte, meine Lider waren geschwollen, und ich hatte das Gefühl, seit Tagen nichts mehr getrunken zu haben.

Auf Zehenspitzen schlich ich an Adeles Bett vorbei und öffnete leise die Flügeltür, die Mamans und Tante Mirelles Zimmer von unserem trennte. Ich sah ihre Köpfe dicht an dicht auf dem Schlafsofa, ihr schwarzes Haar wie untrennbar miteinander verwoben, und schlich weiter zur nächsten Flügeltür und den Flur entlang in die Küche. Am Fenster stand Lucie, mit dem Rücken zu mir und die Stirn gegen die Scheibe gepresst.

»Warum bist du denn schon auf?«, fragte ich leise.

Sie fuhr zusammen. Als sie sich umdrehte, sah ich die Ränder unter ihren Augen, die wie aufgemalt wirkten.

Sie seufzte und zuckte mit den Schultern. »Ich habe Kaffee aufgebrüht. Möchtest du?«

Schweigend saßen wir an dem schräg stehenden und leicht kippelnden Tisch einander gegenüber. Jedes Mal, wenn sich eine von uns bewegte, schwappte Kaffee auf das Holz.

»Ich wünschte, meine Gedanken würden schweigen«, murmelte Lucie. »Ich kann nichts mehr zu Papier bringen, seit der Krieg begonnen hat. Früher habe ich Liebesgeschichten geschrieben. Aber heute mag ich die Männer nicht mehr.«

Sie sah so traurig aus, dass ich über den Tisch griff und ihre Hand nahm.

»Aber was ist mit dir, Selma?«, fragte sie. »Eine Schule zu leiten, das stelle ich mir wunderbar vor.«

»Das ist es auch bestimmt. Es gibt kaum etwas, das ich lieber täte. Die Schüler … Du kannst dir nicht vorstellen, welche Freude es bereitet, sie zu unterrichten. Ich finde es wunderbar, nun Mädchen und Jungen in meiner Klasse zu haben. Sie sind jünger als meine Charlottenburger Mädchen, aber ich mag sie. Du würdest sie auch mögen. Sie sind so lebendig und unendlich wissbegierig.«

Wir schwiegen. Jede hing ihren eigenen trübsinnigen Gedanken und Sehnsüchten nach.

»Ich werde kündigen«, sagte ich schließlich.

Lucie ließ beinahe die Kaffeetasse fallen, die sie gerade an die Lippen gesetzt hatte.

»Ich muss nach Tsingtau. Ich weiß, es ist unverantwortlich. Sie werden so schnell wohl kaum Ersatz finden. Aber ich muss Liu und Xianying holen. Vater schrieb, er sähe die japanischen Torpedobootszerstörer vom Fenster seines Büros aus am Horizont kreuzen. Die ersten Schüsse von deutscher Seite aus wurden schon abgegeben. Und dann das Wetter. Es hat in den vergangenen Wochen Unmengen geregnet, Soldaten sind ertrunken, andere werden vermisst, ein Bahndamm wurde beschädigt.«

»Wie in aller Welt willst du dann nach Tsingtau hineinkommen? Mit dem Schiff etwa? Freundlich winkend an den Torpedozerstörern vorbei?«

»Wenn ich das wüsste. Doch es muss ja einen Weg geben. Direktor Prerow fährt schließlich auch.«

»Als Soldat!«

»Es muss sein«, sagte ich.

Hinter Lucies Stirn arbeitete es, und ich hob die Hand, bevor sie etwas sagen konnte.

»Aber du, liebe Lucie, fährst nicht.«

»Warum nicht? Sieh es einmal so, ich hätte endlich etwas zu tun.«

»Weil es erstens unverantwortlich wäre, zweitens außerhalb deiner Zuständigkeit und drittens ...«

»Zuständigkeit?«, unterbrach sie mich. »Ist unsere Freundschaft ein Teil meiner Zuständigkeit?«

»Natürlich nicht. Aber du tust schon genug für uns.«

»Das bisschen Essen besorgen, meinst du?«

»Die Unmengen Essen besorgen. Unter anderem.«

Lucie war der Überzeugung, dass sich Angst wegessen ließe. Da es ihr an Geld nicht mangelte, waren die Schränke bis zum Bersten gefüllt.

»Uns überhaupt hier wohnen zu lassen.«

»Ich wollte von Beginn an, dass du bei mir lebst. Dass du nun zu viert bist, finde ich wunderbar!«

»Aber was ich sagen wollte, drittens kennt Liu dich nicht. Viertens ebenso wenig wie du das Lauschan-Gebirge. Es wäre unsinnig, dich dort herumirren zu lassen.«

Ich schüttelte den Kopf, erleichtert darüber, dass mir so viele Gründe einfielen, die gegen Lucie als Tsingtau-Reisende sprachen.

»Nur ich kann fahren. Ich werde noch heute mit dem Schulausschuss sprechen.«

Auch wenn es mir das Herz brach. Meine Schüler waren mir mittlerweile vertraut, von gut der Hälfte kannte ich die familiären Hintergründe und wusste, woher aus Deutschland sie stammten und was ihre Eltern nach China gebracht hatte. Meine Versuche, die Vorlieben und Abneigungen der Kinder in etwas umzuwandeln, das dem

Unterricht diente, machte mir so großen Spaß, dass ich mir kaum mehr vorstellen konnte, wie ich früher nach Lehrplan vorgegangen war.

»Selma, ich bitte dich. Es muss doch eine andere Möglichkeit geben. Und wenn ich nicht fahren kann, dann … Du kennst doch Menschen dort. Könntest du nicht jemanden von ihnen in die Berge schicken?«

»Sie sind alle fort!«

»Die Frauen und Kinder, ja. Aber die Männer nicht.«

Ich stand auf und sagte: »Das könnte ich von niemandem verlangen.«

Auch Lucie erhob sich und stützte sich auf dem Tisch ab, sodass erst ihre und dann meine Kaffeetasse einen Hüpfer tat.

»Warum? Warum solltest du es nicht verlangen können? Kannst du nicht glauben, dass man dir helfen will? Ich höre dich übrigens immer noch einen Namen im Schlaf rufen, sogar durch die Zimmerwände.«

Ich senkte den Blick. Paul war noch in Tsingtau, nahm ich an. Bestimmt war er wie alle Männer seines Alters eingezogen worden. Doch was sollte er tun? Er kannte Liu und Xianying ja nicht einmal.

An einem windigen Morgen Ende Oktober schloss ich um kurz vor sechs, lange vor Unterrichtsbeginn, die Schultür auf und ging durch die gespenstisch ruhigen Flure. Meine Schritte hallten von den getünchten Wänden wider, das einzige Geräusch außer meinem Atem. Doch als ich die Fenster öffnete, eines nach dem anderen, schwappte das Leben herein. Vogelgezwitscher, die Rufe vom Fluss her, das Rauschen des trockenen Laubes. Nichts, was sich von einem Krieg unterdrücken oder gar vertreiben ließe.

Die Sonne schien schräg auf die Palme hinter meinem Schreibtisch. Ich hatte sie wegzurücken versucht, das aber schnell wieder aufgegeben, denn es war zu wenig Platz. Doch wenn ich die Kinder, die ich zu mir rief, zum Kichern bringen konnte, weil nun auch ich einen Heiligenschein aus dunklem Grün trug, war mir das lieb. In diesen Zeiten war jeder Grund zu lachen ein guter, und sei es der, dass sie mich heimlich Fräulein Wallenschein nannten.

Heute Morgen war ich nicht die Einzige, die so früh in die Schule kam, wie ich mit einem Blick aus dem Fenster feststellte. Im Hof stand Wilhelm, eine nicht brennende Zigarette in der Hand. Sonnenfunken fielen durch das Blattwerk über ihm und tanzten über sein Gesicht. Er sah müde aus.

»Möchtest du eine Tasse Kaffee?«, rief ich aus dem offenen Fenster, noch etwas unvertraut mit dem Du, auf das wir uns endlich geeinigt hatten.

Er erschrak und sah zu mir hinauf. Sein Kinn war von rötlichen Bartstoppeln übersät. »Das wäre schön, ja«, antwortete er.

Einmütig schweigsam saßen wir uns ein wenig später an meinem Schreibtisch gegenüber, das Gebräu in unseren Tassen dampfte in unsere Gesichter. Wie froh war ich, dass er schon hier war. Diese frühen Morgenstunden waren die schlimmsten. Wenn in dem Schulgebäude noch Stille herrschte und ich meine Gedanken nicht im Zaum zu halten vermochte. Oft erwischte ich mich dabei, wie ich vor dem Schreibtisch stehen blieb und auf den leeren Stuhl starrte. Der Schulausschuss hatte mich geradezu angefleht, die wenigen Wochen abzuwarten, die es dauern würde, bis Direktor Prerow zurückkehrte. Ich hatte mich überreden lassen, und dann war die Nachricht von seinem

Tod eingetroffen. Er war als einer der ersten Gefallenen Tsingtaus von einem Fehlgänger erwischt worden, der eigentlich die Bismarck-Kaserne hatte treffen sollen.

Ich sah ihn vor mir, wie er sich bedächtig ein Pfefferminzbonbon in den Mund geschoben hatte. »Ich verstehe Ihre Sorgen, Fräulein Wallenstein. Doch Sie dürfen nicht ins Schutzgebiet reisen, ich wüsste nicht einmal, wie Sie das anstellen sollten. Als Soldat verkleidet? Bitte, lassen Sie die Kinder nicht im Stich.«

Und das hatte ich nicht. Stattdessen hatte ich Liu und Xianying im Stich gelassen und gehofft, Paul würde ihnen zu Hilfe eilen. Er hatte meine Briefe nicht beantwortet, keinen der sechs. Von Liu und Xianying hatte ich ebenfalls nichts gehört.

»Ist alles in Ordnung, Selma?«, fragte Wilhelm. Seine schlanken Finger umfassten die Tasse, er hatte den Kopf in den Nacken gelegt und sah mich gedankenverloren an.

»Jetzt, da du voraussichtlich nicht nur vorübergehend die Leitung hier übernommen hast, würde ich dir gern einen Vorschlag unterbreiten.« Er trank einen Schluck Kaffee. »Direktor Prerow war nicht angetan davon, doch ich würde den naturwissenschaftlichen Zweig gern weiter ausbauen. Wir haben uns ja schon ein paar Inseln im Lehrplan geschaffen. Doch nun hat sich etwas Großartiges aufgetan. Ein Privatier möchte Laborgeräte spenden. Er hat uns Bunsenbrenner in Aussicht gestellt, diverse Gläser und Kolben und …«

Es klopfte. Bevor ich »Herein!« rufen konnte, wurde die Tür aufgerissen, und Lucies flaumiger Haarschopf erschien im Türrahmen. »Guten Morgen, Selma, oh, hallo, Herr Rickert, schön, Sie zu sehen! Ich …« Sie schien vor Begeisterung fast zu platzen, während sie sich hereinschob und die Tür hinter sich zuzog. »Ich habe nachgedacht. Wie du weißt, Selma, schlafe ich kaum noch. Ich halte es nicht aus, so untätig zu sein, und habe Nacht für Nacht darüber gegrübelt. Und jetzt habe ich endlich ein Mittel gegen die Untätigkeit gefunden. Nähen. Für die Soldaten in Gefangenschaft. In Sibirien. Habt ihr davon gehört? Natürlich, was frage ich, gewiss habt ihr davon gehört. Also, was meint ihr?«

»Du möchtest Kleidung für die in Sibirien internierten Soldaten nähen?«, fragte ich zweifelnd.

Die Männer starben in der Kälte wie die Fliegen, hieß es in den Zeitungen. Dabei war erst Ende Oktober.

»Wie willst du das umsetzen? Wie willst du ganz allein für Tausende Männer Winterkleidung nähen? Woraus? Und wo?«

»Natürlich nicht allein. Ich werde einen Hilfsausschuss gründen«, sagte Lucie. »Und weil so ein Ausschuss Platz braucht, bin ich hier. In der Aula wäre Platz dafür.«

Ruckartig hob Wilhelm den Kopf. Schon bei der Vorstellung der neuen Laborgeräte für die Schule hatten seine Augen geleuchtet, aber jetzt schien er vollends in seinem Element zu sein.

»Wir benötigen die Aula nur zu Festzwecken. Die nächste Feier, nun, die wird wohl anlässlich des gewonnenen Krieges stattfinden.«

»Und wenn wir das feiern«, stimmte Lucie ein, »können wir auch das Nähen beenden.«

Mir fielen Dutzende Aber ein. Doch die Männer erfroren da draußen. Und wir hatten genug Platz. Feiern würden wir nicht, zu tanzen war kaiserlich verboten. Was hätten wir also davon, dass unsere Aula einstaubte und von Spinnweben überzogen wurde?

»In Ordnung«, sagte ich.

Lucie klatschte begeistert in die Hände. Wilhelm stand auf und tat kund, sich die Aula sofort vorzunehmen.

»Danke!«, rief Lucie und wollte ihm nach.

»Warte, Lucie. War meine Mutter schon wach, als du weggegangen bist?«

Sie wandte sich ab.

»Geht es ihr besser als gestern, schlechter als gestern, genauso schlimm wie gestern?«, hakte ich nach.

»Genauso schlimm, würde ich sagen, oder vielleicht noch ein bisschen schlechter. Sie …« Lucie biss sich auf die Unterlippe und holte tief Luft. »Sie hat im Schlaf geschrien. Ich fürchte, sie hat das ganze Haus aufgeweckt.«

Ich nickte und schwieg.

Lucie ging, und ich blickte nach draußen, wo die ersten Kinder eintrudelten. Auch Ernst war darunter, die Schiebermütze tief ins Gesicht gezogen. Er war im selben Alter wie Xianying. Wenn ich bloß wüsste, wie es Liu und ihr erging! In Tsingtau wurden nicht nur die deutschen Toten vermeldet, auch die Namen der Chinesen wurden veröffentlicht. Doch momentan gab es keine Post von dort, und die Zeitungen hatten nur wenig zu berichten. Was, wenn Liu und Xianying … Doch daran durfte ich jetzt nicht denken.

Ein paar Tage später begleiteten das Surren der Nähmaschinen und das fortwährende Klappern von Stricknadeln meinen Unterricht. Die Aula war schon zu klein geworden für all die Helferinnen, und Lucie hatte nun auch einen Teil des Schulkorridors für sich erobert. In den Pausen fand ich sogar manchmal eine Frau im Klassenzimmer, die langen Beine mühsam unter ein niedriges Schülerpult gequetscht.

Meine junge Freundin war kaum mehr wiederzuerkennen. Sie sprühte vor Tatendrang und Stolz darüber, aus dem Nichts eine so beachtliche Hilfsmaschinerie aufgebaut zu haben. Auch ich war stolz auf sie, selbst wenn meine Niedergeschlagenheit anhielt. Aus Tsingtau trafen fortwährend traurige Nachrichten ein. Die Stadt schien sich in ihre Bestandteile aufzulösen. Inzwischen wurde sie sowohl von der Land- als auch von der Seeseite belagert. Niemand kam mehr hinein und niemand hinaus. Es war also zu spät für mich, dorthin zu reisen, jetzt konnte ich gar nichts mehr tun.

Vater hatte telegrafiert, im Klub der Marine zu leben, da unser Haus von einer Bombe getroffen worden war. Den Aufruf des japanischen Kaisers, allen Nichtkombattanten freien Abzug zu gewähren, hatte er beiseitegewischt: »Ohne mich.« Über Liu und Xianying hatte er keine Silbe verlauten lassen.

Meine Schüler hielten die Köpfe tief über ihre Hefte gebeugt, einer von ihnen besonders tief. Ich trat hinter meinem Pult hervor, und als ich näher kam, erkannte ich, dass Ernsts Kopf tatsächlich auf der Tischplatte lag, seine Schiebermütze darüber. Ich berührte seine Schulter. Sie war so schmal und knochig, dass ich zurückzuckte.

»Ernst«, sagte ich leise, »aufwachen.«

Die anderen Kinder kicherten. In dem Moment klopfte es und Adele riss die Tür auf. Sie war unfrisiert und hatte nur einen Mantel über ihr Nachthemd geworfen.

»Selma, schnell, komm mit! Tante tut Schreckliches! Komm schon, bevor alles zu spät ist!«

»Ich muss unterrichten, Adele, ich kann jetzt nicht.«

»Ruf Wilhelm. Oder sonst irgendwen. Du musst mitkommen, sofort!«

Ich bat Frau Mingen im Klassenzimmer nebenan um Hilfe und eilte hinter Adele her auf die Straße hinaus, wo die Luft nach Schlamm und Moder roch. Während wir liefen, versuchte ich, mehr aus meiner Schwester herauszubekommen.

»Ein Brief ist gekommen. Nachdem Tante ihn gelesen hatte, begann sie zu weinen und zu schreien, und dann lief sie aus dem Haus mit den Worten, den Konsul zu töten.«

»Töten? Um Gottes willen, Adele, warum bist du ihr nicht gefolgt? Was war das für ein Brief? Kam er aus Tsingtau?«

»Ich weiß es doch nicht, Selma, so komm schon!«

Nebel hing über dem Jangtse, und der faulige Geruch war stärker geworden. Das Blut rauschte so laut in meinen Ohren, dass ich die Geräusche der Umgebung kaum wahrnahm. Gab es Nachricht von Vater? Lebte er noch? Was war mit Liu?

Weiß und wie frisch herausgeputzt erhob sich das deutsche Konsulat ein paar Meter entfernt vor dem tief hängenden grauen Himmel. Alles schien friedlich zu sein. Voller Sorge blickten Adele und ich uns um.

»Sieh du zu Hause nach«, schlug ich schließlich vor, da ich Tante Mirelles schwarzen Dutt nirgendwo hatte ausmachen können. »Ich suche hier weiter.«

Es war sinnlos, die gesamte deutsche Konzession abzulaufen. Doch nachdem ich meinen Blick über die Promenade hatte gleiten lassen, die ein paar Meter weiter südlich in französisches Gebiet überging, kam mir eine Idee.

Die Straßen dort waren dieselben, und abgesehen davon, dass Schilder und Geschäfte mit französischen Namen versehen waren, sah es hier genauso aus wie auf dem von Deutschen besetzten Grund. Wie lachhaft dieses

Fähnchenstecken, dieses Aufplustern, dieses Behaupten, nun hier herrschen zu dürfen, doch war! Ich verstand, dass Lucie keine Liebesgeschichten mehr schreiben wollte, weil sie die Männer nicht mehr mochte, ich verstand sie sehr gut.

Die Pforte der Église Saint-Joseph öffnete sich mit einem lauten Knarren. Die Luft drinnen war kühl, nichtsdestotrotz verbreitete das Flackern der Kerzen Behaglichkeit. Ich schritt zwischen den schmal stehenden Bankreihen hindurch auf den Altar zu. Und da war sie, Tante Mirelle. Sie hatte eine Opferkerze angezündet, doch statt sie in den Halter zu stecken, hielt sie sie mit beiden Händen umklammert.

»Tante«, flüsterte ich.

Sie schien nicht überrascht zu sein, mich zu sehen.

Zwei dicke Tränen tropften auf ihr schwarzes Kleid.

»Tante, was ist geschehen? Adele sagt, du hättest einen Brief bekommen? Hast du Nachrichten aus Tsingtau?«

Stumm schüttelte Tante Mirelle den Kopf und starrte unverwandt auf die flackernde Opferkerze in ihren Händen.

»Von wem?«, fragte ich, so außer Atem, als wäre ich meilenweit gerannt. »Was macht dich so traurig?«

Sie schluchzte einmal, holte tief Luft und schüttelte erneut den Kopf. »Nicht hier, Chérie. Geh du vor, ich komme gleich nach.«

Widerwillig ließ ich sie stehen. Doch ich kannte meine Tante, aus ihr wäre nichts herauszuschütteln. Draußen blieb ich auf der obersten Treppenstufe stehen. Welch seltsame Art Leben es doch war, das wir lebten, dicht verpackt in eine Art Kokon, der uns die Sicht raubte. Manchmal spürte ich nicht mal mehr die Angst. In meinen Träumen färbte das Blut der Europäer die Meere, die zwischen uns lagen. Eine Zeit lang schwamm es wie die dunklen Wolken von Tintenfischen an der Oberfläche, um dann langsam zu versinken, fast als wäre es schwerelos.

Die Tür knarzte, und Tante Mirelle erschien neben mir, so bleich im grauen Tageslicht, dass ich sie kaum erkannte.

»Hier.«

Sie reichte mir einen Brief.

»Von Suzette, meiner Freundin aus Bordeaux. Sie kann … Deine Marga …«

Nun brach sie in Tränen aus. Ihr kleiner gedrungener Körper wurde wie von einem Erdbeben erschüttert. Schließlich gelang es ihr, genug Luft zum Sprechen zu holen.

»Meine Freundin Suzette kann Marga nicht weiter unterstützen. Also Margas Schwester, die kleine Auguste. Sie … sie sagt … mit dem Krieg … ein deutsches Kind …«

»Ich verstehe, Tante.«

Auch mir kamen die Tränen. Dieser verdammte Krieg! Männer, Frauen, Kinder, alle litten darunter. Wäre er nur bald vorbei, ich hoffte so sehr, dass der kommende Winter den Frieden brachte.

»Deswegen wolltest du den deutschen Konsul töten?«, fragte ich. »Weil er dem Kaiser unterstellt ist?«

Sie nickte. »Doch dann habe ich es nicht einmal übers Herz gebracht, die Kamelien in seinem Vorgarten zu zertrampeln. Sie können ja nichts dafür. Und er auch nicht so viel. Für den Krieg, meine ich.«

Schweigend gingen wir die Stufen hinunter und durch die Gassen der französischen Konzession bis in die deutsche.

Ich begleitete Tante Mirelle zu Lucies Wohnung.

»Wie geht es Maman heute?«, fragte ich sie.

»Kind«, antwortete Tante. »Das weiß ich an diesem Morgen einmal nicht.«

»Ich werde es mit dem Hilfsausschuss besprechen«, schlug Lucie vor. »Vielleicht weiß dort jemand Rat.«

In der Wohnung stapelten sich Unmengen von Stoffballen, die sie in der Schule nicht mehr hatte unterbringen können. Prüfend strich sie mit den Fingern darüber und hakte etwas auf ihrer Liste ab. Dann sah sie wieder auf und zuckte entschuldigend mit den Schultern. »Doch ich bezweifle, dass man dir helfen kann. Niemand kommt nach Tsingtau hinein, niemand heraus. Nicht einmal das Rote Kreuz. Jetzt ist es sogar noch unmöglicher als vor drei Monaten.«

Ich stützte die Ellbogen auf dem Küchentisch ab und presste meine Hände auf die Augen. Sie waren angenehm kühl. Wieder lag eine fast schlaflose Nacht hinter mir. Todmüde hatte ich von meinem Bett aus in den schwarzen Himmel gestarrt. Eine fahle Mondsichel hatte darin gehangen, müde war auch sie mir vorgekommen, als wüsste sie nicht mehr, was sie für diese Welt noch tun sollte. Adeles leises Schnarchen hatte schließlich auch mich einnicken lassen, doch schon um vier war ich wieder wach geworden.

»Dann gehe ich eben zum Konsulat.«

»Schon wieder? Selma, du hast es schon vier-, nein fünfmal dort versucht. Sie stellen keine Passierscheine aus, das sagtest du selbst, sie können es nicht. Solange du den japanischen Oberbefehlshaber nicht überreden kannst, dich hineinzulassen, stehen deine Chancen mehr als schlecht.«

Ich nickte schwach. Vor sieben Wochen war Tsingtau

von japanischen Truppen eingenommen worden. Die größte Zahl derjenigen, die Uniform und Waffen getragen hatten, war längst ausgeschifft, viele nach Japan, einige nach Hongkong oder Australien gebracht worden. Die Nichtkombattanten saßen in Tsingtau fest. Wie mein Vater. Aber auch wie Liu und Xianying, oder lebten sie längst nicht mehr?

»Hätte ich sie damals nicht dazu überredet, bei uns zu wohnen, wären sie nie in diese Lage geraten«, murmelte ich zwischen meinen Fingern hindurch. »Ich muss sie finden. Ich muss sie einfach finden!«

Obwohl es noch nicht einmal sieben Uhr war, riss ich meinen Mantel von der Garderobe und lief hinaus.

Ich hörte Lucie hinter mir herrufen: »Heute? Selma, wirklich!«

Draußen tauchte ich in kühle Winterluft ein. Sehnsüchtig dachte ich an meine Wanderungen durch das kalte Lauschan-Gebirge vor unendlich langer Zeit, in der die Welt noch nicht völlig von Sinnen gewesen war.

Wieder war ich die Einzige, die um diese Zeit unterwegs war. Stille umgab mich, und ich ging immer schneller voran, um sie hinter mir zu lassen. Meine Schuhe versanken im Matsch. Sie gaben keinen Laut von sich, sosehr ich mich darum auch bemühte, es war vergeblich. Um Lärm zu machen, hätte ich schon schreien müssen. So lief ich weiter, ließ die deutsche Konzession hinter mir, tauchte in die französische ein und wieder aus ihr auf und streifte ruhelos durch das chinesische Hankau, ohne zu wissen, wohin ich wollte, bis jemand nach meinem Arm griff.

»Tea?«, fragte die Frau und zeigte auf ein Café, das aus einem winzigen Raum mit zwei Tischen bestand. »Sweet tea?«

Sie führte mich hinein, drückte mich auf einen Stuhl, und dann hielt ich auch schon ein warmes Glas zwischen den Händen, aus dem der Duft von Kardamom und Nelken aufstieg. Dankbar und in kleinen Schlucken trank ich, froh darüber, dass sie sich neuen Kunden gewidmet hatte, die sie aus dem Strom der vorbeiziehenden Menschen herauszulotsen versuchte.

Nachdem ich ausgetrunken hatte, zog ich den Brief aus der Manteltasche. Er war an Paul adressiert und trug meine Handschrift. Gestern war er retour gekommen. Geöffnet, von den japanischen Behörden, nahm ich an, die begonnen hatten, Briefe aus und nach Tsingtau zu zensieren. Ein roter Stempel prangte darauf: »Adressat unbekannt.« Ich war wieder zu spät gewesen. Paul war nicht mehr in Tsingtau. Nun gab es keine Menschenseele mehr, die Liu und Xianying helfen konnte.

Das Lokal füllte sich zusehends. Normalerweise genoss ich es, als Fremde inmitten all der Menschen zu sein. Die belustigten Blicke der Kinder, die über meine Größe staunten und über die meiner Nase, störten mich nicht. Doch heute empfand ich Beklemmung in diesem beengten dunklen Café. Ich legte zwei Münzen auf den Tisch, ging hinaus und mischte mich wieder unter die Passanten. Ein paar Straßen weiter fand ich mich auf einem Markt wieder, bunt und laut wie der, den ich von der Rikscha aus in Shanghai gesehen hatte.

»Liquorice, Misses?«

Eine alte Frau hielt mir etwas hin, das wie dunkle Rinde aussah.

»Smell, good.«

Ich schnupperte daran. Der Geruch erinnerte mich an meine Kindheit. Wenn Vater in den Süden fuhr, hatte er uns häufig Bärendreck mitgebracht, herrlichste, süßeste Lakritze, die an den Zähnen klebte und das Reden fast unmöglich machte. Ob Maman den Duft ebenso liebte wie ich? Ich ließ mir eine Tüte voll abwiegen und wollte schon weitergehen, doch die Frau hielt mich zurück.

»Merry Christmas, yes?«

Ich starrte sie an.

Die Weihnachtsferien hatten vor ein paar Tagen begonnen, doch ich hatte meine Stunden weiterhin in der Schule verbracht. Ich zählte die Tage durch. Sie hatte recht. Heute war Donnerstag. Heiligabend.

Ich machte auf dem Absatz kehrt und lief in den erwachenden Morgen hinein.

In der britischen Konzession herrschte jetzt Getümmel, ebenso in der deutschen. Man hätte meinen können, wir befänden uns nicht im Krieg, so fröhlich klangen die Rufe der Kinder, und ein Mann lächelte mich sogar an.

Zu Hause hatte Lucie alle Töpfe auf den Herd gesetzt, derer sie habhaft hatte werden können. Über den Flammen brodelte es, der Duft von Würstchen, Speck und Rühreiern zog durch alle Zimmer. Ich ließ mich auf einen Stuhl sinken und sah Lucie dabei zu, wie sie neben dem Kochen Sterne aus grau bemaltem Papier ausschnitt, als vom Flur her ein Klopfen ertönte.

Lucie stand auf, und ich folgte ihr durch den schmalen, dunklen Flur.

»Ja bitte?«, rief Lucie durch die verschlossene Tür. Niemand antwortete, stattdessen klopfte es wieder.

Lucie drehte den Schlüssel im Schloss.

»Nicht, Lucie! Was, wenn …«

Weiter kam ich nicht. Als die Tür aufschwang, sah ich

zunächst nur Schatten. Dann erkannte ich zwei magere, erschreckend weiße Gesichter.

»Liu!«, rief ich. »Xianying!«

Etwas später saß ich in Adeles und meinem Zimmer am Rand meines Bettes. Ich konnte mein Glück kaum fassen. Liu und ihre Tochter lagen eng aneinandergeschmiegt auf der Matratze. Ihr schwarzes Haar lag wie ein schimmernder Bezug über dem Kopfkissen, in dem ihre Gesichter beinahe verschwanden. Ihre Wangen waren hohler geworden, die Haut dünn und viel zu hell. Doch sie hatten es geschafft! Nichts anderes zählte. Sie hatten es geschafft, nachdem sie drei entbehrungsreiche Wochen unterwegs gewesen waren, mal zu Fuß, mal auf Karren, eine kurze Strecke auch auf dem Wasser und mit der Eisenbahn. Und anscheinend hatte niemand ihnen etwas Böses angetan.

»So freundlich«, hatte Liu kurz vor dem Einschlafen gemurmelt. »Guter Mann. Hat uns nach Peking bringen lassen. Schutz vor dem Krieg. Zu chinesischem Mann. Xú.«

»Xú?«, hatte ich gefragt. Der Name kam mir irgendwie bekannt vor. Wo hatte ich ihn schon einmal gehört?

»Wichtiger Mann. Vor Revolution. Erst Qingdao. Dann Peking. Peking mit uns.« Dann hatte sie sich tiefer in das Kissen gekuschelt und war eingeschlafen.

Adele räkelte sich. Verschlafen blinzelte sie mich an. Als sie sah, dass ich am Bettrand saß, eine Kinderhand in meiner, rappelte sie sich auf.

»Wer ist das? Was ist passiert?«

»Pst!«

Adeles Locken schimmerten rötlich golden im Sonnenlicht. Sie reichten in Wellen über ihr weißes Nachthemd fast bis zur Hüfte.

»Sind das etwa … sind das Liu und Xianying?«

Ich nickte.

»Aber warum weinst du dann?«

Verwundert fuhr ich mir über die Wangen. Sie waren feucht, tatsächlich.

Adele band sich ihren Morgenrock zu und öffnete mit einem leisen Knarren die Flügeltür. »Weiß Maman es schon?«

»Nein«, antwortete ich leise.

»Wie sind sie hergekommen? Hat Papa sie zu uns geschickt?«

Ich schüttelte den Kopf und sah an ihr vorbei durchs Fenster. Dort waren die Wolken aufgerissen, Sonnenstrahlen verscheuchten den Dunst, und die Luft schien zu glitzern.

»Wer war es dann?«

Das Ende des Jahres nahte. Fräulein Christine hatte recht behalten mit ihrer Prophezeiung. Mein Herz brannte, und Funken stoben wie von jenem Zündholz, das sie in ihren roten, geschwollenen Fingern gehalten hatte.

»Es war Paul«, flüsterte ich.

Der Glanz der Chrysantheme

Chrysanthemum
Leichter, heller Duft
Bei Verzweiflung, Trauer, Zorn
Wirkung:
angstlösend, Mut einflößend,
stimmungshebend

»Nicht lachen!«, rief ich und versuchte, Mamans Haar hochzustecken, doch vor Kichern zuckte sie so sehr, dass mir ihre Locken immer wieder aus den Händen fielen. Ich beugte mich vor, damit sie mein Gesicht sehen konnte, und wiederholte: »Nicht lachen. Bitte!«

Ich wollte, dass Maman so gut aussah, wie sie sich zu fühlen schien, jetzt, da Liu und Xianying wieder bei uns waren. Doch Xianying machte mir einen Strich durch die Rechnung. Wilde Grimassen schneidend rannte sie um den Küchentisch herum, an dem Maman saß, krabbelte darunter her, hüpfte über die Stühle und schoss wieder unter dem Tisch hervor. Maman amüsierte sich köstlich.

Ihre Schwester fand es allerdings weniger lustig.

»Kind!«, donnerte Tante Mirelle in regelmäßigen Abständen, »Ruhe!«

»Der Frühling«, erklärte Lucie, über ein schimmerndes Stück Stoff gebeugt, das sie, so gut es ging, mit dem Körper vor unseren Blicken abschirmte. »Ich war auch immer so, wenn der Winter vorbei war. Wirst du heute eigentlich eine Rede halten, Selma?«

»Eine kurze, ja, zu Beginn des Abends. Wieso?«

»Hättest du etwas dagegen, wenn auch ich spreche? Ich würde den Frauen gern danken, ohne deren Hilfe wohl nicht ein einziger Knopf halten würde im eisigen Sibirien.«

»Sicher. Das ist eine wundervolle Idee.«

Lucie lächelte still in sich hinein.

»Was nähst du eigentlich?«

Mit unschuldigem Gesicht hielt sie ein Stück türkis glänzende Seide hoch, das in der Mitte mit einer purpurroten Chrysantheme bestickt war. »Ein Taschentuch. Gefällt es dir?«

Ich lehnte mich zurück und ließ meinen Blick durch die Küche wandern, die in diesem Moment wohl der gemütlichste Ort auf der ganzen Welt war. Es duftete heimelig nach Zimtbrötchen, im Ofen loderte und knisterte das Feuer, und Xianyings Lachen klang so fröhlich, dass es mein Herz hüpfen ließ. Um den Tisch verteilt saßen Lucie, Tante Mirelle und Maman. Xianying hatte es sich mittlerweile auf dem Holzfußboden bequem gemacht und ließ Murmeln rollen. Adele lief nervös zwischen Küche und Flur hin und her, beide Hände grazil erhoben, und rezitierte vor sich hin: »Wir haben zu viel zu vergessen, du und ich! Kein Glück für uns!« Zwischen den Empfang am Kai und das Fest heute Abend hatte sie ein Vorsprechen bei dem Hankauer Theaterverein gequetscht. Seit Tagen schon konnte sie vor Nervosität kaum schlafen.

Dennoch – es lag eine friedliche Ruhe über allem. Es war, als wären wir in diesem Moment sicher vor allem Unbill des Krieges und allem Leid der Welt.

Liu stand am Fenster und blickte auf den Jangtse, der nach den Wochen des Winters nun sprudelnd gen Osten strömte. Ob sie sich danach sehnte, eine der Dschunken zu besteigen, um heimwärts zu fahren? Doch das war unmöglich. Tsingtau gehörte nun den Japanern, ebenso wie der Lauschan. Und auch wenn die ersten Chinesen angeblich schon zurückkehrten, war das Gebiet noch vermint, die Region, wo früher einmal das Mecklenburghaus gestanden hatte, war verwüstet. Wahrscheinlich gab es ihr Zuhause gar nicht mehr.

Seufzend widmete ich mich erneut Maman, die nun etwas stiller hielt. Mit den Fingern fuhr ich durch ihr dickes, widerspenstiges Haar. Es fühlte sich vertraut an, und plötzlich ergriff mich die Vorfreude voll und ganz. In nur wenigen Stunden würde unsere Familie wieder vereint sein. Zehn Monate hatte ich meinen Vater nicht mehr gesehen. Nun kam er, mit einer Handvoll anderer, die als Zivilpersonen in Tsingtau geblieben waren. Wer würde er nun sein? Wieder mein lieber, freundlicher, verständnisvoller Papa mit dem Blick eines Kaninchens? Ich hoffte es so sehr, doch seine distanzierte Kälte und seine schneidenden Worte hatten sich tief in mein Gedächtnis eingebrannt.

Ich sah Maman an. »Du siehst wunderschön aus«, flüsterte ich. Maman, die von meinen Lippen abgelesen hatte, lächelte. Ihre Gesichtsfarbe war gesund und frisch, spazierte sie doch täglich Arm in Arm mit Liu die Promenade entlang.

Ich kniete mich vor sie hin. »Freust du dich?«

»Ja«, sagte sie mit ihrer rauen Stimme, runzelte die Stirn und überlegte. »Aber ich bin vorsichtig mit meiner Freude.«

Es klopfte, und Wilhelm platzte herein, die Ohren rot vom Wind, die Wangen gerötet. »Zu allen Schandtaten bereit?«, rief er aus.

Niemand sagte etwas. Ich wusste nicht, warum ich mich plötzlich unwohl fühlte.

Tante Mirelle räusperte sich schließlich und sagte: »Oui. On y va. Holen wir Lothar nach Hause.«

Der Tag war sonnig und hatte aus der Wohnung betrachtet freundlich gewirkt, doch als wir uns dicht an dicht am Kai drängten, pfiff uns ein kühler Wind um die Nasen. Die Sonne war von dicken Wolken verdeckt. Erste Tropfen fielen vom Himmel, und bald glänzten unsere Gesichter vor Nässe. Maman richtete ihren Blick starr auf das Hafenbecken. Als in der Ferne zwischen zahllosen Dschunken plötzlich der weiße Bug eines Dampfers aufblitzte, griff sie nach meiner Hand und presste sie. Sie fühlte sich kalt an.

»Er ist bestimmt wohlauf«, sagte ich.

Maman nickte mit zusammengekniffenen Lippen.

Vater hatte uns seine Ankunft in einem kurzen Brief angekündigt. Mehr hatten wir nicht erfahren, natürlich nicht, denn die Briefe wurden nach wie vor geprüft, bevor sie Tsingtau verließen. Niemand wusste, wie Vater die vergangenen Monate dort zugebracht hatte und vor allem wo, schließlich stand unsere Villa nicht mehr. Das Haus der Marine war schon im Dezember in einen Klub für japanische und britische Offiziere verwandelt worden. Wie mochte Papas seelische Verfassung sein? Die meisten seiner Freunde mussten Uniform getragen haben, als die Japaner kamen. Kaum einer von ihnen hatte also in Tsingtau bleiben dürfen, jeder, der gekämpft hatte, befand sich in Kriegsgefangenschaft.

Und Paul? Wo war er? Ich versuchte, ruhig zu atmen. Konnte er mich sehen, obwohl er in Australien war oder in Japan oder Hongkong? Sah er mich? Manchmal kam es mir so vor, als würde er mich Tag und Nacht begleiten. Doch das war unsinnig. Er dachte natürlich an Elisabeth, an wen auch sonst?

»Selma, ich glaube, da ist er.«

Nervös schob sich Adele eine Locke hinters Ohr. Wir standen zu viert in einer Reihe, Tante Mirelle, Maman, Adele und ich, das Kinn im selben Winkel erhoben. Hunderte Reisende drängten sich an Deck.

Diese schmale Figur mit den herabfallenden Schultern, auf die Adele zeigte, war das Vater?

Bald darauf hatten wir Gewissheit. Mit hoch erhobenem Kopf schritt er auf uns zu. Hager war er schon immer gewesen, doch nun wirkte er mager und eingefallen. In seinen grauen Augen aber war Leben. Sie funkelten, dass mir ein Stein vom Herzen fiel. Der Krieg hatte Papa nicht zugrunde gerichtet. Er wirkte agil und wach wie eh und je.

»Esthère!«

Er griff nach Mamans Oberarmen. Als sie sich in seine Arme sinken lassen wollte, schob er sie von sich und betrachtete sie wie ein Kind, das zufriedenstellend gewachsen war.

»Adele!«, rief er dann, »Kind, es ist gut, dich zu sehen.«

Nun wandte er sich mir zu. Seine Züge wirkten schlagartig wie in Stein gegossen, und kühl sagte er: »Hab Dank für deine Briefe. Ich sehe, allen geht es gut, es waren also vielleicht nicht ganz so viele nötig.«

Deutlich nahm ich Liu wahr, die mit Xianying und Wilhelm ein Stück abseits wartete. Vater sah in ihre Richtung und verzog seinen Mund auf eine Weise, die mich mit Kälte erfüllte.

»Ich glaubte, sie würden dich aufmuntern«, sagte ich.

Wortlos nickte er. Ein kurzer Gruß an Tante, dann war er wieder fort, um sein Gepäck zu suchen. Niemand von uns sprach, und wir sahen einander nicht an. Plötzlich wurde mir klar, dass ich ihn weit fortwünschte und uns sechs Frauen und Xianying allein in Lucies Wohnung. Ich schämte mich zutiefst für diesen Wunsch.

Die ganze Schule war prächtig geschmückt. Über dem Eingang hießen bunte Girlanden und Papierbuchstaben die Neuankömmlinge aus Tsingtau willkommen. Chinesische Lampions hingen von den Decken, ihre flackernden Schatten begleiteten die Gäste den Korridor entlang in die Aula. Die Frauen hatten ihre Vorratskammern geplündert, und nun bog sich die Tischreihe fast unter ihren Gaben. Selbst die, die kaum etwas besaßen, hatten einen Teller »Arme Ritter« gebracht oder mit Brotkrumen bestreute Backäpfel.

Wilhelm stand am Grammofon und blickte zufrieden in die Runde.

»Sie sehen glücklich aus, nicht wahr?«, sagte er zu mir.

Ich folgte seinem Blick. Familien, denen seit Monaten ein Mitglied gefehlt hatte, waren wieder vollständig. Die meisten Kinder schienen verschüchtert, die Kleinsten mochten nur noch eine verschwommene Erinnerung an ihren Vater haben, die Größeren fürchteten vielleicht, die Liebe der Mutter nun wieder teilen zu müssen. Doch die Frauen wirkten glücklich. Ein stilles Glück war es, das ihre Wangen rötete und sie lächeln ließ, während sie die Gabel zum Mund führten.

Ich hielt meine kurze Ansprache. Vor so vielen Menschen zu reden machte mich nervös, und ich war heilfroh, als ich von dem wackeligen Podest heruntersteigen konnte, das im hinteren Teil der Aula errichtet worden war. Nachdem ich zahlreiche Hände geschüttelt und gelächelt hatte, bis meine Lippen zitterten, war mir nach ein paar Minuten Ruhe zumute, und ich verzog mich in den Hof, in dem außer mir niemand war. Ich lehnte mich an die dunkle efeuumrankte Mauer und schloss die Augen.

Der Tag war anstrengend gewesen. Vater hatte Lucies Wohnung kaum betreten, da hatte er schon begonnen, Möbel herumzurücken und Bilder abzuhängen, vornehmlich die, die Xianying gemalt hatte. Schließlich hatte ich ihn gebeten, uns allen ein wenig Ruhe zu gönnen. Er hatte mich aus schmalen, kalten Augen angestarrt und etwas in sich hineingemurmelt, das ich nicht verstand.

Ich musste mit Lucie reden. Sie konnte unmöglich wollen, dass wir alle bei ihr lebten, nun, da ein weiteres Mitglied meiner Familie hinzugekommen war. Darüber hinaus hatte Vater sie so herablassend begrüßt, als sei sie ein unwillkommener Gast und nicht diejenige, die uns beherbergte.

Die Tür zum Hof öffnete sich mit einem lauten Knarren. Ich blinzelte in die Dunkelheit und erkannte die schmale Gestalt mit den herunterhängenden Schultern. Ein Streichholz ratschte über die Reibfläche, und vertrauter Pfeifengeruch wehte herüber.

»Hallo Vater.«

»Ihr habt es euch hübsch eingerichtet.«

»Du meinst, in der Schule?«

Er führte den Pfeifenstiel an seine Lippen und sog daran.

»Ich meine in Hankau. Ihr habt es euch hübsch eingerichtet, während in Tsingtau die Männer für den Kaiser kämpften.«

»Wäre es dir lieber gewesen, wir hätten Seite an Seite bei euch gestanden?«

Sein Gesicht verschwand hinter der Rauchwolke.

»Dir wäre das zuzutrauen, Selma. Allen anderen eher nicht. Stattdessen werden Kuchen gebacken.« Er schnaubte vor Empörung. »Als wenn Kuchen das Land zurückbrächten! Es ist unser Land, Selma. Das kann man nicht mit ein wenig Zuckerguss vergessen machen.«

»Es ist nicht unser Land, Vater. Es ist das Land der Chinesen.«

»Von uns gepachtet.«

»Von uns erschwindelt, indem wir behaupteten, der Tod zweier Missionare rechtfertige unsere Anwesenheit.«

»Unsere Anwesenheit? Wir haben dem Land Fortschritt gebracht. Die Schantung-Eisenbahn. Elektrizität. Kanalisation. Hygiene. Schulen, auch für Mädchen, und gerade du, Selma, solltest dankbar dafür sein, gerade du solltest wissen, was es heißt, wenn Mädchen nicht lernen dürfen, sondern verkauft werden wie ein Stück Vieh. Und das auch nur, wenn sie Glück haben. Denn falls nicht, werden sie schon als Säuglinge ertränkt. Ertränkt!«

»Ja, das ist gut, das sehe ich genauso wie du. Und doch haben sie uns nicht freiwillig hereingelassen, und doch ist es nicht per se gut, einem Volk den Fortschritt aufzuzwingen. Vor allen Dingen ist es nicht menschlich, auf dieses Volk herabzublicken und es selber zu behandeln wie Vieh.«

»Selma, zügle dich!«

Ich überging seine Maßregelung. »Warum hast du Liu und Xianying nicht geholfen, Vater? Du hattest die Möglichkeit, aber du hast es nicht getan!«

Er sagte nichts darauf, sondern sah mich nur voller Zorn an.

Obwohl mir der Gedanke, der mir plötzlich durch den Kopf schoss, fast den Atem verschlug, sprach ich ihn aus. Meine Stimme zitterte so sehr, dass ich mich selbst kaum verstand: »Liebst du Maman denn nicht mehr?«

In Vaters Gesicht zuckte es so heftig, als hätte ihn der Schlag getroffen.

»Papa?«

»Das werde ich gewiss nicht mit meiner Tochter besprechen.«

Er löschte seine Pfeife und räusperte sich.

»Was bildest du dir ein zu wissen? Alles, ja, Selma? Alles? Du weißt nichts. Würde ich Maman nicht lieben, hätte ich ihr zehn Lius zur Seite gestellt.«

Verwirrt sah ich ihn an. War er etwa eifersüchtig auf Liu? War es so einfach? Plötzlich erfüllte mich grenzenlose Erleichterung. Ich trat vor und umarmte ihn.

»Ach Papa, das ist es? Ich bin so froh.«

Wie am Kai schon Maman, schob er auch mich von sich, seine Finger umklammerten jedoch meinen Arm. Seine Augen wirkten dunkler als zuvor, doch seine Züge hatten sich geglättet, als hätte er seinen Schutzschild abgenommen. Zum ersten Mal an diesem Tag schien er mich wirklich wahrzunehmen.

»Du musst die Chinesen doch auch verachten, Kind. Sie sind schwach. Nicht einer hat sich gegen die Japaner erhoben, dabei hassen sie dieses Volk ebenso wie wir. Biegsam und dreckig sind sie, alle miteinander.«

Ein unangenehmer Geschmack breitete sich in meinem Mund aus. Ich befreite mich aus seinem Griff und blitzte ihn voller Zorn an.

»Das kannst du nicht ernst meinen, Vater!«

Verständnislos schüttelte er den Kopf.

»Du bist hier zu Gast, Vater! Benimm dich auch so, zeige einmal in deinem Leben ein bisschen Demut!«

Seine Hand traf mich mitten ins Gesicht. Der Schmerz war heiß und hell und erschütterte viel mehr als nur meinen Körper. Doch dieser Schmerz war nichts gegen das, was ich empfunden hatte, als Vater noch sprach.

»Ich wusste immer, dass man in der Liebe auch Hass empfinden kann, Vater«, sagte ich mit erstaunlich fester Stimme. »Doch für dich empfinde ich nichts mehr. Keine Liebe, keinen Hass, nicht einmal Verachtung. Für mich bist du fremd wie irgendein Soldat, und ich will nicht einmal mehr verstehen, was in deinem Kopf vor sich geht. Aber glaube mir eines, wenn du Unfriede säst, werde ich dich aus Lucies Wohnung verweisen. Verstehst du mich? Vater? Verstehst du mich?«

Er starrte auf seine Hand, und mir war, als umnebelte ihn immer noch der Rauch seiner Pfeife.

Ich drehte mich abrupt um und schritt auf die Pforte zu. Erst im Haus begann ich zu laufen. Als ich die Klinke zu meinem Büro niederdrückte, liefen die ersten Tränen über mein heißes Gesicht. Ich stieß die Tür hinter mir zu, fand im ersten Moment den Stuhl nicht, kniete mich deshalb hin und legte den Kopf auf die Tischplatte. Ich wünschte, das Pochen meiner Wangen würde den tieferen Schmerz überdecken, doch das tat es nicht.

Ich hatte so viel versucht. Nichts war mir gelungen. Ich hatte um Maman gekämpft mit meinen rastlosen Wanderungen durch den frühen Morgen, ich hatte versucht, sie mit meiner Liebe zu heilen, und war gescheitert.

Ich sah mich in meinem Büro um, dem Büro eines Toten. Trotz der milden Frühlingsluft, die sich in den Wänden gehalten hatte, fröstelte ich.

Von draußen näherten sich Schritte, dann flog die Tür auf.

»Selma, komm, die Tombola!«, rief Tante Mirelle. »Lucie sagte, du musst dabei sein. Mach schnell!«

Ich lockerte meine Frisur, bis ein paar Strähnen die brennendsten Stellen im Gesicht verdeckten, und drängte mich Tante hinterher zu der behelfsmäßig aus Tischen und Holzkisten zusammengebastelten Bühne in der Aula durch. Wenn sich Lucie bewegte, schwankte der Podest, doch sie war sportlich genug, nicht das Gleichgewicht zu verlieren. Ihr Haar schimmerte, und erst jetzt sah ich, dass sie ein zauberhaftes Kleid aus weißer Spitze trug. Sie hatte es sicher selbst genäht.

Ich beugte mich zu Wilhelm, dessen Schulter meine leicht berührte, und sagte: »Seltsam, dass sich Lucie immer wie ein grauer Spatz vorkommt, findest du nicht? Sie erscheint mir viel eher wie ein wunderschöner, flattriger Kolibri.«

»Die Bühne scheint ihr Element zu sein.« Er lächelte.

Ich ließ meinen Blick über die Umstehenden wandern. Lucies Zuversicht wirkte ansteckend. Auch wenn sie noch kein Wort gesprochen hatte, allein wie sie dort stand, wie sie über das ganze Gesicht strahlte und vor Vorfreude zu platzen schien, übertrug sich auf uns wie lichte Funken.

Nur Adele schien davon unberührt zu bleiben. Zuerst hatte sie gelacht und war mit jedem plaudernd vor uns hergelaufen, als wäre es ihr Publikum. Nun aber blickte sie nachdenklich auf Lucie. Alle Farbe war aus ihrem Gesicht gewichen. Als ich zu ihr hinging, roch ich eine leichte Alkoholfahne.

»Wie war dein Vorsprechen?«, fragte ich.

Ihre Lider flackerten. Sie räusperte sich und sah zu

Boden, und als sie den Kopf wieder hob, wirkte es so, als hätte sie eine Maske aufgesetzt. Sie zog die Brauen hoch, und um ihre Nase zuckte es.

»Schnitzler war ihnen wohl zu modern«, sagte sie tonlos. »Ich kam nicht einmal bis zur Mitte des Monologs, da haben sie mich vor die Tür gesetzt. Nun guck nicht so betreten, Selma. Ich werde schon nicht daran sterben.«

»Das sicher nicht. Aber willst du weitermachen?«

»Was ist das für eine Frage?«, zischte sie. »Wie sollte ich nicht weitermachen? Es ist schließlich das Einzige, was ich kann. Aber bitte, richte deine Aufmerksamkeit nun auf unser Fräulein, das sie auch wert ist.«

Lucie hatte sich soeben vernehmlich geräuspert. Augenblicklich wurde es still im Saal.

»Ich freue mich unendlich darüber«, begann Lucie nun, »so viele bekannte Gesichter zu sehen, mit deren Hilfe in den vergangenen Monaten ganze Schiffsladungen an Stoffen in Anzüge und wattierte Mäntel verwandelt wurden.« Applaus brandete auf, doch Lucie hob die Hände. »Bitte, der Applaus gebührt nicht mir. Er gebührt den fleißigen Frauen, die mich von Morgengrauen an unterstützten, die ihre Arbeit nur unterbrachen, um ihren Kindern das Mittagessen zuzubereiten und mit ihnen die Hausaufgaben zu erledigen, und die dann zurückkehrten und weiternähten, bis ihre Fingerspitzen taub waren. Nun klatschen Sie bitte für meine tapferen, kampflustigen Mitstreiterinnen. Ich möchte auf die Bühne bitten und bete dafür, dass sie uns alle hält: Frau Lichtenfeld, Frau Roth, Frau Becker, Frau Stengler …«

Eine nach der anderen stiegen die Frauen auf den kippeligen Podest. Ich sah in freudige, stolze Gesichter, und mit einem Mal war auch ich stolz, obwohl ich nichts dazu beigetragen hatte. Doch es reichte schon, so wunderbare Menschen um mich zu haben. Die etwas in einer Gemeinschaft taten, nicht jede für sich, und von Herzen Freude hatten daran.

»Und nun kommen wir zu unserer Tombola!«, rief Lucie, von zwei Dutzend mit Mühe das Gleichgewicht haltenden Frauen flankiert.

»Ich weiß, es waren keine kleinen Summen, die Sie für die Lose gespendet haben. Und ich bin Ihnen unendlich dankbar für Ihre Großzügigkeit. Ich hoffe sehr, dass Ihnen der Zweck des Erlöses ähnlich wie mir das Herz erwärmt. Die Anzüge und Mäntel, die meine Mitstreiterinnen und ich genäht haben, gingen nach Sibirien. Der Erlös der heutigen Tombola aber wird nach Deutschland geschickt. Denn es sind nicht nur die Männer im Krieg, die leiden. Auch die Kinder zu Hause haben ein schweres Los, ebenso wie ihre Mütter.«

Zustimmende Rufe wurden laut, vereinzelt wurde geklatscht.

»Da wir weder die Zeit noch die Mittel hatten, für all die in Deutschland Zurückgebliebenen etwas zu spenden, geht der Erlös der Tombola an ein junges Mädchen aus Charlottenburg nahe Berlin. Ihr Name ist Marga Hackenschmidt. Sie ist eine ehemalige Schülerin unserer Direktorin Selma Wallenstein und ein fleißiges, freundliches Mädchen, das vor und nach ihren Unterrichtsstunden in der Schule half, um ihre Ausbildung bezahlen zu können. Doch Marga wünschte sich, dass auch ihre kleine Schwester Auguste das Lyzeum besuchen konnte. Unterstützt wurden die Mädchen dabei von Fräulein Wallensteins Tante Mirelle Belin. Mirelle, kommen Sie, kommen Sie!«

Weiß vor Schreck schob sich Tante Mirelle durch die Gäste nach vorn.

»Ah non, non, je ne peux pas grimper là-haut, ma fille, ich kann dort nicht hinaufklettern!«

Sofort halfen mehrere Damen Tante hinauf, und ächzend stand sie schließlich unter donnerndem Applaus einen Meter über dem Boden. Ihr Haar streifte fast den Kronleuchter. Tantes Züge glätteten sich, und ich entdeckte Freude und auch eine eher untypische Dankbarkeit in ihnen.

Lucie wartete, bis es wieder ruhig geworden war.

»Mirelle Belin bat eine Kindheitsfreundin aus ihrer Heimat Bordeaux um Unterstützung und erhielt sie aufs Großzügigste. Auguste Hackenschmidts Ausbildung schien also gesichert. Doch dann kam der Krieg. Und mit ihm war eine Freundschaft zwischen Franzosen und Deutschen plötzlich unmöglich. Ich bin mir sicher, dass Mirelles Freundin nicht herzlos agierte, als sie beschloss, den monatlichen Unterstützungen vorerst ein Ende zu setzen.«

Ein Raunen erfüllte die Aula. Lucie hob beschwichtigend die Hände.

»Ich bitte Sie, nicht vorschnell zu urteilen. Was immer gerade passiert, darf nicht vergessen machen, was einmal war. Dass eine Dame in Südwestfrankreich ein ihr fremdes Mädchen aus Deutschland unterstützte. Das hat Beifall verdient, finde ich.«

Doch nur vereinzelt wurde geklatscht.

»Doch wer zahlt nun Augustes Schulgeld? Der Krieg wird hoffentlich bald enden, aber wie lange wird es dauern, bis die Wunden verheilt sind und die Gräben zugeschüttet, die er gezogen hat?«, fuhr Lucie fort.

Jemand schrie »Buh!«, ein anderer »Pfui«.

Hinter uns geriet alles in Bewegung. Als ich sah, dass sich die Ersten bereits Richtung Ausgang bewegten, hob ich rasch meinen Rock an und kletterte neben Lucie auf den Podest, sodass er unter uns erneut gefährlich schwankte.

»Ich bin sicher, dass meine liebe Freundin Lucie Kugelbach niemanden, der in Tsingtau gekämpft hat, verurteilt. Ich bin …«

»Ach nein?«, rief da eine mir wohlbekannte Stimme. Die Menge teilte sich, und mein Vater, der nun noch hagerer wirkte, schob sich nach vorn bis vor den Podest.

»Du nicht, Kind?«, fragte er und sah mich aus kalten grauen Augen an.

Er schwankte ein wenig, und ich fragte mich, ob auch er getrunken hatte.

»Niemand von euch Weibsbildern weiß, wie es an der Front aussieht. Ihr macht es euch im Hinterland gemütlich, sitzt auf euren albernen Versuchen, hilfreich zu sein, wie die Hühner auf ihren Eiern und plustert euch ebenso auf. Fehlte noch, dass ihr Hosen tragt und Pfeife raucht und versucht, das Geld für die Familie zu verdienen, verdammt noch mal!«

»Jawohl!«, schrie jemand von hinten.

»Pfui, ihr Weibsbilder!«, rief ein anderer aus.

»Aber lasst euch gesagt sein«, erhob Vater wieder seine Stimme, »so ein Mantel hilft keinem Sterbenden, das bisschen Garn hält keine Truppe zusammen, die paar Tropfen Blut, die ihr vergießt, wenn ihr euch in den Finger stecht, rettet kein Land. Es ist nichts. Schlicht nichts, was ihr tut und erreicht, nichts!«

Mit einem Schlag wurde es still im Saal. Ich sah zu Wilhelm und las Entsetzen und Scham in seinem Gesicht.

»Vater«, sagte ich laut, »ich bitte dich, jetzt zu gehen.«

Er wollte schon wieder etwas sagen, doch ich schnitt ihm das Wort ab.

»Wochenlang haben diese Frauen täglich hier gesessen und gearbeitet, vom frühen Morgen bis in den späten Abend hinein. Sie haben gearbeitet, um Gutes zu tun, nicht um gegen jemanden zu kämpfen. Sie haben Gutes getan, ohne wem auch immer etwas wegzunehmen. Sie haben einfach nur etwas getan.«

Vaters Gesicht war vor Wut verzerrt.

»Im Gegensatz zu dir, Vater«, fügte ich hinzu.

Er machte Anstalten, auf den Podest zu steigen, doch da stürmte etwas von hinten auf ihn zu, etwas Kleines. Als ich genauer hinsah, erkannte ich, dass es Ernst war, dem im Eifer des Gefechts die Schiebermütze vom Kopf rutschte. Wie ein Äffchen krallte er sich an meinem Vater fest, der verwirrt zu ihm hinunterblickte. Bevor Vater ihn jedoch abschütteln konnte, packte Wilhelm ihn an der Schulter. Vater hob die Hände, als wollte er sich ergeben, und nachdem Ernst von ihm abgelassen hatte, ließ er sich von Wilhelm durch die kleine Menge der Gäste schieben, die noch übrig geblieben war. Beide Männer verschwanden aus meinem Blickfeld.

Ich zitterte am ganzen Körper und bekam kaum noch Luft. Immer noch waren zahlreiche Augenpaare auf uns gerichtet, viele davon mitleidig, andere offen feindselig.

»Sag etwas«, flüsterte Tante Mirelle mir zu, doch ich fühlte mich vollkommen leer.

»Chérie, sag etwas!«

Mir war, als befände ich mich in einem Albtraum, der Wirklichkeit geworden war.

Jemand räusperte sich.

Tante neben mir stieß einen spitzen Schrei aus.

Ich strich über meine Augen. Als ich wieder klar sehen konnte, stand Maman neben mir. Ihr Zopf hatte sich aufgelöst, die schwarzen Locken schienen im Schein der Kronleuchter in Flammen zu stehen, wie eine Löwenmähne umrahmten sie ihr Gesicht. Maman – lebendig und wach und zu allem entschlossen. Noch einmal räusperte sie sich, dann sagte sie: »Guten Abend.«

Angespannt beobachtete ich das Publikum. Hatten sie Mamans Gruß verstanden? Ihre Stimme klang dunkel, an den Kanten unausgereift und schwammig. Ich musste mich beherrschen, um nicht vom Podest zu springen und die Leute zu schütteln. Warum reagierten sie nicht? Warum nickte niemand höflich mit dem Kopf? Warum gafften sie Maman nur an?

»Guten Abend«, wiederholte meine Mutter.

Ich glaubte, innerlich zu zerspringen. Sie war so verletzlich. Jeder hier im Saal hatte die Macht, sie für immer in ihre Finsternis zurückzustoßen.

Ich machte einen Schritt nach vorn, ohne zu wissen, was ich sagen sollte. Doch ich würde die Rede meines Lebens halten müssen, auch wenn mir ein Kloß im Hals steckte. Ich würde die Zuschauer alles vergessen machen, was sie gehört hatten. Ich würde diese kalte Feindseligkeit auflösen, die den Saal innerhalb weniger Augenblicke erfüllt hatte.

Doch ich kam nicht weit. Warme Finger krallten sich um mein Handgelenk.

»Lass sie«, flüsterte Tante Mirelle, was in der Stille entsetzlich laut klang.

»Ich bin Französin«, sagte meine Mutter. »Und liebe einen Deutschen.«

Sie schloss für einen Moment die Augen. Das Sprechen schien sie Kraft zu kosten.

»Ich lernte Lothar vor mehr als einem Vierteljahrhundert in England kennen, wohin meine Eltern mich geschickt hatten, um meine …«

Sie holte tief Luft, setzte einmal an, zweimal. Die Sekunden verstrichen quälend langsam. Ich rechnete damit, dass jemand »Aufhören« schreien würde, doch zu meiner Erleichterung blieb es vollkommen still.

»… gesellschaftlichen Fähigkeiten unter Beweis zu stellen. Mein zukünftiger Mann war ein junger Soldat damals, nicht glücklich an der Waffe. Mit so vielem war er nicht glücklich, doch für eine Weile gelang es uns, eine Insel inmitten aller Vorurteile zu schaffen. Wir musizierten miteinander, jeden Sonntagvormittag nach der Kirche. Später sagte er mir, ich hätte mich in sein Herz gesungen.«

Ihre Worte wurden immer klarer, die Pausen dazwischen immer kürzer. Sie sprach mit so viel Liebe über Papa, und ihre Stimme klang tief und kraftvoll und zugleich weich. Ich spürte, dass auch die Zuhörenden in der Aula es so empfanden.

»Niemand glaubte, dass ein Deutscher und eine Französin miteinander glücklich werden würden. Doch wir wurden es, denn es ist nun einmal so. Wir alle sind Menschen, wie mit einer Streudose über die Erde verteilt. Niemand macht das Land, in dem er geboren wurde. So wie das Land, in dem man geboren wurde, keine Menschen erschaffen kann. Menschen schaffen Menschen. Und Trauer, Liebe und Wut formen sie. Grenzen dagegen sind nur ausgedacht. Wir sollten nicht an sie glauben. Wir sollten an uns glauben. An unsere Kraft. An unsere Liebe, unsere Trauer, unseren Zorn.«

Wo vorher eine feindselige Stille geherrscht hatte, regte sich nun etwas wie Anteilnahme.

Zwei Frauen aus dem Publikum begannen zu klatschen. Frau Becher, Frau Roth und Lucie, die neben Mirelle und mir hier oben verharrt hatte, fielen ein. Und dann klatschten immer mehr, zunächst nur die Frauen, doch dann wurden auch Männerstimmen laut, die »Bravo« riefen und ein paar »Danke«, und der Applaus ließ nicht nach.

Maman wirkte auf einmal sehr groß. Die Frau, die ich in Tsingtau im Ohrensessel sitzend angetroffen hatte, war verschwunden, nicht ein Haar von ihr glich noch der Esthère Wallenstein, die nun hier stand. Meine starke, furchtlose und liebevolle Mutter war zurück. Mir wurden die Knie weich.

Nur mit halbem Ohr hörte ich Lucie zu, die nun Zahlen aufsagte. Wieder wurde geklatscht. Mit einem Mal schwoll der Applaus an. »Wunderbar«, hörte ich. Ein paar Gäste stampften vor Begeisterung auf den Boden. Im ersten Moment konnte ich nicht erkennen, was Lucie in der Hand hielt. Es schien aus einer Vielzahl an Stoffstücken zu bestehen, in allen erdenklichen Farben und Texturen, mit Blüten von Rosen und Mandelbäumen bestickt, mit Mustern aus Apfelsinen, Trauben und Äpfeln.

»Der Hauptgewinn unserer Tombola ist dieser Wandteppich hier. Die Kinder dieser Schule haben ihn genäht, und jede und jeder von ihnen hat ein Quadrat dazu beigesteuert.«

Der Applaus war stürmisch. Zahlreiche Kinder wurden nach vorn geführt, wo ihre Eltern ihnen stolz auf die Schultern klopften oder ihr Haar so verwuschelten, dass es in alle Richtungen abstand. Sie strahlten vor Stolz und lachten, dass man selbst im schummrigen Licht ihre Zahnlücken sehen konnte.

»Die einen haben ihre Lieblingsblüte ausgesucht«, fuhr Lucie fort, »die anderen in stundenlanger Handarbeit eine Gedichtzeile darauf gestickt. Vielleicht hat sich die eine oder andere Mama darüber gewundert, dass ihr Schützling plötzlich so lange in der Schule weilte. Nun wissen Sie, warum. Ihre Söhne und Töchter haben eine wunderbare Arbeit geleistet. Sie waren fleißig und fröhlich, die besten Kollegen, die man sich nur wünschen kann. Und gewonnen hat dieses wunderbare Stück die Losnummer 72. Nummer 72. Wer hat die Nummer 72?«

Niemand antwortete. Die Kinder wurden still und sahen sich um, plötzlich wieder ganz schüchtern.

»Niemand mit der Nummer 72?« Aus Lucies Stimme war alle Fröhlichkeit verschwunden.

»Ich!«, hörte ich da meinen Vater rufen. Seine Stimme leierte ein wenig, als er noch einmal wiederholte: »Ich!« Er klang vorwurfsvoll und selbstmitleidig. »Die Nummer 72, das bin ich.«

Lucie starrte ihn von oben herab an.

Schwankend breitete er seine Arme aus.

»Was ist nun mit meinem Hauptgewinn?«

Um Lucies Lippen zuckte es gefährlich, ich konnte sehen, wie sehr sie sich zusammenriss, um nicht in Tränen auszubrechen.

»Bitte«, murmelte sie, nachdem sie den Teppich zusammengefaltet hatte. Dann überreichte sie ihn meinem Vater.

Papa schnaubte, schüttelte den Kopf und kam nun torkelnd auf mich zu. Er blieb so dicht vor dem Podest stehen, dass mir der scharfe Alkoholgeruch in die Nase stieg. Er hatte offenbar noch einmal nachgelegt.

»Bitte sehr«, äffte er Lucie nach und ließ den Stoff auf den Boden fallen. Dann drehte er sich um und ging davon.

»Nun«, setzte Lucie an, doch ihre Stimme drohte wegzubrechen. »Sollten wir nun …« Sie verstummte. Irgendetwas knackte laut. Im ersten Moment glaubte ich, der wackelige Podest würde zusammenbrechen, doch dann begann Musik den Raum zu füllen, so warm und so beschwingt, dass ich aus meiner Erstarrung erwachte. Den Wandteppich an mich gedrückt sprang ich vom Podest und drängte mich zum Grammofon vor, an dem Wilhelm stand.

Er nahm mir den Hauptgewinn ab und reichte ihn mit einer Verbeugung an Liu weiter, die ihn sorgsam auf ihren Schoß legte.

»Ich weiß, dass der Kaiser Tanzverbot verhängt hat, doch manchmal, Frau Rektorin, gehören Regeln gebrochen und auf die Reden einfältiger alter Männer nicht gehört. Darf ich bitten?«

Ich sah mich im Saal um.

In einer Ecke standen die Kinder versammelt und schwatzten aufgeregt durcheinander. Der beschämende Auftritt meines Vaters schien sie nicht weiter verstört zu haben, was mich beruhigte. Ernst winkte mir zu. Er stand neben einer großen schlanken Frau mit dunklem Haar, die mir mit einer Mischung aus Freude und Stolz zulächelte.

Ich nahm Wilhelms Hand, und wir fingen an, uns im Wiegeschritt durch den Saal zu drehen. Seine Hände waren warm, und er führte mich so sicher über das Parkett, dass auf einmal alles in mir ruhig und friedlich wurde.

Immer mehr Menschen, die sich vorher verunsichert oder gar feindselig zurückgezogen hatten, tauchten auf einmal paarweise wieder neben uns auf und tanzten, zunächst noch schüchtern, dann jedoch immer entschlossener zu der Musik. Stolz und Freude lagen auf ihren Gesichtern. Für den Rest des Abends, so schien es mir, würden wir den Krieg vor der Tür lassen.

In der Pause zwischen zwei Musikstücken, in der man nur die Schallplattennadel über die Grammofonplatte schaben hörte, kam Maman auf mich zu. Sie hatte mit Tante Mirelle getanzt, wobei es ihr offensichtlich nichts ausmachte, dass sie die Musik nicht hörte.

»Siehst du, Selma? Gott will, dass du trotzdem tanzt«, sagte sie mir mit ihrer tiefen, immer noch ungeübt klingenden Stimme ins Ohr.

Das Blau des Lavendels

Lavandula angustifolia

Herber, krautartiger Duft
Bei Nervosität, Schlaflosigkeit, Zweifeln
Wirkung:
beruhigend, besänftigend, belebend

»Sie verstehen unsere Zwickmühle«, sagte Herr Mickelbach und zwirbelte seinen Schnurrbart. Seine hellblauen Augen wirkten angsteinflößend, denn der Blick war kühl.

Schon einmal hatte ich mit ihm hier gestanden, nach Direktor Prerows Tod. Damals hatte ich festgestellt, dass Herr Mickelbach durchaus zu Emotionen fähig war. Er hatte geweint, als er mich darum bat, die Schulleitung permanent zu übernehmen. Zweieinhalb Jahre war das nun her. Kaum zu glauben, dass wir das erste Viertel des Jahres 1917 schon fast hinter uns hatten und uns in großen Schritten dem nächsten Osterfest näherten. Immer noch war Krieg. Immer noch hörten und lasen wir aus der Ferne, was in unserer Heimat vor sich ging, und waren so ratlos wie zuvor.

Ein wütender Märzwind hieb Zweige gegen die Fensterscheiben, sturzbachartig prasselte der Regen herab. Der Raum, in den mich das Schulkomitee zitiert hatte, war unangenehm kalt und feucht. Mich hatte es schon gefröstelt, als ich eingetreten war. Nun lief mir ein neuer Schauer den Nacken hinab, nicht nur vor Kälte, sondern auch wegen Herrn Mickelbachs Gesichtsausdruck.

»Nicht ganz«, sagte ich. »Ich bin Deutsche. Da sehe ich keine Zwickmühle.«

Locken klebten feucht an meiner Stirn. Ich war zu spät losgegangen und hatte den Weg im Laufschritt, dafür ohne Schirm zurücklegen müssen. Drei Augenpaare musterten mich abschätzig. Vielleicht um mir zu zeigen, wie unordentlich ich aussah, zupfte Frau Schertel demonstrativ an ihrer Bluse, auf deren Stoff nicht eine einzige Falte auszumachen war. Anschließend hob sie wieder den Kopf und blickte mich aus wässrigen Augen an.

»Sie sind halb Französin, oder etwa nicht?«

»Meine Mutter ist Französin, und ich liebe ihr Herkunftsland. Geboren bin ich aber in Preußen, und in meinem Taufschein steht der Ort Dahlwitz bei Berlin, wo ich aufgewachsen bin.«

»Dennoch sind besorgte Eltern an uns herangetreten. Sie fürchten einen antideutschen Einfluss.«

»Ich bin Deutsche!«

»Halb. Und halb Französin.«

Fassungslos starrte ich sie an und fragte: »Verstehe ich Sie richtig, und Sie sind nicht glücklich mit der Art und Weise, wie ich die Schule leite?«

»Gemach, gemach«, mischte Herr Mickelbach sich ein. »Niemand hat davon gesprochen. Wir wollen Sie bloß in Kenntnis davon setzen, dass es, nun, Tendenzen gibt, die, nun, gegen Sie gerichtet sein könnten.«

Das letzte Wort hatte er überdeutlich ausgesprochen und dabei seine Stimme erhoben.

»Was bedeutet das?«

»Nichts.« Er fuhr sich durch das streng zurückgekämmte Haar, aus dem hier und dort eine Strähne ausbrach. »Vorerst. Wir wollen abwarten. Aber falls Sie Ihre Situation verbessern möchten, rein theoretisch, spräche das in jedem Fall für Sie.«

Irritiert sah ich ihn an. »Verbessern?«, wiederholte ich. »Was meinen Sie damit?«

Frau Schertel räusperte sich, sagte jedoch nichts.

Ich blickte zu den Kakteen auf der Fensterbank und dann wieder zu Herrn Mickelbach.

»Bitte erklären Sie es mir. Was meinen Sie damit, Herr Mickelbach, dass ich meine Situation verbessern könnte?«

»Indem Sie, nur so als Beispiel, einen Deutschen heiraten. Sie wissen es vielleicht nicht, aber hierzulande bedeutet eine Eheschließung nicht, dass Sie Ihre Stelle aufgeben müssen.«

Er sagte das so, als wolle er mir einen Blumenstrauß überreichen.

Plötzlich schien mir der Raum heiß und stickig, und ich fächelte mir mit der Hand Luft zu.

Frau Schertel beugte sich vor und sagte: »Es kann sein, dass wir nicht allzu lange abwarten können.«

»Frau Schertel, bitte greifen Sie nicht vor!«, wies Herr Mickelbach sie zurecht.

Frau Schertel warf ihm einen missbilligenden Blick zu, stand auf, strich ihre Bluse glatt und verließ mit kleinen schnellen Schritten den Raum.

»Sie entschuldigen, Fräulein Wallenstein. Frau Schertels Familie hat an der Somme, nun, schreckliche Verluste erlitten. Ihr Sohn …«

»Das tut mir sehr leid.«

»Wir werden uns mit Ihnen in Verbindung setzen. Bis es so weit ist, dass wir, nun, eine Entscheidung gefällt haben … Falls wir eine Entscheidung fällen, die nicht in Ihrem Sinne sein sollte … Nun, wir werden Sie unterrichten.«

»Das ist sehr freundlich von Ihnen«, murmelte ich.

Im Flur war es so dunkel, dass ich beinahe in die schmale Gestalt hineingelaufen wäre, die plötzlich mit einer Gießkanne in der Hand vor mir auftauchte.

»Sie sind nur noch Direktorin, weil sich Ihr möglicher Nachfolger nicht entscheiden kann«, zischte Frau Schertel heiser. »Ans Abwarten sollten Sie sich lieber nicht gewöhnen.«

Draußen lehnte ich mich gegen die Hauswand und tat, als suchte ich etwas in meiner Handtasche. Wer war dieser ominöse Nachfolger, der angeblich schon feststand? Oder war es eine Nachfolgerin? Frau Mingen? Sie lehrte viel länger an der Schule als ich. Es musste sie verärgert haben, dass ich ihr vorgezogen worden war. Welche Möglichkeiten blieben mir, meinen Posten zu behaupten, abgesehen von Herrn Mickelbachs abwegigem Vorschlag? Wie in aller Welt kam er nur darauf, ich könnte heiraten wollen?

Der Geruch von in Zucker geschmorten Zwiebeln und Schweinefleisch drang aus der geöffneten Tür des chinesischen Gasthauses. Wilhelms Wangen glühten von der Frühjahrssonne. Wir hatten einen herrlichen Nachmittag verbracht, waren in der Umgebung von Hankau umhergestrichen und hatten Rinden und Wurzeln gesammelt, die wir in feuchten Tüchern verwahrten. Nun standen wir vor dem Gasthaus, das aus einem einzigen rußgeschwärzten Raum bestand, tranken dampfenden Tee im Freien und bewunderten den Teich vor uns, über den der Abendnebel kroch. Der dichte Uferschilf rauschte, und die rund gespülten Kiesel am Wasser schimmerten anthrazit im Licht der untergehenden Sonne.

»Wir sollten hier übernachten«, schlug Wilhelm vor. »Ich würde dir gern die Pfingstrosen zeigen. Es sollten schon ein paar davon blühen, und morgens ist ihr Duft am stärksten. So früh können wir gar nicht aufstehen, dass wir es von Hankau hierher schaffen. Ich bin sicher, sie vermieten zwei Zimmer.«

»An eine Frau und einen Mann?«, fragte ich skeptisch.

»Warum nicht? Wir bitten ja nicht um eines für uns beide.« Er legte den Kopf in den Nacken. »Wir behaupten, wir wären Geschwister. Liu findet, alle Langnasen gleichen einander. Ich denke nicht, dass es nur ihr so geht. Wir gehen sicher als Verwandte durch.«

Ich kicherte, auch wenn ich mir bewusst darüber war, dass ich zum Aufbruch mahnen sollte. Wie kam Wilhelm nur auf so eine Idee? Mit ihm eine Nacht in einem Gasthaus zu verbringen würde für die absonderlichsten Gerüchte sorgen. Ich war Direktorin und er Lehrer, und ja, wir waren befreundet, doch war er immer noch ein Mann. Und ich eine Frau.

Die vorfrühlingshafte Wärme wurde von der kühleren Abendluft vertrieben. Mich überfiel eine angenehme Schlappheit. Der Tee tat wohl, und ebenso wohl tat es, mit Wilhelm hier zu sein, weg von all den Zänkereien zu Hause. Ich trank noch einen Schluck und dachte voller Sehnsucht daran, wie es wäre, auch noch den nächsten Morgen hier zu verbringen. Nicht Vater dabei zuzusehen, wie er steifen Schrittes die Küche verließ, weil Tante Mirelle mit Maman Französisch sprach, oder hinter Tante herzuputzen, die bei jeder Erwähnung einer deutschen Persönlichkeit ausspuckte und dabei nicht einmal vor Lucies Holzfußboden haltmachte. Am traurigsten jedoch fand ich den Umstand, dass Vater seinen Hauptgewinn, den wunderbar bestickten Wandteppich, jeden Morgen wieder abnahm, nachdem ihn nachts heimlich jemand in der Küche aufgehängt hatte.

»Ich kann nicht«, sagte ich schließlich. »So gern ich würde.«

Er nickte enttäuscht und sah aus, als wollte er etwas sagen. Doch dann schloss sich sein Mund.

»Ja?«, fragte ich nach.

»Möchtest du in China bleiben, Selma? Wenn der Krieg vorbei ist, meine ich.«

Ich bohrte meine Schuhspitze in die rötlich schimmernde Erde.

»Es kommt darauf an, was an die Stelle des Krieges tritt, nicht wahr? Papa glaubt immer noch, dass wir nach Tsingtau zurückkehren können. Wenn auch nicht mehr in unser altes Zuhause, das steht ja nicht mehr. Aber dass Tsingtau wieder deutsch wird, da ist er sich ganz sicher. Ich traue mich gar nicht, mir etwas auszumalen, es wird ja doch ganz anders. Nun sind auch die Amerikaner beteiligt. Jederzeit kann sich alles verändern. Wer heute die Macht hat, ist morgen vielleicht schon ganz unten. Unser Hab und Gut, unser Beruf und wie wir uns definieren, kann zwei Tage später schon Erinnerung sein. Ich als Lehrerin, als Rektorin, und überhaupt die Schule, was wird mit ihr, falls wir repatriiert werden?«

Wilhelm riss einen Grashalm ab und steckte sich die Spitze zwischen die Lippen.

»Das sagen sie doch seit Jahr und Tag. Internierung, Repatriierung … Ich gebe nichts mehr darauf. Was wir haben, was uns bleibt, das sind doch unsere persönlichen Beziehungen.« Er blinzelte in die untergehende Sonne. »Das ist es doch, was am Ende zählt.«

»Wir sollten gehen. Es wird dunkel«, sagte ich leise.

Ich spürte seine Enttäuschung wie ein Gewicht, das mir jemand über die Schultern gehängt hatte. Für einen Moment war ich versucht, meine Hand nach ihm auszustrecken, ließ es jedoch bleiben.

»Gehen wir«, sagte er nun voller Melancholie, wie damals, während der Eisenbahnfahrt nach Genua, als Tante Mirelle ihn für Émile Zola gehalten hatte. Ein ganzes Menschenleben lang schien das her zu sein. Ich ließ es zu, dass er meinen Arm ergriff und mich über den schmalen Pfad zu unserem Wagen geleitete. Er roch nicht mehr nach Sandelholz, schon darin lag ein Unterschied zu damals. Er hinkte, wofür er mir keine Erklärung geben wollte. Und in Europa starben die Menschen wie die Fliegen, in jedem kriegsbeteiligten Land. Das meiste wusste ich aus Briefen, wenngleich die von Fräulein Feltner kürzer und kürzer geworden waren. Ich vermutete, dass sie mich nicht mit ihren Nöten quälen wollte, während Marga eine solche Scheu nicht kannte. Ihre Zeilen berichteten von Hunger und Kälte in diesem Winter, der in Deutschland kein Ende nehmen wollte. Charlottenburgs Straßen waren leer geworden, Männer sah man kaum, und wenn, dann nur in Uniform. Etliche von ihnen reisten todesmutig ab und kehrten, wenn überhaupt, körperlich verletzt und seelisch gebrochen zurück. Die Schule hielt sich zwar, doch meine junge Freundin fürchtete, bei dem nächsten Kälteeinbruch könnten die Pulte verfeuert werden.

Wilhelm öffnete mir die Autotür.

»Wir sollten über Ostern nach Kuling fahren«, sagte er und sah mich an. »Es ist vielleicht unsere letzte Gelegenheit dazu.«

Er blies sich eine Strähne aus der Stirn und beugte

sich so weit vor, dass ich seinen Atem auf meinem Gesicht spürte. Ich schloss die Augen.

Warum schloss ich meine Augen?

»Lass uns dorthin fahren«, hörte ich ihn flüstern. »In die Berge. Jetzt gleich.«

Wieder der warme Hauch seines Atems auf meiner Wange. Ich spürte ein Kribbeln in den Fußspitzen, das langsam in meinem Körper hinaufstieg. Ich vergaß mich. Vergaß meine Familie, vergaß den Krieg. Vergaß, dass es Wilhelm war, der mich küsste, so weich, dass ich es kaum wahrnahm. Ich schmeckte Salz auf seiner Oberlippe. Warm und feucht tupfte seine Zunge auf meinen Mund, und während ich sie spürte, spürte ich sie schon nicht mehr. Das Gefühl löste sich auf wie Nebel in den Sonnenstrahlen eines anbrechenden Tages. Nach einer Weile, die Minuten oder nur Sekunden gedauert haben mochte, schob ich ihn sanft von mir.

»Wilhelm«, sagte ich, und meine Stimme war belegt, »wir sollten so etwas nicht unüberlegt tun.«

»Unüberlegt«, wiederholte er leise und wich einen Schritt zurück.

Ich sah in seine Augen, die plötzlich gleißend hell und unwirklich erschienen, wie das Negativ einer Fotografie. Doch als er mich anlächelte, kehrten die vertraute Melancholie und die Weichheit in seine Züge zurück.

Er ging um das Auto herum und stieg auf der Fahrerseite ein. Ich war dankbar, als er den Motor startete, denn so war keine Unterhaltung mehr möglich, und ich konnte still in mich gehen.

Ein Kuss muss doch ein Gefühl nach sich ziehen, dachte ich, unbedingt, oder nicht? Ich war nicht versiert darin, denn bis heute waren Pauls Lippen die einzigen, die meine je berührt hatten. Paul zu küssen war so gewesen, wie zwei Welten zu einer zu verschmelzen. Wie eine Ordnung wiederherzustellen, von der ich nicht gewusst hatte, dass sie durcheinandergeraten war. Ich hatte keine Zweifel verspürt. Ich hatte mich mit Paul so richtig am Platz gefühlt wie nie zuvor und nie wieder danach in meinem Leben.

Und mit Wilhelm? Ich sah ihn verstohlen von der Seite an. Seine Finger umklammerten das Lenkrad, als fürchtete er, es könnte davonfliegen. Weiß traten seine Knöchel hervor. Sein Profil wirkte weich, die Nase war schmal und an der Spitze leicht nach oben gebogen, und seine Stirn erschien mir auffallend hoch, jetzt, da er das Haar zurückgekämmt trug.

Doch warum verglich ich Wilhelm mit Paul, dessen Nase einen wütenden, entschlossenen Schwung hatte, dessen Hände groß und selbst im Winter braun gebrannt waren? Vergab ich etwa auch jetzt, ganz Lehrerin, Noten?

Ich schüttelte den Kopf über mich selber. Was gäbe ich doch dafür, eine verwegenere Version meiner selbst zu sein! Ein Kuss, was war denn schon dabei? Und ja, er war Lehrer und ich Direktorin, aber konnte ich das nicht wenigstens für einen Moment vergessen? Warum fühlte ich mich kurz vor meinem achtundzwanzigsten Geburtstag, als würde ich zweiundachtzig?

Der Wagen stoppte mit einem Ruck. Verwirrt blinzelte ich in das Licht der Straßenlaternen. Der modrige Geruch des Jangtse hieß mich zu Hause willkommen.

»Danke, Wilhelm, für den schönen Tag«, sagte ich.

Er nickte, ohne mich anzusehen.

Ich legte meine Hand auf seinen Arm. Er zuckte zusammen, als hätte ich ihn verbrannt. Aus einem Impuls heraus beugte ich mich vor und küsste seine Wange. Sie war frisch rasiert, das fiel mir erst jetzt auf, als meine Lippen seine Haut berührten.

Er starrte geradeaus auf die Windschutzscheibe.

»Gute Nacht.«

»Gute Nacht, Selma.«

Weißt du, Marga, wo Kuling liegt? Sicher nicht, ich wusste es bis vor Kurzem auch nicht. Es befindet sich hoch oben im Gebirge, auf halbem Weg zwischen Hankau und Shanghai. Die Landschaft soll atemberaubend sein, die Luft kühl und frisch und frei von Mücken. Klare, eiskalte Seen erstrecken sich zwischen den Bergspitzen. Wie seltsam erscheint es mir, dort auf noch kleinerem Terrain als hier zwischen jetzt verfeindeten Nationen zu sein. Wie begegnen sich dort oben die Amerikaner und die Deutschen? Die meisten von ihnen sind Missionare, und vielleicht darf man annehmen, dass sie zur Liebe entschlossen sind. Was ich von mir wohl nicht behaupten kann. Ach Marga, meine Probleme sind dürftig, während meine Landsleute, Deutsche wie Franzosen, zu Tausenden oder sogar zu Hunderttausenden sterben. Doch scheint mir, als rettete mich dieses Zurückziehen ins Private davor, vor Zorn und Trauer den Verstand zu verlieren. Wie machst du es, die du mittendrin lebst? Schaffst du dir kleine Inseln des Glücks oder immerhin der Gedankenlosigkeit? Ich finde ein wenig Glück in den Düften. Wilhelm – ja, wieder Wilhelm – hat mir gezeigt, was sich aus ihnen machen lässt. Hast du je von Enfleurage gehört? Tröste dich, falls nicht, mir ging es ebenso. Doch duftet nicht allein schon das Wort Enfleurage? Siehst du auch sofort die zarten, leicht gewellten Rosenblüten vor dir, seidig schimmernd, wie sie langsam in einer Lache aus Fett ertrinken? Nun bin ich schon wieder beim Tod. Bitte verzeih mir.

Ich legte den Stift beiseite und stand auf. In meinen Beinen schien eine Ameisenkolonie zu leben, so sehr kribbelten sie. Kaum zwei Minuten gelang es mir stillzusitzen, schon packte mich wieder die Unruhe und scheuchte mich quer durch Direktor Prerows Büro. Für mich war es immer noch sein Büro, wie sollte ich es je für mich beanspruchen können? Ich umrundete den Schreibtisch, lief zur Tür und zurück, faltete die Hände hinter meinem Rücken, entfaltete sie wieder … Du lieber Himmel, warum konnten die Gedanken nicht mal für eine Minute schweigen?

Ich ging ans Fenster, schob den Vorhang zur Seite und sah hinaus.

»Guten Morgen, Selma!«

Ich blinzelte. Im Hof stand Wilhelm, die Hand zum Gruß erhoben.

»Hast du eine Minute?«, rief er. »Ich möchte dir etwas zeigen.«

Kurz danach standen wir in einer Rumpelkammer, deren Wände komplett mit Schränken zugestellt und nicht mehr sichtbar waren. In der Mitte stand ein Tisch, um den herum man nur mit angehaltenem Atem kam. Auf diesem Tisch baute Wilhelm eine Apparatur auf. Ich hatte ihn mehrfach gefragt, was er damit vorhatte, jedoch nie eine zufriedenstellende Antwort erhalten. Deshalb sah ich ihm nun einfach zu und ließ mich von seiner Begeisterung immer mehr anstecken.

Auf einmal rief er laut »Voilà!« aus. Seine Apparatur war aus Kupfer und aufgebaut wie ein Turm, aus dem ein schmales, ebenfalls aus Kupfer gefertigtes Rohr führte.

»Jetzt brauchen wir noch eine Flasche, möglichst klein und mit einem möglichst langen und schmalen Hals. Und natürlich das Kraut. Oder die Blüten. Du hast nicht zufällig welche dabei, oder?«

»Zufällig nicht, nein. Was ist das?«

»Eine Destille! Sie kam gestern. Ich hatte dir doch von dem Privatier erzählt, der uns so großzügig beliefert. Diese Destille war schon bei der ersten Fracht dabei.«

»Und man benutzt das, um … was zu tun?«

»Um etwas mit deinen Blumen anzufangen, Selma! Ist es nicht schade, sie nur trocknen zu lassen und weiter nichts damit zu tun? Und ja, die Enfleurage ist wunderbar, aber das Destillieren wird den wahren Schatz deiner Blüten ausheben und ihren Duft erst wirklich hervorbringen, ich bin ganz sicher! Wenn du sie dort hineingibst, erhältst du das wunderbarste, lieblichste, reinste und berauschendste Aromaöl.«

Verblüfft sah ich ihn an.

»Ich bin nicht ganz sicher, ob es funktioniert. Falsch, ich bin nicht ganz sicher, wie es funktioniert. Es sollte ähnlich sein wie bei der Herstellung von Alkohol, aber wir müssen es ausprobieren.«

»Der Unterricht beginnt in einer halben Stunde.«

»Dann treffen wir uns um zwei wieder hier. Ich … ha!«

Er glühte förmlich vor Begeisterung.

»Ich werde einen kleinen Ausflug mit meinen Schülern machen. Wir wollten schon lange auf den Markt im chinesischen Teil. Ich werde dort … nun, wir werden sehen, was ich dort besorge. Lavendel vielleicht, wäre das nicht … Moment!« Er setzte ein ernstes Gesicht auf. »Natürlich nur, wenn Sie mir den Ausflug gestatten, Frau Direktor.«

»Er sei Ihnen gestattet, Herr Rickert.«

Er beugte sich vor, strich mit seinen Lippen leicht über meine Wangen und eilte davon.

Ich betrachtete die Destille, eine Hand an meiner Wange, wo Wilhelms Lippen sie berührt hatten, und meine Gedanken begannen zu wandern. Er und ich … Wie einfach wäre es, und wie unendlich kompliziert. Wir arbeiteten zusammen, ich war in einer ihm übergeordneten Position. Doch wir teilten die Freude an allem, was duftete und blühte. Wir liebten es beide, draußen herumzustreifen, bis die Nacht einbrach …

Ich riss mich zusammen, zog meine Bluse glatt und trat hinaus auf den Flur.

Die Kinder in ihren Klassen kicherten, scharrten mit den Füßen und erzählten einander, was sie erlebt hatten.

Was wusste ich denn schon, was er für mich empfand? Es war nur ein Kuss gewesen, nichts als ein Kuss.

»Du bist dünn geworden, Selma! Du siehst aus wie … wie … ein blasses Stück Käse auf einem Zahnstocher.«

Tante war früh auf und musterte mich von ihrem Platz hinter dem Küchentisch aus, als sähe sie mich zum ersten Mal.

»Danke«, murmelte ich in meine Tasse hinein und gähnte.

»Du arbeitest zu viel. Und dann diese ständigen Spaziergänge. Vor was läufst du weg, Kind?«

»Ich laufe nicht weg«, widersprach ich. »Du weißt doch, was Wilhelm und ich machen.«

»Natürlich weiß ich das.« Sie seufzte. »Oder weiß ich es vielleicht nicht? Selma, es muss doch außer Blumen etwas geben, das dich erfreut. Du weißt, dass Wilhelm … ein Mann ist, nicht wahr?«

»Natürlich weiß ich das.«

»Nun, dann weißt du sicher auch, dass er in dir sehr wohl eine Frau sieht.«

Ich machte mir nicht die Mühe, darauf zu antworten.

Wilhelm hatte nicht wieder versucht, mich zu küssen, nur manchmal sah er mich so prüfend an, als versuchte er, in meinem Gesicht zu lesen.

Wollte ich denn, dass er mich wieder küsste? Ich wusste es immer noch nicht, obwohl seit jenem Abend schon zwei Wochen vergangen waren.

»Ach Kind, du solltest dich entscheiden. Ich spüre es, uns steht wieder etwas Schreckliches bevor.«

Ernüchtert blickte ich sie an. Welche schrecklichen Dinge sollten denn noch geschehen? Es gab keinen Frieden. Es gab nur unzählige Tote nach der Schlacht an der Somme, die im November endlich ihr Ende gefunden hatte. Franzosen, Deutsche, Briten. Die Welt war gekippt und drohte, endgültig in den Abgrund zu stürzen, und niemand versuchte mehr, das Gleichgewicht zu halten.

»Kommen deine Freundinnen heute zum Tee?«, fragte ich, um wenigstens Tantes Stimmung ein wenig zu heben.

Mit ihrem Gläserrücken und Geisteranrufen hatte sie sich Respekt unter den Bewohnerinnen der deutschen Konzession verschafft. Immer sonntags trafen sich die Frauen seitdem zu einer Séance, auf die Tante sich stets gewissenhaft vorbereitete. Sie ließ sich ein spiritistisches Magazin aus Europa schicken und übte sich seit Neuestem darin, sich »zu versenken«. Yoga hieße das, erzählte sie, nur wüsste sie nicht genau, wie das Wort richtig ausgesprochen wurde. Und wozu Yoga eigentlich gut war.

»Nein«, beantwortete Tante nuschelnd meine Frage.

»Trefft ihr euch nicht mehr sonntags?«

»Doch.«

»Nun«, sagte ich ratlos, »warum dann heute nicht?«

Sie schüttelte den Kopf und starrte auf die Tischplatte.

»Tante, was ist los?«

Ich ließ mich auf dem Stuhl neben ihr nieder und griff nach ihrer Hand. Sie war warm und weich und zitterte ein wenig.

Ohne mich anzusehen, flüsterte sie: »Sie haben abgesagt. Zuerst Renate. Dann die anderen. Sie haben etwas anderes vor. Aber vielleicht … vielleicht mögen sie mich nicht mehr.«

»Warum sollten sie dich nicht mehr mögen? Sie lieben es, dir zuzuhören. Sie bewundern dich. Das habe ich selber gesehen. Und sie verehren deine Backkünste, glaube mir.«

Sie seufzte und nickte. »Du meinst, sie haben heute wirklich etwas anderes vor, und nächsten Sonntag ist alles wie sonst?«

»Ganz sicher ist es das.« Ich drückte noch einmal ihre Hand und stand auf. »Mach dir trotzdem einen schönen Tag, ja?«

Sie nickte und versuchte, munter auszusehen, was ihr auf ganzer Linie misslang.

Ich war schon fast aus der Tür, als ich stehen blieb und mich noch einmal umdrehte.

»Tante, warum sprichst du kein Französisch mehr?«

Sie riss die Augen auf, tat jedoch so, als hätte sie mich nicht verstanden.

»Du sprichst nur noch Deutsch. Nicht mal mehr das kleinste französische Wort. Wieso?«

Wieder fiel sie in sich zusammen wie ein Häuflein Elend. »Sie mögen es nicht, glaube ich. Renate und die anderen. Also denke ich bloß noch auf Französisch. Verstehst du?«

Entrüstet sah ich sie an.

»Sie sind etwas streng, manchmal«, flüsterte Tante. »Ich

habe Angst, dass sie mit mir genauso streng sind wie mit den anderen.«

»Sie sind deine Freundinnen. Ich glaube nicht, dass sie dir gegenüber streng sein wollen.«

Sie schlug die Augen nieder und antwortete mir nicht.

»Soll ich eine Sitzung mit dir machen, Tante?«

»Nein«, antwortete sie mit einem traurigen Lächeln.

»Warum nicht? Ich wüsste sogar, was ich fragen würde.«

»Was denn?«

Ich hatte ihre Neugierde geweckt, das war gut. Doch nun war ich es, die verlegen mit den Schultern zuckte.

»Also … zum Beispiel wüsste ich gern, wie es Elisabeth geht.«

Ihre Miene verdüsterte sich sofort wieder. »Ah, kein … Mann? Nichts über … Wilhelm?«

»In der Hinsicht möchte ich die Antworten lieber in mir selbst finden.«

»Ah. Also gut. Nun, ich muss jetzt weg.«

»Wie, jetzt?«

Ich hatte Tante noch nie angeboten, an einer ihrer Séancen teilzunehmen. Nie und nimmer hätte ich damit gerechnet, dass sie nicht wollen würde.

»Eigne ich mich denn nicht als Medium?«

»Ich bin das Medium, Kind. Du kannst dich eignen oder nicht eignen, das ist den Geistern egal. Aber nein. Ich sehe gerade, ich habe heute schrecklich viel zu tun. Ich wollte Kuchen backen, weißt du, und wir haben nichts da, also muss ich zu den Chinesen auf den Markt, die deutschen Geschäfte haben ja geschlossen, ebenso wie die französischen, nicht wahr? Wirklich, schau auf die Uhr, es ist aber auch schon spät!«

Verblüfft starrte ich sie an. Ich hatte Tante Mirelle noch nie so lange am Stück Deutsch sprechen hören, ganz ohne Französisch unterzumischen.

»Es ist halb sieben, Tante. Halb sieben morgens.«

»Oh. Ja! Ich muss los.«

»Tante, warte!«

Im Laufen zog ich den Mantel über und setzte meinen Hut auf. Mirelle hatte es schon ins Treppenhaus geschafft, wo sie mit kleinen Schritten Stufe um Stufe nahm. Bevor sie die Haustür aufziehen konnte, griff ich nach ihrem Arm.

»Was ist los?«

Ihre Empörung wirkte aufgesetzt und wich bald der Verzweiflung.

»Ach Kind! Ich will dich doch nur nicht unglücklich machen!«

»Wieso solltest du mich unglücklich machen, Tante?«

Sie schniefte. »Ich vielleicht nicht. Aber die Geister könnten es tun.«

»Ich fürchte, ich verstehe dich nicht.«

Sie blickte hinter sich, als erwartete sie, dass jeden Moment irgendwer dort auftauchte. »Elisabeth hat, nun, sie und Paul, sie haben …«

Mir wurde ein wenig flau, doch warum nur? Was sollte schlimmer sein, als dass Elisabeth und Paul geheiratet hatten?

»Sie … war schwanger, als wir nach Hankau abreisten«, rückte Tante endlich mit der Sprache heraus.

Ich schüttelte den Kopf und tat so, als sei dies sicher nichts, was mich bekümmerte. Es sollte mich ja auch nicht bekümmern. Sie waren verheiratet. Niemand erwartete von ihnen, im Zölibat zu leben. Aber ein Kind … Pauls Kind …

Nein, ich durfte nicht darüber nachdenken!

»Oh, jetzt habe ich dich unglücklich gemacht!«

Tante schlug ihre Hände vor das Gesicht und begann laut zu weinen. »Ich hätte dir nicht von ihr erzählen sollen! Vielleicht wären die Geister ja gnädig gewesen, doch jetzt ist es meine Schuld, dass du traurig bist.«

Ich nahm Tante in meine Arme. Ihr kleiner runder Körper bebte. Ich war ihr dankbar, dass sie für mich Tränen vergoss.

»Ist es ein Mädchen?«, fragte ich nach einer Weile.

Ich merkte, wie sie in meine Schulter hineinnickte.

»Woher weißt du das, Tante?«

»Jemand, der jemanden kennt, kennt jemanden in Shanghai. Und die kennt Elisabeth. Das Mädchen, die Tochter … Willst du wissen, wie sie heißt?«

»Nein.«

»Willst du immer noch spazieren gehen, ma chère?«

»Nein. Willst du denn noch auf den chinesischen Markt?«

»Non.«

Stumm stiegen wir die Stufen wieder hinauf.

»Doch«, sagte ich und blieb unvermittelt stehen. »Ich wüsste gern, wie sie heißt.«

Ich hatte keine Ahnung, warum ich das sagte. Würde es mich nicht noch mehr schmerzen, wenn ich ihren Namen kannte? Wurde sie damit nicht noch realer?

»Grete«, sagte Tante.

»Ein hübscher Name«, murmelte ich in mich hinein und folgte Tante durch den schmalen Korridor in die Küche, wo Lucie nun Kaffee kochte und vor sich hin summte.

Nach und nach erwachte das Leben in der Wohnung. Ich versuchte, mich an Lucies und Adeles Plaudereien zu beteiligen, was mir misslang. Immerhin fiel es mir heute leichter als sonst, Papa zu ignorieren, weil es mir egal war, wie miesepetrig er dreinschaute und welche Worte er ausspie, als schmeckten sie ihm nicht.

Es klopfte, dann hörten wir die Stimme unseres Nachbarn.

»Packt eure Sachen!«, rief er. »Es heißt, die Deutschen werden ausgewiesen!«

Seit Monaten war ja darüber gemunkelt und gemutmaßt worden, insofern waren wir vorbereitet, und doch traf es mich wie ein Schlag. Ich eilte zu dem Schrank in unserem Zimmer, um die Koffer zu holen, die dort bereits seit einem halben Jahr fertig gepackt standen.

Binnen zehn Minuten standen wir alle aufgereiht im Flur.

Xianying starrte uns mit großen Augen an.

»Das zeigt doch nur, wie stark Deutschland ist«, tönte Vater selbstzufrieden von hinten. »Die anderen Nationen fürchten sich vor uns. Die Amerikaner haben China dazu gedrängt, die diplomatischen Beziehungen zu uns aufzukündigen. Die Chinesen, das wusste ich ja immer, machen sich eben dauernd ins Hemd.«

Ich fuhr wütend herum. Maman hatte natürlich nichts gehört, doch Liu sah ich an, dass sie ihn sehr wohl verstanden hatte. Bevor ich etwas entgegnen konnte, hörten wir das Trampeln von Stiefeln. Ich schwieg.

Was würde aus dieser bunt zusammengewürfelten Familie werden, wenn sie uns nach Deutschland schickten? Wohin kämen Liu und Xianying? Vor Angst wurde mir schwindelig.

Nun wurden Stimmen laut. Draußen wurde aufgeregt debattiert. Vater öffnete die Tür und schob sich hinaus.

Wenig später kehrte er mit verkniffenem Gesichtsausdruck zurück.

»Wir müssen die deutsche Konzession räumen. Gott weiß, wo wir hinsollen, aber wir werden schon ein Plätzchen finden.«

Adele sah aus, als fiele sie vor Angst gleich in Ohnmacht.

Ich legte ihr die Hand auf die Schulter. »Ist alles in Ordnung?«

»Wenn wir nur irgendwo sicher wären!«

»Im Vergleich zu den Menschen anderswo sind wir hier mehr als sicher«, sagte ich halblaut und hatte den Satz kaum zu Ende gesprochen, als energisch gegen unsere Tür geklopft wurde.

»Go!«

Auf der Straße trafen wir auf Tantes Freundin Renate, die, die sonntags regelmäßig zu Kuchen und einer Séance vorbeigekommen war. Ihre Züge verhärteten sich, als sie uns sah. Sie wandte sich ab und tuschelte ihrer Nachbarin so laut ins Ohr, dass wir es hören konnten: »Die kommen bestimmt bei den Franzacken unter!«

Ich griff nach Tantes Hand und drückte sie fest. Ihre Finger umklammerten meine, als fürchtete sie zu ertrinken. Wir schlossen uns dem Menschenzug an.

»Selma!«, hörte ich jemanden hinter uns rufen.

Das war Wilhelm, der sich einen Weg durch die Menge bahnte. »Wie gut, euch zu sehen! Ich dachte schon, ihr wärt verlorengegangen! Wohin bringen sie euch?«

Trotz des Zwielichts und der Kälte des frühen Morgens kam es mir so vor, als brächte er alle Wärme dieser Welt mit.

»Ich weiß es nicht«, antwortete ich.

Der Strom geriet ins Stocken und hielt an. Wir verließen die deutsche Konzession, dahinter wartete die französische. Was würde mit uns geschehen? Würde Tante Mirelles frühere Freundin recht behalten und wir könnten in der französischen Konzession unterkommen? Oder brachte man uns fort, fort aus Hankau, fort aus China?

Zwei chinesische Soldaten erwarteten uns.

»Name?«

Vater baute sich vor ihnen auf und herrschte sie an, dass er sehr wohl das Recht auf seinen Hausstand hätte und dass das, was sie taten, Diebstahl wäre.

Die Männer ließen sich jedoch nicht davon beeindrucken und sahen ihn ungerührt an. Der eine von ihnen wandte sich Wilhelm und mir zu.

»Family? Married?«

»Wie bitte?«

»Verheiratet?«

Unter zusammengezogenen Augenbrauen fixierte mich der Soldat.

»Chérie«, flüsterte Tante. »Sag irgendetwas, sonst nehmen sie uns sicher gefangen.«

»Er will wissen, ob wir verheiratet sind«, sagte Wilhelm.

»Oh. No … Not …«

Wilhelm legte seine Hand auf meinen Arm, Angst schimmerte in seinen Augen.

»Heirate mich.«

»Wie bitte?«

»Heirate mich, Selma Wallenstein.«

»Wilhelm, ich …«

Sein Mund kam näher, und ich spürte die Wärme, die von ihm ausging.

»Ich … Ich weiß nicht«, stotterte ich und räusperte mich.

Gott, war das alles? In mir war es mucksmäuschenstill.

»Not married?«, fragte der Soldat, während hinter uns die Menschen unruhig zu werden begannen.

»Gib mir Zeit, Wilhelm.«

»Wie lange?«

»Wie lange? Ich … weiß nicht, wie lange. Ein bisschen, um mir über mich selbst klar zu werden.«

»Ein bisschen, gut«, murmelte er und lachte, vielleicht um seine Enttäuschung zu verbergen.

»Not married yet«, sagte er zu dem Soldaten.

Ich legte meine Hand an seine Wange. Sie fühlte sich kratzig an.

Das Geheimnis der Schneekirsche

Prunus autumnalis

Frischer, honigartiger Duft
Bei Stillstand, Verlust, Schock
Wirkung:
tröstend, Mut einflößend, bejahend

Zwei Wochen später flog das Ufer des Jangtse an meinem Zugfenster vorbei.

Ich teilte mir das Abteil mit der Familie Holsten. Die Tochter, Erika, ging in Frau Mingens Klasse. Deshalb hatte ich mich gefreut, ihnen gegenüberzusitzen. Doch weder ihre Mutter noch ihr Vater war besonders mitteilsam, und so schwieg auch ich, nachdem ich wohl eine Stunde lang vergeblich versucht hatte, Konversation zu betreiben.

Die Strecke führte uns zurück Richtung Osten, an dem gelben Fluss entlang, über den ich vor fast drei Jahren mit Lucie und Edmund Sukow in die Gegenrichtung gereist war. Damals war der Jangtse von Ausflugsdampfern und kleinen Dschunken übersät gewesen. Jetzt ankerten riesige Kanonenboote unter britischer oder amerikanischer Flagge in den Häfen, an deren Anblick ich aus Hankau jedoch gewohnt war. Dort waren es die Schiffe der Japaner gewesen, die sich von denen hier kaum unterschieden.

»Ist es nicht erstaunlich, wie wenig sich ein Land verändert, obwohl die Welt eine andere geworden ist?«, fragte ich.

»Ich fürchte, wir verstehen Sie nicht«, antwortete Frau Holsten, ohne mich eines Blickes zu würdigen.

»Man sollte doch glauben, dass nach dem Tode des Machthabers ...«

Irritiert nahm ich zur Kenntnis, dass sie eine Augenbraue hochzog. »... dass nach Juan Schi-Kais Tod und den Aufständen jetzt alles anders ist. Doch China ist immer noch China, nichts hat sich verändert. Oder kaum etwas.«

Ich räusperte mich und setzte mich aufrecht hin.

»Finden Sie nicht?«

Doch Frau Holsten reagierte nicht auf das, was ich sagte. Darin erinnerte sie mich an Wilhelm, der meine Bitte, über die Osterferien nicht nach Kuling zu reisen, wie ein getadelter Schüler aufgefasst hatte. Seitdem hatten wir kaum noch miteinander gesprochen. Ich hatte mir vorgenommen, diese Zugfahrt zu nutzen, um über Wilhelms Heiratsantrag nachzudenken. Doch alles, was ihn und mich betraf, erschien mir verschwommen wie durch welliges dickes Glas.

Wieder hatte sich ein betretenes Schweigen über das Abteil gelegt. Nicht einmal Erika gab mehr einen Laut von sich. War die Luft tatsächlich so drückend? Ich erhob mich und öffnete die Abteiltür, im Begriff zu fragen, ob ich Kaffee oder Tee aus dem Zugrestaurant mitbringen sollte, doch als ich Frau Holstens Gesichtsausdruck sah, schloss ich den Mund wieder und ging schnell hinaus auf den schmalen Zugkorridor. Hasserfüllt hatte sie gewirkt, oder hatte ich mir das nur eingebildet?

Ich bahnte mir meinen Weg an den Männern vorbei, die zum Rauchen oder Plaudern an den geöffneten Fenstern standen. Im Speisewagen orderte ich Mokka und ein Stück Bohnenkuchen, das meine Nerven mit seiner saftigen Süße etwas beruhigte. Ich verspeiste ein weiteres Stück, trank noch eine Tasse Mokka dazu und winkte den Eltern meiner Schülerin Bertha zu. Sie erwiderten meinen Gruß mit einem Kopfnicken und drehten sich rasch um, obwohl es gerade noch so ausgesehen hatte, als suchten sie einen freien Tisch. Mein Tisch war zwar nicht ganz frei, wohl aber die drei Stühle neben mir. Warum wollte sich niemand zu mir setzen? War ich als Rektorin eine solche Autoritätsperson, dass man seine Freizeit nicht mit mir verbringen mochte?

Am Bahnhof von Kiukiang vertraten sich die anderen Sommerfrischler die Beine.

Familie Holsten war nicht mit ausgestiegen, und mir fiel erst jetzt auf, dass sie auf meine Frage nach ihrem Ziel nicht geantwortet hatten. Vielleicht verbrachten sie die Ferien in Shanghai. Ich setzte mich auf eine Bank, um ein wenig auszuruhen, bevor ich mich auf den langen Weg machte, der noch vor mir lag. Wer wie ich nach Kuling wollte, musste den Rest der Reise auf Sänften zurücklegen. Oder aber zu Fuß, was ich wählte. Mich wie eine Königin von zwei Chinesen durch die Gegend schaukeln zu lassen kam mir noch absurder vor, als in einer Rikscha zu sitzen.

Der Weg war lang und steil und die Luft so feucht, als würde es regnen, während gleichzeitig die Aprilsonne auf mein Haar brannte. Links fiel das Land steil ab. Ich sah auf ein dichtes dunkelgrünes Blätterdach hinunter, auf dessen Kronen es feucht schimmerte. Hin und wieder waberte Nebel aus den Schluchten, näherte sich und zog sich wieder zurück. Der Marsch war schweißtreibend und vollzog sich in fast vollkommener Stille. Man hörte nur das

Atmen der chinesischen Männer, die die Sänften schleppten, und manchmal einen ängstlichen Aufschrei, wenn der Abgrund den Reisenden plötzlich zu nahe schien.

Immer wieder glaubte ich, keinen Schritt mehr vor den anderen setzen zu können, doch dann rief einer der Deutschen: »Quai, quai!«, um die chinesischen Männer zum Schnellerlaufen zu animieren, und schon schwappte der Zorn über mich und vertrieb meine Müdigkeit.

»Wenn sie zu schnell gehen, rutschen sie aus«, stieß ich zwischen zusammengebissenen Zähnen hervor, nachdem ich mich zu einem der Deutschen vorgekämpft hatte. Der Mann lehnte sich in seiner Sänfte zurück, zog seinen Strohhut über die Augen und antwortete mir nicht.

Endlich tauchten in der Ferne weiße Bungalows auf, malerisch am Hang gelegen, über den der Gipfel des Berges dahinter weit hinausragte. Die Villen mit ihren Veranden waren so hintereinandergeschachtelt, dass niemand auf die Abendsonne verzichten musste. Dazwischen schlängelten sich schmale, befestigte Straßen.

Hier oben in aller Abgeschiedenheit schien zu funktionieren, was im Rest der Welt nicht möglich war: Menschen verschiedener Nationen wohnten auf kleinem Raum zusammen. Man teilte sich Tennisplätze, einen Festsaal, eine Kirche und zahlreiche Geschäfte. Das hatte Lucie mir geschrieben, die mit dem Rest meiner Familie schon vorgefahren war. Nebenbei hatte sie erwähnt, dass ihr die Leitung des Hilfskomitees aberkannt worden war. Warum, wusste niemand. Ob es daran lag, dass sie mit uns zusammenlebte, mit einer Familie, die von heute auf morgen als französisch und nicht mehr als deutsch galt? Nach der ersten Enttäuschung hatte sich Lucie glücklicherweise schnell wieder berappelt.

Nicht umsonst nennen mich die chinesischen Händler Missie Very Large Face, waren ihre trotzigen Worte gewesen. *Was so viel bedeutet wie Frau mit höchstem Ansehen. Sollen sie doch ihren Hilfsausschuss ohne mich machen. Sie werden schon sehen, wie weit sie kommen. Doch bis sie zu mir zurückkriechen, werde ich weiterschreiben. Mir bleibt ja sonst nichts, nicht wahr? Also tu mir bitte den Gefallen und bring Wilhelm mit, damit ich über lebendiges Anschauungsmaterial verfüge. Was empfindest du für ihn, Selma? Ich bin zu neugierig!*

Ich werde sie enttäuschen müssen, dachte ich. Und dann dachte ich an nichts anderes mehr als an meine schmerzenden Füße.

Die Tage in Kuling waren eine Aneinanderreihung lichter, freundlicher und stiller Stunden. Es war erstaunlich, wie wenig es zu besprechen gab, wenn niemand etwas Bestimmtes vorhatte.

Arm in Arm spazierten Lucie und ich durch die Frühlingssonne. Hin und wieder kam sie auf Wilhelm zu sprechen, bohrte aber angesichts meiner Schweigsamkeit nicht weiter nach. Wir liefen jeden Weg des Ortes ab, bewunderten das Blau des Himmels, das hinter den Bergen silbern wurde, plauderten über alle möglichen Nichtigkeiten, lebten in den Tag hinein und hießen die Nächte mit einem kühlen Bier willkommen. Es war, als hätten unsere Leben eine Pause eingelegt.

Es war still in dem Ort, eine fast unheimliche Stille. Amerikaner, Engländer, Franzosen und Deutsche grüßten, wenn sie sich trafen, zwar knapp, aber immerhin. Ansonsten ging man einander eher aus dem Weg.

An meinem dritten Tag hier war ich sehr früh wach.

Schon vor sieben Uhr schlich ich in die Küche, nachdem ich die vom Morgentau glitzernden Blüten der Pfingstrose gepflückt hatte.

Zu meiner Überraschung saß Lucie bereits am Küchentisch und rührte mit schweißbedeckter Stirn Teig.

»Du wirkst so streng, wenn du dünn bist«, erklärte sie, noch bevor ich guten Morgen sagen konnte. »Deshalb gibt es ab heute jeden Tag Kuchen.«

»Danke für das Kompliment«, brummte ich.

»Keine Bange, du bist immer noch sehr hübsch. Hier, trink eine Tasse Kaffee und tu so, als wäre ich gar nicht da.«

Was nicht so einfach war, denn Lucie trug an diesem Morgen nichts als ihr Badekleid, ein rot-weiß gestreiftes rüschenbesetztes Ungetüm.

»Möchtest du schwimmen gehen?«, fragte ich sie.

»Später vielleicht.«

Sie holte die Schüssel wieder hinter ihrem Rücken hervor und hieb den Holzlöffel hinein.

»Vor allem aber genieße ich die Luft, die an meine Haut kommt. Du solltest es auch einmal versuchen.«

»Backen in Badekleidung?«

»Absolut. Es arbeitet sich viel effektiver, wenn man ausreichend Kühlung erhält.«

Sie erhöhte ihr Tempo beim Rühren, wohl um mir zu zeigen, dass sie die Lösung für nahezu alle Probleme gefunden hatte.

Ich nahm die Glasscheiben, die ich gespült und zum Trocknen neben das Waschbecken gestellt hatte, und verteilte das auf dem Herd erwärmte Fett darauf. Die Rosenblüten lagen in ein feuchtes Tuch gewickelt auf dem Küchentisch. Mit einer Pinzette pickte ich die Blätter heraus und ließ sie auf die warme, weiß schimmernde Masse hinabsinken. Ich konnte nicht anders, als wieder an Wilhelm denken, der mir diese wie auch die anderen Techniken gezeigt hatte, mit denen sich die Aromen aus den Blüten und Rinden, Kräutern und Blättern gewinnen ließen.

»Selma, was ist los mit dir?«

Ich zuckte mit den Schultern. Das war es ja, mit mir war nichts! Warum freute ich mich nicht darüber, dass Wilhelm um meine Hand angehalten hatte? Er war ein gütiger, freundlicher Mensch, wir teilten dieselben Interessen und sogar den Beruf. Was ließ mich zweifeln?

»Du siehst ... seltsam aus. Komm her, in meine Arme!«

Dankbar ließ ich meinen Kopf auf ihre Schulter sinken.

»Ich muss das hier fertig machen«, murmelte ich in den Stoff ihres Badekleids hinein. »Wenn nicht, dann war alles umsonst. Die Blüten vertrocknen.«

»Mirelle!«, rief Lucie so laut, dass ich beinahe taub wurde. »Könntest du für einen Moment kommen?«

Lautes Stapfen kündigte meine Tante an – und da war sie, das Haar zu einem gigantischen Vogelnest aufgetürmt, die Augen so kohlrabenschwarz glühend, als erwartete sie wieder einmal den Weltuntergang.

»Ja, Chérie?«

»Könntest du dich um Selmas Angelegenheiten kümmern? Die Blüten müssen dort hineingegeben werden.«

Ich versuchte, mich aus Lucies Umarmung zu befreien, doch für ihre Statur war sie erstaunlich kräftig und hielt mich fest.

»Bitte, Tante, sei vorsichtig«, sagte ich schwach.

»Ah, Chérie, ich weiß, wie das geht. Ich bin Französin, n'est-ce pas? Ich bin sozusagen in Grasse aufgewachsen.«

»Tante, du bist in Bordeaux aufgewachsen, das ist nicht in der Nähe von Grasse.«

»Aber ich weiß, wie man so etwas macht, Kind, das weiß jede Französin!«

Und tatsächlich griff Tante Mirelle mit ihrer runden, kleinen Hand so gekonnt nach der Pinzette und ließ die Blüten auf die cremige Masse segeln, als habe sie nie etwas anderes getan.

»Einen Moment.«

Schon war Tante hinausgelaufen und kam zusammen mit Maman zurück.

»Deine Mutter kann das besser. Liu hat ihr etwas beigebracht.«

Das klang so stolz, als hätte sie selbst den größten Part dabei übernommen.

Doch Maman schüttelte den Kopf, lächelte verlegen und meinte, sie ließe sich doch nicht vorführen wie ein Zirkuspferd.

»Zirkuspferd?«, rief Tante entrüstet. »Was redest du?«

Ehe ich es mich versah, diskutierten die beiden in so schnellem Französisch, dass selbst ich sie nicht mehr verstand. Lucie sah sie mit großen Augen an. Ich nahm mir noch eine Tasse Mokka, zupfte dann vorsichtig die Rosenblätter ab und ließ sie in dem Fett verschwinden.

Ich sah auf, und plötzlich empfand ich einen Anflug von Sorglosigkeit. Wie schön es doch war und wie beruhigend, mit diesen drei Frauen hier in einer Küche zu sein, wo sich der Geruch nach Zimt mit Rosenduft vermischte. Wo Mehlwolken aufstäubten, wenn Tante, um ihren Worten Nachdruck zu verleihen, mit der flachen Hand auf den Tisch schlug, und wo die durchs Fenster hereinfallende Sonne uns wärmte.

Tante gab indes den Versuch nicht auf, Maman in lautem Französisch und dabei wild herumgestikulierend zu etwas zu überreden, was diese jedoch offensichtlich nicht wollte. Es hatte irgendetwas mit den Sträußen zu tun, die ich gesammelt und zum Trocknen aufgehängt hatte.

Schließlich wurde auch Adele wach und steckte verschlafen ihren Kopf durch die Tür.

»Was in aller Welt ist hier los?«

»Die beiden Schwestern streiten.«

Rasch zog Adele ihren Kopf zurück und verschwand.

Tante begann, Gläser mit Gewürzen vor Maman aufzustellen. Was hatte das alles zu bedeuten? Maman jedenfalls schien weiter darauf aus zu sein, genau das Gegenteil dessen zu tun, was Tante von ihr wollte. Mit einem Kichern, das eher zu einem Backfisch passte als zu einer Dame im besten Alter, tat sie, als schnupperte sie an den getrockneten Nelken.

Tante Mirelle klatschte in die Hände.

»Liu hat ihr beigebracht, was man damit anfangen kann!«, rief sie begeistert aus. »Sie hat so viel gelernt von Liu! Liu ist wunderbar, sie ist besser als ein Arzt. Sie ist, mit Verlaub, liebe Selma, sogar besser als d… Non, das tust du nicht, Esthère, spuck die Nelken sofort wieder aus, du sollst sie nicht essen!«

Lucie und ich sahen uns an und brachen in schallendes Gelächter aus. Wir lachten, bis uns die Tränen kamen.

»Spaß habt ihr, ja?«, dröhnte es da hinter uns.

Wir zuckten zusammen, als wären wir bei etwas Verbotenem erwischt worden.

Vater blickte von Mirelle, deren Gesicht und Haare weiß vom Mehl waren, zu Maman, die unauffällig die zerkauten Nelken in ihre Hand spuckte.

»Vielleicht solltet ihr euch besser nützlich machen. Ich dachte, das liegt euch so.«

»Nun hör aber auf, Vater«, sagte ich erbost.

Er ignorierte mich, schenkte sich Milch ein und ging steifen Schrittes wieder hinaus.

»Ihr Frauen seid ein wunderbar funktionierendes Biotop«, ließ er sich noch vernehmen. »Lasst euch von mir nicht stören.«

Still räumten wir alles wieder ein. Den Rest des Tages sahen wir Vater nicht mehr, erst abends kehrte er zurück und ging ohne ein Wort auf sein Zimmer.

Ich hatte mich gerade mit einem Glas Wein auf die Veranda in die kühlere Abendluft gesetzt, als Maman heraustrat. Auch sie hielt ein Glas Wein in der Hand.

»Darf ich mich zu dir setzen?«, fragte sie mich.

Ich nickte und rückte ihr einen Stuhl zurecht.

Als sie mir gegenübersaß, hinter sich das dunkel glänzende Holz, beugte ich mich vor und nahm ihre Hand. Ihre langen, schmalen Finger waren warm und drückten meine so fest, dass ich die Frage zu stellen traute.

»Maman, was ist mit dir und Papa?«

Sie hatte sich auf die Bewegung meiner Lippen konzentriert und sah nun auf. Tiefe Schatten lagen unter ihren Augen. Sie rückte den Schaukelstuhl vor, bis sich unsere Knie berührten, und nahm ihr Glas wieder auf.

»Du bist meine Tochter«, sagte sie langsam. »Dies ist die Zeit für dein Herz, nicht für meines.«

»Aber ich sehe doch, dass ihr Schwierigkeiten habt. Was ist mit euch geschehen? Was ist überhaupt geschehen, in Tsingtau?«

Sie schüttelte den Kopf, setzte an, etwas zu sagen, sprach es jedoch nicht aus. Wir schwiegen. Sie atmete tief ein, nahm einen Schluck Wein und stellte ihr Glas vorsichtig auf dem Holzboden ab.

»Warum hast du dein Glück nicht festgehalten, Selma? Ich habe mich das immer wieder gefragt, und doch habe ich dich nie zu fragen gewagt. Ich …« Sie legte eine Pause ein. »Hast du es wegen mir getan? Um dich um mich zu kümmern?«

Ich starrte auf den Fußboden und spürte, wie mir die Tränen zu kommen drohten. Ich wollte nie etwas anderes, als ehrlich zu Maman sein. Doch wenn ich jetzt aussprach, was mich dazu gebracht hatte, Paul zu verlassen, wäre dann nicht schlagartig alles wieder da? All der Schmerz, all die finsteren Tage? Und was nutzte es? Nichts war rückgängig zu machen.

»Nein, Maman. Paul und ich … Ich nehme an, es konnte nicht sein.«

Wie gut, dass sie meine belegte Stimme nicht hören konnte.

Maman nickte.

Irgendwo weiter entfernt zwitscherte ein Vogel.

»Warum verlässt du ihn nicht?«, fragte ich.

Maman sah mich irritiert an. »Was sagtest du?«

»Warum verlässt du Papa nicht? Ihr seid nicht glücklich, zumindest nicht, soweit ich es beurteilen kann.«

Sie entzog mir ihre Hand so schnell, dass ich erschrak.

»Aber es steht dir nicht zu, das zu beurteilen, Selma.«

»Natürlich nicht, Maman, aber … bist du glücklich?«

Die Frage, die Papa zu stellen ich mich in Tsingtau nicht getraut hatte.

»Glück … Ist es das, wonach du suchst?«

Ratlos zuckte ich mit den Schultern. »Du sagtest doch selbst immer, dass das Leben ein Tanz sein sollte.«

»Ein Tanz ist nicht dasselbe wie Glück. Du kannst tanzen, um die Trauer zu ertragen, du kannst tanzen, um deine Liebe zu zeigen und deinen Zorn, du kannst tanzen, um dich der Welt zu zeigen und um dich zu spüren. Das ist kein Glück. Das ist viel mehr als Glück.«

»Maman«, platzte ich heraus, »was hast du in Tapautau gewollt?«

Sie starrte mich an, und ihre Augen wurden so dunkel wie das Meer in seinen Tiefen.

Ihre Antwort kam heiser und kühl und wie von ferne.

»Sterben.«

Ich hörte den Wind. Ich glaubte sogar die Wolken zu hören.

»Das wolltest du nicht, Maman. Sag, dass du es nicht wolltest!«

»Ich weiß, es ist egoistisch. Ich habe nur an mich gedacht. Es tut mir leid. Bitte, Selma, verzeih mir.«

Alles in mir stand plötzlich still, als hätte jemand einen Schalter betätigt. Da war ihre Hand, die meine ergriff, doch spürte ich den Druck ihrer Finger und ihre Wärme nicht mehr.

Ich hörte nicht, was sie anschließend sagte, in meinen Ohren erklang ein heller, durchdringender Ton. Schließlich versuchte ich, ihre Lippen zu lesen, wie sie es stets tat. »Tapautau«, las ich und »Jianfang«, den Namen ihres Angestellten in Tsingtau.

»Noch einmal, bitte, Maman, ich habe dich nicht verstanden.«

»Jianfang, er lief mir nach an jenem Tag. Er wollte mich beschützen, Gott allein weiß, wie er darauf gekommen war. Er erwischte mich in Tapautau und hielt mich an der Schulter fest. Ich rutschte aus. Und so …«

»Dann war es also doch ein Unfall?«

»Es war ein Unfall, ja. Aber ich wollte weiter. Ich wollte durch Tapautau hindurch bis zu den Molen.«

»Um dich ... Um dich zu ...«

Ich konnte es nicht aussprechen, ich konnte es einfach nicht.

Maman nickte.

»Ich wollte ins Wasser gehen.«

»Warum, Maman? Nein, ich will es nicht hören.«

Ich schluchzte so laut beim Sprechen, dass sie mich unmöglich verstanden haben konnte. Tatsächlich lag ihr Blick konzentriert auf meinen Lippen, doch sie setzte zu keiner Erklärung an.

Ich fühlte mich leer. Leer wie eine Schachtel, in der nicht einmal mehr Staub war.

»Ich wusste nicht mehr, wer ich war«, flüsterte Maman nach einer Weile.

Es war seltsam, dass sie flüsterte.

»Ich kann verstehen, dass du meinst, es wäre besser, es nicht zu wissen. Doch du, Selma, du bist stark. Glaubst du nicht, dass du stark genug für die Wahrheit bist? Nichtwissen ist immer schlimmer als Wissen. Nichtwissen raubt dir jede Möglichkeit zu handeln. Es fesselt dich, und selbst wenn du die Fesseln gar nicht spürst, sind sie da und geben deinem Leben eine Richtung, die du nicht beeinflussen kannst.«

Ich wischte meine Tränen fort und erwiderte: »Ich fühle mich nicht, als hätte ich Einfluss.«

»Ich weiß, mein Schatz. Das ist meine Schuld, und dies ist mein Versuch, es wiedergutzumachen.«

Ich starrte auf den Holzfußboden der Veranda.

»Du bist nicht für mich verantwortlich. Ich weiß, dass

Lothar versucht, dir etwas anderes einzureden, doch er hat Unrecht. Du bist nicht für mich verantwortlich. Ich bin die Mutter, du bist die Tochter. Und du hast meinen Segen, wenn du gehen möchtest, diesmal endgültig.«

Verwundert hob ich den Kopf.

»Wohin sollte ich denn gehen?«

»Zu Wilhelm.«

»Darum geht es?«

Sie nickte.

»Ich …« Ich stockte. »Das hilft mir nicht gerade dabei, mir über meine Gefühle klar zu werden. Das hier. Mit dir. Mit Tapautau.«

Wieder fühlte ich nur diese gähnende Leere in mir.

»Aber vielleicht wird es dir noch helfen. Selma, lebe dein eigenes Leben. Lebe kein Leben, das ausschließlich darin besteht, anderen zu helfen.«

Ich schloss die Augen.

Die höhnischen Worte Constantin Gödeckes fielen mir wieder ein, ich hätte den Ruf, mich auf diese Weise von mir selbst abzulenken. Aber war das denn ein Verbrechen? War es denn so falsch, anderen zu helfen?

Ich setzte mich aufrecht hin und sagte mit einer Entschlossenheit, die mich selber verblüffte:

»Dann sag mir jetzt die Wahrheit, die ganze, Maman. Was geschah an jenem Tag? Warum wolltest du sterben? Was hat dich so unglücklich gemacht?«

Sie zögerte, doch auf einmal ballte sie ihre Hände zu Fäusten, als würde sie sich auf einen Kampf vorbereiten. Und das war es wohl auch. Der Kampf gegen einen Feind, der für andere unsichtbar war.

Ich hatte nicht gewusst, wie es damals um Maman stand. Doch nun erfuhr ich von der Schwere, die sie jeden

Morgen geweckt hatte. Ein schwarzer Himmel hätte bis zu ihrem Zimmerfenster gereicht, und sie hätte nichts als Nebel gesehen, nur manchmal vielleicht noch ein Gesicht darin, undeutlich, doch sonst nur diesen Nebel, dichter als zwischen den Bergen hier.

»Ich wusste nicht mehr, wer ich war. Manchmal saß ich vor dem Spiegel und habe mit dem Finger die Kontur meines Kopfes nachgezeichnet. Die Frau, die ich sah, blieb mir jedoch fremd. Ich empfand nichts für sie und sie nichts für mich, wir waren wie zwei getrennte Wesen.« Sie seufzte und wischte sich eine Träne von der Wange. »Doch ich weiß, dass das keine Entschuldigung ist.«

»Bitte, Maman, fühl dich nicht schuldig!«

Die Schuld, die trug nicht sie, sondern ich. Ob auch ich ihr endlich die Wahrheit sagen sollte und mit ihr sprechen über jenen unseligen Tag im Mai 1905? Weil Wissen besser war als Nichtwissen, auch wenn die Wahrheit wehtat?

Maman gelang es seit diesem Gespräch auf der Veranda nicht, die Sorgenfalte auf ihrer Stirn zu glätten. Jedes Mal, wenn sie mich ansprach, entschuldigte sie sich bei mir. Jedes Mal antwortete ich, es gäbe nichts, für das sie sich entschuldigen müsste.

Am Tag nach unserem Gespräch wurde mir klar, warum ich die Wahrheit scheute. Die Wahrheit konnte ebenso verschleiern wie die Lüge. Sie ließ längst Vergangenes in einem neuen harten Licht erscheinen. Sie zerrte unbarmherzig hervor, was man mit so viel Mühe tief in seinem Inneren vergraben hatte. Sie kannte kein Mitleid mit Menschen, die Frieden suchten.

Nun saß ich wieder auf der Veranda, diesmal allein und mit der vierten Tasse Mokka. Es war Vormittag und schon warm. Die meisten im Ort hatten sich in ihre Häuser zurückgezogen, es war sehr still. Nur der Schaukelstuhl, in dem ich saß, quietschte und störte die Ruhe, während ein milder Wind mein Haar zerzauste. Ich umfasste die Lehnen und schaukelte stärker und stärker, bis mir schwindelig wurde.

Plötzlich entdeckte ich einen winzigen Punkt am Horizont. Ein Punkt, der sich langsam auf Kuling zuzubewegen schien. Je näher er rückte, desto länglicher wurde er, bis ich begriff, dass es sich um eine Karawane handelte. Als die Karawane in unsere Straße einbog, erkannte ich Wilhelm. Er kam in Begleitung von zehn Trägern zu uns herauf.

»Frau Rektorin! Hallo!«, rief er und sprang auf die Veranda, als hätte er keinen mehrstündigen Marsch hinter sich. »Sei mir nicht böse, Selma. Ich weiß, ich sollte auf dich hören, doch etwas … Vielleicht ist es albern, und du lachst mich aus, aber ich hatte das Gefühl, ich müsste fahren, mir war so, als, als … bräuchtest du mich.«

Die letzten Worte hatte er leiser gesagt, und sie hatten wie eine Frage geklungen. Ich ging auf ihn zu, bis ich kaum mehr als seine Schulter sah, den schimmernden Stoff seines Leinenhemdes, der am Kragen Falten warf. Langsam ließ ich mich nach vorn kippen, bis meine Stirn Widerstand fand. Er zögerte kurz, dann schlang er seine Arme um mich, wiegte mich, und für einen Moment fühlte ich mich wie die Zweige der Weide, die vor der Veranda im Wind ihre Blätter rascheln ließen.

»Ich danke dir, Wilhelm. Es ist schön, dich zu sehen.«

Ich war ihm so nah, dass sein Atem meine Wange streifte, und streichelte über seine Bartstoppeln, seine Wangenknochen, seine Augenbrauen. Er rückte fast unmerklich ab und sah mir in die Augen, als suchte er in ihnen eine Antwort.

Ich hatte keine Antwort. Trotzdem küsste ich ihn, und einen wundervollen Moment lang hielt die Welt um uns herum den Atem an.

»Ich freue mich so für dich!«

Vor Aufregung fiel Lucie beinahe von ihrem Stuhl.

»Für euch, meine ich natürlich«, korrigierte sie sich sofort.

»Das heißt, ihr werdet in unserer neuen Wohnung mehr Platz haben«, sagte ich.

Lucie runzelte die Stirn, bis ihre Augenbrauen darin zu verschwinden schienen. »Ich hoffe sehr, dass dies nicht der einzige Grund für dich ist, Wilhelm zu heiraten.«

»Natürlich nicht«, sagte ich unwirscher als beabsichtigt.

Heute trug Lucie keine Badebekleidung. Sie würde nun vermutlich auch keine mehr anziehen, da mit Wilhelm jetzt ein weiterer Mann in unserem Haus war.

Ich war noch immer verwirrt von den Ereignissen des vergangenen Abends. Ich war so froh gewesen, Wilhelm wiederzusehen. Doch mittlerweile fragte ich mich, warum er meiner Bitte nicht nachgekommen war. Ich hatte die Tage in Kuling nutzen wollen, um mir über meine Gefühle zu ihm klar zu werden. Jetzt war er auf einmal da, und ich hatte mehr Fragen als Antworten.

Lucie beugte sich vor und sah mich aufmerksam an.

»Wie geht es dir, Selma?«, fragte sie ernst.

Ich senkte den Blick. »Gut.«

Die Wahrheit war, ich wusste es nicht. Mir war, als wären meine Gefühle in Kisten gepackt und wild übereinandergestapelt wie unser Hab und Gut, das in der französischen Konzession in Hankau darauf wartete, von uns ausgepackt und verstaut zu werden.

»Selma«, flüsterte sie. »Du wirst heiraten! Das ist wunderbar!«

Abrupt stand ich auf und sagte: »Wartet nicht mit dem Frühstück auf mich. Ich werde Tannennadeln sammeln. Tante hat sich einen eigentümlichen Husten zugelegt. Ich bin nicht sicher, ob er wirklich nur gespielt ist, um Vater zu verärgern, oder ob sie nicht doch krank ist.«

Ich küsste Lucie auf die Wange, eilte nach draußen und sog dankbar die kühle Morgenluft ein.

Ganz Kuling schien noch zu schlafen. Ich teilte mir die bezaubernde Landschaft mit den Vögeln, die über die noch kahlen Zweige hüpften, hin und wieder abtauchten und mit einem Wurm im Schnabel aufflatterten.

Nichts erinnerte hier an den Lauschan. Während dort alles eckig und kantig gewesen war, herrschte hier das Runde vor. Weich geformtes Gestein, kugelige Bäume, sich sanft wiegende Gräser, deren Rispen silbrig schimmerten.

Etwas trieb mich voran, und das waren nicht die Tannennadeln. Ich stieg bergauf und erreichte einen Pass, wo ich höllisch darauf achtgeben musste, nicht das Gleichgewicht zu verlieren. Zu beiden Seiten fiel das Gelände steil ab. Die Arme zur Seite gestreckt, setzte ich einen Schritt vor den anderen. Als ich die nächste Anhöhe erreichte, atmete ich auf. Ich hatte es geschafft. Doch was hatte ich geschafft, außer auf die andere Seite gekommen zu sein?

Meine Schuhsohlen knirschten auf der noch nachtklammen Erde. Der Wind wurde stärker, je weiter ich hinaufkraxelte, und trieb Tränen in meine Augen. Und dann flaute er ab, so plötzlich, als hätte ihn jemand abgestellt. Schräg unter mir breitete sich ein pastellenes Farbenmeer aus. Wie hingetupft leuchteten die Blüten rosa und weiß an den dunklen Zweigen der Bäume, und ein milder Honigduft erfüllte die Luft.

Paul. Unter einem solchen Baum hatte er gesessen. In Tsingtau. Drei Jahre war das inzwischen her …

»Nice, he?«, hörte ich hinter mir jemanden sagen.

Ich fuhr erschrocken herum. Dort stand wie aus dem Nichts ein Mann, dessen Mütze so tief ins Gesicht gezogen war, dass sie seine Augen fast verdeckte. Er war alt, die Wangen runzlig, nur noch wenige Zähne zeigten sich, als er den Mund öffnete und lachte. »Very nice, he?«

Ich nickte.

»Cherry blossom.«

Ich nickte erneut.

»American?«, fragte er.

Ich schüttelte den Kopf und antwortete: »Deutsch. German.«

Er nickte, während er mich weiterhin freundlich ansah. Dann zeigte er auf die Bäume.

»Symbol in China. You know what means?«

Von Lucie hatte ich zum Glück so viel Englisch aufgeschnappt, dass ich verstand, was er sagte, doch antworten konnte ich ihm nur auf Deutsch.

»Leider nicht. Wofür stehen sie?«

»Symbol for strength. Very small trees, yes?«

Ich nickte.

Die Bäume waren klein, viel kleiner als die Kirschbäume in meiner Heimat. Und soweit ich wusste, trugen sie auch keine Früchte.

»But stronger than ice and snow«, fuhr er fort. »Sometimes there is blossom in winter. In cold, yes? Mystery, yes?«

Er zeigte auf die Knospen. Ich brauchte eine Weile, bis ich mir zusammenreimte, was »blossom« bedeutete.

»Blüte?«, fragte ich. »Sie blühen manchmal im Winter?«

Ich war nicht sicher, ob er mich verstand, doch er nickte zufrieden.

»Very small, very strong. Very beautiful. The colder, the more beautiful, yes?«

Verständnislos sah ich ihn an.

»The tougher, the stronger.«

Ich zuckte mit den Achseln.

Er lächelte, legte seine Hand auf meine Schulter und sagte: »You girl. You stronger than me. I man. You girl.«

Nun, das verstand ich, wenn ich mich auch nicht mehr als Mädchen hätte bezeichnen wollen.

Wieder wies er hinüber zu den Bäumen, deren Stämme viel zu dünn für die schwere Blütenpracht zu sein schienen.

»In meager times«, sagte er, und seine Stimme wurde leiser, »you become stronger. That is symbol in China.«

Und mit diesen Worten wandte er sich um und eilte davon.

Ich blickte ihm nach und versuchte, mir seine letzten Worte einzuprägen. Lucie würde bestimmt wissen, was sie bedeuteten.

»Danke!«, rief ich ihm nach. »Xièxie!«

Er winkte, ohne sich noch einmal umzusehen.

Ich schlüpfte aus meinen Schuhen und lief barfuß über den weichen Teppich aus heruntergewehten Blüten. Tief sog ich ihren Duft ein. Ich spürte, wie sie sich in meinem

Haar verfingen und meine Schultern bedeckten. So wie sie Paul bedeckt hatten, damals in Tsingtau.

Paul. Er war meine Vergangenheit, und es würde keine Zukunft für uns geben. Doch was, wenn Paul sich nicht ersetzen ließ? Wollte ich wirklich geliebt werden, ohne selber Liebe zu empfinden? War es nicht erfüllender, die eigene Liebe zu spüren, selbst wenn sie nicht erwidert wurde?

Unter einem der kleinsten Bäume ließ ich mich nieder und lehnte meinen Rücken gegen den Stamm. Eine eigentümliche Ruhe ergriff mich. Mir war, als müsste ich nicht mehr suchen, nicht mehr in mir wühlen, bis etwas, irgendetwas herauskam. Alles war da.

Ich konzentrierte mich angestrengt darauf, die Tannennadeln zu zerschneiden und nicht meine Finger. Mein Daumen blutete, ich hatte ein Tuch darum gewickelt und hielt ihn schräg von meiner Hand abgewinkelt.

Dabei wäre es klüger gewesen, alles hinzulegen, denn ich zitterte viel zu sehr, und es wollte mir nicht gelingen, mich zu beruhigen.

Wilhelm war in dem Zimmer, das er erst am Vortag bezogen hatte. Er packte seine Sachen.

Wilhelm, der mich mit Eiseskälte angesehen und gezischt hatte: »Was glaubst du, wer du bist?«

Der mich dabei so hart am Oberarm gepackt hatte, dass die Stelle noch immer pochte.

Dessen Worte ich noch immer nicht begreifen konnte.

Es ging doch gar nicht darum, wer ich zu sein glaubte.

Ich hörte seine hektischen Schritte. Dann wurde die Zimmertür aufgerissen, er trat hinaus in den dunklen Flur und kam keinen Schritt näher.

»Du wirst die Leitung der Schule abgeben, Selma!«, rief er. »Seit Langem buhlt Herr Mickelbach um mich. Bisher habe ich bei jeder Anfrage abgelehnt. Aber das ist jetzt vorbei.«

Fassungslos sah ich ihn an.

»Aber was hat denn das alles mit uns zu tun?«, fragte ich.

»Alles!«

Mit diesem Wort drehte er sich auf dem Absatz um und verließ laut polternd unser Haus.

»Ist alles in Ordnung, Selma?«

Als ich Lucie in der Tür stehen sah, war es vorbei.

In mir brach ein Damm. Alles, was ich in den vergangenen Jahren so mühsam zurückgehalten hatte, strömte aus mir heraus, und ich weinte und weinte, bis meine Augen und mein Hals schmerzten und ich alles nur noch wie durch einen Schleier sah.

Lucie hatte ein Glas Rotwein vor mich hingestellt.

»Ich habe noch nicht einmal gefrühstückt«, sagte ich, nachdem ich aufgehört hatte zu schluchzen.

»Das ist vollkommen egal. Trink und spül seine Gemeinheiten runter.«

»Hast du gehört, was er gesagt hat? Ich verliere meine Stelle! Ich verliere meine Schüler!«

Sie umarmte mich so fest, dass ich kaum mehr Luft bekam, und sagte: »Dafür darfst du in Deutschland weiter unterrichten, immerhin!«

Das tröstete mich im Moment nicht. Es waren doch meine Schüler hier in China, die mir ans Herz gewachsen waren. Ich konnte es mir nicht vorstellen, sie niemals wiederzusehen.

»Was heißt meager, Lucie?«, fiel es mir plötzlich wieder ein.

»Karg. Wieso?«

»Ich traf heute Morgen oben in den Bergen einen alten Chinesen, der über die Schneekirschen gesprochen hat. In meager times you become stronger, das hat er zu mir gesagt.«

»Aus kargen Zeiten gehst du gestärkt hervor, so könnte man es übersetzen«, antwortete Lucie.

Die Blüte der Bitterorange

Citrus aurantium

Frischer, lieblicher Duft
Bei Angst, Rastlosigkeit, Verlust
Wirkung:
beruhigend, stimmungshebend, belebend

»Du kannst nicht alles mitnehmen, Chérie! Wie sollen all diese Flaschen in deinen Koffer passen?«

Ich stemmte die Hände in die Hüften und blickte auf Dutzende Behältnisse hinab, gefüllt mit duftenden Ölen und Cremes.

»Sie werden passen. Ich lasse bestimmt nichts davon hier, lieber verzichte ich auf meine Kleider.«

Um Tante Mirelle und mich herum herrschte das Gegenteil jeglicher Ordnung. Abgezogene Betten, halb ausgeräumte Schränke, Teller auf dem Fußboden, am Fensterknauf baumelte eine Tasse. Es sah aus wie bei unserem hastigen Einzug zwei Jahre zuvor, nachdem wir die deutsche Konzession verlassen mussten und Obdach in der französischen gefunden hatten. Wehmütig blickte ich mich in der kleinen Wohnung um, die uns beherbergt hatte. Zu acht auf dreieinhalb Zimmern war es zwar alles andere als komfortabel gewesen, doch wir hatten uns erstaunlich schnell eingelebt. Alle bis auf Vater jedenfalls.

»Um auf dem Schiff nichts anzuziehen zu haben?«, kreischte Tante. »Um nackt da herumzulaufen, oui? Lothar, sag etwas. Bring deine Tochter zur Vernunft.«

»Papa, du brauchst nicht …«

Vater drehte sich um und ließ seinen müden Blick von Tante zu mir wandern.

»Nimm mit, was dir lieb ist«, sagte er dann. »Das Porzellan und die Bilder lagern wir in Shanghai ein. Es wird schon gehen.«

Verblüfft starrte ich ihn an. Seit Kriegsende vor drei Monaten hatte er sich verändert. Um Weihnachten herum war seine Hagerkeit endlich ersten Pölsterchen im Gesicht gewichen. Gleichzeitig begann ihn eine Art enttäuschter Ruhe zu umgeben. Sie war mir weit lieber als die Feindseligkeit, die in den letzten Jahren zwischen ihm und mir geherrscht hatte. Dennoch betrübte mich sein Anblick.

»Lothar, non, das kann nicht dein Ernst sein. Nicht das Porzellan. Es stammt von Esthères und meiner Mutter, Gott hab sie selig.«

Er legte ihr eine Hand auf die Schulter.

»In vier Stunden muss alles geschnürt und bereit sein. Was wir bis dahin nicht gepackt haben, bleibt in Hankau. Wir sollten uns beeilen, statt zu diskutieren.«

»Vier Stunden! Mon Dieu, mon Dieu!«

Händeringend wackelte Tante aus dem Zimmer, rumorte in der Küche herum und kehrte nach einer Weile mit hinter dem Rücken versteckten Händen zurück.

Ich wandte mich ab, und auch Vater kommentierte das Klirren nicht, das wir kurz danach beide hörten.

Vor einer Woche war die Order der chinesischen Regierung erlassen worden, dass alle Hankau-Deutschen am Sonntagabend abfahrbereit zu sein hätten. Wir würden nach Shanghai gebracht und von dort aus nach Deutschland verschifft. Maman hatte fast der Schlag getroffen. Auch jetzt saß sie mit bleichem, verweintem Gesicht neben

Liu auf dem Sofa und weigerte sich, Lius und Xianyings Hände loszulassen.

Bald hatte ich jede Flasche, jede Dose fest verschraubt und in Papier eingewickelt und in Stoff, wo das Papier nicht gereicht hatte. Zwei ganze Jahre Arbeit steckte in meinen Duftöl- und Cremeprodukten. Ich musste die handbeschrifteten Etiketten nicht lesen, um zu wissen, wann welcher Duft entstanden war. Außer in den Wintermonaten war ich jeden Morgen vor Tagesanbruch unterwegs gewesen. Unmengen von Dollar hatte ich für Fahrten mit dem Automobil ausgegeben, bis meine Ersparnisse bloß noch aus ein paar kümmerlichen Cents bestanden. Doch ich hatte die wunderbarsten Blumen gesammelt. Die balsamisch duftenden Blüten der Prachtscharte, eines hüfthohen, lila blühenden Gewächses. Die rosafarbene Nachtkerze, deren Erblühen man in den Abendstunden beobachten konnte und deren Aura etwas Dunkles hatte, etwas Mysteriöses und zugleich Besänftigendes. Ich hatte den Duft des Lotos eingefangen und den der Tigerlilien, der so schwer war, dass ein Tropfen Öl ausreichte, um vollständig umhüllt zu sein, den Duft des Mädesüß und den der Bitterorangenblüte.

Als der Herbst kam, war meine Haut wettergegerbt, und ich hatte das sichere Gefühl, jeder Erkältung von nun an trotzen zu können. Und die Erkenntnis gewonnen, die wundervollsten Schüler der Welt zu haben. Auch wenn sie gar nicht mehr wirklich meine Schüler waren.

Wilhelm hatte seine Drohung wahr gemacht, sobald er seinen Fuß auf Hankaus Boden gesetzt hatte. Doch eines Nachmittags hatte ich mich sechzehn schüchtern dreinblickenden Kindern gegenübergesehen, die beschlossen hatten, ihre Nachmittage ab sofort bei mir zu verbringen. Als das herauskam, schrumpfte die Zahl jedoch rasch auf die Hälfte. Die meisten Eltern wollten nichts mit mir zu tun haben. Doch ein paar gab es, die meine Herkunft entweder nicht kümmerte oder die zu wenig Zeit mitbrachten, sich davon bekümmern zu lassen.

Ernst blieb mein treuester Schüler. Er war es auch, der mich auf die Idee mit dem Teekessel gebracht hatte. »Sie müssen das destillieren«, hatte er eines Nachmittags ganz sachkundig festgestellt, »und ich weiß, wie.«

Wenn auch die Destillation mittels eines schnöden Teekessels kaum Ölertrag brachte, so ließ sich damit doch ein wunderbar duftendes Wasser gewinnen.

Nun standen die dunklen Flaschen also reihenweise vor mir, gefüllt mit dem Hydrolat aus Rosenblüten und des Salbeis, das ich mir zur Erfrischung aufs Gesicht oder ins Haar sprühte. Der Duft der Bitterorangenblüte hatte es mir besonders angetan. Ein paar Spritzer des Wassers im Gesicht, schon kam ich innerlich zur Ruhe. Wehmütig sah ich die Flaschen an und hoffte inständig, dass ein paar der Kinder auf demselben Schiff waren wie wir.

Gruppenweise stapften wir durch den frisch gefallenen Schnee. Die Nacht war sternenlos, doch der Geruch nach Wasser und Moder, der stetig zunahm, versicherte uns, dass wir uns dem Hafen näherten. Auf Englisch trieben die chinesischen Soldaten uns an. Ihr Ton war bissig, doch wandten sie zum Glück keine Gewalt gegen uns an, selbst dann nicht, als sich Maman kaum von Liu und Xianying trennen wollte.

Der Dampfer, auf den wir schließlich verfrachtet wurden, war so voll, dass Vater stehen musste. Vergeblich hatte ich nach Ernsts rotem Schopf und Helenes dünnen Zöpfen Ausschau gehalten und kehrte bedrückt zu unserem Platz zurück, um mit Papa zu tauschen. Mir war schrecklich heiß, als ich mich zwischen zwei Damen quetschte, die mit dem Hinterkopf gegen die Wand gelehnt schliefen. Ich trug zwei Jacken und drei Mäntel übereinander, auf dem Kopf einen Hut, unter den beiden Röcken vier Paar Strümpfe. Auf diese Weise hatte ich immerhin einen Großteil meiner Garderobe mitnehmen können.

Gleichmäßig vor sich hin rumpelnd glitt das Schiff den Jangtse entlang. Mal tauchten schneebedeckte Berggipfel in der nun klareren Nacht auf, mal sahen wir ein paar amerikanische oder englische Kriegsschiffe. Die Menschen bei uns an Bord waren sehr still, erst recht seit die Kinder schliefen. Niemand ging freiwillig von hier weg. China schien für sie alle zur Heimat geworden zu sein. Gegen fünf Uhr früh tauschte Adele mit mir den Platz. Ich schlief drei Stunden und überließ dann Vater meinen Sitz.

Wir erreichten Shanghai am frühen Mittwochmorgen. Dumpf dröhnte das Schiffshorn. Rauch quoll aus dem Schornstein und schob sich wie eine Wolke vor uns, sodass wir die Stadt nur erahnen konnten.

Maman hatte während der ganzen Fahrt kein Wort gesprochen. Tante Mirelle weigerte sich, sie auch nur eine Minute aus den Augen zu lassen. Sogar die Waschräume suchte sie nur auf, wenn auch Maman dorthin ging. Ich war nicht sicher, was genau sie fürchtete, doch ich war dankbar für ihr Engagement. Die Blicke unserer Mitreisenden waren feindselig. Wenn Tante etwas auf Französisch über die Lippen kam, wurde sofort missbilligendes Räuspern laut.

In den Baracken am Rande von Shanghai waren Hunderte karger Eisenbetten für uns bereitgestellt, dicht aneinandergereiht. Der Geruch nach Schweiß und anderen Ausdünstungen wollte nicht weichen, nicht einmal nachdem sich meine Nase daran gewöhnt hatte. Müde ließ ich meinen Blick über die Menschen schweifen. War jemand dabei, den ich kannte? Die meisten waren mit uns auf dem Dampfer gereist. Wilhelm sah ich nicht, aber leider auch keinen meiner früheren Schüler.

Nachdem ich die erstbeste Flasche aus meinem Koffer gezogen und mich auf die Matratze hatte fallen lassen, atmete ich den Duft des Osmanthus ein. Dann vermengte ich einen Tropfen davon mit meinem letzten Mandelöl und tupfte es mir auf die Stirn. Nur einen Moment schlafen, nur ganz kurz …

Doch als ich wieder zu mir kam, war das Lager wie ausgestorben. Verwirrt setzte ich mich auf. Mein Mund war ausgetrocknet, meine Augen waren verquollen.

Ich glättete mein Haar und stürzte hinaus. Ein eisiger Wind nahm mich in Empfang. Nicht weit entfernt tobte das Meer. Die Gischt war schmutzig gelb, die Wellen glänzten schwarz. Davor erstreckte sich Shanghai mit seinen schmucken Villen und den breiten Alleen ebenso wie unzähligen Fabriken neben engen Arbeiterbezirken. Über den Baumwollspinnereien schwebten weiße Flocken wie verirrter Schnee.

Vergeblich suchte ich den schlammigen Platz zwischen strohgedeckten, halb verfallenen Gebäuden nach einer lebendigen Seele ab. Nicht einmal ein Tier lief hier herum, und es gab weder Bäume noch Sträucher. Alles bestand aus Stein, metallenem Zaun, nasser Erde und dunklem Braun und Grau, das sich kaum von dem des Himmels abhob. Ich bekam Angst. Was, wenn man mich vergessen hatte? Was, wenn alle anderen schon zum Hafen gebracht worden waren?

Ich rannte in die Baracke zurück und holte meine Jacke und meinen Hut. Ein Schild, auf das jemand in krakeliger Schrift »Ausgang« gekritzelt hatte, wies mir den Weg.

Zwei bewaffnete chinesische Soldaten starrten mir teilnahmslos entgegen.

»Other Germans?«, fragte ich.

Ohne mich anzusehen, deutete der eine mit dem Daumen in Richtung Stadt.

»Back eight o'clock.«

»Zurück um acht Uhr?«, wiederholte ich überflüssigerweise, dann nickte ich, auch wenn mich immer noch keiner von ihnen ansah, und lief die schmale Straße entlang auf die Fabrikschornsteine zu.

Der Marsch dauerte mehr als eine Stunde. Als ich in die Nähe des Hafens kam und mir die herbe Seeluft ins Gesicht wehte, fragte ich mich, wohin ich eigentlich wollte. Diese Stadt war so riesig. Unzählige enge Gassen, in denen sich unzählige Menschen tummelten. Europäer, Amerikaner und natürlich Chinesen. Auch die frühere deutsche Konzession glich einem Ameisenhaufen. Angeblich durften die Shanghai-Deutschen bleiben, dennoch war überall große Nervosität spürbar. Ich glaubte, neugierige und abschätzige Blicke auf mir zu spüren, aber vielleicht bildete ich mir das auch nur ein.

Wo Elisabeth wohl wohnte? Wie gestaltete sie ihr Leben, allein mit ihrer Tochter und ohne ihren Mann, der irgendwo in weiter Ferne in Gefangenschaft war? Sekundenlang spielte ich mit dem Gedanken, sie zu suchen, verwarf ihn jedoch sofort wieder und kehrte auf brennenden Sohlen in die Baracken zurück.

»Wake up, wake up!«

Verschlafen blinzelte ich in die Dämmerung. Zuerst glaubte ich, geträumt zu haben, doch dann hörte ich die Männerstimmen erneut.

»Wake up! Go! Now!«

Blitzschnell verbreitete sich die Nachricht, dass China uns schon heute ausweisen würde. Das Schiff wartete am Hafen, ein riesiger Frachtdampfer, so hieß es, aber nicht groß genug, eine solch hohe Anzahl Menschen zu transportieren, wie wir es waren.

Ich glaubte nicht daran, bis ich es sah, einen Metallkoloss, dessen Farbe abgeblättert war. Darunter kamen Rost und rohes Metall zum Vorschein. In Zweierreihen wurden die Leute die Brücken hinaufgescheucht. Manche stolperten, andere sahen aus, als stünden sie kurz vor der Ohnmacht.

Wir hatten noch ein paar Minuten Zeit, wie es aussah. Ich drehte mich um, ein letzter Blick von Land aus auf Shanghai, auf diesen Ort, den ich kaum kennengelernt hatte, der aber eine solche Bedeutung für mich erlangt hatte. Plötzlich kamen mir all die vergangenen Jahre verdichtet vor, als wäre ein halbes Leben zu einem Viertel zusammengepresst worden. Jetzt hieß es Abschied nehmen von China.

»Wallenstein!«, tönte da ein junger Offizier in englischer Sprachmelodie. »Lothar Wallenstein.«

Vater streckte den Rücken durch, straffte die Schultern, zupfte an seinem verschlissenen Mantel und drückte den Hut so fest auf seinen Kopf, dass er seine Augenbrauen bedeckte.

»Hier!«

»Come with me, please.«

Ich fasste Maman am Arm und führte sie zu dem Häuschen, in dem die Kontrollen durchgeführt wurden.

Der Offizier dort schien es auszukosten, jeden Gegenstand dreimal umzudrehen, und ich fragte mich gerade, ob er die Taschen auch abwiegen würde, als er das Gesicht verzog und eine Flasche Lavendelöl herausfischte.

»What's that?«

»Kein Gift«, murmelte ich. »Keine Bange.«

»Selma!«, zischte mein Vater. »Willst du uns alle in Teufels Küche bringen?«

»Oil. Für Massage.«

Der Mann nickte, zog eine Flasche nach der anderen aus meiner Tasche und schob sie zur Seite.

»Entschuldigen Sie, das ist mein Eigentum!«, rief ich entsetzt aus.

Er konterte auf Englisch und so schnell, dass ich kein Wort verstand.

»Er sagt, es sei nicht gestattet, Alkohol mit an Bord zu nehmen«, sagte Lucie.

»Aber es ist kein Alkohol, das sieht doch jedes Kind!«

Lucie übersetzte ihm, was ich gesagt hatte, wobei sie das mit dem Kind wohl wegließ. Der Mann schüttelte unbeeindruckt den Kopf.

»Soll er doch einen Schluck probieren, er wird es gleich wieder ausspucken!«

Ich war zornig und verzweifelt.

Wieder sagte Lucie etwas, doch diesmal machte er sich nicht einmal mehr die Mühe, darauf zu reagieren, sondern rief: »Next!«

Ich taumelte mehr als ich lief den Steg zum Schiff hinauf, wo ich mir in die Hand biss, um nicht vor Wut laut loszuschreien. Überall standen bewaffnete Männer herum, die uns von hier nach dort scheuchten, scheinbar ohne Plan, wo wir alle untergebracht werden sollten. Schließlich stellte sich heraus, dass jeder sich selbst der Nächste war, und das große Rennen um die Betten begann.

Das Frachtschiff war für eine Besatzung von 90 Personen gebaut worden, wir waren jedoch weit mehr als 600. Kabinen waren, zumindest für uns, keine vorhanden. Deshalb lag an Deck bereits Matte neben Matte, was einer der laut herumkommandierenden Soldaten allerdings nicht duldete. Wer von uns sich schon erschöpft niedergelassen hatte, wurde aufgefordert weiterzugehen und die Matratzen dorthin zurückzuschleppen, wo sie herkamen. Dennoch blieb vorerst für jeden Schritt kaum ein halber Fuß breit, und ich hatte Mühe, Tante und mich in der Geraden zu halten. Mit Tantes Hilfe wollte ich einen guten Platz für uns alle finden. Unter Deck, wo ich kaum meine Hand vor Augen sah, begriff ich schnell, warum es die Leute nach draußen zog. In den Verschlägen an den Wänden entlang fanden immer zwei Betten übereinander Platz. Wer unten lag, stach fast mit der Nasenspitze in die Matratze über ihm. Doch auch oben gab es nicht mehr Platz, vor allem aber war es der Geruch von Schimmel, der aus den strohgefüllten Matratzen kam und auch mich am liebsten sofort wieder das Weite hätte suchen lassen. Tante Mirelle an der Hand, kämpfte ich mich bis zur hintersten Ecke des Raums vor, wo ich endlich fünf Schlafstätten fand. Atemlos gab ich Tante Anweisung, sich keinen Millimeter wegzubewegen, und lief weiter. Hier im Dunkeln erschienen mir die Blicke unserer Mitreisenden noch feindseliger, doch ich kam mir selbst vor wie eine Hyäne. Ich brauchte eine weitere Matte. Deck um Deck durchsuchte ich, bis ich etwas fand, das immerhin an eine Matratze erinnerte.

Aus dem durchlöcherten Baumwollstoff quoll das Stroh, und der Schimmelgeruch war noch penetranter als vorher, nichtsdestotrotz schleifte ich sie ächzend hinter mir her, bis ich Tante wiederfand, die wie ein Zinnsoldat unser Lager bewachte. Doch wo waren Vater, Lucie, Maman und Adele?

»Sechs«, verkündete ich erschöpft. »Du kannst wieder aufstehen.«

Ich fasste nach ihrer Schulter. »Tante?«

In der Beinahefinsternis konnte ich ihr Gesicht kaum erkennen.

»Tante, soll ich dir helfen?«

»Ich glaube, ich habe deine Maman gehört.«

»Was meinst du damit?«

»Deine Maman. Sie hat geschrien. Hast du es nicht gehört?«

»Nein. Ich … Bleib du hier. Rühr dich bitte nicht vom Fleck. Ich werde nachsehen.«

Und schon bahnte ich mir wieder einen Weg zurück, zwischen unzähligen Menschen hindurch, trat auf Füße, stieß gegen Nasen, wurde mit gehässigen Worten bedacht und gab Gehässigkeiten zurück.

Ich glaubte nicht an Tante Mirelles spiritistische Abenteuer. Diesmal aber hatte sie nicht von Babylon gesprochen, nicht vom Weltuntergang, sondern bloß von Maman, die geschrien hatte, und das beunruhigte mich weit mehr.

Nassgeschwitzt und erschöpft entdeckte ich schließlich Adele in dem Gewühl, die aufgeregt auf einen Wachhabenden einredete. Der sah sie allerdings nicht einmal an, sondern umklammerte steif sein Gewehr und wirkte so lebendig wie eine Wachsfigur.

»Sie müssen uns helfen. Help us, please!«, rief Adele.

»Was ist passiert, Adele? Ist etwas mit Maman?«, fragte ich ängstlich.

Doch Adele sah mich völlig verwirrt an. »Maman?«, fragte sie. »Sie ist … Ihr …«

»Adele, nun sag schon!«

»Nein, nein. Maman geht es gut. Es ist Papa! Er hat das Bewusstsein verloren!« Sie zeigte zwischen Hunderten Köpfen hindurch.

Ich stürmte los und sah endlich Lucie, die auf die Reling geklettert war und mit zusammengekniffenen Augen in die Menschenmenge spähte. Ein Wachhabender versuchte vergeblich, sie herunterzuzerren. Als ich mich vor sie stellte, holte sie gerade mit einer Hand zum Schlag aus.

»Lucie! Nein, nicht!«

»Selma, ein Glück!«, rief sie erleichtert aus. »Dieser … Ach egal, deinem Vater geht es schlecht. Komm schnell!«

Wir rannten eine Stiege hinunter und bahnten uns erneut einen Weg durch die Menge, bis wir auf Maman stießen. Sie kauerte am Boden neben Papa, dessen Haut die Farbe von schlecht gewordener Milch angenommen hatte

Ich griff nach seiner Hand. Sie fühlte sich kühl und feucht an. Ratlos blickte ich mich um. Shanghai mit seinen rauchenden Schornsteinen verschwand in einem Nebel aus Baumwollflocken. Vaters Atem ging so hastig und flach wie der eines Vogels.

»Papa«, flüsterte ich. Er sah so verletzlich aus, so schmal und bleich, dass die letzten Jahre in sich zusammenzufallen schienen.

»Wir müssen ihn hineinbringen!«, sagte ich.

Vergeblich versuchte ich, den Wachmann dazu zu überreden, uns zu helfen. Auch von den Umstehenden und Sitzenden kam als Antwort nur ein Kopfschütteln. Schließlich zerrten und schleppten Lucie und ich Vater unter Deck und ließen ihn auf eine unserer Matten gleiten.

»Mon Dieu!«, rief Tante Mirelle. »Was ist geschehen?«

»Er fiebert. Mehr kann ich nicht sagen.«

Und wie er fieberte. Auf seiner Matte liegend zitterte er und wurde mit jeder Sekunde blasser und schwächer. Maman, Tante Mirelle und ich wechselten uns damit ab, bei ihm zu hocken. Auch Adele fand sich immer wieder mit besorgtem Gesichtsausdruck ein, doch schien sie derart mitzuleiden, dass ich sie bat, an Deck zu bleiben.

Papa war nicht der Einzige, dem es so erging, stellten wir fest. Viele Mitreisende kippten auf einmal um wie gefällte Bäume. Vor Singapur hatten wir den ersten Toten zu vermelden. Das veranlasste die Besatzung zwar dazu, dort Medikamente zu laden, von denen es vorher kaum welche gegeben hatte, doch schienen sie keine Wirkung zu zeigen.

Vater zitterte so sehr, dass seine Zähne aufeinanderschlugen. Seine Lippen waren bleich und die Mundwinkel eingerissen.

Tante Mirelle wischte sich mit einem grau gewordenen Taschentuch über die Stirn.

»Kannst du etwas tun?«, fragte sie mich.

»Ich weiß nicht, was.«

Mein Mund war trocken, und ich fühlte mich ausgelaugter als je zuvor.

»Du warst doch bei diesem chinesischen Doktor. Hat der dir denn gar nichts beigebracht?«

Vater krümmte sich, während er hustete. Sein Haar klebte an der Stirn. Wie klein er plötzlich schien, er füllte die Matte kaum zur Hälfte aus.

»Ich bräuchte dazu Kräuter und Gewürze. Doch ich habe nichts, keinen Beifuß, keinen Ingwer, meine Öle nicht mehr, Eukalyptus, Campher, einfach nichts. Nicht einmal Streichhölzer, wenn du so willst.«

»Und dieses Stechen mit den Stäbchen?«, fragte Tante Mirelle. »Du wolltest das doch mal bei mir ausprobieren, Chérie, weißt du nicht mehr? Als ich dachte, du wolltest mich essen? Das hilft gegen irgendetwas, nicht wahr?«

»Aber nicht gegen Fieber oder Husten.«

»Selma!«, sagte sie verzweifelt und begann zu weinen.

Papas Puls war kaum noch spürbar. Ich hatte jetzt nur noch meine Hände.

Vater hustete röchelnd. Bei jedem Atemzug schien ein Rest Luft in seiner Lunge zurückzubleiben und rasselte dort wie ein Schlossgespenst mit seinen Ketten.

»Ah, mir fällt etwas ein, Chérie! Eure Maman hat euch einen grässlichen Zwiebeltrunk gekocht, wenn ihr krank wart.«

»Wir haben keine Zwiebeln, Tante.«

»Das ist richtig. Noch nicht jedenfalls.«

Etwas in sich hineinmurmelnd, rappelte sie sich auf und stolperte zwischen den Matratzen hindurch in Richtung Ausgang.

Vater hustete und keuchte so sehr, dass es seinen ganzen Körper erschütterte. Ich legte meine Hand auf seine Stirn, und wieder erfüllte mich das Gefühl von Hilflosigkeit. Was würden wir tun, wenn er starb? All der Zorn, der sich die vergangenen Monate in mir zu einem dichten Knäuel verknotet hatte, entzerrte sich nun. Er war immer noch mein Vater, auch wenn er es vielleicht am liebsten leugnen würde.

Tante Mirelle kam zurück. Sie sah finster drein und berichtete: »Nirgendwo gibt es gar nichts. Dieses Schiff ist eine Schande und seine Besatzung nicht weniger.«

»Was hast du erwartet, Tante? Dass man dir einen Sack Zwiebeln überreicht, bloß weil du danach fragst?«

Sie begann zu weinen. Ich zog sie an mich, während die Hitze aus Vaters Hand in meine zu fließen schien.

»Ach Selma. Alles ist schrecklich, nicht wahr?«

»Ja, Tante«, sagte ich gedämpft. »Alles ist schrecklich.«

Schwer krachten die Wellen gegen die rostige Schiffswand. Es war wie ein fortwährendes Kommen und Gehen, regelmäßig und beruhigend, wäre alles andere nicht so beunruhigend.

Ich beugte mich weit über die Reling, doch das an zwei langen Strümpfen befestigte Seil reichte längst nicht bis zur Wasseroberfläche.

Heute Morgen hatte ich mit Herbert gestritten, dem selbst ernannten Meister unseres Decks. Er glaubte, das uns zugeteilte Wasser sei zu kostbar, um darin Tücher in Wadenwickel zu verwandeln.

»Ich verstehe dich ja«, hatte ich gesagt und weiter die Tücher ins Nass getaucht. »Aber das Wasser, das wir nicht zum Trinken nehmen, ist verschmutzt. Es muss also dieses sein.«

»Das muss es nicht«, hatte er mit hoch erhobener Stimme verkündet und mich beiseitegeschoben. »Ich verbiete es dir.«

Wir hatten uns ein paar Minuten lang angekeift. Dann hatten sich immer mehr Menschen eingemischt und auf

Herberts Seite gestellt. Schließlich hatte ich nicht anders gekonnt, als klein beizugeben. Doch waren wir nicht von Wasser umgeben? Salzwasser wirkte sicher ebenso gut. Ich musste nur irgendwie herankommen.

Weiter und weiter hängte ich mich über den Metallrand der Reling. Schließlich tauchte der Zipfel des einen Strumpfes unter die Wasseroberfläche, dann auch der des anderen. Ich stieß einen Triumphschrei aus. Wir würden es schaffen! Irgendwie würden wir die Reise überstehen, Deutschland erreichen, ein Auskommen finden und einen Platz zum Leben. Wir …

»Selma!«

Alarmiert drehte ich mich um. Adele war blass. Sie hatte ihren Mund geöffnet, sagte jedoch nichts. Ohne auf ein weiteres Wort zu warten, stürzte ich an ihr vorbei unter Deck. Um Papas Matte herum saßen nah nebeneinander Lucie, Mirelle und Maman. Ich quetschte mich hastig zwischen sie, damit rechnend, dass nur noch seine leblose Hülle dalag. Mittlerweile waren schon zwei Menschen verstorben. Sie hatten nicht ausgesehen, als wenn sie schliefen, sondern leer und verlassen wie der einsamste Ort auf Erden. Doch zu meiner Erleichterung hatten Vaters Wangen ein wenig Farbe angenommen. Seine Lider flatterten, und er fühlte sich nicht mehr ganz so heiß an. Rasch wickelte ich ihm die salzigen Wickel um die Waden und setzte mich neben Maman, die mich dankbar anblickte.

»Möchtest du schlafen?«, fragte sie mich.

Erstaunt sah ich sie an.

»Du hast dich drei Nächte lang kaum ausgeruht.«

Sie hatte recht. Doch Vater allein lassen?

»Geh. Du brauchst Ruhe, sonst bist morgen du die Kranke.«

Ich sank auf meine Matte, so erschöpft, dass ich einschlief, noch bevor mein Kopf das Stroh berührt hatte.

Mitten in der Nacht erwachte ich, vom Geruch nach Schimmel womöglich, nach heißer Feuchtigkeit, oder von dem Schnarchen und Husten. Ich setzte mich auf und wischte mir über die nasse Stirn. Als meine Augen sich an die Dunkelheit gewöhnt hatten, erkannte ich eine schmale Gestalt, die mit gekrümmtem Rücken auf einer unserer Matten saß. Es war Vater, der erschrocken aufblickte, als er mich wahrnahm.

»Wie geht es dir?«, flüsterte ich.

Er legte den Finger auf seine Lippen und zeigte nach draußen.

Ich schlich ihm nach. Er war dünn geworden, doch er ging, ohne in sich zusammenzusacken. Die Luft war eisig und die Nacht tiefschwarz. Nur zwei Lichter leuchteten am Schiffsbug, der Rest lag in vollkommener Dunkelheit.

Wie anders damals doch die Nacht war, in der ich mit Elisabeth getanzt hatte. Heute breitete sich meine Zukunft nicht mehr wie eine Schatzkarte vor mir aus. Ich hatte den Eindruck, als hätte ich sie schon zu großen Teilen beschritten. Das Leben würde mir wahrscheinlich kaum noch Überraschungen bieten.

Niemand trieb sich zu dieser Stunde draußen herum. Nicht einmal eine Wache konnte ich in der Finsternis ausmachen.

»Glaubst du nicht, es ist hier zu kalt für dich?«, fragte ich.

Vater griff nach meinem Arm und drückte ihn sanft. »Ich bin so froh über die Luft. Sie macht, dass ich mich sauberer fühle. Ich habe mich so schmutzig gefühlt dort drinnen.«

Wir standen eine Weile so da. Gischt spritzte gegen unsere Wangen, und meine Lippen schmeckten nach Salz.

Schließlich seufzte Vater. »Danke, Selma. Ich war dir kein guter Vater, das weiß ich. Und jetzt weiß ich es umso mehr, da du dich als eine so gute Tochter erwiesen hast.«

»Es war kein Dienst«, flüsterte ich gegen den Wind.

»Auch das weiß ich.«

Ein seltsames Geräusch war zu hören. Als ich den Kopf wandte, sah ich, dass sein Kinn auf seiner Brust lag. Er versuchte, seine Schluchzer zu unterdrücken. Sie klangen trocken und hart.

»Es war meine Schuld, alles. Ich … In China … Selma, ich habe geglaubt, es sei die richtige Entscheidung für deine Mutter und mich. Ein neuer Anfang. Ich glaubte, nirgendwo sonst würde besser für sie gesorgt. Sie würde wieder glücklich. Warum …« Wieder griff er nach meinem Arm, diesmal war der Druck fester. »Wenn du wüsstest, Kind. Es ist meine Schuld. Und wie sehr ich auch dagegen ankämpfe, es nutzt nichts. Ich habe ihr Luxus geboten, und sie hat Freundschaft gewollt. Ich wollte ihr ein ganz neuer Mann sein. Sie hat das jedoch nicht einmal wahrgenommen.« Seine Stimme wurde leiser. Er wandte mir sein Gesicht zu, das sich gespenstisch weiß vor der Dunkelheit abhob. »Alles in China war für die Katz. Alles, was ich aufgebaut hatte, all die Jahre, in denen ich versuchte, ein neuer Mensch zu werden, alles war fort. Genau wie damals in Dahlwitz. Ich wollte wegwerfen, was mir lieb und teuer war. Doch bevor ich es konnte, wurde es mir weggenommen. Mit einem Fingerschnippen.«

»Was meinst du damit, Papa?«

Er schien mich nicht gehört zu haben. Sein Atem ging flach und zu schnell, und in mir wurde wieder die Besorgnis wach, er könnte sich hier draußen in der Kälte übernehmen.

»Lass uns zurückgehen«, wiederholte ich.

Er schüttelte den Kopf. Vielleicht hatte die Krankheit all das herausgeschwemmt wie einen Dorn, der jahrelang von Hornhaut umgeben tief in seinem Fleisch gesteckt hatte.

Wie um seinen Worten Nachdruck zu verleihen, schnippte er mit den Fingern. »Vierzehn Jahre Sühne. Nicht übel, oder? Man kann nicht behaupten, Gott ginge sparsam damit um.«

»Vierzehn Jahre?«

Er hustete.

»Papa, lass uns hineingehen. Hier ist es zu kalt für dich.«

»Ich will nicht. Nicht in diesen ekelhaften Gestank zurück. Menschen riechen wie Vieh, findest du nicht? Es gibt wahrhaftig keinen Grund, sich einzubilden, man sei besser als ein Rudel Schweine. Würden Schweine sich waschen, wären sie kein Deut schmutziger als wir.«

Ich legte meine Hand auf seine Stirn und schalt mich gleichzeitig. Er war kein Kind mehr, also sollte ich ihn auch nicht wie eines behandeln. Doch zu meiner Überraschung legten sich seine Finger um meine, und er führte sie an seine Wange.

»Kannst du dir einen jämmerlicheren Mann vorstellen als den, der nach zwanzig Ehejahren zu einer anderen weiterzieht?«

»Du wolltest Maman verlassen?« Langsam löste ich meine Finger aus seinen und zog meine Hand weg.

»Es wäre besser gewesen als das, was ich stattdessen angerichtet habe.«

Abwartend sah ich ihn an.

»Wir sollten zurückgehen. Falls deine Mutter aufwacht.«

»Papa, wann wolltest du Maman verlassen?«

»Das ist kaum deine Angelegenheit.«

»Das ist es nicht, da hast du recht. Aber wenn du es mir erzählst, wird es zu meiner.«

Vater sagte nichts mehr, und an seiner gebückten Gestalt und dem wieder hohler klingenden Husten merkte ich, dass ich heute nicht mehr darüber von ihm erfahren würde.

Wir gingen wieder hinein.

Ich legte mich auf meine Matte und roch Schimmel, Schweiß und Ausdünstungen, die der große unbelüftete Raum konservierte. Vaters Worte hallten in meinem Kopf wider. Hatte er Maman wirklich verlassen wollen? Hatte er sie verlassen wollen, weil sie nach dem Reitunfall zu der stillen, traurigen Frau wurde, die ich in China angetroffen hatte?

Am nächsten Morgen war Vater zu schwach, um sich aufzurichten. Er bat Tante Mirelle, ihr ein Glas Wasser zu bringen und Maman mitzunehmen.

Mit gerunzelter Stirn griff Tante nach Mamans Hand und zog sie hinter sich her.

»Selma.« Seine Stimme war kaum noch zu hören. »Komm her, bitte.«

Ich setzte mich zu ihm. Seine knochige Hand, auf der die Haut Falten warf, nahm meine.

»Kannst du dich an unseren Ausflug in die Mark erinnern?«, fragte er. »Du auf meinen Schultern?«

Ich nickte. »Ich wollte nie wieder zurück.«

»Es sind doch starke Bande zwischen Vater und Tochter, nicht wahr?«

Nun sah ich ihn an, und ich konnte nicht anders, als zu sagen: »Bande der Abneigung, meinst du?«

»So empfindest du es?«

»Papa, wovon hast du heute Nacht gesprochen?«

Er zog die Nase hoch und hustete. Und dann begann er zu erzählen, was der Frühling 1905 für ihn bedeutet hatte.

»Irgendwann wurde mir klar, welche Folgen mein Entschluss haben würde. Ein Leben ohne euch. Und dann habe ich versucht, meine Entscheidung rückgängig zu machen, doch wie hätte das funktionieren sollen? Es war unmöglich. Es war bereits alles entschieden und alles gesagt.«

»Aber du hast Maman nicht verlassen. Du hattest es bloß … beschlossen.«

»Ja.« Sein Blick war leer. »Beschlossen und ausgesprochen. Und da ist der Schritt vom Wort zur Tat nur ein ganz kleiner, in Herzensdingen jedenfalls, oder etwa nicht? Deine Mutter rannte in den Stall. Du kennst sie, fuchsteufelswild kann sie werden. Es stürmte heftig, und ich versuchte, sie aufzuhalten, doch es war, wie gegen eine Löwin zu kämpfen. Das Pferd und sie preschten davon. Dann passierte der Unfall. Und die Uhren wurden neu gestellt.«

»Nein, Papa, nein. Es war alles meine Schuld. Maman hatte Pauls Briefe gefunden, worin er mir einen Heiratsantrag gemacht hatte. Sie war derart erschüttert, dass sie ausritt und stürzte.«

Er griff nach meinem Kinn und bog mein Gesicht so zu sich, dass ich ihn ansehen musste.

»Wie kommst du denn auf diesen Unsinn?«

»Ich weiß es. Adele hat es mir erzählt.«

»Ich weiß nichts über irgendwelche Briefe von Paul an dich, und ich bin auch sicher, dass Maman niemals erbost darüber gewesen wäre. Sie war froh über eure Liebe, das hat sie oft genug gesagt. Was sie bedrückte, war die Angst davor, was Adele in dieser Hinsicht empfinden würde. Dass sie als Ältere nach dir das Elternhaus verlassen könnte.«

Ich schüttelte energisch den Kopf. »So war es nicht, Papa.«

Sein Griff um mein Kinn wurde jetzt noch fester. »Doch, so war es, Selma. So war es ganz sicher. Ich war ja dabei, als deine Mutter in den Stall rannte. Sie war nicht in deinem Zimmer, und auch später hat sie nie über diese Briefe gesprochen. Es ist vollkommen unmöglich, dass sie etwas mit ihrem Unfall zu tun haben.«

Ich starrte meinen Vater fassungslos an. Sollte denn alles, was ich bisher geglaubt hatte, falsch gewesen sein? Jede Überzeugung, an die ich mich geklammert hatte, um meinen Entschluss, Paul von mir zu stoßen, zu rechtfertigen?

»Aber Adele … Adele muss doch gewusst haben …«

Vater wartete. Sein Blick ruhte müde, aber gütig auf mir, und ich wünschte mir mehr als alles andere, in seine Arme sinken zu können.

»Adele sagte, ich dürfte mir von niemandem einreden lassen, Mamans Unfall sei meine Schuld«, sagte ich leise. »Doch sie sagte auch, dass Pauls Briefe in meinem Zimmer gelegen hätten, offen, obwohl ich sie sonst immer versteckte. Und dass Maman aus meinem Zimmer gestürzt sei und dann in den Stall, um auszureiten.«

»Deine Mutter war nicht in deinem Zimmer«, sagte er. »Da bin ich ganz sicher.«

Meine geliebte Schwester. Zeit meines Lebens hatte ich mich ihr nahe gefühlt. Bis ich Paul getroffen hatte, war es mir manchmal so vorgekommen, als wenn wir ein und dieselbe wären. Doch jetzt begriff ich, dass ich sie nie wirklich gekannt hatte. Sie war mir plötzlich fremder als der fremdeste Mensch.

»Ich muss weg«, murmelte ich und löste mich aus Vaters Griff. Stumm nahm ich meine Tasche und griff nach meiner zerlöcherten, übel riechenden Matratze.

Die Matte halb schleppend, halb hinter mir herziehend stolperte ich durch den schmalen Gang. Es war still unter Deck. Neugierige Blicke, ein paar hämische waren auch darunter, folgten mir. Ich wusste nicht, warum ich fliehen musste. Warum nicht Adele konfrontieren mit dem, was ich soeben erfahren hatte? Doch in mir war es so still, als wäre ich tot.

Zwei Decks weiter unten fand ich ein freies Stück in der hintersten, dunkelsten und feuchtesten Ecke neben den Waschräumen. Ein süßlich-fauliger Geruch stieg vom Fußboden auf, und jeder Schritt auf dem klebrigen Untergrund verursachte ein quietschendes Geräusch.

Doch ich wollte allein sein. Ich kauerte mich auf meine Matratze, und das Stroh aus den Löchern bohrte sich in meine Haut. Ich zog die Beine an, legte meinen Kopf auf die Knie und hüllte mich in einen unsichtbaren Kokon, den niemand durchdringen konnte.

Und so verharrte ich tagelang. Ich stand nur für die tägliche Toilette auf, für die ich Stunden in der Schlange wartete, genau wie für einen Teller lauwarmer, wässriger Suppe und ein Stück Brot. Das alles war mir gleichgültig. Ich stand, wartete, wusch und kämmte mich und hängte meine nasse Bluse an einem Nagel auf. Sie trocknete allerdings nie, denn die Luft war viel zu feucht und salzig obendrein. Dann setzte ich mich wieder in meine dunkle Ecke. Unbeteiligt hörte ich Kinder greinen, Männer poltern und Frauen weinen. Ich saß auf meinem Koffer, den ich stets bei mir trug, die Arme um die angezogenen Beine geschlungen, die Augen geschlossen.

Hin und wieder versuchte ich, Antworten zu finden auf die Fragen, die Lucie auf mich einprasseln ließ, wenn sie mich fand. Wann ich wiederkommen würde. Was geschehen wäre. Ob ich den Verstand verloren hätte.

Vielleicht hatte ich tatsächlich den Verstand verloren. Gefühle hatte ich jedenfalls keine mehr. Nicht einmal Kälte empfand ich mehr, nicht einmal das Nichts. Es war wie die Umkehr alles Lebendigen.

Nur die Seeluft auf meinem Gesicht spürte ich, wenn ich hinausging. Wie sie durch meine Locken wehte. Manchmal spritzte Gischt auf meine Lippen, und ich fuhr langsam mit der Zunge darüber. Ich hörte das dumpfe Dröhnen der Schiffsmotoren, die unter dem morgens kühlen und mittags heißen Metall vibrierten. Näherten wir uns Land, hörte ich Möwen kreischen und Menschen aufgeregt debattieren.

Wir durften nicht von Bord. Wir blieben eingequetscht wie die Ölsardinen in der gleißenden Sonne und lauschten verdattert in die Stille, wenn die Turbinen aufhörten zu rotieren. Die, die gesund genug waren, drängten sich an der Reling, umschwirrt von Fliegen und Mücken, als wären wir ein einziger Misthaufen.

Ich wusste nicht einmal mehr, wo wir waren. Ceylon? Aden? Doch wen kümmerte das schon …

Als ich eines Abends zu meiner Schlafstätte zurückkehrte, saß dort jemand. Als ich näher kam, erkannte ich Adele.

»Ich wollte dich nicht verlieren, Selma«, sagte sie und starrte mich an, als wäre ich ein Gespenst. »Das Haus ohne dich kam mir leer vor. Alles langweilte mich, nur du nicht. Du konntest meine Langeweile besiegen. Weißt du nicht mehr, du und ich gegen alle?«

Ich schwieg.

»Und später war es eben zu … spät.« Ihr Ton wurde trotzig. »Ich weiß, dass du mich deswegen hasst, aber kannst du dir vorstellen, wie es ist, nicht die geliebte Tochter zu sein, sondern immer nur die Zweitbeste?«

»Das ist doch Unsinn.«

»Ist es nicht. Maman mochte mich nie so gern wie dich. Nach dem Unfall erst recht nicht mehr. Sie wollte dich um sich haben, nicht mich.«

»Und das ist deine Entschuldigung dafür, mein Leben zerstört zu haben?«

Nun schwieg sie.

Etwas gab es, das ich von ihr wissen wollte, auch wenn es mir kaum gelang, sie anzusehen.

»Was hast du Paul gesagt?«

Ihr Gesicht wurde noch bleicher. Sie wandte sich ab und sagte kaum hörbar: »Dass du jemand anderen liebst. Dass du jemand anderen heiratest.«

Daher also seine Zurückhaltung! Ich hatte dem ja nie widersprochen, es nie aufgeklärt.

»Geh«, flüsterte ich.

Wie auch, wenn ich doch nichts davon gewusst hatte …

»Geh, Adele. Sofort.«

Sie zögerte, und mit einer Kraft, die mich selbst überraschte, stieß ich sie zur Seite.

»Geh! Und lass dich nicht mehr in meiner Nähe blicken!«

»Ja, ich gehe. Du kannst zurückkehren zu Maman und Papa. Ich verspreche dir, unsichtbar zu werden.«

Sie stürzte davon, drehte sich an der Tür aber noch einmal um.

»Ich verstehe deinen Zorn auf mich. Aber warum nimmst du Elisabeth in Schutz? Sie hat dir etwas angetan, das mindestens so schlimm ist wie das, was ich verbrochen habe. Ich habe dir die Möglichkeit genommen, glücklich zu sein. Aber sie hat dir den Mann genommen.«

Ich schüttelte den Kopf.

»Oder glaubst du etwa, er liebt sie? Niemals! Ich habe ihn in Tsingtau beobachtet. Wie er dich angesehen hat.«

Ich drehte mich rasch um.

Adele ging weg, und mir wurde trotz der brütenden Hitze eiskalt.

»Fräulein Wallenstein?«

Ich schreckte auf. Hatte ich geträumt, dass jemand nach mir rief? Es war stockdunkel. Verwirrt setzte ich mich auf. Vater schnarchte leise, im Schlaf war er wieder an Maman herangerückt. Gestern hatte ich beim Aufwachen gesehen, dass sie Hand in Hand nebeneinander lagen, die Gesichter einander zugewandt.

»Fräulein Wallenstein!«

Ein paar Matratzen weiter weg erkannte ich schemenhaft eine Hand, die mir zuwinkte.

»Fräulein Wallenstein, hören Sie mich?«

»Ja«, flüsterte ich.

»Könnten Sie für einen Moment zu mir kommen? Bitte!«

Verschlafen rappelte ich mich auf und lief zickzack und

auf Zehenspitzen zwischen den Matten hindurch, hoffend, in der Finsternis auf niemanden zu treten.

Die Stimme gehörte zu einer jungen Frau, die ich noch aus der Hankauer Schule zu kennen glaubte.

»Es tut mir leid, Sie zu belästigen.« Es klang flehend. »Es ist meine Tochter … Sie hat nichts, weder Husten noch Schnupfen, aber sie fühlt sich heiß an, und sie isst und trinkt nichts. Sie spricht auch nicht. Bitte, könnten Sie sie einmal ansehen? Können Sie ihr vielleicht helfen?«

»So gern ich das tun würde, aber ich bin keine Ärztin«, antwortete ich. »Sie müssen sich an die Besatzung wenden, dass die einen Arzt auftreibt. Oder Medizin.«

Doch ich wusste, wie unwahrscheinlich das war.

Sie griff nach meinem Arm. »Bitte, Fräulein Wallenstein, ich habe gesehen, wie Sie sich um Ihren Vater gekümmert haben. Helfen Sie uns, bitte!«

Ich kroch näher an das Mädchen heran. »Das ist ja Ruth!«

»Das ist Ruth, ja.«

Ich hatte meine ehemalige Schülerin seit zwei Jahren nicht mehr gesehen. Sie war eines der Kinder gewesen, deren Eltern verboten hatten, mich zu besuchen.

Sanft hob ich Ruths Kopf an. Er lag schwer in meiner Hand. Ich tastete nach ihrer Hand, die eiskalt war. Ihre Füße waren ebenso eisig. Nur ihr Gesicht glühte.

»Wann hat sie das letzte Mal etwas zu sich genommen?«

»Gestern? Vorgestern?« Die Frau begann leise zu weinen. »Ich weiß bloß, dass es draußen hell war.«

»Haben Sie einen Löffel, Wasser, Zucker und Salz?«

Hektisch durchsuchte sie ihr karges Gepäck.

»Ein bisschen Salz«, sagte sie dann, erhob sich und raunte: »Hat jemand ein wenig Zucker für uns?«

Ein Murren der Schlafenden war die Antwort.

»Bitte, kann uns jemand helfen?«

»Ruhe!«

»Meine Tochter ist krank.«

»Ruhe, verdammt noch mal!«

»Nur ein wenig, für meine kranke …«

»Ich werde gleich unangenehm, Weib!«

»Mince alors!«, ertönte es aus der Finsternis, und gleich darauf kam Tante Mirelle mit ungelenken Schritten auf uns zu. »Nun schaut schon nach in euren Taschen! Wollt ihr ein Kind auf dem Gewissen haben, ihr Sturköpfe?«

Wütendes Getuschel erhob sich.

Erstaunt sah ich Mirelle an, die sich vorbeugte und flüsterte:

»Ich konnte nicht schlafen. Jetzt mache ich den Wachhabenden die Hölle heiß. Einem erwachsenen Deutschen nicht zu helfen ist das eine. Aber einem Kind, non!«

Und schon stampfte sie von dannen, dass der Boden unter uns vibrierte.

Im Halbdunkel bemerkte ich, dass eine Gestalt auf uns zukam. Sie war unsicher auf den Beinen und dünn wie eine Schnur. Als sie uns erreichte, sah ich in das schmale Gesicht einer alten Frau, das mit unzähligen Runzeln übersät und von Falten durchfurcht war. Sie streckte ihre Hand aus. Ein Zuckerwürfel lag darin, der an ihrer Haut klebte und gelblich verfärbt war. Wahrscheinlich hütete sie ihn, seit wir in Shanghai an Bord gegangen waren.

»Haben Sie vielen Dank«, flüsterte Ruths Mutter. »Vielen, vielen Dank.«

Die Frau nickte nur und humpelte wieder davon.

Ich gab den Zucker, das Salz und das Wasser in ein Glas, schwenkte es ein paarmal herum und tröpfelte dann etwas davon auf Ruths ausgetrocknete Lippen. Sie rührte sich nicht, ihre Augen waren glasig, sie schien mich gar nicht wahrzunehmen.

»Geben Sie es ihr in kleinen Schlucken«, sagte ich. »Mehr kann ich leider nicht für sie tun.«

Ruths Mutter nickte und weinte lautlos.

Von der Treppe her kündigten schwere Schritte Tante Mirelles Rückkehr an. Sie kam nicht allein, sondern schob jemanden vor sich her, der sich beim Näherkommen als rothaariger Bursche in weißem Kittel entpuppte.

»Das ist der Koch«, sagte sie. »Glaube ich«, schob sie dann nach. »Jedenfalls habe ich ihm etwas abgeschwatzt. Er sagt, seine Mutter gibt es ihm bei Erkältungen.«

Der junge Mann präsentierte ein Glas mit einer schwarzen dickflüssigen Substanz. Sie roch süß und ein wenig scharf.

»Elderberries«, sagte er.

»Hol Lucie. Nicht dass er uns etwas gibt, das Kindern schadet«, bat ich Tante.

Wenig später übersetzte Lucie, während sie ständig ein Gähnen zu unterdrücken versuchte. »Holunderblütensirup. Ja, er sagt, das sei von seiner Mama. Sie kocht sie mit Ingwer ein, das soll bei Erkältungen helfen.«

»Dann her damit.«

»How much?«, fragte ich den jungen Mann, der eine Antwort murmelte, während er Lucie anstarrte, als wäre sie eine Fee. Sie sah tatsächlich ein wenig aus wie eine Fee, stellte ich fest, und zum ersten Mal seit Tagen, nein, seit Wochen war mir nach Kichern zumute. Lucies Haare standen in kleinen Büscheln ab, ihr selbst genähtes helles Seidenkleid schimmerte geheimnisvoll im Halbdunkel, und sie strahlte, als sie seinen Blick erwiderte.

Behutsam flößte ich Ruth zwei Löffel Sirup ein.

»Geben Sie ihr alle drei Stunden einen Teelöffel voll. Ich kann morgen früh wieder nach ihr sehen.«

Ihre Mutter nahm meine Hand und presste sie an ihre Wange. »Haben Sie vielen Dank. Ich hatte nie etwas gegen Sie. Es ist mir wichtig, dass Sie das wissen.«

Die Geräusche und Gerüche veränderten sich je nach Tageszeit. Hin und wieder schwebte bitterer Kaffeedampf an meiner Nase vorbei, so wusste ich, dass später Vormittag war. Mittags wurde uns dünne Suppe verabreicht, die nach nichts roch. Man hörte das Knacken von trockenem Brot, das Schlürfen, dann Murren und wieder Murren. Am Nachmittag senkte sich bleierne Stille über uns alle, und der Abend wurde durch ein Stöhnen und Ächzen und wieder Murren eingeläutet.

Bald kam es mir so vor, als würde ich nur noch von einem Krankenbett zum anderen wanken, gefolgt und unterstützt von Lucie und Tante Mirelle, die taten, was sie konnten, aber längst genauso erschöpft waren wie ich. Adele bekam ich nur noch von Weitem zu Gesicht. Sie hatte Wort gehalten und hielt sich fern, und ich war froh darüber.

Irgendwann ebbte die Grippewelle ab, nicht aber die sonstigen Leiden, über die die Menschen klagten.

Manchmal rief Tante Mirelle verzweifelt aus: »Niemand von uns hat eine medizinische Ausbildung absolviert!«

Doch das kümmerte die, deren Finger taub geworden waren oder deren Wanzenbisse nicht heilen wollten, keineswegs. Sie riefen uns weiterhin um Hilfe herbei. Und während die Tage ins Land zogen und wir uns Europa näherten, fiel mir nach und nach alles wieder ein, was

Doktor Weng mir beigebracht hatte. Ich überzeugte meine Mitreisenden davon, sich mit Essstäbchen malträtieren zu lassen, hinterließ mit einem Messinglöffel tiefrote Striemen auf Männerschultern und traute mich sogar, die verspannten Schultern und Rücken zahlreicher Damen mit meinen Händen zu massieren. Aus Kleidern hatten wir eine Art Zelt unter Deck gebaut, das fortan als Krankenstation diente. Tante Mirelle genoss es, davor Wache zu halten, und jeden, der sich mit fragwürdigem Ansinnen näherte, auf Französisch anzubrüllen. Niemand warf uns jetzt noch unsere Herkunft oder Nationalität vor, wie weggeblasen schienen alle Ressentiments zu sein. Ich hoffte inständig, dass das so bleiben würde.

»Was werdet ihr tun, wenn wir Rotterdam erreichen?«

Lucie und ich waren hinausgegangen, um frische Luft zu schnappen, und lehnten uns so weit über die Reling, wie es möglich war, ohne vornüberzukippen. Der Morgen war dunstig. Wir hatten abends zuvor von Suez abgelegt, und an den nahen Ufern des Kanals grünte und blühte es.

»Glaubst du, deine alte Schule nimmt dich wieder zurück?«

Ich hatte bis jetzt keine Zeit gehabt, mir darüber Gedanken zu machen, doch in dem Moment, als Lucie mich das fragte, wusste ich, dass mein Lehrerinnendasein beendet war.

»Weißt du, was ich mir wünsche?«, sagte ich statt einer Antwort. »Ich wünsche mir ein Haus und einen Garten. Ich wünsche mir all die Pflanzen, die ich brauche, aber auch die, die ohne Nutzen sind, selbst zu ziehen. Ich will mich nicht mehr zum Sammeln von Pflanzen hinausschleichen müssen und mich verstecken. Und ich möchte, dass die Menschen zu uns kommen. So wie hier. Aber ohne Zelt und ohne den furchtbaren Gestank.«

Lucie kniff die Augen zusammen. »Und ich weiß auch schon, wie ihr euer Unternehmen nennt.«

»Unser Unternehmen. Das klingt optimistisch.«

»Wenn schon, dann richtig. Ich bin schließlich die Tochter eines Fabrikanten. Und hier, Vorhang auf und Applaus, kommt euer Name: Klub für das weibliche Wohlbefinden. Wie findest du ihn?«

Nachdenklich sah ich sie an. »Ist er nicht ein bisschen lang?«

»Lang vielleicht. Aber es bleiben keine Fragen offen.«

»Da seid ihr ja!«, hörten wir in dem Moment Tante gegen den Wind anbrüllen. »Husch, husch! Die Leute stehen Schlange, was glaubt ihr wohl? Kommt, vite, oder soll zur Abwechslung ich einmal zu den Stäbchen greifen?« Dabei funkelten ihre Augen gefährlich.

Lucie und ich unterdrückten ein Kichern. Unsere Pause war beendet.

Das Glück der Kamelie

Camellia japonica L.

ohne Duft
Verwendung des Öls zur Haarpflege
Wirkung:
nährend, glättend, pflegend

»Ich bin so froh, dass es Alkohol gibt«, murmelte Tante Mirelle und starrte müde auf die Flasche Selbstgebrannten, die in der Mitte des Tisches stand. »Denn wenn es keinen Alkohol gäbe, würde ich jetzt sehr lange und laut weinen.«

»Wir hatten doch heute eine Kundin«, bemühte ich mich, sie aufzumuntern.

»Eine, die mit Feuerholz bezahlt hat.«

»Frau Herzog kam vergangene Woche immerhin mit dem Mirabellenschnaps, über den du jetzt so glücklich bist.«

»Ich würde aber keinen Schnaps brauchen, wenn Frau Herzog, Frau Wittken und Frau Hauser mit Geld bezahlt hätten!«

»Sie haben aber kein Geld.«

»Wir auch nicht.« Zornig wandte sie sich ab und sah zum Fenster hinaus. Ich folgte ihrem Blick.

Das Gras war von braunen Flecken durchsetzt. Unser Garten glich kurz nach dem Winter eher einem Acker denn einer Wiese. Der Bananenbaum, der keiner war, in meinem Herzen jedoch immer ein Bananenbaum bleiben würde, trug nach wie vor weder Früchte noch Blätter.

Seit drei Monaten lebten wir wieder in unserem alten Haus in Dahlwitz. Wenn ich daran zurückdachte, wie wir im Mai 1919 Rotterdam erreicht hatten, beinahe ohne Geld und ohne viel Hoffnung, so konnte ich nicht umhin, mich als Glückspilz zu betrachten.

Margas Eltern hatten uns mit offenen Armen empfangen, und bis kurz vor Weihnachten waren wir in ihrer Zweizimmerwohnung untergekommen.

Sie war luxuriös, nicht nur im Vergleich zu unserer Unterbringung auf dem Schiff, sondern auch zu den spärlichen und kargen Unterkünften, die es in Berlin gab. Die Stadt war verarmt, es gab weder ausreichend zu essen für alle noch Wohnungen, und die Menschen litten große Not. Wohlhabendere wurden dazu aufgerufen, ihre Kinder- und Damenzimmer zur Verfügung zu stellen, doch das reichte noch längst nicht aus.

Wir waren überglücklich, bei den Hackenschmidts wohnen zu dürfen, wollten ihnen jedoch keinesfalls länger als nötig auf der Pelle sitzen. Deshalb war unsere Erleichterung umso größer, als Vater im Dezember, einen Tag nach Nikolaus, hereinstürmte und verkündete, er hätte unser früheres Zuhause zurückgekauft.

Dass meine Eltern über Ersparnisse verfügten, hatte ich nicht gewusst, denn über Geld hatten sie mit uns Töchtern nie gesprochen. Jedenfalls stellte sich heraus, dass sie das Ersparte klugerweise nicht, wie so viele andere Deutsche, in Kriegsanleihen angelegt hatten. Deshalb war es ihnen geblieben.

Darüber hinaus jedoch hatten wir keine finanziellen Rücklagen.

Und so blies Tante Mirelle immer häufiger Trübsal.

Unser Klub für das weibliche Wohlbefinden, den Tante, Maman und ich im Januar 1920 ins Leben gerufen hatten, brachte bis auf Feuerholz, Selbstgebrannten und hin und wieder ein paar Möhren, etwas Kohl und sehr selten ein oder zwei Mark kaum etwas ein.

Ich wollte die Hoffnung jedoch noch nicht aufgeben.

»Vater hat doch Geld mitgebracht«, sagte ich.

»Ja, aber hat es gereicht?«, fragte Tante mürrisch.

Ich seufzte und tätschelte ihre Hand. »Reicht es dir denn nicht zu sehen, wie glücklich Maman ist? Obwohl Liu und Xianying in Peking leben und dort auch bleiben werden?«

Liu hatte einen Mann namens Xú geheiratet. Als ich das Foto von ihrer Hochzeit gesehen hatte, war mir schummrig geworden. Dieser Xú war der bezopfte Mann, mit dem zusammen ich an jenem Morgen zwischen Tsingtau und dem Lauschan Paul gesehen hatte.

»Liu und Xianying waren bei Xú in Peking?«, hatte ich Maman ungläubig gefragt. Maman hatte genickt und dabei so traurig und fröhlich zugleich ausgesehen, dass mir die Tränen gekommen waren.

»Oui, du hast ja recht, Chérie«, sagte Mirelle jetzt, »trotzdem … In diesem Moment ist deine Maman nicht hier, und da lass mich Angst haben, ja, sonst bringt mich diese Angst noch um.«

Ich streichelte ihre warme, fleischige Hand. »Du darfst Angst haben, Tante. Ich habe ja auch Angst.«

Wir tranken noch einen Schluck Mirabellenschnaps.

Orangerote Sonnenstrahlen durchbrachen die Wolken und wärmten die Holzbohlen unter meinen Füßen.

Ich liebte dieses Haus. Es war so freundlich mit seinem Holz überall, seiner blau-weiß gefliesten Küche, dem riesigen Herd, auf dem fünf Töpfe gleichzeitig Platz hatten, und dem großen Esstisch vor den Fenstern, die bis zum Boden gingen. Im Sommer konnte man von der Küche aus direkt auf die Veranda hinaus und weiter in den Garten blicken. Ich hatte zwei Kirschbaumzweige abgepflückt und in die Vase gestellt. Sie blühten nun in hellem Weiß und erinnerten mich an Tsingtau, an Kuling, an …

»Möchtest du noch einen Schluck, Tante?«, fragte ich rasch, um mich abzulenken.

»Glaubst du, deine Mutter findet irgendwann irgendjemanden?«, fragte sie, ohne mir zu antworten.

Im ersten Moment begriff ich nicht, wovon sie sprach. Eine neue Freundin, jetzt, da Liu so fern von uns war?

»Es muss doch noch Menschen mit Geld geben in diesem Land«, erklärte sie dann.

»Einen Investor meinst du? Tja, ich hoffe es.«

»Warum hat Lucies Vater aber auch sein ganzes Geld verbrannt?«

»Er hat es nicht verbrannt, Tante. In seiner Fabrik wurde im Krieg Tonseife hergestellt. Jetzt sind die Öfen kaputt. Er könnte darin nicht einmal Scheine verbrennen, selbst wenn er etwas so Irrwitziges wollte.«

»Ah, es ist trotzdem eine Schande! Und jetzt verliebt sich Lucie auch noch in einen Engländer! Eine Schande!«

»Und das sagst ausgerechnet du, Tante? Hast du nicht selbst darunter gelitten, als Feindin gebrandmarkt zu sein, nur weil du Französin bist?«

»Oui, aber das ist etwas anderes«, sagte sie und schenkte nach. »Schließlich ist es meine Schuld. Wenn ich ihn nicht aus der Schiffsküche gezerrt hätte, wären Lucie und er einander nie begegnet. Zu ihrer Hochzeitsfeier gibt es bestimmt nichts anderes als Holundersirup. Ah, ich will gar nicht daran denken.«

Nachdem sie ihr Glas erneut mit einem Schluck geleert hatte, erhob sie sich leicht schwankend und begann, in ihrer Schürzentasche zu wühlen. Sie förderte drei Packungen Streichhölzer zutage, dann etwas Dunkelgrünes, bei dem es sich um ein Stück Stoff oder um ein Bärlauchblatt handelte, einen Bleistift und diverse Haarnadeln, mehrere Bonbons sowie einen Brief, der völlig zerknittert war.

»Alors, Chérie, ich war unsicher, ob ich ihn dir geben soll. Aber er ist an dich adressiert, also sollst du ihn auch erhalten. Ein Brief an dich«, fügte sie unnötigerweise noch einmal hinzu. »Von deiner Schwester.«

Ich hatte Adele nicht mehr gesehen, seit sie am Bahnhof in Hannover, wo wir hatten umsteigen müssen, spontan denselben Zug genommen hatte wie Lucie. Mit plötzlich klopfendem Herzen nahm ich den Brief entgegen, drehte ihn um und betrachtete den Absender. Adele wohnte also in Frankfurt. Was tat sie? War sie glücklich? Dann fiel mein Blick auf den Poststempel, und ich runzelte die Stirn.

»Sie hat den Brief schon vor drei Wochen abgeschickt.«

»Ich wusste einfach nicht, wann der richtige Zeitpunkt war, ihn dir zu geben, deshalb habe ich abgewartet«, erwiderte Tante. »Nun, der richtige Zeitpunkt kam nicht, also habe ich irgendeinen genommen. Und der ist jetzt.«

Mir war flau, und ich hielt den Brief unschlüssig in meinen Händen. »Sie will mir bestimmt fröhliche Ostern wünschen.«

»Vielleicht. Vielleicht auch nicht.«

»Tante, hast du ihn etwa gelesen?«

»Moi? Non … Also, nicht wirklich. Nur das, was ich

entziffern konnte, im Licht, du weißt? Geöffnet habe ich ihn nicht.«

Ich stopfte den Brief in meine Schürzentasche. »Nun, da es drei Wochen gedauert hat, bis du ihn mir überreicht hast, kann er ja nichts Wichtiges enthalten.«

»Doch!«, platzte sie heraus. »Vielleicht doch. Nun öffne ihn, Kind, mach schon, oder willst du, dass ich dir die Zeilen auswendig vortrage?«

Du bist meine Sonne, liebste Selma, las ich, *und es macht mich traurig, dass ich dir bloß eine Wolke war. Doch vielleicht kann ich hiermit ein klein wenig wiedergutmachen. Ich habe Arbeit in Frankfurt gefunden. Mit dem Geld kannst du bestimmt etwas Sinnvolles anfangen.*

Und noch etwas habe ich für dich:
Paul Mölln
Georgenstraße 3
Dresden
Sei umarmt von deiner Adele

Ein Zwanzigmarkschein lag zusammengefaltet am unteren Umschlagrand.

»Meinst du, das Geld reicht bis Dresden, Chérie?«

Ich starrte auf den Schein in meiner Hand. Mein Herz hüpfte wie ein Frosch in meinem Brustkorb herum.

»Du fährst doch nach Dresden, nicht wahr?«

»Warum sollte ich?«, murmelte ich, stopfte den Brief wieder in meine Schürzentasche, stand hastig auf und griff nach dem Staublappen. Ich spürte Tantes Blicke im Rücken, sah jedoch nicht mehr zu ihr hin.

Den Rest des Tages sprachen wir nicht miteinander. Maman betrachtete mich während des Essens prüfend, dann Tante, dann wieder mich, fragte jedoch nicht, was vorgefallen war. Vielleicht hatte Tante es ihr auch erzählt. Ich redete mir ein, dass es mir ohnehin egal war. Doch ich konnte meine Erleichterung nicht vor mir selbst leugnen. Paul lebte. Ich war Adele unendlich dankbar dafür, dass sie mich dies hatte wissen lassen.

»Dafür, dass wir eigentlich gar nichts zu tun haben, arbeitest du ganz schön viel«, murrte Tante ein paar Tage später.

Ich tat, als hätte ich sie nicht gehört, und traktierte den Holzfußboden weiter mit der Scheuerbürste.

»Ah, Selma, lass uns etwas trinken. Der Tag ist sonst zu freudlos.«

»Ich möchte nichts trinken, Tante, danke.«

Missmutig schnaubte sie in sich hinein.

Es läutete an der Haustür. Ächzend erhob ich mich und ging mit schmerzenden Knien in den Flur.

»Guten Tag, Fräulein Wallenstein.«

Margas Mutter stand vor der Tür.

»Frau Hackenschmidt! Ist alles in Ordnung? Ist etwas mit Marga? Oder Auguste?«

Sie schüttelte den Kopf und blickte auf ihre Schuhspitzen. »Nun, Sie sagten doch, Sie bieten … Massagen an? Mein Mann sagte, er, also, er findet, ich könnte mir … Ich soll, nun, was kostet es denn?«

Verblüfft sah ich sie an. In den Wochen, die wir bei Margas Familie untergekommen waren, hatte ich immer wieder versucht, Frau Hackenschmidt zu einer Massage zu überreden. Jedes Mal hatte sie mit einer Mischung aus Entrüstung und Scham abgelehnt.

»Für Sie kostet es keinen Pfennig. Kommen Sie, bitte,

kommen Sie herein! Sie sind den ganzen Weg aus Charlottenburg hierhergekommen?«

»Mein Mann«, setzte sie an und fand dann offenbar, dass das als Erklärung reichte. »Aber ich bezahle Sie.«

Ohne weiter darauf einzugehen, führte ich sie in unseren Behandlungsraum. Der Holzboden duftete schwach nach Rosengeranie, da ich stets ein paar Tropfen des Öls ins Wischwasser gab, und die hereinfallende Sonne ließ ihn rötlich schimmern. Wie immer, wenn ich dieses helle Zimmer mit den lavendelfarbenen Vorhängen, chinesischen Vasen und dem schönen Wandteppich betrat, hob sich meine Stimmung.

»Bitte, machen Sie es sich bequem.«

Ich wies auf die Matte am Boden. Frau Hackenschmidt lächelte unsicher.

»Legen Sie sich einfach auf den Rücken. Wenn es Ihnen angenehm ist, beginne ich mit Ihrem Gesicht.«

Das schien sie zu erleichtern, und mit einiger Mühe ließ sie sich auf der Matte nieder. Ich gab Orangenblütenduftwasser auf meine Hände und kniete mich hinter ihren Kopf.

Frau Hackenschmidt kniff die Augen zusammen, als erwartete sie, dass es wehtun würde. Sie war noch dünner als Marga, das Haar ohne Glanz, und tiefe Falten hatten sich während der schweren Kriegsjahre in ihr Gesicht gegraben.

Nicht alle waren solche Glückspilze wie wir, die wir von 1914 an in China gelebt und das Leid nur aus der Ferne mitbekommen hatten.

Ich ließ meine Finger mit leichtem Druck über ihr Gesicht wandern. Doktor Weng hatte vergeblich versucht, mir die wichtigen Punkte einzutrichtern, die zu drücken waren, deshalb verließ ich mich nun auf mein Gespür. Und Frau Hackenschmidts Seufzen zufolge konnte ich nicht gänzlich falschliegen.

Dann bat ich sie, sich auf den Bauch zu drehen und den Kragen ihrer Bluse zu lockern.

»Wenn es Ihnen nichts ausmacht, können Sie die Bluse auch ausziehen, so tropft sicher kein Öl darauf.«

Sie überlegte nicht lange, öffnete die Knöpfe und schlüpfte hinaus.

Ich verteilte ein paar Tropfen golden glänzenden Öls auf ihrem Rücken, nahm den chinesischen Suppenlöffel und strich damit leicht schabend über ihre Haut.

Was Doktor Weng wohl sagen würde, wenn er mich so sähe? Ob er entsetzt wäre?

Je länger ich massierte, desto leerer wurde es in meinem Kopf und alle Kraft floss in meine Hände. Die Zeit verstrich, und Frau Hackenschmidts Haut wurde durch meine Behandlung langsam röter.

Ich mischte ein Lavendel-Rosmarin-Öl mit Mandelöl und trug die Mischung mit streichenden Bewegungen auf. Dann erhob ich mich leise, holte eine Decke, die ich über Frau Hackenschmidt ausbreitete, verließ auf Zehenspitzen den Raum und schloss die Tür hinter mir.

Im Flur lehnte ich mich an die Wand und schloss die Augen. Hier ist mein Platz, dachte ich, und eine Ahnung von Glück wärmte mich von innen. Es war so, wie ich es mir auf unserer Rückreise nach Europa erträumt hatte. Was machte es da schon aus, dass wir kaum Geld hatten und täglich hofften, dass Vater vom Marineamt endlich die Summe zugeteilt bekam, die ihm zustand. Wesentlich war doch, hier sein zu können.

Leise öffnete ich die Tür zum Behandlungszimmer.

Frau Hackenschmidt lag immer noch auf dem Bauch, ihre Schultern hoben und senkten sich regelmäßig.

Ich beschloss, sie noch einen Moment ruhen zu lassen, und ging hinaus in die Küche. Dort waren Maman und Tante Mirelle damit beschäftigt, Kartoffeln in hauchdünne Scheiben zu schneiden.

»Ich fahre morgen«, sagte ich mit fester Stimme.

Tante sah mich überrascht an, doch dann nickte sie erfreut.

Der Tag war ebenso warm wie die vorangegangenen. Man hätte meinen können, der Sommer wäre angebrochen, dabei war erst Anfang März.

Als ich am Bahnhof von Dahlwitz eintraf, war weit und breit keine Menschenseele zu sehen, der Bahnsteig leer und der Schalter verlassen. Irritiert las ich, was auf dem handbeschrifteten Karton am Kassenhäuschen stand: »Wegen Generalstreik geschlossen!«

Aber das konnte unmöglich wahr sein!

Ich eilte hinaus und lief beinahe einem Herrn mit breiter Hutkrempe in die Arme. Hastig entschuldigte ich mich und fragte ihn, ob es denn wirklich stimmen konnte, dass der Bahnhof wegen des Streiks seinen Betrieb eingestellt hatte.

Amüsiert zwinkerte er mir zu und antwortete: »Das war doch längst abzusehen, junge Frau.«

»Wie lange soll der Streik denn dauern?« Meine Stimme klang unangenehm schrill in meinen Ohren.

»Bis diese verdammte Regierung zur Besinnung kommt.«

Ich starrte ihn an. Wäre ich doch nur früher gefahren. Ich hatte zu lange gewartet.

Enttäuscht ging ich nach Hause zurück. Einer plötzlichen Eingebung folgend betrat ich jedoch den Garten und lief zu dem alten Schuppen, wo hinter Schaufeln, Harken, Schubkarre und Sensen versteckt etwas dunkel Glänzendes stand. Vaters altes Fahrrad. Während ich es zwischen den Geräten heraus aus dem Schuppen hievte, wurde mir klar, wie waghalsig ein solches Unterfangen wäre. Dresden lag 220 Kilometer entfernt, und nicht einmal ein geübter Fahrer würde sich darauf einlassen, einen so weiten Weg mit dem Rad zurückzulegen.

»Mon Dieu!«, sagte Tante.

Maman drückte meine Hand, als wollte sie mich zugleich trösten und mir Mut machen.

Vater hatte sich sein Zweirad vorgenommen und die halbe Nacht lang daran herumgebastelt. Nun waren die Reifen prall mit Luft gefüllt, der Rahmen gewienert, dass er glänzte, die Bremsen richtig eingestellt. Die Hupe an der Lenkstange funktionierte wieder, und Papa hatte sämtliche Spinnweben entfernt. Nun sah er mich noch einmal bittend an und sagte: »Du könntest doch abwarten. Die Sozialdemokraten sollen schon geflohen sein, der Streik ist sicher bald beendet.«

Ich war selber erstaunt über meine Entschlossenheit, die vielleicht nichts anderes als eine eigenwillige Form von Angst war.

»Ich will es wenigstens versuchen«, sagte ich mit fester Stimme.

Doch während ich kräftig in die Pedale trat, zweifelte ich sehr daran, auch nur bis Rüdersdorf zu gelangen. Meine Hoffnung war, dass es irgendwo auf der Strecke einen

Bahnhof gab und ich den Zug nehmen könnte, wenn das Ende des Streiks wirklich bald ausgerufen werden sollte. Notfalls würde ich eben wieder umkehren, aber dann hatte ich es wenigstens versucht.

Mir war, als hätte Adele durch ihren Brief ein Seil zwischen Dahlwitz und Dresden gespannt. Und ich fuhr an diesem Seil entlang, angetrieben von dem Wunsch, mich mit Elisabeth auszusöhnen, Paul gehen zu lassen und endlich meinen inneren Frieden zu finden.

Stunden später fiel ich mehr als dass ich abstieg vom Rad. Inzwischen verdeckten zwar Wolken die Sonne, doch es war nach wie vor drückend heiß, und kein Baum lud zu einer Rast im Freien ein. Dennoch ließ ich mich auf einen Stein am Wegrand sinken und legte die Stirn auf meine Knie. Ich trug zum ersten Mal in meinem Leben Hosen. Vaters Hosen. Es war ungewohnt, aber angenehm. Sie waren mir zu weit und zu lang, doch ein Gürtel hielt sie, und die Hosenbeine hatte ich hochgekrempelt.

Ich hörte Motorgeräusch, und in der Ferne wurde etwas Schwarzes sichtbar. Ich erschrak. Es war zu spät, das Fahrrad zu verstecken, doch ich selbst schaffte es noch hinter einen kärglichen Busch, dessen Zweige mich hoffentlich notdürftig abschirmten.

Was hatte ich mir nur dabei gedacht? Wenn dieses Automobil vorbeigefahren wäre, schwor ich mir, würde ich auf der Stelle kehrtmachen. In einem der namenlosen Dörfer, durch die ich gekommen war, hatte der Wind das Titelblatt einer Zeitung vor mir her geweht. Ich hatte die Worte »Putsch« und »Erschießung« gelesen, mir aber eingeredet, dass mich das nicht weiter beunruhigen musste. Natürlich musste es das! Die Putschisten waren nicht weit weg von hier. Sie hatten die Minister aus Berlin vertrieben und den Reichstag eingenommen und planten nun Gott weiß was …

Geduckt hinter den Busch spähte ich mit brennenden Augen auf die Straße. Ein Lastwagen kam herangedröhnt, drosselte sein Tempo und hielt schließlich an. Ich hörte, wie die Wagentür quietschend geöffnet wurde. Dann sah ich auf einmal Hosenbeine und kurz danach ein Gesicht.

»Na, Frollein? Alleene unterwegs?«

Der Mann, der so alt wie mein Vater sein mochte, fuhr sich mit der Hand übers unrasierte Gesicht. Er machte einen etwas abgespannten, aber freundlichen Eindruck. Vor allen Dingen trug er keine Uniform, und so stand ich mit vor Angst immer noch wackligen Knien auf.

»Wohin soll's denn gehen?«

»Nach Dresden«, antwortete ich leise.

Er starrte mich ungläubig an, dann verzog sich sein Gesicht, und er brach in heiseres Gelächter aus.

»Du bist mir ja 'ne Nudel! Nach Dresden? Nach Dresden! Det is' aber 'ne Weltreise von hier.«

»Ich weiß.«

»Na komm, hüpf rauf, ich nehm dich ein Stück mit.«

Er schnappte sich mein Fahrrad, und ehe ich es mich versah, saß ich auf eisigen Ledersitzen neben einem zweiten Mann, dem Beifahrer, der die ganze Fahrt über kein Wort sagte und Tabak kaute, den er an mir vorbei aus dem Fenster spie und sich dann neuen unter die Lippe stopfte.

Zwei Tage später kam ich in Baruth an. Ich hatte die Hälfte meiner Reise geschafft, und ich lebte noch! Vaters Fahrrad hatte einen platten Vorderreifen, die Hupe war abgefallen, und manchmal versagten die Bremsen ihren

Dienst. Meine Beine taten mir weh, und deshalb beschloss ich, zu Fuß weiterzugehen, was wesentlich angenehmer war, jedenfalls zu Beginn. Glücklicherweise erbarmte sich bald danach ein Kutscher und nahm mich samt Fahrrad eine Weile mit. Von dort, wo er mich aussteigen ließ, fuhr tatsächlich eine Eisenbahn, die mich noch ein gutes Stück weiter Richtung Süden brachte.

Am Ende meiner Kräfte angelangt erreichte ich Dresden. Gestern war das Ende des Streiks ausgerufen worden. Doch darüber zu lachen oder zu weinen war ich nicht mehr imstande. Ich fiel sofort in das Bett der Pension, die ich gefunden hatte und die nicht übermäßig teuer war, und schlief achtzehn Stunden am Stück.

Als ich aufwachte, war es Morgen, und ich kaufte mir ein wenig Kaffee und eine Zeitung. Ich brühte das Pulver in meinem Zimmer auf und las, was inzwischen passiert war. In Berlin wie auch in Cottbus und Leipzig hatte es Schießereien gegeben, es gab Hunderte Tote, und es würden, so hieß es, wohl noch mehr werden. Soldaten, auf deren Helmen Swastiken prangten, waren mit schweren Geschützen auf Demonstranten losgegangen, der Anführer des Putsches war aus Berlin geflohen, gekämpft aber würde zwischen Arbeitern und Reichswehr immer noch.

Wie ich von meiner Wirtin erfuhr, befand sich die Georgenstraße in der Neustadt, nicht weit von den Orten entfernt, wo es auch in Dresden noch zu Unruhen kam.

Dennoch packte ich meine Tasche, zahlte für das Zimmer und zog los. Auf den Straßen herrschte eine Stimmung der Wut und der Angst. Vor den Bäckereien standen die Menschen in langen Schlangen an. Die Preise für Lebensmittel hatten sich irrwitzig erhöht. Für ein Brot würde ich wohl so viel bezahlen müssen wie für die Rückfahrkarte nach Berlin.

Als ich die Georgenstraße erreichte, war mir vor Aufregung übel. Vielleicht war es auch der Hunger. Mein Mund war jedenfalls trocken, und vom Nacken ging ein stechender Schmerz aus, immer wenn ich den Kopf drehte. Was würde ich Elisabeth sagen? Würde ich sie umarmen wollen? Meine Stirn auf ihre Schulter legen, so wie vor langer Zeit in einem fernen Leben in Tsingtau? Was würde ich fühlen? Zorn? Wo war meine Trauer? Und Paul … Himmel, an ihn durfte ich nicht denken!

»Frieden«, beschwor ich mich innerlich. Deswegen war ich hier. Für meinen kleinen persönlichen Frieden, der niemandem etwas nutzte, nur mir.

Das Haus wirkte hübsch und gepflegt. Rufe und Geplapper drangen durch die geöffneten Fenster, ein lautes Kichern, dann erscholl eine weibliche Stimme, und sofort breitete sich Stille aus.

Als ich das Schild neben der Pforte las, zuckte ich zusammen. Eine Töchterschule befand sich in dem Haus. Ausgerechnet!

Eine Frau mit Kopftuch und gekrümmtem Rücken schlurfte an mir vorbei und machte Anstalten, den Vorgarten zu betreten, dessen Beete jemand liebevoll bepflanzt und gehegt hatte. Wer immer das war, kannte die wenigen Blumen, die schon um diese Jahreszeit das Auge erfreuten. Blassviolette Christrosen blühten zwischen blassgelben Narzissen und weißen Schneeglöckchen.

Ich räusperte mich und sagte: »Bitte entschuldigen Sie, ich suche eine Dame namens Elisabeth Mölln. Sie soll hier leben.«

Die Frau drehte sich um und musterte mich argwöhnisch. Vorausschauend hatte ich einen Rock über die Hose gezogen, um keinen merkwürdigen oder gar bedrohlichen Eindruck zu machen. Stumm schüttelte die Frau den Kopf, zuckte mit den Schultern und sagte etwas, das ich nicht verstand. Ihre Worte hatten slawisch geklungen. Vielleicht war sie Sorbin.

»Elisabeth Mölln«, wiederholte ich langsam und viel zu laut. »Elisabeth.« Ich fuhr mir mit einer hilflosen Geste durchs Haar, die natürlich keine roten Locken auszudrücken vermochte.

»Paul?«, fragte ich. »Paul Mölln?«

Wieder zuckte die Frau gleichzeitig mit den Achseln und schüttelte den Kopf. Als sie sich schon zum Gehen wandte, rief ich: »Grete? Grete Mölln?«

Sie drehte sich wieder um. Auf einmal leuchtete ihr Gesicht, und der Mund hatte sich zu einem Lächeln verzogen. Sie deutete mit dem Daumen nach vorn.

»Grete.«

Mir fiel ein Stein vom Herzen. Zumindest war ich den langen Weg nicht umsonst gekommen. Doch wollte ich wirklich hinein? Reichte es nicht zu wissen, dass sie hier lebten, in diesem schmucken, rot gestrichenen Haus, in dem es so viel Leben gab und wo Elisabeth vielleicht hin und wieder an mich dachte, an ihre frühere Freundin Selma, die Lehrerin?

Sorgsam stellte ich das Rad ab, strich mir über den Rock und die Bluse, richtete meine Frisur und atmete tief durch. Ich würde es mir nie verzeihen, wenn ich nun umkehrte. Also lief ich der alten Frau hinterher, die mir die Haustür aufhielt und zu dem Ende des dunklen Korridors zeigte.

Mit angehaltenem Atem klopfte ich. Einmal, dann

noch einmal. Ich wartete und klopfte wieder. Hinter der Wohnungstür aus Holz war nichts zu hören. Tief betrübt drehte ich mich um, und dann erschrak ich. In der Haustür stand eine Dame, das dunkle Haar zu einem Dutt hochgesteckt, der Gesichtsausdruck streng, auch wenn ihre Augen zu leuchten schienen.

»Ich suche Elisabeth Mölln«, sagte ich rasch.

»Eine Grete Mölln gibt es. Eine Elisabeth, fürchte ich, nicht.«

Verwirrt sah ich die Frau an. »Nun, vielleicht … Das ist seltsam. Gretes Mutter, nennt sie sich nicht Elisabeth?«

Die Dame legte den Kopf leicht schräg und antwortete: »Gretes Mutter ist meines Wissens verstorben.«

»Sie ist …«

Vor mir tat sich ein Abgrund auf, und der Boden wurde mir unter den Füßen weggerissen.

»Das … kann nicht sein«, sagte ich tonlos.

»Ich fürchte, ja. Geht es Ihnen nicht gut?«

Mir wurde übel, und die Wände des Korridors rückten immer näher auf mich zu. Ein viel zu enger Schlauch, in dem ich Mühe hatte zu atmen.

»Warten Sie.«

Die Frau öffnete eine Tür, rief irgendetwas, das ich nicht verstand, zog sie wieder zu und öffnete eine weitere Tür, diesmal mit einem Schlüssel. Sie fasste mich um die Schultern und schob mich in eine Wohnung.

»Ich gebe meinen Schülerinnen schnell eine Aufgabe«, sagte sie, während sie mich in ihre Küche geleitete. »Setzen Sie sich, ich bin gleich wieder bei Ihnen.«

Wenig später dampfte vor mir eine Tasse wohlriechenden Tees. Die Dame, die sich mit einem langen Namen vorstellte und dann rasch sagte, ich sollte sie Hilde nennen, setzte sich mir gegenüber und sah mich aufmerksam an.

»Du kanntest also Gretes Mutter?«

Ich nickte. Eine bleierne Ruhe hatte sich meiner bemächtigt. Mir war, als stünde ich am Ende der Welt.

»Sie … war eine Freundin von mir«, flüsterte ich. »Wissen Sie … Weißt du, was passiert ist?«

Und dann erzählte die Frau namens Hilde mir, was sie wusste. Viel war es nicht. Elisabeth war in Shanghai verstorben, schon vor Kriegsende. Hätte ich das denn nicht spüren müssen, als ich vor unserer Verschiffung dort durch die Straßen gestreift war? Niemals hatte ich auch nur einen Gedanken daran verschwendet, Elisabeth könnte eines Tages nicht mehr sein.

Irgendwo in mir sammelten sich Tränen. Doch noch hatte ich mich im Griff.

»Was geschah mit Grete?«, fragte ich.

»Die Nachbarsfamilie nahm sich ihrer an und brachte sie nach Deutschland. Sie lebte dann bei Elisabeths Eltern, bis ihr Vater sie holte. Nicht der leibliche Vater. Wo der sich aufhält und ob er überhaupt noch lebt, das weiß Gott allein.«

Mir stockte das Blut in den Adern, und hinter meiner Stirn begann es schmerzhaft zu pochen. Ich zwang mich weiterzuatmen.

»Selma«, sagte Hilde besorgt. »Du siehst aus, als gingest du gleich selbst unter die Toten. O verzeih, das wollte ich nicht sagen. Hier, trink das. Und dann sprechen wir nicht mehr darüber, es ist bestimmt besser so.«

Mit zitternden Fingern führte ich das schmale Glas an die Lippen, das sie mir hingeschoben hatte. Ein scharfer Geruch stieg auf, scharf war auch der Geschmack, und heiß rann mir die durchsichtige Flüssigkeit die Kehle hinab.

Ich schloss die Augen und lehnte meinen Hinterkopf gegen die angenehm kühle Wand.

Adele hatte es falsch verstanden. Wie auch immer sie an diese Adresse gekommen war, sie hatte das mit Paul falsch verstanden.

Hildes Hand legte sich auf meine. Sie fühlte sich tröstlich an. Dennoch zog ich meine Hand weg und stand auf.

»Hab vielen Dank, Hilde. Ich muss jetzt gehen.«

»Wohin musst du gehen?«

»Ich fahre nach Dahlwitz zurück.«

»Dahlewitz?« Sie kräuselte die Stirn.

»Nein, Dahlwitz«, sagte ich. »Östlich von Berlin.«

»Das habe ich schon einmal gehört.«

Nachdenklich ließ sie ihren Zeigefinger über die Maserung des Tisches wandern.

»Natürlich. Selma. Deinen Namen habe ich ja auch schon gehört. Grete spricht von dir, wenn du es bist? Doch, du musst es ja sein. Lilienfreundin nennt sie dich.«

»Lilienfreundin?«, fragte ich verwirrt.

»Ihr Papa, also ihr Adoptivvater, ist die gute Seele an meiner Schule.« Sie lachte, wahrscheinlich weil ich immer verständnisloser dreinschaute. »Ich bin die Schulleiterin. Aber darum geht es jetzt nicht. Er ist ein Gärtnertalent, ihr Papa, und auch Grete liebt die Natur, auf eine sehr eigenwillige Weise. Sie kennt mehr Blumennamen als andere Wörter. Und aus dem Begriff Lieblingsfreundin wurde bei ihr Lilienfreundin.«

»Ich kann doch nicht ihre Lieblingsfreundin sein. Oder ihre Lilienfreundin. Ich kenne sie ja gar nicht.«

»Doch, doch«, sagte Hilde. »Nun, ich weiß zwar, dass

ihr euch nicht kennt, aber du musst die Lilienfreundin ihrer Tante sein. Vielleicht bringe ich da auch etwas durcheinander. Bist du nicht mit einer jungen Frau namens Agnes Mölln bekannt gewesen?«

Ich lächelte. »Ja. Agnes. Sie war meine beste Freundin.«

»Siehst du. Und deswegen bist du nun Gretes beste Freundin, auch wenn ihr euch nicht kennt. Und auch wenn sie Agnes nicht mehr kennengelernt hat. Ihr Vater, also ihr Adoptivvater, hat Grete so viel von ihr erzählt, dass …«

Ich hob die Hand. »Wie kann ihr Adoptivvater von Agnes erzählt haben? Er kann sie doch auch nicht gekannt haben.«

»Doch, sicher. Agnes ist doch seine Schwester. War seine Schwester, meine ich.«

»Das verstehe ich nicht«, sagte ich, nun restlos verwirrt.

»Paul Mölln ist der Bruder von Agnes.«

»Ja.« Ich nickte schwach. »Aber du sagtest doch, er sei … du sagtest, Gott allein weiß, wo er ist.«

»Aber keineswegs!«, rief Hilde aus. »Das sagte ich nicht.«

»Du sagtest, Gretes Vater sei verschollen.«

»Ja. Gretes leiblicher Vater.«

»Aber … Paul ist doch Gretes leiblicher Vater!«

»Das ist er nicht. Himmel, ich hoffe, er reißt mir nicht den Kopf ab, dass ich das jetzt herausposaune. Ich bin immer so. Ich rede und rede, und am Abend fällt mir ein, dass ich das eine oder andere vielleicht besser ungesagt gelassen hätte.«

»Was ist mit Paul?«, fragte ich verzweifelt.

»Paul Mölln kennst du?«

Ich nickte.

»Paul hat Grete adoptiert. Er war Elisabeths Mann. Genaueres weiß allerdings nicht einmal ich, aber das ist ja auch nichts, das man im Detail … nun, bespricht.«

Wieder nickte ich, ohne zu wissen, warum.

»Gretes leiblicher Vater heißt, lass mich nachdenken … Julius …«

»Myngius?«

»Ja! Myngius!«

Langsam ließ ich meinen Kopf auf die Tischplatte sinken.

»Selma?«, hörte ich Hilde wie durch dicken Stoff hindurch. »Selma!«

»Es ist schon gut«, sprach ich in das Holz hinein. »Ich muss … Ich brauche nur einen Moment.«

»Du schläfst heute hier. Komm, ich zeige dir das Gästezimmer.«

Als ich am nächsten Morgen wach wurde, brauchte ich eine Weile, bis mir einfiel, wo ich war und warum. Ruckartig setzte ich mich auf und legte meine Hände vors Gesicht. Sie waren angenehm kühl auf meinen geschwollenen Lidern.

In der Wohnung war es still. Hilde war vermutlich nebenan und unterrichtete, es war längst nach neun Uhr.

Ich kroch aus dem Bett, doch als ich in dem Zimmer stand, wusste ich nicht weiter. Mich anziehen? Aufs Fahrrad steigen, zum Bahnhof fahren und nach Dahlwitz zurückreisen? Wozu? Wozu überhaupt noch etwas tun, wenn in mir eine Grabesstille herrschte, dermaßen absolut, dass ich sie bestimmt zeit meines Lebens zur Begleiterin hatte? Nein, ich wollte nichts mehr tun. War das nicht so ähnlich, wie Maman es mir beschrieben hatte? Das Gefühl von Fremdheit sich selbst gegenüber, diese unnatürliche, unheimliche Stille … Ich wollte das nicht.

Hilde hatte mir ein Butterbrot auf einem Teller und ein Glas Milch hingestellt. Ich aß und trank, und ich las wieder und wieder die Notiz, die neben dem Teller lag.

Grete und Paul verleben ein paar Urlaubstage in Pillnitz. Wie ich Paul kenne, findest du ihn im Park. Nimm einen Dampfer, der am Terrassenufer abfährt.

Sie hatte mir vier Mark dazugelegt, die ich sofort zurück unter den Teller schob. Ich freute mich über ihre Großzügigkeit, doch das konnte ich unmöglich auch noch von ihr annehmen. Außerdem hatte ich keine Ahnung, was ich tun sollte. Diese Leere in mir, sie war mir so verhasst, doch mit einem Mal kam mir der Gedanke, dass sie mich vielleicht auch schützte.

Ein kühler Wind brauste mir entgegen, während ich in die Richtung fuhr, in die mich Passanten verwiesen hatten. Das Radfahren war viel beschwerlicher als zuvor. Dunkle Wolken fegten am Himmel entlang, und der Wind trug die Rufe der jungen Männer fort, bevor sie an mein Ohr gelangten. Das war sicher besser so, denn sie waren mir kaum freundlich gesinnt. Ich trat mit mehr Entschlossenheit in die Pedale und stemmte mich dem Wind entgegen. An einer Kreuzung kurz vor dem Hauptbahnhof, wo sich eine Straßenbahn mit der Geschwindigkeit einer Schnecke ihren Weg durch eine Gruppe Protestierender zu bahnen versuchte, bog ich links ab.

Elisabeth war tot. Ich würde sie nie wiedersehen. Ich versuchte, mir das vorzustellen, es war unmöglich. Was, wenn Hilde sich irrte und sie nur getrennt waren? Das kam ja heute häufiger vor. Andererseits hätte Hilde mir das alles bestimmt niemals erzählt, wenn sie sich dessen nicht ganz sicher gewesen wäre. Wenigstens Paul wollte ich mich nun erklären. Jahre zu spät, für alles zu spät. Doch er sollte wissen, dass ich 1905 keinen anderen geliebt hatte. Es war das Mindeste.

Mit geschlossenen Augen lehnte ich mich wenig später gegen die Reling des Schaufelraddampfers, der mich nach Pillnitz bringen würde. Wind kühlte meine Wangen, und ich lauschte dem Rauschen des Wassers.

Dresden war wunderschön, doch Schönheit war nichts, wonach ich jetzt suchte.

Sonnenstrahlen brachen durch die löchrig gewordene Wolkendecke und ließen das Dach des Pillnitzer Schlosses verheißungsvoll glitzern.

Es lag so nahe am Wasser, dass man sich nur aus einem der Fenster zu hängen brauchte, um einen Blick auf sein Spiegelbild zu erhaschen. Dahinter erstreckten sich Grünflächen und ein von Mauern umgebener Park riesigen Ausmaßes. Wie sollte ich Paul und Grete hier jemals finden?

Ich schloss mich einem Ehepaar aus Heidelberg an, das sich auszukennen schien. Sie reisten jährlich zweimal hierher, und die Dame klärte mich darüber auf, dass auf der Insel gegenüber Fasanen für die Jagd gehalten wurden. Doch da die Könige und Kurfürsten nun nicht mehr hier residierten, würden sie wahrscheinlich bald ausgewildert. Ich hatte zuerst ein wenig Mühe, ihre Sprechweise zu verstehen, doch nach und nach erschloss sich mir, dass in dem Park Mitte des vergangenen Jahrhunderts das größte gusseiserne Gewächshaus des Landes errichtet worden war, in dem man Hunderte Palmen bewundern konnte.

Ob ich Paul und seine Tochter dort finden würde?

»Auch eine Orangerie gibt es«, erzählte die Frau aus Heidelberg munter weiter. »Das Ganze wurde einst in chinesischem Stil angelegt, was man heute noch erkennen kann, zum Beispiel an dem chinesischen Pavillon.«

Ich versuchte, ruhig zu klingen, als ich fragte: »Und wo finde ich den chinesischen Pavillon?«

»Wenn Sie noch ein Stück mit uns gehen möchten, zeige ich Ihnen den Weg. Aber Sie sind ja auf einmal ganz blass! Fühlen Sie sich wohl, wertes Fräulein?«

»Wahrscheinlich noch von der Schifffahrt«, murmelte ich eine kleine Notlüge. »Ich bin das Reisen zu Wasser nicht gewohnt und werde leicht seekrank.«

Die Frau nickte verständnisvoll und nahm meinen Arm.

»Für Blumenliebhaber ist das hier ein Paradies. Sie müssen sich die Magnolien ansehen und die Azaleensammlung! Ach, wenn es hier blüht, das ist ein so herrliches Schauspiel. Allein die Hortensien. Haben Sie gewusst, dass die Hortensie nach einer französischen Astronomin benannt wurde? Ich habe ihren Namen vergessen, ehrlich gesagt bin ich mir nicht mehr sicher, ob sie vielleicht Hortense hieß, oder Hortensie, aber das tut ja nichts zur Sache, nicht wahr? Eine französische Astronomin, können Sie sich das vorstellen? Und sie lebte vor 150 Jahren! So dumm kann das französische Volk doch nicht sein, nicht wahr, Karl?«

Ihr Gatte brummte irgendetwas, während ich Mühe hatte, mein Lächeln beizubehalten.

»Und haben Sie schon einmal von der Kamelie gehört? Sie soll das älteste Exemplar nördlich der Alpen sein. Mehr als hundert Jahre alt, ist das nicht erstaunlich? Wir haben Glück. Haben wir nicht Glück, Karl? Erstens blüht sie gerade. Und zweitens ist ihr Gewächshaus vor dem Krieg abgebrannt, doch weil das Löschwasser eiskalt war, hat es die Pflanze gerettet. Ist das zu fassen?«

»Nur schwerlich«, sagte ich so ruhig wie möglich. »Wo befindet sie sich?«

»Das ist schwer zu beschreiben. Begleiten Sie uns doch vorher in die …«

»Wo ist die Kamelie?«, unterbrach ich die Frau ungeduldig.

Sie runzelte die Stirn und gab leise »Tst« von sich. Doch dann bequemte sie sich doch, mir den Weg zu weisen.

Ich verabschiedete mich hastig, froh, ihnen zu entkommen.

Die Kamelie stand in voller Blüte, was aussah, als hätte man sie mit winzigen chinesischen Lampions behängt. Menschentrauben standen um sie herum, bewunderten, zeichneten oder fotografierten sie.

Ich stellte mich auf die Zehenspitzen, merkte jedoch schnell, dass es aussichtslos war, hier jemals Paul und Grete zu finden, vorausgesetzt, sie waren überhaupt da. Enttäuscht ließ ich mich auf einer Bank nieder.

In dem Moment begann es leicht zu regnen, und die Pulks von Besuchern lösten sich nach und nach auf. Auch ich erhob mich wieder und hielt Ausschau nach einem Unterstand. Die Wolken waren inzwischen von einem düsteren Schwarzgrau, binnen Kurzem würde es vermutlich in Strömen gießen. Die Bäume boten keinen Schutz vor dem Regen, dazu waren ihre Blätter noch viel zu klein und zart. Ich lief weiter, bis ich beim Ufer eines Teiches anlangte. Verträumt lag er da im stärker werdenden Regen, weiß blühende Buschwindröschen und Schilfgräser säumten seine Ufer, und Trauerweiden reichten weit hinein ins Wasser.

Auf der gegenüberliegenden Seite des Teiches erhob sich das Kuppeldach eines kreisrunden Pavillons, der mich an die Zeichnungen erinnerte, die Vater auf seinen früheren Italienreisen angefertigt hatte. Ich lief eilig dorthin und stürmte die Stufen hinauf. Die Tür war zum Glück nicht verschlossen, und ich schlüpfte hinein, denn inzwischen waren meine Haare tropfnass, und der Regen rann mir den Nacken hinunter über den Rücken. Nun tropfte er auf den geometrisch gemusterten Marmorfußboden. Hier drinnen war es zwar kalt, aber wenigstens trocken.

»Hallo«, hörte ich auf einmal eine helle Kinderstimme.

Ich spähte ins Halbdunkel und entdeckte ein Mädchen, das auf dem Boden lag.

»Hast du dich verletzt?«, fragte ich erschrocken.

»Nein!«, flüsterte sie. »Ich spiele toter Opa. Du musst leise sein, sonst klappt es nicht.«

»Ist dir nicht kalt?«

Das Mädchen trug ein weißes Kleid und eine altmodische Haube, unter die das Haar gestopft war wie bei einer Puppe.

»Du musst doch frieren.«

Sie schüttelte den Kopf, kniff die Augen zu und tat so, als würde sie schlafen. Offenbar hatte ihr jemand vorausschauend einen graubraun gemusterten Mantel untergelegt.

»Du wirst dich erkälten …«, begann ich erneut.

»Pst! Du verdirbst ja alles!«

Vergeblich sah ich mich nach anderen Kindern um. »Wer spielt denn mit dir?«, fragte ich leise.

»Meine Mama.«

Aber auch die Mutter war weit und breit nicht zu sehen. Ich hoffte, dass sie ihr Kind nicht vergessen hatte. Schließlich hockte ich mich neben sie und fragte:

»Wie geht toter Opa?«

Sie rümpfte ihre Nase, auf der zwei Sommersprossen saßen wie draufgetupft.

»Na, so.«

»Daliegen und sich nicht rühren?«

Sie nickte und blinzelte verstohlen.

»Und was macht der, der mitspielt?«

»Aufpassen.«

»Dass nichts passiert?«

»Hm-hm.«

»Und wo passt deine Mama auf?«

»In der Schule.«

Verblüfft sah ich sie an. »Deine Mama ist gar nicht hier?«

Sie schüttelte den Kopf. »Nee. In der Schule.«

Sie schien nachzudenken, und schließlich öffnete sie ihre Augen und setzte sich hin.

Der Regen hatte aufgehört, gegen die Fenster des Pavillons zu trommeln, und ein Sonnenstrahl blitzte herein. Nun sah ich, wie hell ihre Haut war und von welch durchdringendem Blau ihre Augen. Eine hellrote Locke war unter der Haube herausgerutscht, als sie sich aufgesetzt hatte.

»Bist du Grete?«, fragte ich unvermittelt.

Sie nickte und entblößte zwei Zahnlücken. »Und wer bist du?«

»Ich heiße Selma.«

»Ich kenne eine Selma.«

»Vielleicht kennst du mich. Ich habe jedenfalls deine Mutter gekannt.«

»Mama hat immer so viel zu tun«, murmelte sie. »Sie muss lernen in der Schule, ganz viel lernen, wie man Wunder macht und es regnen lässt, wenn es ganz lange nicht geregnet hat, und wie Blitze funktionieren und alles so was. Wie man fliegt, das ist am schwersten. Fliegen ist unheimlich schwer.«

»Grete!«, ertönte eine warme Männerstimme hinter mir.

Wo war er hergekommen? Ich hatte keine Tür gehört.

»Grete, steh auf. Der Boden ist doch eiskalt!«

Als ich mich umdrehte, starrte Paul mich so überrascht an wie bei unserem Wiedersehen in Shanghai.

»Hallo«, sagte ich heiser, erhob mich und starrte auf meine Fußspitzen. Ich fürchtete, dass etwas Schreckliches passieren würde, wenn ich ihn zu lange ansah.

Als er sich nicht rührte und auch nichts sagte, hob ich den Kopf und blickte ihn an.

»Paul, ich …« Meine Stimme brach.

»Mama hat die Wolken weggepustet!«, rief Grete, sprang auf, hüpfte auf ihren kurzen Beinen zur Tür und hängte sich an die Klinke.

»Kann mir mal einer helfen? Sie ist so schwer!«

Paul ließ mich nicht aus den Augen, während er auf Grete zuging und die Tür öffnete. Sein Blick war weich und warm, und in mir löste sich jede Angst, jede Anspannung, als hätte mich jemand mit einem Zauberstab berührt.

Dann kam er zu mir und legte seinen Zeigefinger an meine Wange. So standen wir eine Weile einfach nur da. Grete rief immer wieder irgendetwas, und Paul antwortete ihr, doch sein Finger blieb auf meiner Wange.

»Papa. Papa, komm doch mal her!«

»Gleich!«, rief er.

Ich spürte seinen Atem und seine Lippen, und mir kam es so vor, als wenn die Welt einen gewaltigen Ruck machen, quietschen und knarren und dann endlich wieder in ihre richtige Spur einrasten würde.

Die Küche war quadratisch. Ein schmales Fenster mit Blick auf den Schulhof, der nun still dalag. Hildes Schülerinnen waren längst nach Hause gegangen. Unter dem Waschbecken drängten sich Regale, die aus umfunktionierten Kisten zusammengeschustert waren. Darin standen Zahnputzbecher, Geschirr, Vasen und eine emaillierte Kanne mit einem Riss.

Paul war im Nebenzimmer. Er hatte Grete gewaschen und Abendbrot zubereitet und las ihr nun vor. Es klang wie ein dunkles, warmes Flüstern durch die Wand.

Ich schloss die Augen.

Meine Sorgen waren zurückgekehrt, während wir Seite an Seite auf dem Dampfer standen. Grete schien es mir nicht übel zu nehmen, dass ich ihren Vater in Beschlag nahm. Noch nicht. Doch sie würde sich ängstigen. Sie würde fürchten, dass ich ihr den Papa wegnehme, nachdem schon ihre Mutter fort war. Es ging einfach nicht. Ich konnte nicht hierbleiben. Nicht einmal diese Nacht. Erst recht nicht diese Nacht. Was hatte ich mir nur dabei gedacht?

Ich stand auf und strich meine zerknitterte Bluse glatt.

Über dem Waschbecken hing ein welliger Spiegel. Die Selma, die mir daraus entgegenblickte, sah glücklich aus, ihre Augen strahlten, und doch konnte ich deutlich die Trauer darin erkennen.

Dunkel und hell, schwarz und weiß. Nie gab es nur das eine oder das andere. Glück fand sich manchmal in den dunkelsten Stunden, so wie fast nie alles nur wunderbar war.

»Ich liebe dich«, flüsterte Paul.

Ich fuhr herum. Er stand im Türrahmen, und ich sah nur seine leuchtenden Augen.

»Ich habe dich einmal um die ganze Welt geliebt, weißt du das? Im Schwarzwald beginnend, über Berlin und Dahlwitz, und dann habe ich meine Liebe zu dir mitgenommen, einmal um den Erdball herum.«

»Aber Elisabeth«, sagte ich leise. »Liebst du sie denn nicht mehr?«

»Sie wäre zum Gespött der Leute geworden, mehr noch, es wäre eine gesellschaftliche Schande gewesen, wenn sie sein Kind unehelich entbunden hätte. Julius hat das Weite gesucht, sobald er von ihrer Schwangerschaft erfuhr. Ich hätte sie nicht allein lassen dürfen. Es war also mein Fehler, und so habe ich versucht, es wiedergutzumachen. Ich habe sie geheiratet, um ihr die gesellschaftliche Ächtung zu ersparen. Doch das Unglück ist ihr gefolgt. Sie erkrankte und starb, und wieder war ich nicht bei ihr.«

Ich hatte Schwierigkeiten, ein Wort herauszubekommen, meine Kehle schmerzte, als hätte ich geschrien.

»Wieso war es dein Fehler?«

»Weil ich die Reise unterbrochen habe.«

»Warum?«

»Um dich zu sehen. Das weißt du doch.«

»Woher sollte ich das wissen?«

»Ich war bei dir im Mecklenburghaus. Ich fürchtete doch, du würdest sterben.«

Ich schloss die Augen. Die widerstrebendsten Gefühle prasselten auf mich ein. Furcht vor dem, was ich in den kommenden Minuten tun könnte, sei es zu gehen oder zu bleiben. Zorn auf Elisabeth, weil sie gestorben war und uns verlassen hatte. Und unendliche Liebe. Ich liebte Paul so sehr. Doch durfte ich ihm Elisabeth wegnehmen? Sie war Gretes Mutter, und Paul hatte sich für sie entschieden …

»Wenn ich deine Gefühle nur geahnt hätte, bevor ich an jenem Tag in euer Haus kam«, unterbrach Paul meine wirren Gedanken. »Doch erst da habe ich es begriffen.«

Er kam näher auf mich zu. Unwillkürlich wich ich einen Schritt zurück, und in mir ballte sich die Trauer zu einem harten, schmerzenden Kloß zusammen.

»Paul, ich kann nicht«, brachte ich heraus. »Es geht nicht. Ich muss … Elisabeth Lebewohl sagen. Irgendwie. Ich … brauche Zeit …«

Hatte ich so etwas Ähnliches nicht auch zu Wilhelm gesagt? Was für einen Unsinn redete ich denn da? Paul war Paul, und ich war mir schon so viele Jahre klar über meine Gefühle für ihn.

Er nickte. Seine Arme fielen schlaff herab, und um seinen Mund zuckte es fast unmerklich, ein Zucken, das ich sehr gut kannte.

»Ich liebe dich, Paul«, sagte ich endlich mit fester Stimme.

Er zog mich an sich, und seine Lippen legten sich auf meine, weich, warm und lebendig. Seine Hände tasteten über meinen Hosenbund, und ich spürte, wie seine Lippen sich zu einem Grinsen verzogen.

»Kicherst du etwa?«, fragte ich mit gespielter Empörung.

Er schüttelte den Kopf. »Gar nicht.«

»Doch, doch. Du kicherst.«

»Ich denke verwegene Dinge«, raunte er.

Erneut küssten wir uns, lange und zärtlich.

»Was für Dinge denkst du denn?«, flüsterte ich, als unsere Lippen sich schließlich wieder voneinander lösten.

»Zum Beispiel, dass ich dich etwas fragen möchte.«

Er schob mich sanft ein kleines Stück von sich weg und sah mich an. Plötzlich war es, als wäre kein einziger Moment vergangen seit jenem Sommer, in dem wir uns kennengelernt hatten. Fast roch ich den Duft von Harz und Pinien.

»Es mag überstürzt erscheinen«, sagte er und lächelte verschmitzt. »Wir kennen uns ja kaum siebzehn Jahre. Um eine solch folgenschwere Entscheidung zu treffen, sollten wir wohl noch bis 1935 warten …«

Ich verschloss seine Lippen mit meinen Fingern, fuhr über seine Wangenknochen, tastete mich an den feinen Narben unter seinem Auge entlang über die Nasenspitze und atmete seinen Geruch tief ein.

»Wir können das aber auch ohne Worte klären«, murmelte er.

Nachwort

Die Schreibweise der chinesischen Städte und Regionen, die ich in meinem Roman verwendet habe, entspricht der damals gebräuchlichen deutschen Transkription. Heute heißt es korrekt Qingdao statt Tsingtau, Lao Shan statt Lauschan, Wuhan statt Hankau, Guling statt Kuling sowie Jiujiang statt Kiukiang.

Ohne meine Urgroßtante Hilde Dubber-Marcks, die unermüdlich und detailliert über ihr Leben in Tsingtau und in Hankau berichtete, hätte ich diesen Roman vielleicht nie geschrieben. 1915 übernahm sie in Hankau die Leitung der deutschen Schule. Wegen ihres kühnen und ausufernden Feilschens mit chinesischen Händlern wurde sie, wie die Figur Lucie in meinem Roman, »Missie Very Large Face« genannt. Sie schrieb eine Chronik der Familie Marcks und ihrer weiblichen Linien, die eine unschätzbare Inspirationsquelle für mich war.

Wertvolle Informationen konnte ich auch den Briefen meiner Urgroßmutter Lisbeth Marcks entnehmen. Sie zog mit ihren Kindern 1914 nach Hankau, während mein Urgroßvater Hermann Solf in Tsingtau blieb.

Mein Großvater Anzi (Ernst) Nitschke schrieb mir zu meinem 14. Geburtstag einen Brief, in dem er mir erstmals von seiner Kindheit in China erzählte. Auch hat er viele seiner Erinnerungen an seine Eltern Louise-Esthère Belin und Paul Nitschke niedergeschrieben, die ich in meinen Roman einfließen ließ.

Großer Dank gilt meinem Vater Sebastian und meinem Patenonkel Christian Nitschke, die beharrlich in ihren Unterlagen und Erinnerungen wühlten, um mich zu unterstützen. Ebensolcher Dank gilt meinen Schwestern Jessica und Vanessa, die mich in unterschiedlichen Phasen des Romans unterstützten, und allen voran meinem Mann Gregor.

Ich danke meiner Agentin Katrin Kroll, die mir in Momenten des Zauderns mit wertvollen Impulsen und Ideen zur Seite stand, sowie meinen Lektorinnen Barbara Heinzius und Karin Ballauff.

Last, not least herzlichen Dank an Heike Barnitzke, die zu meinem Glück Sinologie studiert hat, und an Marie Bricout und ihre Mutter, die sich der Überprüfung von Tante Mirelles Französisch gewidmet haben …